BASTEI
LÜBBE

EDGAR ALLAN
POE

GESCHICHTEN DES GRAUENS

zusammengestellt von
Stefan Bauer

BASTEI LÜBBE

BASTEI LÜBBE TASCHENBUCH
Band 14973

1. Auflage: Oktober 2003

Vollständige Taschenbuchausgabe

Bastei Lübbe Taschenbücher ist ein Imprint
der Verlagsgruppe Lübbe

Originalausgabe

Titelbild: Simon Marsden
Umschlaggestaltung: Tanja Østlyngen
Lektorat: Stefan Bauer
Satz: hanseatenSatz-bremen, Bremen
Druck und Verarbeitung: Nørhaven Paperback A/S, Viborg
Printed in Denmark
ISBN 3-404-14973-4

Sie finden uns im Internet unter
http://www.luebbe.de

Der Preis dieses Bandes versteht sich einschließlich
der gesetzlichen Mehrwertsteuer.

INHALT

Berenice

(Berenicë: A Tale)

S. 334

Liebe auf den ersten Blick

(The Spectacles)

S. 346

VORWORT zum BUCH und zur HÖRSPIELREIHE

Der Name Edgar Allan Poe ist geradezu zu einem Synonym für Geschichten des Grauens und des Makaberen geworden. Dabei hat er schon seine Zeitgenossen mit seiner Vielseitigkeit verblüfft. Als Schriftsteller lässt er sich unmöglich in eine Kategorie pressen: Da sind zum einen seine romantischen Gedichte und Geschichten, zum anderen seine schwarzhumorigen Erzählungen. Er hat heitere Kurzgeschichten wie ›*The Angel of the Odd*‹ geschrieben und Reiseerzählungen wie ›*The Narrative of Arthur Gordon Pym*‹. Er hat sich Science-Fiction-Themen angenommen wie in ›*Mellonta Tauta*‹, und seine Detektivgeschichten um Auguste Dupin, einen Vorläufer Sherlock Holmes', sind berühmt geworden. Er liebte Landschaftsgärten, Naturbeschreibungen und Architektur, was sich ebenfalls in Geschichten oder Essays wie ›*The Landscape Garden*‹ oder ›*Landor's Cottage*‹ niederschlug. Zwei seiner – selbst in englischsprachigen Anthologien – so gut wie nie abgedruckten Essays über das Wesen der Katze sind, sozusagen als kostenlose Zugabe, in dieser vorliegenden Anthologie aufgenommen, angefügt an die berühmte Geschichte vom ›*Schwarzen Kater*‹. Sie zeigen auch, über welch genaue Beobachtungsgabe und welches Einfühlungsvermögen Edgar Allan Poe verfügte – Grundvoraussetzungen für jeden guten Schriftsteller.

All das sind nur einige Aspekte des Poe'schen Werkes.

Trotz dieser Vielseitigkeit sind es vor allem die düsteren Geschichten des Grauens, die sich dem Leser eingeprägt haben und heute, gut 150 Jahre nach ihrem Entstehen, noch immer einprägen. Man kann sich ihrem Sog einfach nicht entziehen, und das liegt daran, dass Poe Ängste und Seelenzustände des Menschen zu beschreiben weiß, die völlig zeitunabhängig sind. Es ist nicht der vordergründige Horror, der hier gekonnt beschrieben wird, sondern der ›Terror of the Soul‹, um eine alte Unterscheidung aus der Schauerromantik zu bemühen. Diese Geschichten betreffen das Wesen des Menschen selbst – und sie treffen tief in seine Seele.

Viel wurde spekuliert, inwieweit Poes eigene Seelenqualen sich in seinen Geschichten widerspiegeln. Sein Leben selbst war spannend und voller Rätsel. 1809 in Boston, Massachusetts, geboren, wurde er schon früh ein Waisenkind und kam in den Haushalt von John Allan. Mit den Allans zog er nach England (1815–20) und besuchte die Manor House School in Stoke Newington, die er in seiner Doppelgänger-Geschichte *›William Wilson‹* beschreibt und die ebenfalls in dieser Anthologie abgedruckt ist.

1827 veröffentlichte er anonym seinen ersten Gedichtband, bevor er in die US-Army eintrat. 1830 schrieb er sich in West Point ein, wo er ein Jahr später aufgrund vorsätzlicher Vernachlässigung seiner Pflichten unehrenhaft entlassen wurde. Danach arbeitete er als Redakteur für verschiedene Zeitschriften und begann, seine Kurzgeschichten in Magazinen zu veröffentlichen. Sein erster Erzählband, *›Tales of the Grotesque and Arabesque‹*, enthält sein wohl berühmtestes Werk: *›Der Untergang des Hauses Usher‹*. Der 1845 veröffentlichte Gedichtband *›The Raven and Other Poems‹* brachte ihm zwar Ruhm, doch er und sein Haushalt litten weiterhin unter Armut und Krankheit. Seine Frau starb 1847, er selbst zwei Jahre später in Baltimore, fünf Tage, nachdem man ihn halb bewusstlos im Delirium aufgefunden hatte, hervorgerufen durch Alkohol, Herzversagen, einen epileptischen Anfall oder möglicherweise eine Kombination von allem. Erst nach seinem Tod erhielt er die Anerkennung, die ihm eigentlich gebührt. Sein Einfluss, nicht nur in Amerika, sondern auch in Europa, ist enorm – und das nicht nur in der Literatur. Freudianer (ja sogar Freud selbst) waren fasziniert von seinen makabren Geschichten und Themen, die er immer wieder aufgriff, von Nekrophilie bis hin zu leicht sadistischen Tendenzen wie in der Geschichte *›Grube und Pendel‹*, mit der wir diese Anthologie eröffnen. In Erzählungen wie *›Das Fass Amontillado‹* wurden Elemente des Existenzialismus entdeckt. Geradezu morbide metaphysische Spekulationen findet man zum Beispiel in *›Der Fall Valdemar‹*.

Es sind in der Tat diese Themen, die immer wieder faszinieren und die in unserem Jahrhundert ihre (manchmal recht freie Umsetzung) auch in anderen Medien gefunden haben – man denke nur an die Poe-Verfilmungen der legendären Hammer-Studios mit Vincent Price. Und nun gibt es auch endlich eine subtile und fesselnde Hörspiel-Adaption der Geschichten Edgar Allan Poes. Die ersten vier Geschichten der vorliegenden Anthologie wurden dramaturgisch bearbeitet und erscheinen parallel zu diesem Buch als Hörspiel-Reihe. Ausgangspunkt und verbindendes Element ist eine frei erfundene Rahmenhandlung, die jedoch durchaus Ähnlichkeiten zu Poes Leben zeigt. Sie nimmt folgendermaßen ihren Anfang:

»Ein Mensch ohne Namen. Und ohne jeden Hinweis auf seine Identität. Das ist der Fremde, der bewusstlos in die Irrenanstalt eingeliefert wurde und jetzt entlassen wird. Diagnose: unheilbarer Gedächtnisverlust. Er begibt sich auf eine Reise zu sich selbst. Es wird eine Reise in sein Unterbewusstsein, aus dem schaurige Dinge aufsteigen. Woher kommen sie? Was ist passiert? Was hat er getan? Diese Fragen stellt sich der Mann ohne Gesicht, der im Gasthaus den ersten Namen wählt, der ihm in den Sinn kommt: Edgar Allan Poe.«

Edgar Allan Poe wird von dem bekannten Schauspieler Ulrich Pleitgen gesprochen. Weitere hochkarätige Sprecher und ein ausgefeilter Sound erwecken die Atmosphäre der Geschichten zu neuem Leben. Für all jene, die Poes Originalgeschichten lesen wollen, haben wir diese Anthologie zusammengestellt.

Eine Anmerkung zu den Texten sei noch gestattet: Wenige Werke Poes existieren in einer definitiven Fassung, da der Autor sein Geld damit verdiente, sie immer wieder an die verschiedensten Zeitschriften und Magazine zu verkaufen. Jede seiner bekannteren Geschichten wurde mindestens ein halbes Dutzend Mal abgedruckt (sein berühmtes Gedicht *›Der Rabe‹* zu seinen Lebzeiten alleine 19 Mal), ganz zu schweigen von ihrem Abdruck in Buchform. Fast jedes Mal hat Poe die Geschichten vor dem erneuten Abdruck bearbeitet und verändert. Wir folgen im Großen und Ganzen der ersten Version. Die Jahreszahlen am Ende der Texte geben an, wann die Geschichte zum ersten Mal veröffentlicht wurde. Dasselbe gilt für die Titel der Geschichten, die Poe des Öfteren auch umbenannt hat. Im Inhaltsverzeichnis sind die ursprünglichen Originaltitel in Klammern angegeben, Varianten in eckigen Klammern beigefügt.

Lassen Sie sich also nun von Edgar Allan Poe gefangen nehmen. Viel Vergnügen dabei wünscht Ihnen

Stefan Bauer
Bergisch Gladbach
im April 2003

Grube und Pendel

Impia tortorum longas hic turba furores
Sanguuns innocui, non satiata aluit.
Sospite nunc patria, fracto nunc funeris antro,
Mors ubi dira fuit, vita salusque patent.

(Inschrift für das Tor, das zu dem Platz führt, auf dem sich das Gebäude des Jakobiner-Clubs zu Paris befunden hat.)

Die lange Todesangst hatte mich gebrochen, mein Leben bis ins Mark zerstört, und als man meine Fesseln löste und mich sitzen ließ, fühlte ich, dass meine Sinne schwanden. Das Urteil, das fürchterliche Todesurteil, war der letzte deutliche Laut, der mein Ohr erreichte, dann schienen die Stimmen meiner Untersuchungsrichter traumhaft in ein unbestimmtes Summen zusammenzuschmelzen, das sich in meiner Seele zu dem Gedanken an eine Umdrehung verdichtete – vielleicht, weil es in meiner Fantasie die Vorstellung eines Mühlrades hervorrief. Doch währte dies nur eine sehr kurze Zeit, denn plötzlich vernahm ich nichts mehr. Doch sah ich noch eine Zeit lang – aber in welch grässlicher Verzerrung! – die Lippen der Richter in den schwarzen Talaren, und sie erschienen mir weiß; weißer als das Blatt, auf welches ich diese Worte schreibe, und dünn bis zur

Fratzenhaftigkeit, dünn durch ihren grausamen Ausdruck von Härte, unwandelbarem Entschluss und starrer Verachtung menschlicher Qual! Ich sah, dass der Spruch, der mein Schicksal besiegelte, über ihre Lippen kam. Ich sah, wie sie sich bewegten, um mir den Tod zu verkünden. Ich sah, wie sie die Silben meines Namens bildeten, und schauderte, weil kein Ton auf die Bewegung folgte. Ich sah auch während einiger Augenblicke irren Entsetzens, dass sich die schwarzen Draperien, welche die Wände des Saales bekleideten, leise, fast unmerklich bewegten – und dann fiel mein Blick auf die sieben großen Kerzen auf dem Tisch. Erst schauten sie mich an wie Bilder der Menschenliebe, ich hielt sie für weiße, schlanke Engel, die mich retten wollten. Doch plötzlich goss sich ein grauenhafter Schwindel über meine Seele, und ich bemerkte, wie jede Fiber meines Leibes schauderte, als hätte ich den Draht einer galvanischen Batterie berührt; die Engelsgestalten wurden seelenlose Gespenster mit brennenden Köpfen, und ich fühlte, dass ich von ihnen keine Hilfe zu erwarten habe. Und dann glitt, wie ein weicher musikalischer Ton, der Gedanke in mein Herz, wie köstlich die Ruhe im Grabe sein müsse. Er kam leise, verstohlen, und ich glaube, es dauerte lange, bis er feste Gestalt annahm; doch in dem Augenblick, da mein Geist ihn klar empfand und ausdachte, verschwanden wie durch Zauberkraft die Gestalten der Richter vor meinen Augen, die hohen Kerzen versanken in ein Nichts, ihre Flammen erloschen, schwarze Dunkelheit kam herauf, alle Gefühle wurden von der Empfindung verschlungen, als stürze meine Seele in wahnsinnig rasendem Fall in den Hades hinab. Und dann war *alles* Nacht, Schweigen, Ruhe.

Ich war ohnmächtig geworden; doch will ich damit

nicht sagen, dass ich das Bewusstsein vollständig verloren hatte. Was noch von ihm geblieben war, will ich nicht zu bestimmen, nicht einmal zu beschreiben wagen. Sicher ist eben nur, dass mein Bewusstsein nicht *ganz* schwand. Im tiefsten Schlafe – nein! im Delirium – nein! im Tode – nein! selbst im Grabe schwindet es nicht ganz! Sonst wäre der Mensch ja wohl nicht unsterblich!? Wenn wir aus tiefstem Schlaf erwachen, zerreißen wir das Nebelgespinst irgendeines Traumes. Doch erinnern wir uns eine Sekunde später nicht mehr – so zart ist oft das Gewebe –, dass wir geträumt haben. Erwacht man aus einer Ohnmacht wieder zum Leben, so geht man durch zwei Stadien. Im ersten gelangt man wieder zum Bewusstsein seines moralischen oder geistigen, im zweiten zum Gefühl seines körperlichen Daseins zurück. Es ist wahrscheinlich, dass wir, wenn wir ins zweite Stadium zurückgekehrt sind und uns dann noch der im ersten empfangenen Eindrücke entsinnen könnten, diese Eindrücke mit Erinnerungen aus dem Abgrund des Jenseits beladen finden würden. Und dieser Abgrund – was birgt er in seinem Schoß? Wodurch unterscheiden sich *seine* Schatten von den Schatten des Grabes? Doch wenn wir uns auch die Eindrücke des ersten Stadiums nicht *willkürlich* zurückrufen können: Erscheinen sie nicht vielleicht nach langer Zeit von selbst, unaufgefordert, sodass wir uns verwundert fragen, woher sie wohl kommen mögen? Wer niemals ohnmächtig geworden ist, gehört nicht zu denen, die in einem glühenden Kohlenfeuer seltsame Paläste und sonderbar vertraute Gesichter wiederfinden; die oft in den Luftgebieten trauervolle Visionen vorüberziehen sehen, die von den Vielzuvielen nie bemerkt werden; die sich über den Duft einer unbekannten Blume in Grübeleien verlieren können; deren Gedanke sich plötzlich in dem Geheimnis einer Melodie, die sie bis dahin unbeachtet gelassen haben, verirren kann.

Bei meinen wiederholten Bemühungen, mich zu erinnern, bei meinen harten Anstrengungen, irgendeine Aufklärung über jenen Zustand scheinbaren Nichtseins, in den ich versunken war, zu erhalten, hatte ich oft Momente, in denen ich auf Erfolg hoffte, hatte ich kurze, sehr kurze Augenblicke, in denen ich eine Erinnerung heraufbeschwor, die sich, wie mir mein klarer gewordener Verstand in späteren Zeiten oft versicherte, nur auf jenen Zustand scheinbaren Nichtseins beziehen konnte. Diese Erinnerungsschatten redeten undeutlich von großen Gestalten, die mich aufhoben und nach unten trugen – schweigend nach unten, und immer tiefer –, bis mich bei dem Gedanken an den bodenlosen Abgrund, in den ich versank, ein scheußlicher Schwindel ergriff. Sie redeten auch von einem unbestimmten Schauder, der mein Herz durchzitterte, weil dies Herz so unnatürlich ruhig geworden war. Dann folgte ein Gefühl, als sei alles, was mich umgab, in jähe Starre versunken; als hätten die, welche mich trugen – ein Zug von Gespenstern! –, in ihrem Absturz die Grenze des Unbegrenzten erreicht und hielten nun still und ruhten von der Ermüdung ihrer Arbeit aus. Darauf muss ich wohl ein Gefühl von Schalheit und Feuchtigkeit empfunden haben; und dann ist alles Wahnsinn – der Wahnsinn eines Willens, der sich des Übermenschlichen, Verbotenen entsinnen will.

Ganz plötzlich empfand meine Seele wieder Bewegung und Klang – die stürmische Bewegung meines Herzens und sein Widerklingen in meinem Ohr. Dann trat eine Pause ein, in der alles wieder in schwarzes Nichts versank, doch spürte ich bald von neuem die Bewegung und den Klang – und gleich darauf ein Zittern, das mein ganzes Wesen durchfuhr. Plötzlich kam mir auch ein bloßes Daseinsbewusstsein zurück, das, ohne von einer anderen Empfindung begleitet zu sein, eine Weile anhielt, bis sich nach langer Zeit und unvermittelt in mir ein Gedanke erhob, den ich mit schauderndem Entsetzen als einen Versuch erkannte, mir über meinen Zustand bewusst zu werden. Dann fasste mich plötzlich der heiße Wunsch, wieder in Bewusstlosigkeit zurückzuversinken. Doch nun schien meine Seele plötzlich ganz aufzuwachen, und ich machte eine erfolgreiche Anstrengung, mich zu bewegen. Und ich erinnerte mich deutlich an die Verhandlung, die Richter, die schwarzen Draperien, an das Urteil, an meine Ohnmacht. Und doch vergaß ich noch einmal wieder mich selbst, die Zeit und den Raum, vergaß alles, dessen ich mich in späteren Tagen mit unsäglicher Mühe wieder zu erinnern versuchte.

Bis jetzt hatte ich meine Augen noch nicht geöffnet. Ich fühlte nur, dass ich ohne Fesseln auf dem Rücken lag. Als ich meine Hand ausstreckte, fiel sie schwer auf irgendetwas Feuchtes, Hartes. Mehrere Minuten lang ließ ich sie liegen, während ich zu erraten suchte, wo und in welchem Zustand ich mich befände. Ich verlangte danach, um mich zu schauen, doch wagte ich es nicht, denn ich fürchtete den ersten Blick auf die Gegenstände, die mich umgeben könnten. Zwar graute mir im Grunde nicht davor, grässliche Dinge zu erblicken, ich schauderte vielmehr vor Angst, vielleicht *gar nichts* zu sehen. Endlich riss ich in wilder Verzweiflung meine Augen auf und fand meinen grauenhaften Gedanken bestätigt. Die Finsternis der ewigen Nacht umschloss mich. Ich rang nach Atem, denn es schien mir, als ob die Undurchdringlichkeit der Dunkelheit mich wie eine schwere Last bedrücke und ersticken wolle. Ich blieb regungslos liegen und machte eine Anstrengung, meinen Verstand zu Rate zu ziehen. Ich erinnerte mich an Einzelheiten der Gerichtsverhandlung, an ihren ganzen Verlauf, und versuchte dann von diesem Punkte aus, meinen wahren Zustand zu erkennen. Ich wusste, dass das Urteil gesprochen worden war, und mir schien, als sei seit diesem Augenblick eine lange Zeit verstrichen. Doch hielt ich mich nicht eine Sekunde lang für tot. Eine solche Vorstellung ist, trotz allem, was darüber geschrieben sein mag, bei einem lebendigen Menschen einfach ausgeschlossen – doch wo und in welchem Zustand befand ich mich? Die zum Tode Verurteilten wurden, wie ich wusste, gewöhnlich während der Autodafés umgebracht, und ich hatte gehört, dass in der Nacht nach dem Urteilsspruch ein solches abgehalten werden sollte. Hatte man mich wieder in mein Gefängnis zurückgebracht, um mich für die nächste Opferung, die erst in ein paar Monaten stattfand, aufzusparen? Ich sah sofort ein, dass dies nicht sein könne. Man hatte ja Opfer *nötig* gehabt. Überdies war meine Zelle, wie in allen Gefängnissen zu Toledo, mit Steinen gepflastert und dem Licht nicht jeder Eintritt verwehrt gewesen.

Plötzlich trieb mir ein grässlicher Gedanke alles Blut zum Herzen und stieß mich für eine kurze Zeit wieder in Bewusstlosigkeit. Als ich wieder zu mir kam, sprang ich auf meine Füße; jede Fiber in mir bebte. Ich griff mit meinen Armen wild nach allen Richtungen hin. Nichts fühlte ich; doch zitterte ich, einen Schritt zu tun: aus Furcht, an die Wände eines *Grabes* zu stoßen. Schweiß drang mir aus jeder Pore und stand in dicken, kalten Tropfen auf meiner Stirn. Die Angst der Ungewissheit wurde zum Schluss unerträglich, und ich wagte mich vorsichtig vorwärts, streckte die Arme aus und starrte so angestrengt, dass meine Augen fast aus ihren Höhlen springen wollten, vor mich hin, in der Hoffnung, einen wenn auch noch so schwachen Lichtstrahl zu entdecken. Ich tat mehrere Schritte, doch blieb alles dunkel und leer. Ich atmete etwas freier. Es schien ja, als habe man mich doch nicht dem grässlichsten aller Tode überliefert.

Und während ich nun vorsichtig vorwärts schritt, erwachten, überstürzten sich in meinem Geist tausend Erinnerungen an das, was ich von den Schrecken Toledos gehört hatte. Man erzählte schauerliche Dinge von den Gefängnissen – mir waren sie eigentlich immer wie Fabeln erschienen, Fabeln, die zu grässlich waren, um wiederholt zu werden. Hatte man mich in dieser unterirdischen Welt dem Hungertode preisgegeben? Oder welches vielleicht noch grässlichere Schicksal erwartete mich? Dass der Tod – und zwar ein bitterer, grausamer Tod – das Ende sein werde, daran zweifelte ich, da ich ja meine Richter kannte, nicht einen Augenblick. Ich dachte nur darüber nach, in welcher Gestalt und wann er sich mir nahen werde.

Meine ausgestreckte Hand fand endlich festen Widerstand. Allem Anschein nach war es eine Steinmauer – die mir sehr glatt, feucht und kalt schien. Ich ging an ihr mit jenem angstvollen Misstrauen, welches mir gewisse alte Geschichten eingeflößt hatten, vorsichtig entlang. Doch gelangte ich auf diese Weise zu keiner Vorstellung von der Größe meines Gefängnisses, denn die Mauer war an allen Stellen so vollkommen gleichmäßig, dass sie sehr wohl rund sein konnte und ich immer im Kreise herumging. Deshalb suchte ich nach dem Messer, das sich in meiner Tasche befunden hatte, als man mich in das Inquisitionszimmer führte. Es war verschwunden, und ich bemerkte, dass man meine Kleider gegen ein grobes Leinengewand vertauscht hatte. Ich wollte die Messerklinge in eine kleine Ritze der Wand stoßen, um den Punkt, von dem ich ausging, zu bezeichnen. Doch gelang mir dies auch ohne Messer, obgleich ich es anfangs in meiner Gedankenzerrüttung selbst nicht zu hoffen gewagt hatte: Ich riss nämlich ein Stück aus meinem Gewand und legte es auf den Boden, in rechtem Winkel zu der Mauer, nieder. War mein Gefängnis wirklich rund, so musste ich, nachdem ich mich im Kreise herumgetastet hätte, wieder auf den Kleiderfetzen stoßen. So wenigstens hatte ich kalkuliert, doch bei meiner Berechnung die Größe des Gefängnisses und meine vollständige Körperschwäche ganz außer Acht gelassen. Der Boden war feucht und glatt, ich wankte ein paar Schritte vorwärts, stolperte und fiel hin. Meine Erschöpfung zwang mich, liegen zu bleiben, und bald überwältigte mich der Schlaf.

Als ich erwachte und einen Arm ausstreckte, fand ich an meiner Seite ein Brot und einen Krug mit Wasser. Ich war zu erschöpft, um mir diese Tatsache irgendwie erklären zu können, sondern aß und trank mit Heißhunger. Bald darauf nahm ich meinen Rundgang um das Gefängnis wieder auf und stieß nach beschwerlichem Vorwärtstasten wieder auf den Kleiderfetzen. Bis zu dem Augenblick, in dem ich niederfiel, hatte ich schon zweiundfünfzig Schritte gezählt, und nun hatte ich von neuem achtundvierzig Schritte gemacht, ehe ich an mein Merkzeichen zurückgelangte. Im Ganzen waren es also hundert Schritte, und nahm ich an, dass zwei Schritte eine Elle ausmachten, so musste mein Gefängnis fünfzig Ellen im Umfang haben. Doch hatte ich eine Menge Winkel in der Mauer gefunden, sodass ich mir keine rechte Vorstellung von der wirklichen Gestalt der Grube machen konnte; irgendetwas, das ich mir nicht näher erklären konnte, bestimmte mich nämlich, anzunehmen, dass ich mich in einer Grube befinde.

Die Nachforschungen interessierten mich im Übrigen nicht sehr – jedenfalls stellte ich sie nicht an, weil ich irgendwelche Hoffnung schöpfte; eigentlich war es nur eine unbestimmte Neugierde, die mich zwang, dieselben fortzusetzen. Ich wandte mich von der Mauer weg und beschloss, den Raum quer zu durchschreiten. Anfangs tastete ich mich nur mit außerordentlicher Vorsicht weiter, denn der Boden war, obgleich hart und fest gefügt, gefährlich glitschig. Dann nahm ich jedoch all meinen Mut zusammen, um fest auszuschreiten, und bemühte mich zugleich, den Raum in möglichst gerader Linie zu durchkreuzen. Ich mochte vielleicht zehn oder zwölf Schritte gemacht haben, als sich meine Füße in den Kleiderfetzen verwickelten. Ich stolperte und fiel heftig aufs Gesicht.

In dem ersten Schrecken über meinen Fall entging mir anfangs ein überraschender Umstand, der jedoch schon nach ein paar Sekunden meine ganze Aufmerksamkeit auf sich zog. Sonderbarerweise ruhte nämlich mein Kinn auf dem Boden des Gefängnisses, aber meine Lippen und der obere Teil meines Kopfes berührten, obwohl sie tiefer lagen als das Kinn, anscheinend nichts. Zu gleicher Zeit fühlte ich meine Stirn wie in einem klebrigen Dampf gebadet, und der nicht zu verkennende Geruch verwester Schwämme drang in meine Nase. Ich streckte meinen Arm aus und fand mit Schaudern, dass ich gerade auf den Rand eines runden Brunnens gefallen sei, dessen Ausdehnung ich in diesem Augenblick natürlich noch nicht ermessen konnte. Ich tastete mit der Hand an dem Mauerwerk gerade unterhalb des Randes entlang, bröckelte einen kleinen Stein los und ließ ihn in den Abgrund fallen. Während mehrerer Sekunden vernahm ich sein wiederholtes Aufschlagen an den Seiten oder Vorsprüngen des Abgrundes, dann sein dumpfes Einschlagen in das Wasser, dem ein lautes, vielfaches Echo folgte. Zugleich vernahm ich einen Laut wie von dem raschen Öffnen und wieder Schließen einer Tür über mir, während ein schwacher Lichtstrahl plötzlich die Dunkelheit durchzuckte und ebenso rasch wieder verschwand.

Nun erkannte ich klar, welches Schicksal man mir zugedacht hatte, und konnte mich zu meinem Fall, der mich vor demselben bewahrte, beglückwünschen. Noch einen Schritt weiter und die Welt hätte mich nie mehr gesehen. Die Todesart, der ich eben entgangen war, war so grässlich, dass sie alle jene Gerüchte über die Scheußlichkeiten der Inquisition, die ich für grausige Fabeln gehalten hatte, an Grässlichkeit übertraf. Die Opfer hatten gewöhnlich die Wahl zwischen einem Tod unter den schauerlichsten körperlichen oder unerhörtesten geistigen Qualen. Mir hatte man die letzteren zugedacht. Das lange und unsägliche Leiden hatte meine Nerven schon so zerrüttet, dass ich bei dem Klang meiner eigenen Stimme zu zittern begann und ein ausgezeichnetes Objekt für die Art Qualen geworden war, die man mir zugedacht hatte.

An allen Gliedern bebend, tastete ich mich zu der Mauer zurück, entschlossen, lieber dort zu sterben, als mich der Gefahr auszusetzen, in einen der grässlichen Brunnen zu geraten, die mir meine Fantasie an den verschiedensten Stellen des Gefängnisses vorspiegelte.

Wäre ich in einem anderen Gemütszustand gewesen, so hätte ich den Mut gehabt, meiner Qual durch einen Sprung in einen dieser Abgründe mit einem Mal ein Ende zu machen. Doch hatten mich alle die seelischen Leiden, die vorhergegangen waren, zum Feigling gemacht, und außerdem fiel mir wieder ein, was ich von diesen Brunnen gelesen hatte: dass ihre grässliche Bauart einen *schnellen* Tod einfach ausschloss.

Meine Aufregung hielt mich lange Stunden wach; endlich schlummerte ich wieder ein. Als ich aus dem Schlaf auffuhr, fand ich, wie das vorige Mal, ein Brot und einen Krug Wasser an meiner Seite. Ein brennender Durst quälte mich, und ich leerte das Gefäß auf einen Zug. Man musste dem Wasser irgendein Schlafmittel beigemischt haben, denn kaum hatte ich getrunken, so schlossen sich meine Lider von neuem.

Ich schlief wie tot. Als ich meine Augen wieder öffnete, konnte ich die Gegenstände um mich her erkennen. Ein seltsames schwefelgelbes Licht, dessen Ursprung ich zunächst nicht ausfindig machen konnte, ließ mich die Ausdehnung und Bauart meines Gefängnisses überschauen. Ich hatte mich über seine Größe durchaus getäuscht. Der ganze Umfang der Mauern betrug höchstens fünfundzwanzig Ellen. Diese Tatsache leitete mich für einige Minuten in eine ganze Welt müßiger Verwunderungen, die ich mir kaum zu erklären vermochte; denn was konnte mich unter den furchtbaren Umständen, in denen ich mich befand, die Größe meines Gefängnisses kümmern? Doch ergriff mich ein sonderbares Interesse für die unbedeutendsten Kleinigkeiten meiner Umgebung, und ich bemühte mich, die Ursache meines Irrtums herauszufinden. Nach langem Nachdenken kam ich denn auch dahinter: Bei meinem ersten Versuch, das Gefängnis zu umschreiten, hatte ich bis zu dem Augenblick, in dem ich hinfiel, zweiundfünfzig Schritte gezählt und musste dem Kleiderfetzen bis auf ein oder zwei Schritte nahe gekommen sein. Darauf war ich eingeschlafen und hatte mich beim Erwachen herumgedreht und denselben Weg noch einmal gemacht, ohne in meiner Verwirrung zu bemerken, dass ich beim ersten Mal die Mauer zur linken und beim zweiten Mal zur rechten Hand hatte.

Auch bezüglich der Form des Gefängnisses hatte ich mich getäuscht. Als ich mich an den Mauern herumtastete, hatte ich eine Menge Winkel gefunden und mir den Raum deshalb äußerst unregelmäßig gedacht. Die Winkel stellten sich jetzt einfach als unregelmäßig verteilte Einbuchtungen heraus. Im Allgemeinen war das Gefängnis viereckig. Was ich für Mauerwerk gehalten hatte, schien Eisen zu sein oder irgendein anderes Metall, das in großen Platten die Wand bekleidete. Die ganze Oberfläche dieser erzenen Wände war mit rohen Abbildungen all jener abschreckenden scheußlichen Szenen besudelt, die dem grobsinnlichen Aberglauben der Mönche ihre Entstehung verdankten. Teufelsfratzen mit drohenden Mienen, Skelette und andere noch grässlichere Bilder überzogen die Wände. Ich bemerkte, dass die Konturen dieser Ungeheuerlichkeiten ziemlich deutlich hervortraten, während die Farben verlöscht und verblasst zu sein schienen, wie es unter dem Einfluss einer feuchten Atmosphäre zu geschehen pflegt. Dann betrachtete ich den Fußboden: Er war von Stein, und in seiner Mitte gähnte der ungeheure Schlund, dem ich entronnen war; doch war er der einzige, der sich im Kerker befand.

Ich erblickte alles dies nur undeutlich und mit vieler Mühe – denn während meines Schlafes war mit meiner Lage eine große Veränderung vor sich gegangen. Man hatte mich jetzt der Länge nach auf eine Art von niedrigem Holzrahmen mit Lattenwerk auf den Rücken hingestreckt. Mit einem langen, einem Sattelgurt ähnlichen Riemen hatte man mich dann dort festgebunden. Diese Fessel umwand meinen Körper und meine Glieder vielfach, sodass nur mein Kopf und mein linker Arm frei blieben, der letztere jedoch nur so weit, dass ich mit vieler Mühe bis zu einer irdenen Schüssel reichen konnte, die, mit Nahrung gefüllt, mir zur Seite auf dem Boden stand. Mit Entsetzen bemerkte ich, dass man den Wasserkrug fortgenommen hatte. Ich sage mit Entsetzen, denn ich wurde von einem unerträglichen Durst gequält. Diesen Durst zu erzeugen schien in der Absicht meiner Quäler zu liegen, denn die in der Schüssel befindliche Nahrung bestand aus einer stark gewürzten Fleischspeise.

Ich begann jetzt, die Decke meines Gefängnisses zu betrachten. Sie mochte wohl dreißig oder vierzig Fuß hoch sein und war von ähnlicher Bauart wie die Seitenwände. Auf einem der Felder erblickte ich eine sonderbare Figur, die meine ganze Aufmerksamkeit auf sich zog. Es war das gemalte Symbol der Zeit, wie man sie gewöhnlich darstellt, nur hielt sie statt der Sichel ein Ding in der Hand, das ich auf den ersten Blick für die Abbildung eines großen Pendels hielt, wie man ihn noch an altmodischen Uhren sieht. Doch fiel mir irgendetwas an diesem Instrument auf, das mich veranlasste, aufmerksam hinzuschauen. Während ich nun gerade hinaufstarrte – das Pendel war genau über mir angebracht –, schien es mir plötzlich, als bewege es sich. Einen Augenblick später fand ich meine Vermutung bestätigt. Seine Schwingungen waren kurz und langsam. Ich beobachtete sie einige Minuten lang mit großem Schrecken, aber noch größerem Erstaunen. Als mich dies endlich ermüdete, richtete ich meine Blicke auf andere in der Zelle befindliche Gegenstände.

Bald darauf vernahm ich ein sonderbares raschelndes Geräusch und sah mehrere Ratten von ungewöhnlicher Größe über den Boden hinlaufen. Sie waren aus dem Brunnen gekommen, den ich von meinem Platz aus überschauen konnte. Selbst während ich hinsah, kamen sie scharenweise herauf und eilten, von dem Geruch des Fleisches angelockt, mit gierigen Augen herbei. Nur mit vieler Mühe und Aufmerksamkeit konnte ich sie von der Schüssel verscheuchen.

Es mochte wohl eine halbe, vielleicht aber auch eine ganze Stunde vergangen sein – ich konnte mir ja nur eine sehr unvollkommene Vorstellung von der Zeit machen –, ehe ich meine Blicke wieder empor zur Decke richtete. Was ich da erblickte, versetzte mich in Verwunderung und Bestürzung. Die Schwingung des Pendels hatte sich fast um eine Elle vergrößert und an Geschwindigkeit ebenfalls zugenommen; was mich jedoch hauptsächlich beunruhigte, war die Tatsache, dass sich das Pendel selbst merklich tiefer gesenkt hatte. Ich bemerkte jetzt auch – es ist überflüssig, zu sagen, mit welchem Grausen –, dass sein unteres Ende aus einem Halbmond von blitzendem Stahl bestand, der von einem Horn zum anderen etwa einen Fuß maß. Die Spitzen der Hörner waren aufwärts gekehrt, und die untere Kante hatte augenscheinlich die Schärfe eines Rasiermessers. Auch schien das Pendel so massiv und schwer wie ein solches, da es, von der haarscharfen Schneide an allmählich dicker werdend, oben in einen breiten Rücken auslief. Es hing an einem dicken Stabe von Messing, und das Ganze zischte ordentlich, wenn es die Luft durchschnitt.

Nun konnte ich nicht länger im Zweifel darüber sein, welches Schicksal mir die erfinderische Grausamkeit der Mönche zugedacht hatte. Es war den Dienern der Inquisition nicht entgangen, dass ich die Grube entdeckt hatte: jene Grube, deren Schrecken einem so versteckten Ketzer, wie ich es in ihren Augen war, bestimmt war – die Grube, dies Bild der Hölle, die, wie das Gerücht ging, das

Grauenhafteste an Foltern barg, was die teuflische Grausamkeit der Mönche nur ausgeklügelt hatte. Durch einen bloßen Zufall war ich vor dem Sturz in diesen Abgrund bewahrt geblieben, und ich wusste, dass fürchterliche Überraschungen einen wichtigen Bestandteil der Ungeheuerlichkeiten des Foltertodes bildeten. Da ich selbst dem Sturz entgangen war, würde man mich nicht durch fremde Hand in den Abgrund schleudern; die Grube war so ein für alle Mal aus dem Marterplan ausgeschaltet. Es erwartete mich also eine andere, mildere Art der Vernichtung. Milder! Fast musste ich in meiner Todesangst auflachen, einen solchen Gedanken unter solchen Umständen gedacht zu haben.

Doch was würde es nützen, von jenen langen, langen Schreckensstunden reden zu wollen, in denen ich die sausenden Schwingungen des scharf geschliffenen Stahles zählte! Zoll um Zoll, Linie um Linie, mit kaum erkennbaren, nur nach längeren Zeiträumen, die mir wie Jahrhunderte erschienen, merklichen Senkungen schwebte das entsetzliche Instrument auf mich herab! Tage vergingen – viele Tage mochten vergangen sein, bis es so dicht über mir hin und her sauste, dass mich die raschen Schwingungen wie ein glühender Atem anfächelten! Schon drang der Geruch des scharfen Stahles in meine Nase. Ich betete – ich schrie zum Himmel empor, dass er die Bewegungen des Pendels beschleunige. Ich wurde wie rasend, wie tollwütig und bäumte mich aufwärts, um mich dem grässlichen Vernichter schneller anheim zu geben. Dann wurde ich plötzlich sehr ruhig, sank zurück und blickte den glitzernden Tod lächelnd an, wie ein Kind ein seltsames Spielzeug.

Es trat ein Zustand völliger Bewusstlosigkeit ein, der aber nicht lange gedauert haben konnte, denn als ich wieder zu mir kam, war keine wesentliche Senkung des Pendels zu bemerken. Doch bewies dies eigentlich nichts, denn ich musste mir sagen, dass mich von oben herab meine teuflischen Quäler bewachten und während meiner Ohnmacht die Schwingungen nach Belieben aufgehalten haben konnten. Außerdem fühlte ich mich, als ich wieder zu mir kam, sehr elend – ach: unsagbar elend und matt, als hätte ich schon seit langer Zeit keine Nahrung mehr zu mir genommen. Selbst inmitten all dieser Todesqualen forderte die Natur gebieterisch ihr Recht. Mit schmerzhafter Anstrengung streckte ich meinen linken Arm aus, so weit es meine Fesseln erlaubten, und bemächtigte mich der geringen Speisereste, welche die Ratten übrig gelassen hatten. Als ich ein Stückchen Fleisch zwischen meine Lippen schob, tauchte in meinem Geist etwas wie ein unbestimmter Gedanke der Freude und Hoffnung auf. Und doch, was hatte ich mit Hoffnung zu tun? Es war, wie ich sagte, nur das unbestimmte Dämmern eines Gedankens, wie es im Menschen so manchmal entsteht und spurlos wieder zerrinnt. Ich fühlte, dass es Freude und Hoffnung bedeutete – aber ich fühlte auch, dass diese Regungen im Entstehen schon wieder in nichts zerflossen. Vergebens bemühte ich mich, sie zu einem bestimmten Gedanken zu verdichten, sie festzuhalten. Die lange Qual hatte meine geistigen Fähigkeiten fast vernichtet. Ich war beinahe zum Blödsinnigen, zum Idioten geworden.

Die Schwingungen des Pendels standen im rechten Winkel zu meiner Körperlänge. Ich sah, dass der Halbmond genau mein Herz durchschneiden müsse. Zuerst würde er den Stoff meines Gewandes schlitzen, bei der Rückschwingung den Einschnitt wiederholen – und dann wieder und wieder. – Trotz der entsetzlich weiten Schwingung, die jetzt wohl schon dreißig Fuß betrug, und trotz der sausenden Kraft, mit der das Pendel niederfuhr und die wohl genügt hätte, die eisernen Wände zu spalten, würde sich während einiger Minuten die ganze Wirkung darauf beschränken, mir die Kleider zu zerreißen. Bei diesem Gedanken verweilte ich lange, da ich nicht wagte, weiter darüber hinauszugehen. Ich verharrte bei ihm mit starrer Aufmerksamkeit, als könne ich dadurch den Stahl aufhalten. Ich zwang mich, über das Sausen des Halbmondes, wenn er meine Kleider durchschneiden würde, nachzugrübeln – an das eigentümliche Erschaudern zu denken, das meine Nerven bei dem Zerreißen des Gewandes überlaufen würde. Über all diese Nebensächlichkeiten grübelte ich nach, bis meine Zähne wie im Frost aufeinander schlugen. Tiefer, immer tiefer sank das Pendel. Ich fand ein irres Vergnügen daran, die Schnelligkeit der Schwingungen nach oben und nach unten miteinander zu vergleichen. Nach rechts, nach links – auf und ab sauste es, stöhnend, heulend wie ein Verdammter in der Hölle. Auf mein Herz ging es los, mit sicherem, beständigem Schleichtritt wie ein Tiger. Und ich lachte und heulte abwechselnd dazu, je nachdem, ob die eine oder die andere Vorstellung in mir die Oberhand gewann.

Tiefer – immer tiefer, ohne Erbarmen! Nur noch drei Zoll über meinem Herzen sauste das Pendel dahin. Ich machte wilde, wütende Anstrengungen, meinen linken Arm, der bis zum Ellbogen gefesselt war, ganz zu befreien. Wäre es mir gelungen, so hätte ich das Pendel ergriffen und zum Stillstand zu bringen versucht. Doch hätte ich wohl ebenso gut wagen können, den Sturz einer Lawine aufzuhalten.

Tiefer sauste es – unaufhörlich, unerbittlich tiefer! Ich rang nach Atem und bot alle Kräfte auf, um mich zu befreien. Bei jeder neuen Schwingung zuckte ich wie von einem Krampf geschüttelt zusammen; meine Blicke folgten dem sausenden Stahl nach oben und nach unten mit dem gierigen Eifer der sinnlosesten Verzweiflung. Wenn er niederfuhr, schlossen sich meine Augen vor irrer Angst, und doch wäre mir der Tod eine Erlösung, eine unaussprechlich heiß ersehnte Erlösung gewesen! Und andererseits schauderte ich bis in meine innersten Fibern bei der Vorstellung, wie wenig sich der fürchterliche Stahl nur noch zu senken brauchte, um meine Brust zu durchschneiden. Was mich so erschauern und meine Nerven erzittern ließ, das war *Hoffnung* – ja, Hoffnung, die noch in den Kerkern der Inquisition die dem Tode Geweihten umflüstert. Ich sah, dass nach etwa zehn oder zwölf Schwingungen der Stahl in Berührung mit meinen Kleidern kommen müsse; und mit dieser Überzeugung überkam meinen Geist plötzlich die kalte Ruhe der Verzweiflung. Zum ersten Male seit vielen Stunden, ja seit vielen Tagen dachte ich wieder. Es fiel mir plötzlich auf, dass die Gurte, die mich fesselten, aus *einem* Stück bestanden. Ich war an keiner Stelle mit einem einzelnen Riemen festgebunden. Der erste Schnitt des haarscharfen Halbmondes durch irgendeinen Teil meiner Fesseln musste dieselben so weit lösen, dass es mir gelingen konnte, mich mit meiner freien linken Hand ganz aus ihnen herauszuwickeln. Doch wie fürchterlich war selbst in diesem Falle die nahe Berührung des Stahles! Die geringste Zuckung konnte ja tödlich werden! Überdies war es leicht möglich, dass meine Quäler eine solche Möglichkeit vorausgesehen und ihr vorgebeugt hatten. Wie unwahrscheinlich war es, dass die quer über meine Brust laufende Fessel so angebracht war, dass das Pendel sie treffen würde? Voller Furcht, meine letzte schwache Hoffnung vernichtet zu sehen, reckte ich meinen Kopf, so weit es ging, in die Höhe, um einen Überblick über meine Brust zu erhalten. Meine Glieder und mein Körper waren nach allen Richtungen hin von den Gurten fest umwunden – ausgenommen da, wo der tödliche Halbmond vorüberstreifen musste!

Kaum war ich in meine frühere Lage zurückgesunken, als in meiner Seele etwas aufblitzte, das ich nicht besser beschreiben kann, als wenn ich es die zweite Hälfte jenes unbestimmten Gedankens an Befreiung nenne, den ich schon vorhin erwähnte, der mir vage und undeutlich vorschwebte, als ich die Speise an meine brennenden Lippen führte. Jetzt stand er vor mir – noch schwach, von der Vernunft kaum gebilligt, doch vollständig und erkennbar. Mit der schaudernden Energie der Verzweiflung machte ich mich sogleich an seine Ausführung.

Seit mehreren Stunden wimmelte es dicht um den hölzernen Rahmen herum, auf dem ich lag, von Ratten. Sie schwärmten mit dreister, gieriger Zudringlichkeit heran und starrten mich mit ihren rötlich glühenden Augen an, als warteten sie nur darauf, mich, sobald ich regungslos daliegen würde, zu verzehren. ›Welcher Art‹, dachte ich mit Grausen, ›mag wohl ihre Nahrung im Brunnen gewesen sein?‹

Sie hatten, trotz all meiner Versuche, sie zu verscheuchen, den Inhalt der Schüssel bis auf einen kleinen Rest verzehrt. Unaufhörlich hatte ich die Hand über dem Speiserest hin und her bewegt, doch zum Schluss war die Bewegung durch ihre fortwährende Gleichmäßigkeit wirkungslos geworden. Das scharfe Gebiss dieser gefräßigen Tiere hatte oft meine Finger berührt. Mit den kleinen Stückchen der fetten, stark gewürzten Speise, die noch vorhanden waren, rieb ich nun meine Fesseln, so weit ich nur reichen konnte, gründlich ein. Dann zog ich meine Hand zurück und blieb regungslos, mit zurückgehaltenem Atem, liegen.

Anfangs schienen die raubgierigen Tiere durch die Veränderung erschreckt, schienen der plötzlichen Bewegungslosigkeit zu misstrauen. Sie eilten zum Brunnen zurück, und ich fürchtete schon, sie würden sich nicht mehr heranwagen. Doch dauerte ihre Angst nur einen Augenblick lang. Ich hatte nicht umsonst auf ihre Gefräßigkeit gerechnet. Als sie bemerkten, dass ich regungslos liegen blieb, sprangen ein oder zwei der zudringlichsten auf den Holzrahmen und schnüffelten an den Fesseln herum. Dies schien das Zeichen zu einem allgemeinen Sturm zu sein. In immer neuen Scharen schwärmten sie vom Brunnen heran. Sie klammerten sich an das Holz, stürzten auf den Rahmen und trieben sich zu Hunderten auf meinem Körper herum. Die regelmäßige Schwingung des Pendels beunruhigte sie nicht im Mindesten. Sie wichen ihm aus und beschäftigten sich angelegentlichst mit den fettigen Gurten. Immer größere Schwärme wimmelten heran. Sie krochen über meine Kehle, ihre kalten Schnauzen berührten oft meine Lippen; ich war dem Ersticken nahe; ein Ekel, der sich nicht in Worte fassen lässt, krampfte mir den Magen zusammen und erfüllte mich mit eisiger Übelkeit. Doch hielt ich standhaft aus, da ich fühlte, dass der Kampf nicht mehr lange dauern könne. Deutlich spürte ich schon, wie meine Fesseln sich lockerten, sie mussten schon an mehr als einer Stelle zernagt sein. Mit übermenschlicher Willenskraft hielt ich still.

Ich hatte mich in meinen Berechnungen nicht geirrt, und meine Standhaftigkeit schien belohnt zu werden. Ich fühlte, dass ich frei war! Der Gurt hing in Fetzen um meinen Körper herum. Doch schon berührte das Pendel meine Brust. Der Stoff meines Gewandes war schon geschlitzt, selbst das Hemd darunter war schon durchschnitten worden. Noch zweimal schwang das Pendel, und durch jede Fiber meines Leibes zuckte ein schauerlich durchdringendes Schmerzgefühl. Doch der Augenblick der Rettung war gekommen. Auf eine feste Bewegung meiner Hand stürzten meine Befreier erschreckt von dannen. Vorsichtig, langsam, zusammengekrümmt machte ich eine seitliche Schwenkung und glitt aus meinen Fesseln und dem Bereich des fürchterlichen Stahls auf die Erde nieder. Für den Augenblick wenigstens war ich frei.

Frei! In den Klauen der Inquisition und von Freiheit reden! Kaum war ich von meinem hölzernen Schreckenslager auf den Steinboden meines Gefängnisses herabgeglitten, als die Bewegung der höllischen Maschinerie aufhörte. Ich sah, wie sie von einer unsichtbaren Kraft zur Decke emporgezogen wurde, und neue Verzweiflung zerriss mir das Herz. Man überwachte also jede meiner Bewegungen! Frei! – Ich war nur *einer* Art von Todesqual entgangen, um einer schlimmeren überliefert zu werden. Bei diesem Gedanken schweiften meine entsetzten Blicke unwillkürlich an den eisernen Mauern, die mich umschlossen, entlang. Irgendeine Veränderung, über die ich mir im ersten Augenblick noch nicht recht klar wurde, hatte stattgefunden, irgendetwas Ungewöhnliches war im Raum vor sich gegangen. Mehrere Minuten lang quälte ich mich, in einer grausenerfüllten, traumhaften Versunkenheit befangen, mit unmöglichen, irren Vermutungen ab. Dann bemerkte ich zum ersten Mal den Ursprung des schwefeligen Lichtes, das meinen Kerker erfüllte. Es drang aus einem vielleicht einen halben Zoll breiten Spalt hervor, der am Fuß der Wände den ganzen Kerker entlanglief, sodass sie vollständig vom Fußboden getrennt waren. Ich bemühte mich, durch die Rinne hinunterzuspähen, jedoch vergeblich.

Als ich mich nach diesem Versuch wieder erhob, wurde mir plötzlich klar, worin die geheimnisvolle Veränderung meiner Zelle bestand. Ich sagte schon, dass die Umrisse der an den Wänden befindlichen Abbildungen deutlich hervortraten, die Farben hingegen matt und verblasst erschienen. Diese Farben begannen jetzt von Augenblick zu Augenblick schreckhafter aufzuleuchten und verliehen den gespensterhaften, teuflischen Fratzen einen Anblick, der stärkere Nerven als meine zerquälten mit unerträglichem Grausen erfüllt haben würde. Dämonische Augen mit wilden, geisterhaften Blicken starrten mich plötzlich aus dunklen Ecken an und glühten mit so düsterem Feuerglanz zu mir her, dass ich mich nicht zwingen konnte, sie nur für eine Vorspiegelung meiner gemarterten Fantasie zu halten.

Vorspiegelung! – Schon drang beim Atemholen der Dunst von glühendem Eisen in meine Nase. Ein erstickender Qualm begann den Kerker zu erfüllen. Mit jeder Sekunde erglühten die Augen, die auf meine Todesqualen niedergrinsten, in wüsterem Feuerschein. Die gemalten blutigen Schauerszenen färbten sich blutiger. Schüttelnd riss ein Grausen an mir! Ich keuchte! Ich erkannte die Absicht meiner Quäler – dieser entmenschten Teufel! Ich floh vor dem glühenden Eisen in die Mitte der Zelle. In dem unsagbaren Grauen vor der feurigen Vernichtung, die mich erwartete, kam mir plötzlich wie linderndes Balsam der Gedanke an die Kühle des Brunnens. Ich beugte mich über seinen gefährlichen Rand und spähte scharf hinunter. Ein feuriger Schein fiel von der glühenden Decke und beleuchtete seine verborgensten Winkel. Doch sträubte sich mein Geist einen grässlichen Augenblick lang, das, was ich da sah, für möglich zu halten. Endlich drängte sich die Wahrheit meiner Seele mit unwiderstehlicher Gewalt auf – brannte sich mit unerhörten Zügen in meine schaudernde Vorstellung. Wer könnte aussprechen, was ich sah? Jedes andere Schrecknis – nur nicht dies! Mit einem Schrei stürzte ich von dem Brunnenrand fort, verbarg mein Gesicht in meinen Händen – und weinte bitterlich!

Die Hitze nahm rasch zu, und wie irrsinnig starrte ich noch einmal zur Decke empor. Eine zweite Veränderung hatte sich vollzogen, und zwar diesmal in der Form des Kerkers. Wie früher bemühte ich mich, zuerst vergeblich, ihren Zweck zu erkennen. Doch blieb ich nicht lange im Zweifel. Mein zweimaliges Entkommen hatte die Wut der Inquisitoren zum Äußersten getrieben, und sie zögerten nicht, all ihren Grausamkeiten noch die letzte, fürchterlichste folgen zu lassen.

Der Kerker war ursprünglich rechtwinklig gewesen, jetzt sah ich, dass zwei seiner eisernen Ecken spitzwinklig, die beiden anderen also stumpfwinklig geworden waren. Mit leisem Knarren ging die furchtbare Verschiebung vor sich. Einen Augenblick später hatte der Raum die Gestalt eines verschobenen Quadrats. Doch hielt die Bewegung hier nicht an – ich hatte es auch weder gehofft noch gewünscht. Ich hätte ja die glühenden Wände wie ein Totenhemd, das mir die ewige Ruhe versprach, an meine Brust drücken mögen! »Tod!«, rief ich sehnsüchtig aus; denn willkommen war mir jeder Tod – nur nicht der Tod in der Grube! Ich Narr! Begriff ich denn immer noch nicht, dass das glühende Eisen keinen anderen Zweck hatte, als mich in den Brunnen hineinzutreiben? Konnte ich die Glut ertragen? Und wäre dies auch möglich: Musste ich nicht der pressenden Gewalt der wandelnden Wände weichen? – Enger und enger und so schnell, dass mir keine Zeit zum Grübeln blieb, schob sich das Viereck zusammen. Schon stand sein Mittelpunkt, der breiteste Raum zwischen den Eisenwänden, gerade über dem gähnenden Abgrund des Brunnens. Ich schauderte zurück – die Wände drängten mich wieder vor. Endlich war für meinen zuckenden, wunden Körper nur noch ein Zoll Raum auf dem Boden geblieben. Ich kämpfte nicht länger; die Todesangst meiner Seele schrie in einem einzigen lauten Schrei der Verzweiflung zum Himmel auf. Ich fühlte, dass ich auf dem Rande schwankte – ich wandte die Augen ab – ich hörte ein verworrenes Geräusch menschlicher Stimmen! Dann ein polterndes Rollen wie von tausend Donnern! Und jetzt ein lautes Signal wie von vielen Trompeten, die durcheinander schmetterten. Es krachte – dröhnte! Die feurigen Wände fuhren zurück! Ein ausgestreckter Arm ergriff den meinen, im Augenblick, da ich schon besinnungslos über dem Abgrunde wankte. Es war General Lasalle. Die Inquisition befand sich in den Händen ihrer Feinde. Die französische Armee war in Toledo eingezogen.

[circa August 1842]

Der schwarze Kater

Ich verlange und erwarte nicht, dass man die höchst seltsame und doch einfache Geschichte, die ich hier niederschreiben will, glaubt. Es wäre auch töricht, dies zu tun, denn ich selbst vermag dem Zeugnis meiner Sinne kaum zu trauen. Doch bin ich weder wahnsinnig noch habe ich geträumt. Morgen aber muss ich sterben und möchte darum heute meine Seele entlasten. Zu diesem Zweck will ich der Welt klar und bündig und ohne weitere Erörterungen eine Reihe rein häuslicher Begebenheiten vor Augen führen. Die Folgen dieser Begebenheiten haben mich dem Entsetzen, haben mich der Qual anheim gegeben und mich schließlich zu Grunde gerichtet. Doch will ich nicht versuchen, sie weiter zu erklären. Mir haben sie ein Schaudern verursacht; anderen mögen sie vielleicht weniger schrecklich als sonderbar erscheinen. Später vielleicht wird ein denkender Geist meine Wahngebilde auf Selbstverständlichkeiten zurückführen – er wird, ruhiger, logischer und viel weniger nervös als ich, in all den Umständen, die ich nun mit Grausen erzähle, die gewöhnliche Folge ganz natürlicher Ursachen und Wirkungen erkennen.

Von früher Kindheit an war ich wegen meines gelehrigen, liebevollen Wesens bekannt. Die Zärtlichkeit meines Herzens war so ungewöhnlich, dass sie mich zum Gespött meiner Kameraden machte. Ich war ein großer Tierfreund, und meine Eltern gestatteten mir gütigst, eine ganze Anzahl solcher Lieblinge zu halten. Mit ihnen verbrachte ich den größten Teil meiner Zeit und fühlte mich nie so glücklich, als wenn ich sie fütterte und liebkoste. Diese Eigenheit meines Wesens wuchs mit den Jahren und war später im Mannesalter der Quell meiner größten Vergnügungen. Denen, die jemals Neigung für einen treuen und gelehrigen Hund gehabt haben, brauche ich wohl die Natur und die innige Befriedigung, die aus solch einer Liebhaberei entstehen kann, nicht weiter zu erklären. In der selbstlosen und aufopferungsfähigen Anhänglichkeit eines Tieres liegt etwas, das unmittelbar zum Herzen dessen spricht, der oft Gelegenheit gehabt hat, die Armseligkeit und Unbeständigkeit der Menschen – was Freundschaft und Treue angeht – zu erproben.

Ich heiratete früh und war glücklich, bei meiner Frau eine meinem Wesen entsprechende Gemütsart zu finden. Als sie meine Vorliebe für Haustiere bemerkte, ließ sie keine Gelegenheit vorübergehen, mir die gefälligsten zu verschaffen. Und so besaßen wir denn Vögel, Goldfische, einen schönen Hund, Kaninchen, einen kleinen Affen und einen – Kater.

Er war ein auffallend großes und schönes Tier, vollständig schwarz und erstaunlich klug. Meine Frau, die ein wenig abergläubisch war, machte oft, wenn sie von dieser Klugheit sprach, Anspielungen auf den volkstümlichen Aberglauben, nach dem alle schwarzen Katzen verkappte Hexen sind. Ich will nicht sagen, dass sie jemals ernsthaft daran glaubte, und ich erwähne es überhaupt nur, weil ich mich zufällig wieder daran erinnere.

Pluto – so hieß der Kater – war mein bevorzugter Liebling und Spielgenosse. Ich allein fütterte ihn, und er begleitete mich auf Schritt und Tritt im ganzen Hause herum. Ich konnte ihm nur mit Mühe verwehren, mir auch auf die Straße zu folgen.

Unsere Freundschaft hatte nun schon mehrere Jahre bestanden – Jahre, in denen mein Temperament und mein Charakter, wie ich mit Beschämung gestehen muss, durch den Dämon Unmäßigkeit allmählich eine vollständige Wandlung zum Schlimmen erfuhr. Ich wurde von Tag zu Tag trübsinniger, reizbarer, rücksichtsloser. Selbst meiner Frau gegenüber gestattete ich mir eine brutale Sprache und vergriff mich schließlich sogar tätlich an ihr. Meine Lieblinge mussten natürlich ebenfalls unter dieser Veränderung meiner Gemütsart leiden. Ich vernachlässigte sie nicht nur, sondern misshandelte sie. Für Pluto jedoch empfand ich noch immer so viel Zuneigung, dass ich ihn wenigstens nicht quälte, obwohl ich mir kein Gewissen daraus machte, die Kaninchen, den Affen und selbst den Hund, wenn sie mir aus Zufall oder Anhänglichkeit in den Weg liefen, zu peinigen, wie ich nur konnte. Aber meine Krankheit gewann immer mehr Macht über mich – denn welche Krankheit ist an Hartnäckigkeit dem Hang zum Alkohol zu vergleichen? –, und zum Schluss musste selbst Pluto, der anfing, alt und infolgedessen etwas mürrisch zu werden, die Wirkungen meiner Verdüsterung an sich erfahren.

Eines Nachts, als ich vollständig betrunken aus einer meiner geliebten Kneipen in der Stadt spät nach Hause zurückkehrte, bildete ich mir ein, der Kater meide meine Gegenwart. Ich fing ihn ein, raffte ihn hoch, wobei er mir, wahrscheinlich aus Angst vor meiner Heftigkeit, mit den Zähnen eine kleine Wunde an der Hand beibrachte. In demselben Augenblick ergriff mich eine wilde Wut; ich kannte mich selbst nicht mehr, es war, als sei meine Seele aus dem Körper entwichen; eine mehr als teuflische, vom Schnaps noch angefeuerte Bosheit zuckte in jeder Fiber meines Leibes. Ich zog ein Federmesser aus meiner Tasche, öffnete es, packte das arme Tier an der Gurgel und stach ihm ganz bedächtig eins seiner Augen aus der Höhle heraus. Oh! – es überläuft mich abwechselnd ein glühender und eisiger Schauder, da ich diese fluchwürdige Scheußlichkeit hier niederschreibe.

Als ich am anderen Morgen den Dunst meiner nächtlichen Ausschweifung verschlafen hatte und wieder zu Verstande kam, empfand ich über mein Verbrechen ein aus Abscheu und Gewissensbissen gemischtes Gefühl; doch war es nur eine schwache Empfindung, und in ihrer Tiefe blieb meine Seele von derselben unberührt. Ich überließ mich aufs Neue meinen Unmäßigkeiten, und jede Erinnerung an die Tat ertränkte ich im Branntwein.

Der Kater genas mittlerweile langsam. Seine leere Augenhöhle bot allerdings einen schauerlichen Anblick, doch schien er keine Schmerzen mehr zu leiden. Wie früher strich er im Hause umher, floh aber, wie leicht erklärlich, entsetzt davon, sobald ich in seine Nähe kam. Ich hatte mir noch so viel Gefühl bewahrt, dass mich die offenbare Abneigung eines Geschöpfes, das mir früher zugetan war, betrübte. Doch wich diese Empfindung bald einer tückischen Erbitterung. Und dann kam auch, um meinen endgültigen, unwiderruflichen Untergang zu besiegeln, der Geist der *Perversität* über mich. Die Psychologie hat sich noch nie mit diesem Dämon befasst. Doch so wahr meine Seele lebt, ich glaube, dass die Perversität einer der Grundtriebe des menschlichen Herzens ist, eine der unteilbaren Urfähigkeiten oder Gefühle, die dem

Charakter des Menschen seine Richtungslinie geben. Wem wäre es nicht hundert Mal begegnet, dass er sich bei einer niedrigen oder törichten Handlung überraschte, die er nur deshalb beging, weil er wusste, dass sie verboten war? Haben wir nicht beständig die Neigung, die Gesetze zu verletzen, bloß weil wir sie als solche anerkennen müssen? Dieser Geist der Perversität kam also, wie ich schon sagte, über mich, um meinen Untergang zu vollenden. Jener unergründliche Drang der Seele, sich selbst zu quälen, ihrer eigenen Natur Gewalt anzutun und das Unrecht nur um des Unrechts willen zu begehen, trieb mich an, das unschuldige Tier, das ich schon so grässlich misshandelt hatte, noch weiter zu quälen. Eines Morgens legte ich kaltblütig eine Schlinge um seinen Hals und hängte es an dem Ast eines Baumes auf; hängte es auf, während mir die Tränen aus den Augen strömten und Gewissensbisse mein Herz folterten; hängte es auf, *weil* ich wusste, dass es mich geliebt, und *weil* ich fühlte, dass es mir nie eine Ursache zu dieser Misshandlung gegeben hatte; hängte es auf, *weil* ich fühlte, dass ich mit der Tat eine Sünde beging, eine Todsünde, die das Heil meiner Seele vernichten konnte, sie, wenn es noch möglich gewesen wäre, dem Bereich der Gnade des allgerechten und allbarmherzigen Gottes hätte entziehen müssen.

In der Nacht, die dem Tage folgte, an dem ich die grausame Tat vollführt hatte, wurde ich durch Feuerlärm aus dem Schlafe geweckt. Die Vorhänge meines Bettes brannten, das ganze Haus stand schon in Flammen. Unter großen Gefahren entrannen meine Frau, unser Dienstbote und ich der Feuersbrunst. Alles wurde zerstört, mein ganzer Besitz an irdischen Gütern war dahin. Und ich selbst überließ mich von nun ab nur noch widerstandsloser dem Trunk.

Ich bin längst über die Schwäche hinaus, ein Verhältnis von Ursache und Wirkung zwischen diesem Unglück und der vorhergegangenen Schändlichkeit zu erblicken. Ich stelle nur eine Kette von Tatsachen fest und möchte dabei kein Glied unerwähnt lassen. Am Tag nach dem Brand besichtigte ich die Trümmer. Die Mauern waren bis auf eine zusammengestürzt: und zwar war die nicht sehr dicke Scheidewand in der Mitte des Hauses, an der das Kopfende meines Bettes gestanden hatte, stehen geblieben. Die Wandverkleidung selbst hatte dem Feuer auffallend gut widerstanden – ich führte dies auf den Umstand zurück, dass sie erst vor kurzem neu angeworfen worden war. Um diese Mauer herum hatte sich eine dichte Menschenmenge versammelt und schien einen bestimmten Teil derselben einer eingehenden, eifrigen Prüfung zu unterziehen. Worte wie ›seltsam!‹ und ›sonderbar!‹ und ähnliche Ausrufe erregten meine Neugierde. Ich näherte mich und erblickte auf der weißen Oberfläche, wie im Bas-Relief eingegraben, die Gestalt eines riesigen Katers. Die Konturen waren mit wunderbarer Sorgfalt ausgeführt. Um den Hals des Tieres lag ein Strick.

Als ich diesen Spuk – für etwas anderes konnte ich's kaum halten – erblickte, geriet ich vor Staunen und Grausen außer mir. Schließlich erinnerte ich mich, dass ich den Kater in einem Garten erhängt hatte, der dicht an mein Haus anstieß. Bei dem Feuerlärm hatte sich der Garten sofort mit Menschen gefüllt. Einer von ihnen musste das Tier abgeschnitten und durch ein offenes Fenster – wahrscheinlich in der Absicht, mich aus dem Schlafe zu wecken – in mein Zimmer geschleudert haben. Beim Einsturz der anderen Mauer musste irgendein Zufall das Opfer meiner Grausamkeit in die frisch aufgetragene Masse des Mauerputzes fest eingedrückt haben. Das

Feuer hatte dann in Verbindung mit dem tierischen Alkali des Kadavers seine Umrisse fest in den Kalk eingebrannt.

Obgleich ich, was diese aufregende, rasch erzählte Tatsache angeht, meiner Vernunft, wenn nicht meinem Gewissen Genüge tat, machte sie nichtsdestoweniger einen tiefen Eindruck auf meine Fantasie. Monatelang konnte ich mich von der Spukgestalt des Katers nicht befreien, und eine unbestimmte Empfindung, die wie Reue erschien, es aber doch nicht war, kehrte in mein Gemüt ein. Ich fing sogar an, den Verlust des Tieres aufrichtig zu bedauern, und begann, mich in den niedrigen Schenken, die ich meist besuchte, nach einem anderen Tier derselben Art und von einigermaßen ähnlichem Aussehen umzusehen, das den Platz Plutos wieder ausfüllen konnte.

Eines Nachts, als ich, schon halb stumpfsinnig, in einer der allerniedrigsten Lasterhöhlen saß, lenkte sich meine Aufmerksamkeit plötzlich auf einen dunklen Gegenstand, der oben auf einem riesigen Oxhoftfass voll Branntwein oder Rum lag, das ein Hauptstück der Ausstattung des Lokales bildete. Einige Minuten lang blickte ich fest nach dem in die Höhe gerichteten Boden des Fasses, und es setzte mich in Erstaunen, dass ich den betreffenden Gegenstand nicht eher bemerkt hatte. Ich ging darauf zu und berührte ihn mit der Hand. Es war ein schwarzer Kater – ein sehr großer schwarzer Kater –, ganz so groß wie Pluto und ihm, mit Ausnahme einer einzigen Abweichung, vollständig ähnlich. Pluto hatte an seinem ganzen Körper kein einziges weißes Haar; dieser Kater hatte dagegen einen großen, wenn auch undeutlich gezeichneten weißen Flecken, der beinahe die ganze Brust bedeckte.

Als ich das Tier berührte, erhob es sich sofort, begann laut zu schnurren, rieb sich an meiner Hand und schien über die ihm gespendete Aufmerksamkeit höchst erfreut. Dies war also wohl gerade das Tier, das ich suchte! Ich machte dem Wirt sofort ein Angebot, um es zu kaufen, aber der erhob überhaupt keinen Anspruch darauf, sagte, er kenne es nicht und habe es nie zuvor gesehen.

Ich fuhr in meinen Liebkosungen fort, und als ich mich auf den Heimweg machte, schien das Tier mir folgen zu wollen. Ich gestattete es und stand unterwegs hin und wieder still, um es zu streicheln. Zu Hause angekommen, gewöhnte es sich gleich ein und wurde sofort der Liebling meiner Frau.

In mir jedoch fühlte ich bald eine Abneigung gegen das Tier entstehen. Das war gerade das Gegenteil von dem, was ich erwartet hatte, aber – ich weiß nicht, wie und weshalb – seine augenscheinliche Anhänglichkeit an mich widerte mich an. Nach und nach verwandelte sich dies Gefühl des Widerwillens in erbitterten Hass. Ich mied die Katze; ein gewisses Gefühl der Beschämung und die Erinnerung an meine frühere Grausamkeit verhinderten jedoch, dass ich sie misshandelte. Einige Wochen vergingen, ohne dass ich sie schlug oder sonst quälte. Aber allmählich – ganz allmählich – fing ich an, sie mit unaussprechlichem Abscheu zu betrachten und vor ihrer verhassten Gegenwart wie vor dem giftigen Hauch der Pest schweigend zu entfliehen.

Was ohne Zweifel meinen Hass gegen das Tier noch verschärfte, war die Entdeckung, die ich gleich am ersten Morgen machte: dass das Tier, gerade wie Pluto, des einen Auges beraubt war. Dieser Umstand machte es meiner Frau nur noch lieber, die, wie ich schon sagte, in hohem Maße jene Zärtlichkeit des Herzens besaß, die einst auch mein hervorstechendster Charakterzug und die Quelle einfachster und reinster Freuden gewesen war.

Doch schien mit meinem Widerwillen gegen den Kater dessen Vorliebe für mich nur noch zu wachsen. Er folgte mir stets auf dem Fuße, mit einer Beharrlichkeit, die ich nur schwer beschreiben kann. Setzte ich mich nieder, so kauerte er sich unter meinen Stuhl oder sprang mir auf die Knie und überhäufte mich mit den hässlichsten Liebkosungen. Stand ich auf, um wegzugehen, so zwängte er sich zwischen meine Füße und warf mich fast zu Boden, oder er klammerte sich mit seinen langen, scharfen Krallen in meine Kleider und kletterte an mir fast bis zur Brust herauf. Und obgleich mich bei solchen Gelegenheiten das Verlangen packte, ihn mit *einem* Hiebe totzuschlagen, hielt mich immer wieder irgendetwas davon zurück, teils die Erinnerung an mein früheres Verbrechen, jedoch hauptsächlich – ich will es nur gleich gestehen – eine wirkliche *Angst* vor dem Tier.

Ich fürchtete mich nicht gerade vor einer körperlichen Verletzung durch den Kater – und doch wusste ich nicht, wie ich sonst dies Gefühl erklären sollte! Ich gestehe mit Beschämung, selbst in dieser Verbrecherzelle mit Beschämung, dass der Schreck und der Abscheu, den das Tier mir einflößte, durch ein nichtiges Hirngespinst – so nichtig, wie man sich nur eins vorstellen mag – noch gesteigert wurde. Meine Frau hatte mich gelegentlich auf die Form des weißen Fleckens hingewiesen, von dem ich schon gesprochen habe, und der den einzigen sichtbaren Unterschied zwischen diesem seltsamen Tiere und dem von mir getöteten ausmachte. Der Leser wird sich erinnern, dass dieser Fleck, obgleich er groß war, nur sehr undeutliche Umrisse aufwies. Aber in ganz allmählichen, kaum wahrnehmbaren Steigerungen, die meine Vernunft sich vergeblich als Einbildungen einreden wollte, erlangten dieselben eine fürchterliche Deutlichkeit. Sie stellten jetzt einen Gegenstand dar, den ich zu nennen schaudere und dessentwegen allein ich das Ungeheuer verabscheute und fürchtete und mich von ihm befreit haben würde, hätte ich es nur *gewagt*. Es war das Abbild eines scheußlichen, spukhaften Gegenstandes – ich spreche es aus: Es war die Zeichnung eines Galgens. O trauriges und furchtbares Mahnbild der Schande und der Sühne niedrigsten Verbrechens – voll Todesqual und Tod!

Und nun war ich wirklich elend – elend über alle Grenzen menschlichen Elends hinaus. Und ein unvernünftiges Tier – von dessen Geschlecht ich eines verächtlich getötet hatte –, ein vernunftloses Tier bereitete mir, einem Menschen nach dem Ebenbilde Gottes, eine solch unerträgliche Qual! Ach! Weder bei Tage noch bei Nacht empfand ich mehr die Wohltat der Ruhe. Tagsüber ließ mich das Tier keinen Augenblick allein, und des Nachts fuhr ich stündlich aus Träumen voll unaussprechlichsten Grausens auf, fühlte seinen Atem über meinem Gesicht und sein schweres Gewicht – wie einen körperlich gewordenen Nachtspuk, den ich abzuschütteln nicht die Kraft hatte – unablässig auf meiner Brust!

Unter dem Druck solcher Qualen schwand der schwache Rest dahin, der noch von Gutem in mir war. Schlimme Gedanken wurden meine einzigen Begleiter – schlimmste, finsterste Gedanken! Mein gewöhnlicher Trübsinn artete in Hass aus gegen alles in der Welt, ja gegen die ganze Menschheit: Meist war es meine still duldende Frau, die unter den plötzlichen zügellosen Wutausbrüchen, denen ich mich jetzt oft blindlings überließ, bitter zu leiden hatte.

Eines Tages begleitete sie mich wegen irgendeiner häuslichen Angelegenheit in den Keller des alten Gebäudes, das zu bewohnen uns unsere Armut nötigte. Die

Katze folgte mir die steilen Treppen hinunter und veranlasste, dass ich stolperte und fast kopfüber hinuntergestürzt wäre. Dies erboste mich sehr. Ich ergriff eine Axt, vergaß in meiner kindlichen Wut die Angst, die bis jetzt meine Hand zurückgehalten hatte, und führte einen Streich auf das Tier, der sicher tödlich gewesen wäre, wenn er so getroffen hätte, wie ich es wünschte. Meine Frau jedoch hielt den Schlag auf. Dies versetzte mich in eine mehr als teuflische Raserei, ich riss meinen Arm aus den Händen meiner Frau los und hieb ihr die Axt in den Schädel. Ohne den geringsten Laut brach sie sofort tot zusammen.

Kaum war dieser grauenvolle Mord geschehen, als ich mich auch schon daranmachte, den Leichnam mit aller Überlegung zu verbergen. Ich sah ein, dass ich ihn weder bei Tag noch bei Nacht aus dem Hause schaffen konnte, ohne Gefahr zu laufen, von den Nachbarn bemerkt zu werden. Mancherlei Pläne kamen mir in den Sinn. Einmal dachte ich daran, den Körper in lauter kleine Teile zu zerschneiden und zu verbrennen, dann beschloss ich, ihn im Boden des Kellers zu vergraben, dann überlegte ich, ob ich ihn nicht in den Brunnen, der sich auf unserm Hofe befand, werfen solle – ja, ich dachte sogar daran, ihn wie eine Ware in eine Kiste zu verpacken und diese von einem Paketträger aus dem Hause wegschaffen zu lassen. Endlich blieb ich bei einer Idee, die mir bei weitem als beste erschien. Ich beschloss, ihn im Keller einzumauern, wie es nach verschiedenen Überlieferungen die Mönche des Mittelalters mit ihren Opfern gemacht haben sollen.

Der Keller schien mir für einen solchen Zweck wohl geeignet. Die Mauern waren leicht gebaut und erst kürzlich mit grobem Mörtel beworfen worden, der in der feuchten Kellerluft noch nicht vollständig verhärtet war. Überdies befand sich an einer der Mauern ein Vorsprung, hinter dem sich ein falscher Kamin befand, den man ausgefüllt hatte, wodurch die Stelle den übrigen Wänden gleichgemacht war. Ich zweifelte nicht, die Ziegel an dieser Stelle leicht herausbrechen, den Leichnam in der Höhlung verbergen und das Ganze wieder so zumauern zu können, dass kein Auge irgendetwas Verdächtiges entdecken würde.

Und diese Annahme täuschte mich nicht. Ich entfernte mittels eines Brecheisens mit leichter Mühe die Steine, lehnte den Körper gegen die innere Wand, befestigte ihn etwas in dieser Stellung und stellte die Mauer, genau so, wie sie ursprünglich gewesen, wieder her. Da ich mir mit Verbrecherschlauheit Mörtel, Sand und Stroh verschafft hatte, bereitete ich einen Bewurf, der von dem vorigen nicht zu unterscheiden war, und verstrich die neu gemauerte Stelle auf das Sorgfältigste. Als ich fertig war, empfand ich eine große Befriedigung darüber, dass nun alles in Ordnung sei. An der Wand war nicht das Geringste zu bemerken, den Fußboden säuberte ich mit peinlichster Sorgfalt von dem übrig gebliebenen Schutt. Dann blickte ich mit triumphierenden Blicken umher und sagte zu mir: »Hier ist meine Arbeit wenigstens keine vergebliche gewesen.«

Mein nächster Gang galt dem Kater, der all dies Elend verschuldet hatte und den ich nun mit Bestimmtheit töten wollte. Hätte ich ihn in dem Augenblick gefunden, so wäre sein Schicksal entschieden gewesen, doch es schien, als habe das schlaue Tier noch Furcht vor meinem wilden Zorn und vermeide es, sich vor mir in meiner augenblicklichen Stimmung blicken zu lassen. Es ist unmöglich, das tiefe, selige Gefühl der Erleichterung, mit welchem mich die Abwesenheit des verhassten Wesens erfüllte, zu beschreiben oder gar sich vorzustellen. Auch am Abend kam es nicht wieder zum Vorschein, und so verbrachte ich die erste Nacht, seit es ins Haus gekommen war, in gesundem, tiefem Schlaf; ja, ich *schlief,* obwohl ein Mord meine Seele belastete!

Der zweite und dritte Tag verging – mein Peiniger kam nicht wieder. Noch einmal atmete ich in Freiheit auf. Das Untier war vor Schrecken aus meinem Hause entflohen! Ich würde es nicht mehr sehen! Mein Glück war unbeschreiblich. Das Andenken an meine schwarze Tat beunruhigte mich so gut wie gar nicht. Man hatte einige Nachforschungen angestellt, doch hatte ich sie bald zu erledigen gewusst. Sogar eine Haussuchung hatte stattgefunden, die natürlich ergebnislos verlaufen war. Ich fühlte mich vollständig ruhig und sicher.

Am vierten Tage nach dem Mord erschienen jedoch ganz unerwartet noch einige Abgesandte der Polizei und nahmen von neuem eine sorgfältige Haussuchung vor. Da ich jedoch vollkommen überzeugt war, dass man das verhängnisvolle Versteck nicht auffinden werde, blieb ich ganz kaltblütig. Die Beamten forderten mich auf, sie bei der Durchsuchung zu begleiten. Sie ließen keinen Winkel, keine Ecke außer Acht. Endlich stiegen sie zum dritten oder vierten Mal in den Keller hinab. Ich zuckte mit keiner Wimper, und mein Herz schlug so ruhig wie das eines Menschen, der in Unschuld schläft. Ich durchschritt den Keller von einem Ende zum andern, kreuzte die Arme über die Brust und ging seelenvergnügt auf und ab. Die Beamten schienen befriedigt und schickten sich an, wieder hinaufzugehen. Die Freude meines Herzens war zu groß, als dass ich sie ganz hätte verbergen können. Es stachelte mich förmlich, meinem Triumph, wenn auch nur durch ein Wort, Ausdruck zu verleihen und sie in ihrer Überzeugung von meiner Unschuld zu bestärken.

»Meine Herren«, sagte ich endlich, als die Gesellschaft schon die Stufen hinaufschritt, »ich freue mich, dass sich Ihr Verdacht als unbegründet erwiesen hat. Ich wünsche Ihnen ein herzliches Lebewohl und für die Zukunft etwas mehr Höflichkeit. Im Übrigen, meine Herren, ist dies ein sehr solide gebautes Haus!« (In dem wahnsinnigen Verlangen, irgendetwas Unverfängliches zu äußern, wusste ich kaum selbst mehr, was ich sprach.) »Man könnte es fast ein außerordentlich solide gebautes Haus nennen! Diese Mauern – Sie gehen schon, meine Herren? – diese Mauern sind fest gefügt.« Und hier klopfte ich aus purer Prahlerei mit einem Stocke, den ich in der Hand hielt, heftig gerade gegen den Teil der Mauer, hinter dem der Leichnam jener Frau verborgen war, die ich von Herzen geliebt hatte.

Aber möge Gott mir gnädig sein und mich aus den Klauen des Erzfeindes befreien! Kaum war der Nachklang der Schläge in der Stille verhallt, als eine Stimme aus dem Innern des Grabes antwortete. – Es war ein Geschrei, anfangs gebrochen und halb erstickt, wie das Schluchzen eines Kindes, ein Geschrei, das dann zu einem langen, anhaltenden Laut anschwoll, der übernatürlich und unmenschlich klang – einem Geheul, einem kreischenden Wehklagen, in dem sich Schreck und Frohlocken zu mischen schienen, wie es sich nur den Kehlen der Verdammten in ihren Qualen und der Brust triumphierender Teufel entringen kann.

Es wäre unnütz, von meinen Empfindungen sprechen zu wollen. Einer Ohnmacht nahe, taumelte ich gegen die Rückwand des Kellers. Einen Augenblick standen die Polizisten im Übermaß des Entsetzens und Grausens regungslos und starr, im nächsten jedoch arbeiteten bereits ein Dutzend kräftige Arme an der Mauer.

Sie war bald niedergerissen, und der schon stark in Verwesung übergegangene, mit geronnenem Blut bedeckte Leichnam meiner Frau stand aufrecht vor ihren Augen da. Auf dem Kopf, mit aufgerissenem roten Maul und seinem einzigen glühenden Auge, hockte das scheußliche Tier, dessen Gebaren mich zum Morde verleitet hatte und dessen verräterische Stimme mich jetzt dem Henker überlieferte.

Ich hatte das Ungeheuer mit in das Grab eingemauert.

[19. August 1843]

Instinkt gegen Vernunft
Eine schwarze Katze

Die Linie, welche den Instinkt der nackten Schöpfung von der stolzen Vernunft des Menschen trennt, ist ohne Zweifel von äußerst schemenhafter und unbefriedigender Natur – eine Grenzlinie, die noch weit schwieriger zu bestimmen ist als die Nordostgrenze oder die Teilung Oregons. Die Frage, ob niedriger stehende Tiere denken oder nicht, wird vermutlich nie endgültig beantwortet werden können – auf jeden Fall nicht mit unserem jetzigen Wissensstand. Solange die Eigenliebe und die Arroganz des Menschen weiterhin beharrlich die Denkfähigkeit der Tiere leugnet, da ein solches Eingeständnis das viel gepriesene Supremat des Menschen schmälern würde, wird er sich ständig dem Paradox gegenübersehen, den Instinkt als unterlegene Kraft darstellen zu müssen, während er zugleich in Tausenden von Fällen dessen unendliche Überlegenheit über eben jene Vernunft eingestehen muss, die er ausschließlich für sich beansprucht. Der Instinkt, welcher tatsächlich weit davon entfernt ist, der Vernunft unterlegen zu sein, ist vielleicht die erhabenste Geistesfähigkeit überhaupt. Dem wahren Philosophen muss er als Geist

Gottes erscheinen, der so *direkt* auf seine Kreaturen Einfluss nimmt.

Die Verhaltensweisen des Ameisenlöwen, die vieler Spinnenarten und die des Bibers stellen eine wunderbare Analogie oder eher eine Ähnlichkeit zu der gewöhnlichen Funktionsweise des menschlichen Verstandes dar – bei anderen Wesen finden sich jedoch keine derartigen Analogien –; diese Verhaltensweisen können nur zum göttlichen Geist selbst in Bezug gesetzt werden, welcher *unmittelbar* und durch kein körperliches Organ den Willen des Tiers beeinflusst.

Von diesen erhabenen, instinktgesteuerten Kreaturen gibt uns der Korallenwurm ein bemerkenswertes Beispiel. Diese winzige Kreatur, der Architekt ganzer Kontinente, ist nicht nur in der Lage, Wälle im Meer zu errichten und zwar mit einer Zielgerichtetheit und wissenschaftlichen Auslegung, dass selbst ein begnadeter Ingenieur noch Wissen daraus ziehen kann. Nein, ihm ist auch etwas gegeben, was die Menschheit nicht besitzt: die Gabe der Prophetie. Für Monate im Voraus vermag der Korallenwurm die schieren Zufälle vorauszusehen, welche seiner Heimstatt widerfahren können, und gemeinsam mit Myriaden seiner Brüder, die alle wie ein Geist handeln (und sie handeln *tatsächlich* wie ein Geist – wie der Geist des Schöpfers), wird er eifrig Einflüssen entgegenwirken, die allein in der Zukunft existieren.

Es gibt auch einen schier unglaublich wunderbaren Aspekt in Bezug auf die Bienenwabe. Nehmen wir einmal an, ein Mathematiker solle das Problem der idealen Wabe lösen, so wie sie sich die Biene vorstellt, und das vor allem in Bezug auf Stärke und Raum, und er wird sich den höchsten und abstrusesten Fragen der analytischen Forschung gegenübersehen. Nehmen wir einmal an, er soll die Zahl der Seiten benennen, welche der Wabe die größte Festigkeit verleihen, und den genauen Winkel definieren, in welchem sich das Dach mit demselben Objekt im Blick neigen müsste – um diese Frage zu beantworten, müsste der Mathematiker ein Newton oder Laplace sein. Die Bienen haben dieses Problem jedoch von Anbeginn ihrer Existenz an gelöst.

Der Hauptunterschied zwischen Instinkt und Verstand scheint darin zu bestehen, dass der eine in seinen Handlungen unendlich exakter, sicherer und weitsichtiger ist, der andere dagegen über einen weitaus größeren Handlungsspielraum verfügt. Aber wir halten hier eine Predigt, wo wir doch eigentlich nur eine kleine Geschichte über eine Katze erzählen wollten.

Der Schreiber dieses Artikels ist der Besitzer einer der bemerkenswertesten schwarzen Katzen der Welt – und das sagt schon viel aus, denn man wird sich erinnern, dass alle schwarzen Katzen Hexen sind. Jene, von der hier die Rede ist, besitzt nicht ein weißes Haar und zeichnet sich durch ein sittsames und weihevolles Wesen aus. Jener Teil der Küche, den sie am häufigsten frequentiert, ist nur durch eine Tür zugänglich, deren Riegel über eine so genannte Druckklinke bedient wird. Diese Art von Klinke ist eine recht grobe Konstruktion, und um sie herunterzudrücken, bedarf es schon eines gewissen Maßes an Kraft und Geschick. Aber Mieze hat die Angewohnheit, die Tür zu öffnen, und das gelingt ihr wie folgt: Vom Boden springt sie auf den Schutzbügel der Klinke (welcher dem Schutzbügel über dem Abzug einer Pistole ähnelt) und schiebt das linke Vorderbein hindurch, um sich so festzuhalten. Nun drückt sie mit dem rechten Vorderbein auf die Klinke, bis diese nachgibt, wozu es für gewöhnlich mehrerer Versuche bedarf. Nachdem die Katze sie jedoch heruntergedrückt hat, scheint sie sich bewusst zu sein, dass ihre Arbeit nur halb getan ist, denn wird die Tür nicht aufgedrückt, bevor sie die Klinke wieder loslässt, gleitet der Riegel erneut ins Schloss. Deshalb dreht sie ihren Körper so, dass ihre Hinterbeine unmittelbar unter die Klinke drücken und springt mit aller Kraft ab – der Schwung des Sprungs stößt die Tür nun auf, und die Hinterpfoten der Katze halten den Druck auf der Klinke lange genug aufrecht, dass der Riegel nicht mehr zuschnappen kann.

Wir haben diese einmalige Leistung mindestens einhundert Mal beobachtet, und jedes Mal waren wir aufs Neue von der Wahrheit der Bemerkung beeindruckt, mit der wir diesen Artikel begonnen haben – nämlich dass die Grenze zwischen Instinkt und Verstand von eher schemenhafter Natur ist. Wie ihr Tun beweist, muss die schwarze Katze all jene Wahrnehmungs- und Denkfähigkeiten angewandt haben, von denen wir gewohnheitsmäßig glauben, sie seien einzig dem Verstand vorbehalten.

[29. Januar 1840]

Ins Deutsche übertragen von
Rainer Schumacher

Unzusammenhängende Notizen zum Thema Katzen

Katzen waren die Ersten, die im Garten Eden erfunden wurden. Laut den Rabbinern besaß Eva eine Schoßkatze mit Namen Pusei, und aus diesem Umstand entstand bei den östlichen Völkern eine Sekte von Katzenanbetern, den Puseiiten – eine Sekte, von der es heißt, dass sie irgendwo noch existiert. Als die Ratten ein Ärgernis wurden, erteilte Adam dem ersten Katzenpaar sechs Lektionen darin, wie man sie fängt, und dieses Wissen ist bis heute erhalten geblieben. Die Griechen buchstabierten Katze/cat mit einem *K*, und die Franzosen fügten ein *H* hinzu; den rein englischen Gelehrten wird solche Ignoranz nicht kümmern, er bleibt bei der richtigen Orthografie. Zu Chaucers Zeiten wurde ›cataract/ Katarakt‹ ›caterect‹ buchstabiert; doch welche Analogie zwischen einer sich aufrichtenden Katze und herunterfallendem Wasser besteht, kann man unmöglich sagen. Die Einführung des Wortes ›cat‹ in cat-aplasma/Kataplasma, cat-egory/Kategorie etc. ist nicht autorisiert; dies geschah ohne Wissen oder Zustimmung der beteiligten Parteien und besitzt keinerlei Bedeutung. Cat-nip/Katzenminze hat hingegen eine Bedeutung: Für das System der Katzen spielt sie dieselbe Rolle wie Zuckerwerk für das menschliche System.

Ein Gentleman auf der Jagd nach schwer zu erlangendem Wissen will verstehen, warum Katzen, die solch eine göttliche Melodie in sich tragen, selbst solch eine abscheuliche Musik machen? Die Antwort darauf ist vielleicht ganz einfach. Katzen sind bescheiden. Sie tragen ihre Errungenschaften nicht zur Schau. Nie hört man von einer gelehrigen Katze. Gelehrige Schweine, Bären und Hunde, die die Tageszeit sagen können und wie viele Zuschauer anwesend sind (was zum Verdruss der Schausteller nur allzu leicht ist), sind häufig anzutreffen. Aber wer hätte je von einer gelehrigen Katze gehört? Eine Katze erhebt auf keinerlei Wissen Anspruch, noch nicht einmal auf das um den Gesang. Wenn man sie tötet, vermag man sozusagen eine physische Essenz zu extrahieren, welche gestreckt und gespannt eine göttliche Wirkung haben kann. Dies liegt vermutlich an dem losgelösten Geist, welcher zu einer einzigen Saite zusammengefasst wird und nun eine simple Melodie hervorbringt, wohingegen im Original die Saiten auf verwirrende Art miteinander verbunden waren und so notwendigerweise einen Misston produzieren mussten – ganz zu schweigen davon, dass sie ursprünglich schlicht lebten, sich also im rohen Stadium der Natur befanden.

Diese Erklärung scheint klar zu sein. Ein junges Kätzchen ist elegant; seine Hauptbeschäftigung besteht darin, den eigenen Schwanz zu jagen, doch der Schwanz wird sich nicht ewig jagen lassen. Sehr kleine Kinder lieben sehr kleine Katzen über alles. Aber wenn die Kinder – im Falle von Jungen – größer werden und in der Schule die humanistischen Fächer lernen, alles über Draco, Alexander und Cäsar, ändern sie ihr Verhalten gegenüber Katzen und töten sie, wann immer ihre Laune sie dazu treibt. Es gibt ein Sprichwort, das besagt, Verfolgung lasse das erblühen, was sie zu unterdrücken sucht. Das ist nicht ganz richtig. Im Falle von Ratten, die von Katzen verfolgt werden, lässt die Verfolgung ihre Zahl immer mehr abnehmen. Nur wenn die Verfolgung halbherzig ist oder mit Nachsicht einhergeht, trifft das Sprichwort zu.

Nicht nur im Falle der Ratten, sondern auch bei den Indianern erweist sich das Sprichwort als falsch. Die Indianer sind mit Feuer, Whiskey und Schwert verfolgt worden, und nun sind sie fast ausgerottet.

Eine Katze macht sich nur selbst zum Narren, wenn sie verliebt ist. Nur dann, wenn sie im Überschwang des Herzens alles andere vergisst, spielt sie unbewusst den Troubadour. (Wir sprechen von der Katze ausschließlich in der weiblichen Form, weil alle Katzen eine ›Sie‹ sind – eine besondere Schönheit der englischen Sprache.) Die Katze, die jemandem ein Ständchen bringt, macht ein Geräusch wie ein Kleinkind mit einer Kolik, womit sie auch häufig verwechselt wird. Bei Katzen besitzen beide Geschlechter Schnurrhaare und Schnauzbärte; dass die tatsächlich weiblichen Katzen jemals von dieser Mode abrücken werden, welche sich so lange gehalten hat, steht zu bezweifeln. Zu den strahlendsten Seiten in den englischen Annalen zählt die Geschichte von Whittington und seiner Katze. Und wir kennen einen Jungen, der eine Katze besitzt, und er sagt, er wolle dereinst Bürgermeister von Philadelphia werden. Wir haben nicht den geringsten Einwand dagegen.

[19. Juli 1844]

Ins Deutsche übertragen von
Rainer Schumacher

Der Untergang des Hauses Usher

Son cœur est un luth suspendu;
Sitôt qu'on le touche, résonne.
De Béranger.

An einem dunklen, stummen Herbsttage, an dem die Wolken tief und schwer fast bis zur Erde herabhingen, war ich lange Zeit durch eine eigentümlich trübe Gegend geritten und sah endlich, als sich schon die Abendschatten niedersenkten, das Stammhaus der Familie Usher vor mir. Ich weiß nicht, wie es kam – gleich beim ersten Anblick der Mauern breitete sich eine unerträgliche Düsterkeit über meine Seele. Ich sage eine unerträgliche Düsterkeit, weil sie keinen Augenblick lang durch jene beinah angenehme Empfindung gemildert wurde, mit der das Gemüt eines Menschen, der die Dinge künstlerisch schaut, selbst die wüstesten Bilder der Verödung und des Schreckens in sich aufzunehmen pflegt. Ich betrachtete das vor mir liegende Gebäude mit seiner einfachen landschaftlichen Umgebung – die frostigen Mauern, die leeren Fensterhöhlen, die wie erloschene Augen starrten, ein paar Büschel steifer Binsen, ein paar weißlich schimmernde Stämme verdorrender Bäume – mit einem Gefühl so tiefer Niedergeschlagenheit, dass ich sie mit keiner anderen Stimmung auf dieser Welt vergleichen könnte als mit dem trostlosen Erwachen des

Opiumessers aus seinem Rausche, mit dem scheußlichen Augenblick, wenn der schimmernde Schleier langsam zerreißt und die Alltagswelt wieder grau und frostig dasteht. Öde, versunkene Trauer lag über dem Stammsitz und teilte sich mir mit: Eine müde Melancholie glitt in mich hinein und ließ kein fantastisches Bild in mir aufleben. Was mochte es sein – ich hielt mein Pferd an, um darüber nachzudenken –, was mochte es sein, das mich bei der Betrachtung des Hauses Usher mit so entnervender Macht anfiel? Es schien mir, als wäre es ein undurchdringliches Geheimnis, und vergebens bemühte ich mich, die schattenhaften Fantasiegebilde, die durch meinen Geist und meine Grübeleien zogen, zu verscheuchen. Ich kam nicht über den unbefriedigenden Schluss hinaus, dass es ohne Zweifel in der Natur gewisse Verbindungen einfacher Gegenstände gibt, welche die Macht haben, eine solche niederdrückende Wirkung auszuüben, während die Bedingungen, unter denen diese Macht entsteht, unserem Erkenntnisvermögen entzogen sind. Es war ja möglich, so grübelte ich weiter, dass schon eine bloße veränderte Anordnung der einzelnen Bestandteile der Landschaft, der Eigentümlichkeiten des Gesamtbildes, genügen konnte, den trauervollen Eindruck zu mildern oder vielleicht sogar ganz aufzuheben. Dieser Gedanke bestimmte mich, mein Pferd an das steile Ufer eines finsteren Teiches zu lenken, der in unheimlicher Regungslosigkeit das ganze Gebäude umgab. Ich beugte mich vor, starrte in den schwarzen Glanz und erblickte, von einem noch heftigeren Schauder gefasst, das umgekehrte Spiegelbild der steifen Binsen, der gespenstischen Baumstümpfe und der leeren Fensterhöhlen, die wie erloschene Augen starrten.

Und dennoch hatte ich vor, in dieser Heimstätte der

Trauer einen mehrwöchentlichen Aufenthalt zu nehmen. Der Besitzer des Hauses, Roderich Usher, war in meiner Knabenzeit einer meiner vertrautesten Gefährten gewesen, doch jetzt waren viele Jahre verflossen, seit wir uns zum letzten Mal gesehen. Da hatte ich vor kurzer Zeit in einem abgelegenen Bezirk des Landes einen Brief von ihm erhalten, der in seiner seltsam ungestümen Abfassung keine andere als eine persönliche Antwort zuließ. Die Handschrift zeugte von nervöser Aufregung, der Schreiber erzählte von einer heftigen körperlichen Erkrankung, von einer geistigen Angegriffenheit, die ihn niederdrückte, und sprach das sehnsüchtige Verlangen aus, mich als seinen besten und in der Tat einzigen persönlichen Freund bald wiederzusehen, weil er hoffe, dass meine Gegenwart ihm einige Erleichterung und Aufheiterung verschaffen werde. Die Art und Weise, in der alles dies und noch manches andere gesagt worden war, das wirkliche Herzensbedürfnis, das aus seiner Bitte geklungen, gestattete mir nicht, zu zögern, und ich leistete seiner Aufforderung, obwohl sie mir verwunderlich und eigentümlich genug erschien, unverzüglich Folge.

Trotzdem wir in der Jugend sehr vertraute Kameraden gewesen, wusste ich fast nichts über die Lebensverhältnisse meines Freundes, da er von seinen persönlichen Angelegenheiten immer nur mit großer Zurückhaltung gesprochen. Doch hatte ich einmal gehört, dass seine sehr alte Familie schon seit undenklichen Zeiten bekannt sei wegen einer besonderen Reizbarkeit des Temperamentes, die ihre Bestätigung im Laufe der Jahrhunderte in manchem erlesenen Kunstwerke gefunden; und in jüngster Zeit sollte sie sich durch wiederholte Akte einer großartigen geheimen Wohltätigkeit sowie durch eine leidenschaftliche Neigung zur Musik geäußert haben – das heißt mehr zu den schwierigen Verschlingungen und theoretischen Schönheiten, als zu den althergebrachten und leicht verständlichen Reizen dieser Kunst. Außerdem war mir die merkwürdige Tatsache bekannt, dass sich von dem Stammbaum der Familie Usher, die zu allen Zeiten in hohem Ansehen gestanden, niemals eine länger fortbestehende Seitenlinie abgezweigt hatte; mit anderen Worten, dass die ganze Familie ihre Abstammung in direkter Linie herleiten konnte und dass dies mit sehr geringen, vorübergehenden Abweichungen immer so gewesen sei. Während ich nun über die Tatsache nachgrübelte, dass sich mangels eines solchen Seitenzweiges das Besitztum der Usher stets ganz und ungeteilt vom Vater auf den Sohn vererbt hatte, kam mir erst recht zum Bewusstsein, wie es möglich gewesen, dass sich auch die bekannten Charaktereigentümlichkeiten der Mitglieder dieser Familie so ungeschmälert durch die Jahrhunderte hindurch erhalten, und ich erwog den möglichen Einfluss, den diese beiden Tatsachen gegenseitig aufeinander ausgeübt haben könnten. Eine Folge dieser unabänderlichen Übertragung des Grunderbes vom Vater auf den Sohn war ohne Zweifel der Umstand, dass der Name und das Besitztum der Familie so miteinander verschmolzen waren, dass der ursprüngliche Titel der Besitzung sich in die seltsame und doppelsinnige Benennung ›das Haus Usher‹ umgewandelt hatte, mit der die Bauern die Familie sowohl als auch das Stammschloss zu gleicher Zeit bezeichneten.

Ich sagte schon, dass mein ein wenig kindliches Beginnen – in den finsteren Spiegel des Teiches hinunterzublicken – nur den Erfolg hatte, den ersten rätselhaften Eindruck, den mir das Ganze gemacht, zu verschärfen. Wahrscheinlich trug der Umstand, dass sich mein fast abergläubisches Erschrecken – weshalb soll ich es nicht so nennen – fortwährend und rasch steigerte, nicht wenig dazu bei, jenen verschärften Eindruck hervorzurufen. Dies ist, wie bekannt, das paradoxe Gesetz aller Gefühle, die in einer Furchtempfindung wurzeln. Und vielleicht die alleinige Ursache, dass sich meiner, als ich meine Blicke von dem Teiche wieder zu dem Schlosse erhob, ein seltsamer Wahn bemächtigte – ein so törichter Wahn, dass ich überhaupt nur von ihm rede, um die Heftigkeit meiner Empfindungen annähernd zu beschreiben. Meine Fantasie war so überreizt, dass ich wirklich zu sehen glaubte, wie das ganze Gebäude und seine nächste Umgebung in eine besondere, nur ihnen eigentümliche Atmosphäre gehüllt waren, eine Atmosphäre, die sich durchaus nicht mit der gewöhnlichen Himmelsluft zu vermischen schien, sondern von den verdorrenden Bäumen, den grauen Mauern und dem schweigenden Teiche aufstieg – wie ein giftiger, mystischer Hauch, bleifarben, trübe, schwer und doch kaum erkennbar.

Ich bemühte mich, diese Wahngebilde, die ich nur für die Ausgeburt meiner traumhaften Versunkenheit halten konnte, von mir abzuschütteln und betrachtete eingehend das wirkliche Äußere des Schlosses. Auf den ersten Blick erkannte man, dass es schon außerordentlich alt sein müsse. Es war sehr verwittert, kleine Pilze überwucherten es nach allen Richtungen hin und hingen wie ein zartes Spinngewebe von den Dachrinnen herunter. Doch im Übrigen war von einem Verfall der Baulichkeiten nichts weiter zu merken. An keiner einzigen Stelle schien das Mauerwerk eingesunken, und der zerbröckelnde Zustand der einzelnen Steine stand mit der Bewohnbarkeit der Gebäude in seltsamem Widerspruche. Die Fassade erinnerte mich lebhaft an reiches Holzgetäfel, das lange Zeit, von keinem Hauch der äußeren Luft berührt, in einer verlassenen Halle gelegen und sein wohl erhaltenes Aussehen bewahrt hat. Außer diesen leichten Anzeichen von Verwitterung verriet das Schloss an keiner Stelle Spuren von Baufälligkeit. Vielleicht wäre dem Auge eines scharfen Beobachters ein kaum bemerkbarer Riss nicht entgangen, der an der Vorderseite des Gebäudes am Dache begann und in einer Zickzacklinie das ganze Mauerwerk bis herunter in das trübe Wasser des Teiches durchlief.

Während ich noch mit der Betrachtung dieser Einzelheiten beschäftigt war, ritt ich auf einem kurzen, gepflasterten Wege bis dicht vor das Haus. Ein Diener, der mich zu erwarten schien, übernahm mein Pferd, und ich selbst trat unter den großen gotischen Bogen der Halle. Von hier aus führte mich ein Lakai mit leisen Schritten durch verschiedene düstere und gewundene Korridore in das Studierzimmer seines Gebieters. Zahlreiche Gegenstände, die ich auf dem Wege erblickte, trugen dazu bei, jene seltsamen Empfindungen, von denen ich schon gesprochen, wieder zu erhöhen. Das Schnitzwerk der Plafonds, die düsteren Wandbekleidungen, die ebenholzartigen, dunklen Fußböden und die fantastisch zusammengestellten Wandschirme, die bei jedem meiner Schritte rasselten, waren doch nur Dinge, an die ich von Kindesbeinen an gewöhnt war, und ich staunte nicht wenig darüber, dass ein so bekannter Anblick so unbekannte Empfindungen in mir wachrufen konnte. Auf einem der Treppenabsätze traf ich den Hausarzt. Ich glaubte auf seinem Gesichte den Ausdruck niedriger Verschmitztheit und doch auch wieder kläglicher Ratlosigkeit zu lesen. Er begrüßte mich ziemlich unsicher und ging seiner Wege. Jetzt warf der Diener eine Tür auf und führte mich bei seinem Herrn ein.

Das Gemach, in dem wir uns befanden, war sehr groß

und hoch. Die Fenster waren lang und schmal, liefen in Spitzbogen aus und befanden sich in solcher Höhe über dem schwarzen eichenen Fußboden, dass sie von unten her nicht erreichbar waren. Durch die vergitterten Scheiben drang ein matter rötlicher Schimmer, der gerade hinreichte, die mehr hervortretenden Gegenstände im Zimmer ziemlich deutlich erkennbar zu machen. Dagegen versuchte das Auge vergeblich, bis in die entfernteren Winkel des Raumes oder in die Bogen der gewölbten, reich verzierten Decke zu dringen. Die Wände waren mit dunklen Draperien bekleidet, die Ausstattung schien im Allgemeinen reich, doch nicht traulich, sie war alt und an vielen Stellen schadhaft. Zahlreiche Bücher und Musikinstrumente lagen zerstreut umher, ohne jedoch dem Ganzen einen wärmeren, wohnlicheren Anblick zu verleihen. Ich fühlte, dass ich eine gramgeschwängerte Luft einatmete. Ein Hauch bitterer, starrer, nicht zu bannender Düsterkeit bedeckte und durchdrang alles.

Bei meinem Eintritt erhob sich Usher von einem Diwan, auf dem er ausgestreckt gelegen, und empfing mich mit so lebhafter Wärme, dass ich sie im ersten Augenblick für die übertriebene Herzlichkeit, die erkünstelte Liebenswürdigkeit eines blasierten Weltmannes hielt. Doch überzeugte mich ein Blick in sein Angesicht, dass seine Worte vollkommen aufrichtig gemeint waren. Wir setzten uns, und da er einige Augenblicke lang nicht sprach, betrachtete ich ihn, während mich ein aus Mitleid und Erschrecken seltsam gemischtes Gefühl ergriff. Noch nie war mit einem Menschen in so verhältnismäßig kurzer Zeit eine gleich grässliche Veränderung vorgegangen, wie mit Roderich Usher! Mein Geist sträubte sich gegen die Vorstellung, dass die bleiche Gestalt da vor mir und der vertraute Gefährte meiner Jugendjahre ein und dieselbe Person seien! Und doch war schon damals der Ausdruck seines Gesichtes merkwürdig gewesen. Eine leichenhafte Blässe – große, klare, unvergleichlich leuchtende Augen – schmale, bleiche, doch unübertrefflich schön geschwungene Lippen – die Nase von edelstem jüdischen Schnitt, mit eigentümlich breiten Nüstern, die man sonst nie mit diesem Typus vereinigt findet – ein schön modelliertes Kinn, dessen Zurücktreten auf einen Mangel an Energie schließen ließ – spinnwebfeines, seidenweiches Haar – alle diese Einzelheiten bildeten mit seinen ungewöhnlich breit ausladenden Schläfen ein Antlitz, das man, wenn man es einmal gesehen, nicht leicht wieder vergessen konnte. Jetzt hatte sich bloß durch ein schärferes Hervortreten der charakteristischen Eigentümlichkeiten dieses Gesichtes und seines Ausdrucks eine solche Veränderung im Aussehen meines Freundes vollzogen, dass ich fast zweifelte, wirklich ihn vor mir zu sehen. Die gespenstische Blässe seines Angesichtes, das nicht mehr natürliche Glänzen seiner Augen beunruhigten und erschreckten mich am meisten. Sein seidenweiches Haar hatte er ungepflegt lang wachsen lassen, wie seltsames Spinngewebe umhing es seine Züge, und vergebens bemühte ich mich, die rätselhaften Arabesken, die es bildete, als etwas einfach Menschliches hinzunehmen.

Gleich bei den ersten Worten, die ich mit meinem Freunde wechselte, fiel mir ein Mangel an Zusammenhang – ein Widerspruch in seinem Wesen auf, und ich entdeckte bald, dass dies seinen Grund in wiederholten, nur schwachen und ganz vergeblichen Anstrengungen hatte, eine zur Gewohnheit gewordene ängstliche Unschlüssigkeit – eine außerordentlich starke nervöse Aufregung zu bemeistern. Ich war allerdings auf etwas Derartiges vorbereitet, nicht allein durch seinen Brief, sondern auch durch gewisse Eigentümlichkeiten seines Temperaments, die ich noch von unserer Knabenzeit her an ihm kannte, sowie durch verschiedene Schlüsse, die ich aus der eigentümlichen Beschaffenheit seiner körperlichen und geistigen Konstitution gezogen. Seine Bewegungen waren abwechselnd lebhaft und träge, seine Rede ging oft unvermittelt von zögernder Unschlüssigkeit zu straffer Kürze über – er sprach in wuchtigen, gemessenen Tönen, um gleich darauf wieder in jene gaumigen, schwerfälligen, ungenügend modulierten Laute zu verfallen, die man nur von verkommenen Trunkenbolden oder von unverbesserlichen Opiumessern vernimmt.

In dieser Weise sprach er von dem Zwecke meines Besuches, von seinem sehnsüchtigen Verlangen, mich zu sehen, und von der tröstlichen Aufheiterung, die er von mir erwarte. Dann redete er eingehend über die Natur seiner Krankheit, die, wie er sagte, ein angeborenes und ererbtes Familienübel sei, für das wohl kein Kraut gewachsen wäre. »Übrigens«, fügte er dann unmittelbar hinzu, »ist es wohl doch bloß eine einfache nervöse Angegriffenheit, die bald vorübergehen wird.«

Diese ›nervöse Angegriffenheit‹ äußerte sich bei meinem Freunde in unnatürlichen Erregungen der verschiedensten Art. Er beschrieb mir einige derselben, und ich horchte mit gespanntestem Interesse, ja, mit tiefer Bestürzung sowohl auf das, was er sagte, wie auf die Art und Weise, wie er sprach. Er litt an einer krankhaften Verschärfung aller seiner Sinne, nur durchaus ungewürzte, fade Speisen waren ihm erträglich, er konnte nur Kleider von ganz bestimmtem Gewebe tragen, Blumenduft belästigte ihn aufs Unangenehmste, Licht, selbst schwaches, tat seinen Augen weh, und nur die Töne von Saiteninstrumenten vermochte er ohne Schmerz anzuhören.

Bald bemerkte ich auch, dass er einem ganz unnatürlichen Gefühl von Furcht sklavisch unterworfen war.

»Ich werde«, rief er, »ich muss an dieser beklagenswerten Torheit zu Grunde gehen. So und nicht anders werde ich sterben. Ich fürchte mich vor manchen zukünftigen Ereignissen und zwar nicht um ihrer selbst, als um ihrer Folgen willen. Der bloße Gedanke an irgendeinen, wenn auch geringfügigen Vorfall, der mich in diese unerträgliche Gemütserregung versetzen würde, macht mich schaudern. Und doch fürchte ich mich wirklich nicht vor irgendeiner Gefahr, sondern nur vor ihrer unausbleiblichen Folge: dem Schrecken. Ich fühle deutlich, dass in diesem entnervten, bejammernswerten Zustand früher oder später der Zeitpunkt eintreten wird, wo ich im Kampfe mit dem grässlichen Hirngespinste ›Furcht‹ Vernunft und Leben verlieren werde.«

Nach und nach ließen mich abgebrochene, unbestimmte Andeutungen noch eine andere Eigentümlichkeit seines geistigen Zustandes erkennen. Gewisse abergläubische Vorstellungen fesselten ihn so eng an das Haus seiner Väter, dass er schon seit langen Jahren nicht mehr gewagt hatte, dasselbe zu verlassen. Verschiedentlich deutete er mir den Einfluss, den seine Umgebung auf ihn ausübe, an, jedoch immer in so vagen, schattenhaften Worten, dass ich sie nicht wiederholen kann. Er glaubte etwa, dass gewisse Besonderheiten in der Bauart und dem Material seines Stammschlosses, in Verbindung oder vielmehr mittels seines langen Leidens, wie er sich ausdrückte, eine Wirkung auf seinen Geist ausübten – eine Wirkung, die von den physikalischen Bestandteilen der grauen Mauern und Türme und des schwärzlichen Teiches, in dem sich alles widerspiegelte, ausging und nach und nach sein geistiges Dasein in Mitleidenschaft gezogen habe.

Doch gab er, wenn auch zögernd, zu, dass die trauervolle Verdüsterung seines Gemütes noch einen anderen, natürlichen Grund habe, nämlich die schwere, langwierige Krankheit, ja, den offenbar nahe bevorstehenden Tod seiner zärtlich geliebten Schwester, seiner letzten und einzigen Verwandten – der einzigen Gefährtin seiner letzten, trostreichen Jahre. »Ihr Abschied von dieser Welt«, sagte er mir mit einer Bitterkeit, die ich nie werde vergessen können, »wird mich, den Hoffnungslosen, als den Letzten der Usher zurücklassen.« Während er sprach, schritt Lady Magdalena, die Schwester, im Hintergrunde des Gemaches langsam vorüber und verschwand, ohne mich bemerkt zu haben. Ich betrachtete sie mit erschrecktem Staunen und konnte mir über meine Gefühle keine Rechenschaft geben. Wie eine Erstarrung legte es sich über mich, während meine Augen ihrer entschwebenden Gestalt folgten. Als die Tür sich hinter ihr geschlossen, richtete ich meine Blicke unwillkürlich auf ihren Bruder, aber er hatte sein Gesicht in den Händen vergraben, und alles, was ich bemerken konnte, war, dass seine abgemagerten Finger noch bleicher als gewöhnlich schienen, und manche bittere Träne zwischen ihnen hervorquoll.

Lange hatte die Krankheit der Lady Magdalena der Kunst ihrer Ärzte gespottet. Eine anhaltende Spannung, eine stetig fortschreitende Entkräftung des ganzen Körpers und häufige, wenn auch vorübergehende Anfälle von meist kataleptischer Natur – so lautete die ungewöhnliche Diagnose. Bisher hatte sie dem Andringen der Krankheit standhaft Trotz geboten und war nicht bettlägerig geworden. Am Tage meiner Ankunft jedoch schien ihre Kraft aufgebraucht, sie konnte, wie mir ihr Bruder am Abend mit unaussprechlicher Aufregung mitteilte, der zerstörenden Gewalt des Übels nicht länger widerstehen.

Ich erfuhr, dass der flüchtige Anblick, den ich von ihrer Person erhascht, wohl auch der letzte bleiben, – dass ich die Lady, bei ihren Lebzeiten wenigstens, nicht mehr sehen werde.

In den folgenden Tagen wurde ihr Name weder von Usher noch von mir mehr erwähnt; ich bemühte mich unterdessen eifrig, meinen Freund wenigstens in etwa seiner schwermütigen Versunkenheit zu entreißen. Wir malten und lasen miteinander, oder ich lauschte traumversunken seinen seltsamen, leidenschaftlichen Fantasien auf der Gitarre. Und wie unsere Vertraulichkeit wuchs und inniger wurde, und er mir alle Verborgenheiten seiner Seele immer unverhüllter zeigte, musste ich mit tiefer Bitterkeit erkennen, wie nichtig alle meine Versuche seien, ein Gemüt aufzuheitern, dem die Schwermut so eingeboren war, dass sie aus ihm alle Dinge der geistigen und körperlichen Welt mit düsterer, unheilvoller Glut überschien.

Solange ich lebe, wird mich die Erinnerung an die vielen feierlichen Stunden, die ich mit dem Letzten der Usher allein verbrachte, nie verlassen. Doch würde es mir nicht gelingen, die Studien und die Lektüre, in die er mich einführte, genauer zu kennzeichnen. Sein aufgeregter, nie befriedigter Idealismus flackerte wie ein grelles, schwefelgelbes Licht um die Dinge, von denen er sprach. Seine langen improvisierten Totenlieder werden mir ewig in den Ohren klingen, nie wird meinem Gedächtnis eine seltsame Paraphrase über ›Carl Maria von Webers letzter Gedanke‹ entschwinden. Die Malereien, die seine immer tätige Fantasie entstehen ließ, waren von einer seltsamen Unbestimmtheit, die mir einen Schauer erregte, der nur umso durchdringender, heftiger war, als ich mir seine Ursache nicht recht zu erklären wusste. Und obschon die

Bedeutung jedes dieser Bilder lebhaft und deutlich vor meinen Augen steht, würde es mir doch nur zum ganz geringen Teile gelingen, dieselbe in geschriebenen Worten wiederzugeben. Durch die höchste Einfachheit, welche in seinen Bildern die ›Idee‹ nackt zum Ausdruck brachte, erregte und fesselte er die Aufmerksamkeit. Wenn es je einem Sterblichen gelang, eine ›Idee‹ zu malen, so war es Roderich Usher. Mich wenigstens erfüllten die reinen Abstraktionen, die dieser Melancholiker auf die Leinwand warf, mit unerträglichem, angstvollem Schauder, wie ich ihn nie wieder, nicht einmal bei den gewiss glühenden und doch immer noch zu wirklichen Träumereien Fuselis empfunden habe.

Ich möchte hier eine der fantastischen Schöpfungen meines Freundes, die nicht so starr abstrakt war wie die meisten übrigen, wenn auch nur durch einen schattenhaften Versuch, in Worten wiedergeben. Ein kleines Gemälde stellte das Innere eines unendlich langen, rechtwinkligen Gewölbes oder Tunnels dar, dessen niedrige, glatte, weiße Mauern sich ohne jeden Absatz oder Verzierung, ohne jede Unterbrechung hinzogen. Gewisse Nebendinge in der Zeichnung deuteten an, dass sich dies Gewölbe tief unter der Erde befinde. An keiner Stelle der erschreckend monotonen Längsseiten war ein Ausgang zu entdecken, keine Fackel oder sonst eine künstliche Lichtquelle erhellte den schauerlichen Raum, den dennoch eine Flut greller Strahlen durchwogte und mit gespenstischem, rätselhaftem Scheine erfüllte.

Ich habe schon einmal von einem krankhaften Zustande der Gehörnerven gesprochen, welche dem Leidenden jede andere Musik als die von Saiteninstrumenten unerträglich machte. Vielleicht trugen die engen Grenzen, in denen er die Kunst pflegte – er spielte nur die Gitarre –, dazu bei, allem, was ich an Musik im Hause Usher hörte, einen fantastischen Charakter zu verleihen. Seine Impromptus waren von glühendem Schwung, die Musik sowohl wie die Verse, die er ihnen oft aus dem Stegreif unterlegte. Sie konnten nur jener stärksten geistigen Spannung, jener Konzentration entspringen, welche die menschliche Seele in den Augenblicken höchster künstlerischer Erregung empfindet. Ich erinnere mich der Worte einer dieser Rhapsodien noch vollständig. Vielleicht machte sie hauptsächlich deshalb solchen Eindruck auf mich, weil ihr mystischer Sinn mich zum ersten Male erkennen ließ, dass Usher sich vollkommen darüber klar sei, wie sehr seine erhabene Vernunft auf ihrem Throne wanke. Diese Rhapsodie, welche die Überschrift ›Das verwunschene Schloss‹, trug, lautete, wenn nicht genau, so doch ungefähr folgendermaßen:

Inmitten einer lieblichen Au,
Die sonniges Licht übergoss,
Erhob sich einst ein stattlicher Bau,
Ein schönes, strahlendes Schloss.
Das Reich, wo es sich luftig erhob,
War des Königs ›Gedanke‹ Land,
Und Seraphschwingen waren darob
Unsichtbar ausgespannt.

Goldgelbe Banner aus Damast,
Gebadet in Sonnglut,
Wallten schimmernd herab vom Palast,
Wie eine goldene Flut.
Und jeder schmeichlerische Zephir
Der mit den Blüten dort

Gekost, flog aus dem Zauberrevier
Als Wohlgeruch wieder fort.

Die Wanderer blickten in jenem Tal
Durch Fenster aus leuchtendem Glas
In einen hohen, blendenden Saal,
Wo des Reiches Gebieter saß.
Sein Thron mit purpurnem Baldachin
War ganz aus Edelstein,
Und Genienscharen umschwebten ihn
Zu lieblichen Melodein.

Mit Perlen und Rubinen besät
War des Palastes Portal,
Durch dieses flatterte früh und spät
Ein Echoschwarm ohne Zahl
Vor den König hin, indem es ihm
Seiner hohen Weisheit zum Preis
Einen Chorus sang, wie Seraphim
So süß und träumerisch leis.

Doch wüstes Volk in der Sorge Gewand
Nahm Thron und Reich in Beschlag –
Weh, nie mehr dämmert in jenem Land
Der Tag, weh, nimmer ein Tag!
Und alles, alles, was dort umher
Gepranget an Herrlichkeit,
Ist jetzund eine traumhafte Mär
Aus lang begrabener Zeit.

Jetzt zeigen sich des Wanderers Blick
Gestalten, knöchern und starr,
Und schwingen sich zu toller Musik

In Reigen wild und bizarr,
Dieweil gleich einem lautlosen Strom
Sich in die ewige Nacht
Zur Tür hinausstürzt Phantom um Phantom
Und nimmermehr lächelt – doch lacht!

Ich erinnere mich sehr wohl, dass diese Ballade uns zu gewissen Gedanken anregte, denen Usher bald leidenschaftlichen Ausdruck lieh. Ich erwähne sie nicht, weil ich sie für neu halte, sondern wegen der Hartnäckigkeit, mit der Usher immer und immer wieder auf sie zu sprechen kam. Im Allgemeinen bezog sich diese Ansicht auf das Empfindungsvermögen der Pflanzen. Doch hatte sich diese Idee in seiner überreizten Fantasie fast ins Unbegrenzte fortgesponnen, er hatte sie auf die unorganischen Stoffe übertragen. Ich finde die Worte nicht, um seine Ansicht ihrer vollen Bedeutung nach, und den Ernst, mit dem er sie vertrat, zu schildern. Sie stand, wie ich schon andeutete, mit den grauen Mauern seines Stammschlosses in Verbindung. Er behauptete, die Bedingungen jenes Empfindungsvermögens seien hier erfüllt worden – durch die Art und Weise, wie man die Steine zusammengefügt – wie man den Plan der Mauern entworfen – durch die vielen Schwämme und Pilze, die sie allenthalben überwucherten – durch die vermodernden Bäume – vor allem aber durch das lange, ungestörte Bestehen der ganzen Besitzung und die fortwährende Spiegelung des Hauses in dem Teiche. Der augenscheinliche Beweis für jenes Empfindungsvermögen liege – hier versetzten mich seine Worte in grenzenlose Bestürzung – in der allmählichen, aber sicher fortschreitenden Verdichtung der über dem Teiche und dem Gebäude lagernden Atmosphäre. Das Ergebnis sei in dem stillen, aber schreckensvollen

Einfluss unverkennbar, den diese Umgebung schon seit Jahrhunderten auf das Schicksal seiner Familie gehabt und die das aus ihm gemacht habe, was ich nun vor mir sähe. – Solche Ansichten lassen sich nicht erläutern, und ich will auch nicht versuchen, es zu tun.

Die Bücher, welche nicht den kleinsten Teil des geistigen Lebens des Kranken gebildet hatten, stimmten, wie man sich denken kann, mit seinem Hange zum Fantastischen vollkommen überein. Wir grübelten zusammen über Werke wie: ›Ververt und Chartreuse‹ von Greesset, ›Belphegor‹ von Macchiavelli, ›Himmel und Hölle‹ von Swedenborg – über ›Die unterirdische Reise des Nikolas Klimm‹ von Holberg, die ›Chiromantie‹ von Robert Flud, von Jean d'Indaginé und von De la Chambre; über Ludwig Tiecks ›Reise ins Blaue‹, über ›die Stadt der Sonne‹ des Campanella. Ein Lieblingsbuch meines Freundes war eine kleine Oktav-Ausgabe über das Directorium Inquisitorium des Dominikaners Eymeric de Gironne; und über manche Stellen im Pomponius Mela, die sich auf die alten afrikanischen Feld- und Waldgeister beziehen, konnte sich Usher in stundenlange Träumereien verlieren. Das höchste Entzücken jedoch gewährte ihm das Durchblättern eines äußerst seltenen, merkwürdigen Buches in gotischem Quartformat – es war das Handbuch einer vergessenen Kirche, die ›Vigiliae Mortuorum, secundum Chorum Ecclesiae Maguntinae‹.

Ich dachte viel über das seltsame Ritual dieses Werkes und seinen vermutlichen Einfluss auf den Melancholiker nach, als dieser mir plötzlich eines Abends die Mitteilung machte, dass Lady Magdalena verschieden sei. Er teilte mir mit, dass er beschlossen habe, ihren Körper vierzehn Tage lang, bis zu ihrer endgültigen Bestattung, in einem der zahlreichen Gewölbe, die sich zwischen den Grundmauern des Schlosses befanden, aufzubewahren. Der Grund, den er für dies sonderbare Vorgehen angab, war so eigentümlicher Art, dass ich mich nicht berechtigt fühlte, ihm davon abzuraten. Er war, wie er mir sagte, in Anbetracht des ungewöhnlichen Charakters der Krankheit seiner Schwester sowie gewisser zudringlicher Fragen der Ärzte zu diesem Entschlusse gekommen, den der Umstand, dass die Familiengruft sehr entfernt und schutzlos läge, nur befestigt habe. Ich muss gestehen, dass die Erinnerung an das wenig Vertrauen erweckende Aussehen des Arztes, dem ich am Tage meiner Ankunft auf der Treppe begegnet, jeden Einwand, der mir vielleicht gekommen wäre, noch besonders zurückwies. Überdies handelte es sich ja auch nur um eine harmlose und keineswegs unnatürliche Vorsichtsmaßregel.

Auf Ushers Bitte war ich ihm bei der vorläufigen Bestattung behilflich. Nachdem wir den Körper in den Sarg gelegt, brachten wir ihn allein an seine Ruhestätte. Das Gewölbe, in dem wir ihn niedersetzten, war eng, feucht und so lange nicht geöffnet worden, dass unsere Fackeln in der dicken Atmosphäre fast verloschen und uns nur geringe Möglichkeiten boten, eine weitere Untersuchung vorzunehmen. Dieses Gewölbe lag in ziemlicher Tiefe unmittelbar unter dem Teile des Gebäudes, der auch mein Schlafzimmer enthielt. Augenscheinlich hatte es in den lange vergangenen Zeiten der Feudalherrschaft zu den schlimmsten Zwecken als Burgverließ und in späteren Tagen wahrscheinlich als Bewahrungsort für Pulver und andere feuergefährliche Stoffe gedient, denn ein Teil des Fußbodens und das ganze Innere eines langen Ganges, der in dies Verließ führte, war sorgfältig mit Kupferplatten belegt. Die Tür bestand aus massivem Eisen und war ebenfalls mit Kupfer bekleidet. Als wir sie öffneten, verursachte ihr schweres Gewicht ein ganz ungewöhnlich lautes, schrilles Gekreisch in den Angeln.

Nachdem wir unsere traurige Bürde an diesem Orte des Grauens auf ein Gestell niedergesetzt hatten, schoben wir den noch nicht zugeschraubten Deckel des Sarges zur Seite und betrachteten das Angesicht der Toten. Was mir zuerst auffiel, war eine überraschende Ähnlichkeit zwischen den beiden Geschwistern. Usher, der meine Gedanken zu erraten schien, murmelte einige Worte, aus denen ich entnahm, dass er und die Verstorbene Zwillinge gewesen und dass von jeher eine beinahe rätselhafte Sympathie zwischen ihnen bestanden habe. Doch ruhten unsere Blicke nicht lange auf den Zügen der Toten, denn ihr merkwürdiger Anblick erfüllte uns mit einer sonderbaren, unbekannten Scheu. Die Krankheit, welche die Lady in der Blüte der Jugend aufs Totenbett dahingestreckt, hatte, wie alle Krankheiten von ausgesprochen kataleptischer Natur, gleichsam zum Hohne auf Brust und Antlitz eine zarte Röte zurückgelassen; und um den Mund der Verschiedenen spielte jenes tückisch zögernde Lächeln, welches den Tod doppelt schauerlich macht. Wir schoben den Deckel des Sarges wieder zurecht, schlossen die eiserne Tür und kehrten auf beschwerlichem Wege in die kaum weniger düsteren Gemächer der oberen Stockwerke zurück.

Und jetzt, nachdem einige Tage bitteren Schmerzes vorübergegangen waren, trat in den äußeren Anzeichen der geistigen Störung meines Freundes eine bemerkenswerte Veränderung ein. Seine gewohnten Beschäftigungen vernachlässigte er oder gab sie ganz auf. Mit hastigen, ungleichen, ziellosen Schritten durchirrte er die lange Reihe der Gemächer. Die Blässe seines Antlitzes war noch geisterhafter geworden – das frühere Leuchten seiner Augen erloschen. Die Heiserkeit, die vorher seine Stimme oft verschleierte, war verschwunden, doch wurden seine Worte jetzt stets von jenem Beben getragen, das nur der höchste Schrecken verursachen kann. Es gab Zeiten, in denen ich annahm, sein erregter Geist ringe nach Mut, irgendein quälendes Geheimnis auszusprechen – dann wieder schob ich alles auf die Launen des beginnenden Wahnsinns. Stundenlang sah ich ihn oft mit dem Ausdrucke tiefster Aufmerksamkeit ins Leere starren, als lausche er auf irgendeinen eingebildeten Ton. Es war kein Wunder, dass ein solcher Zustand mich erschreckte – ja, ansteckte. Schon fühlte ich, wie seine fantastischen und doch ergreifenden Wahngebilde sich langsam und sicher auch den Weg zu meinem Hirne bahnten.

In der Nacht des siebenten oder achten Tages nach der Beisetzung der Lady Magdalena in dem Burgverließ musste ich die schreckliche Gewalt, die diese Hirngespinste bereits über mich gewonnen hatten, sehr grauenvoll erfahren. Stunde auf Stunde verrann, kein Schlaf wollte sich meinem Lager nahen. Ich bot alle nur möglichen Vernunftgründe auf, um meine immer heftiger werdende nervöse Aufregung zu bemeistern. Ich wollte mich zu dem Glauben zwingen, dass vieles, wenn nicht alles von dem, was ich empfand, nur dem verwirrenden Eindruck, der düsteren Ausstattung des Gemaches zuzuschreiben sei – den dunklen, schadhaften Wandbekleidungen, die der Lufthauch eines aufziehenden Sturmes zuckend hin und her bewegte, oder dem unheimlichen Rascheln der gelockerten Verzierungen an der Bettstatt. Doch waren alle meine Bemühungen vergeblich. Ein Zittern durchrann meinen Körper, und wie ein Alb lastete quälend wildes Entsetzen auf meiner Brust. Mit einem gewaltsamen Ruck und einem tiefen Atemzuge schüttelte ich endlich die Beklemmung von mir ab und setzte mich aufrecht in die Kissen. Meine Blicke starrten unbeweglich in die schwarze Finsternis des Zimmers, während ich, ohne zu wissen weshalb, angestrengt auf gewisse leise, unbestimmte Töne lauschte, die, wenn der Sturm einen Augenblick schwieg – ich weiß nicht recht, woher –, an mein Ohr schlugen. Dann, plötzlich, von dem unerklärlichen Entsetzen überwältigt, warf ich mich hastig in meine Kleider. Ich fühlte, dass ich in dieser Nacht keinen Schlaf mehr finden sollte, und versuchte durch rasches Auf- und Abgehen im Gemache der jämmerlichen Verfassung, in die ich geraten, wieder zu entgehen.

Kaum war ich ein paar Mal auf und nieder geschritten, als ich leichte Tritte auf der anstoßenden Treppe vernahm und sogleich Ushers Schritt erkannte. Im nächsten Augenblicke pochte er auch schon leise an meine Türe und trat mit einer Lampe ein. Sein Gesicht war wie gewöhnlich von leichenhafter Blässe – doch leuchteten seine Augen wie in irrsinniger Heiterkeit, eine mühsam gebändigte hysterische Erregung schien sein ganzes Wesen zu durchzucken. Ich schauderte bei seinem Anblick, und doch war alles andere eher zu ertragen als die Einsamkeit, sodass ich selbst seine Gegenwart als eine Erleichterung empfand.

»Und du hast es nicht gesehen?«, fragte er plötzlich, nachdem er einige Minuten lang schweigend umhergestiert. – »Du hast es also nicht gesehen? Aber warte nur! Du wirst es bald sehen!« Dann eilte er, indem er die Lampe vorsichtig mit der Hand schützte, ans Fenster, riss beide Flügel auf und gewährte dem Sturme freien Einlass.

Die wütende Gewalt des Orkans riss uns fast vom Boden empor. Es war eine wüste, furchtbar schöne, grausige Nacht. Dicht bei dem Hause schien ein Wirbelwind aufgefahren zu sein, denn in der Richtung des Luftstromes trat fast jeden Augenblick ein heftiger Umschwung ein. Die schweren Wolken hingen so tief herab, dass sie auf die Türme des Hauses zu drücken schienen, und wir sahen, von seltsamer Furcht erfüllt, wie sie gleich beseelten Wesen von allen Seiten gegeneinander stürmten, ohne sich in der Ferne zu verlieren. Wir sahen dies alles, trotzdem kein Schimmer vom Monde oder von den Sternen, kein aufzuckender Blitzstrahl das Schlachtgetümmel erhellte. Denn die untere Fläche der ungeheuren Massen wogenden Dunstes und alle Dinge auf der Erde in unserer Umgebung glühten in dem unnatürlichen Glanze, den ihnen eine matt leuchtende, doch deutlich sichtbare gasartige Ausstrahlung verlieh, die wogend wie ein Leichentuch um das ganze Haus zusammenschlug.

»Du darfst – du sollst dies nicht sehen!«, sagte ich schaudernd zu Usher und führte ihn mit sanfter Gewalt vom Fenster weg zu einem Sessel. »Diese Erscheinungen, die dich in Aufregung versetzen, sind weiter nichts als ganz bekannte elektrische Prozesse – vielleicht auch verdanken sie ihr spukhaftes Dasein nur den giftigen Ausdünstungen des Teiches. Wir wollen das Fenster schließen – die Luft ist schneidend und könnte dir in deinem Zustande gefährlich werden. Da liegt ja eins deiner Lieblingsbücher! Ich will dir vorlesen, und so wollen wir diese schreckliche Nacht zusammen verbringen.«

Der altertümliche Band, den ich eben ergriffen hatte, war ›Mad Trist‹ von Sir Launcelot Canning, doch hatte ich ihn mehr in trübem Scherz als im Ernst Ushers Lieblingsbuch genannt, da seine wunderliche, fantasielose Weitschweifigkeit dem kühnen Geiste meines Freundes wenig Interessantes bieten konnte. Aber es war das einzige Buch, das ich zur Hand hatte, und ich nährte die schwache Hoffnung, dass die Erregung meines Freundes in der Überfülle von Torheiten, die es enthielt, Erleichterung finden werde. Die Geschichte der Geisteskranken ist ja voll von solchen oder ähnlichen Anomalien. Nach der leidenschaftlich gespannten Aufmerksamkeit zu urteilen, mit der er meinen Worten lauschte oder zu lauschen schien, hätte ich mir zu dem Erfolge Glück wünschen dürfen.

Ich war bis zu jener wohl bekannten Stelle gekommen, wo Ethelred, der Held des Trist, nach seinen vergeblichen Versuchen, sich in Güte Einlass in die Behausung des Eremiten zu verschaffen, mit Gewalt die Tür erbricht. Die Worte an dieser Stelle lauten etwa folgendermaßen:

›Und Ethelred, der von Natur ein tapferes Herz besaß und sich nach dem Genuss des kräftigen Weines doppelt stark fühlte, wollte mit dem boshaften Eremiten nun nicht länger zwecklos Zwiesprach führen, sondern erhob, da er den Regen schon auf seinen Schultern fühlte und das Unwetter immer näher heranziehen sah, seine Keule und schaffte sich durch kräftige Stöße gegen die starken Bretter der Tür bald so viel Raum wie nötig war, um seine gepanzerte Hand hindurchstecken zu können. Dann gebrauchte er sie kräftig, zerbrach, zerstieß und riss alles auseinander, sodass der Lärm von dem trockenen, krachenden Holz im ganzen Walde widerhallte.‹

Am Schlusse dieses Satzes fuhr ich erschreckt empor und hielt einige Augenblicke lang mit dem Lesen inne. Obschon ich eine Sekunde später alles nur für eine Vorspiegelung meiner Fantasie hielt, glaubte ich doch ganz deutlich gehört zu haben, wie von einem sehr entlegenen Teile des Hauses her ein Ton an mein Ohr drang, der ein genaues, wenn auch dumpfes und unterdrücktes Echo von jenem ächzenden, krachenden Geräusch zu sein schien, das Sir Launcelot eben beschrieben. Doch war es sicherlich nur dies Zusammentreffen des Geräusches mit meinen Worten, was meine Aufmerksamkeit erregte, denn mitten in dem Rasseln der Fensterläden und dem Toben, das der stetig wachsende Sturm vollführte, wären diese Töne an sich wohl unbemerkt vorübergegangen, ohne mir aufzufallen oder mich zu beunruhigen. Ich las also weiter:

›Aber als der wackere Kämpe Ethelred jetzt eintrat, erstaunte er und geriet in Zorn, als er von dem boshaften Eremiten keine Spur entdeckte, sondern an seiner Stelle einen schuppigen Drachen von fürchterlichem Aussehen erblickte, der Feuer sprühend vor einem goldenen Palaste mit silbernem Fußboden auf der Lauer lag. An der Wand hing ein Schild von schimmerndem Erze, in das folgende Inschrift eingegraben war:

›Wer hier eindringt, ein Sieger ist!
Wer den Drachen bezwingt,
Auch den Schild sich erringt.‹

Und Ethelred schwang seine Keule und schlug sie dem Drachen auf das Haupt, dass er vor ihm zu Boden stürzte und seinen giftigen Atem mit so misstönendem, scheußlichem Geheul von sich gab, dass Ethelred sich gern seine Ohren gegen dies grässliche Getöse, wie es ähnlich nie zuvor vernommen wurde, verstopft hätte.‹

Wieder hörte ich plötzlich auf zu lesen, und zwar diesmal mit einem Gefühl starrer Bestürzung – denn es unterlag keinem Zweifel mehr, dass ich in diesem Augenblicke tatsächlich einen leisen und anscheinend fernen, lang gezogenen, seltsam kreischenden Laut gehört hatte: die genaue Wiederholung des unnatürlichen Drachengeheuls, das ich eine Sekunde vorher, von des Dichters Beschreibung heraufbeschworen, schon in meiner Fantasie vernommen hatte.

Von tausend widerstreitenden Gefühlen, von Staunen und höchstem Schreck gefasst, hatte ich doch die Geistesgegenwart, durch keine Bemerkung über meine Beobachtungen die Nervosität meines Gefährten zu steigern. Ich war nicht sicher, ob er die fraglichen Töne auch gehört hatte, wiewohl während der letzten paar Minuten eine sonderbare Veränderung in seinem Wesen vor sich gegangen war. Anfangs saß er mir gerade gegenüber, nun hatte er seinen Stuhl so herumgedreht, dass er mit dem Gesichte gerade der Zimmertür zugewandt war. Seine Züge konnte ich nur teilweise erblicken, doch bemerkte ich, dass sich seine Lippen zitternd bewegten, als murmelte er leise vor sich hin. Sein Kopf war auf die Brust gesunken, aber ich erkannte aus einem flüchtigen Blick auf sein Profil an seinen starr aufgerissenen Augen, dass er keineswegs schlief. Außerdem war sein Körper in beständiger Bewegung, er wiegte sich unablässig sanft und gleichmäßig von einer Seite auf die andere. Mit einem raschen Blick hatte ich dies alles bemerkt und fuhr in der Erzählung Sir Launcelots fort:

›Und jetzt, da der Kämpe der furchtbaren Wut des Drachen entronnen war, erinnerte er sich an den metallenen Schild und seine mächtige Zauberkraft. Er schaffte den Kadaver des Drachen aus dem Wege und schritt auf dem silbernen Boden des Palastes mutig auf die Stelle zu, wo der Schild hing. Dieser aber wartete nicht, bis der Held ganz herangekommen war, sondern stürzte mit gewaltigem Schmettern auf den silbernen Fußboden hinab.‹

Kaum waren meinen Lippen die letzten Worte entflohen, da drang – als sei wirklich eben ein eherner Schild auf einen silbernen Fußboden gefallen – ganz deutlich ein hohler, metallisch dröhnender, aber offenbar gedämpfter Widerhall an mein Ohr. Außer mir vor Entsetzen sprang ich auf; doch Usher verharrte ungestört bei seinem wiegenden Schaukeln. Ich stürzte auf ihn zu. Seine Augen waren starr auf einen Punkt gerichtet, und auf seinen Zügen lag eine steinerne Ruhe. Doch als ich meine Hand auf seine Schulter legte, durchzuckte ein heftiger Schauder seinen ganzen Körper, ein wahnsinniges Lächeln irrte um seine Lippen, und ich bemerkte, dass er, als sei er sich meiner Gegenwart nicht bewusst, hastig unverständliche Worte vor sich hinmurmelte. Ich beugte mich dicht über ihn, und es gelang mir endlich, den grausigen Inhalt seiner Rede zu verstehen.

»Es nicht hören? – O ja! Ich höre es wohl und habe es gehört! Lange – lange – lange – viele Minuten – viele Stunden – viele Tage lang schon habe ich es gehört! Und ich wagte nicht – o beklage mich jammervoll Elenden! – ich wagte nicht – ich wagte nicht, zu reden! Wir haben sie lebendig ins Grab gelegt! Sagte ich nicht, dass meine Sinne scharf sind? Jetzt sage ich dir, dass ich in der tiefen Gruft ihre ersten schwachen Regungen hörte. Ich hörte sie – es ist schon manchen, manchen Tag her – aber ich wagte nicht – ich wagte nicht zu reden! Und jetzt – in dieser Nacht – Ethelred – ha! – ha! – Das Einreißen von des Eremiten Tür, und das Sterbegeheul des Drachen, und der dröhnende Klang des Schildes! – ha! ha! – sage besser: Sie sprengte ihren Sarg, die eisernen Angeln der Grabtür kreischten – qualvoll tastete sie sich durch die kupfernen Bogengänge des Gewölbes! O, wohin soll ich fliehen? Wird sie nicht gleich bei uns erscheinen? Eilt sie nicht schon herbei, um mir meine Hast vorzuwerfen? Höre ich nicht schon ihre Tritte auf der Treppe? Vernehme ich nicht schon das schwere, fürchterliche Pochen ihres Herzens? Wahnsinniger!« – Hier sprang er wie wütend von seinem Stuhle auf und schrie, als wolle er sich mit den Worten seine Seele ausschreien: »Wahnsinniger! ich sage dir, dass sie in diesem Augenblicke draußen vor der Türe steht!«

Zu gleicher Zeit schob sich – als läge in der übermenschlichen Kraft seiner Worte eine Zaubergewalt – die schwere, altertümlich getäfelte Ebenholztür, auf die er mit der Hand wies, wie ein dunkler Rachen auf. Es war nur eine Wirkung der Zugluft gewesen, doch hinter diesen Türflügeln erschien die hohe, in ihre Leichentücher gehüllte Gestalt der Lady Magdalena Usher. Ihre weißen Gewänder waren mit Blut befleckt, und an ihrem abgezehrten Körper waren überall die Spuren eines zähen Kampfes zu erkennen. Einen Augenblick blieb sie wankend auf der Schwelle stehen, dann taumelte sie, tief aufstöhnend, auf die Gestalt ihres Bruders zu und zog ihn in ihrem Todeskampfe, als Opfer der Schrecken, die er vorher empfunden hatte, entseelt mit sich zu Boden.

Entsetzt, angstgehetzt, floh ich aus jenem Zimmer, aus jenem Hause. Der Sturm toste noch mit voller Wut, als ich auf der Landstraße war und wieder zu mir selbst kam. Plötzlich schoss ein greller Schein über meinen Weg. Ich wandte mich zurück, um zu sehen, woher dies sonderbare Aufglühen kommen könne, denn das Schloss lag tief im Schatten hinter mir. Der Glanz strahlte von dem blutrot untergehenden Vollmonde her, der in diesem Augenblicke mit wildem Leuchten den sonst kaum merklichen Riss beschien, der, wie ich bereits früher erzählte, im Zickzack das ganze Gebäude vom Dache bis zum Fundament hinunterlief. Während ich noch staunend hinblickte, erweiterte sich der Spalt mit jäher Schnelligkeit –

ein heftiger Wirbelwind sprang plötzlich hoch – die volle Scheibe des Mondes überflutete auf einmal die ganze Landschaft mit blutiger Helle – mir schwindelte, als ich die mächtigen Mauern wanken und auseinander bersten sah. Ein langes, verworrenes Getöse, wie von tausend Wasserstürzen – und der tiefe, dunkle Teich zu meinen Füßen schloss sich finster und schweigend über den Trümmern des Hauses Usher.

[September, 1839]

Die Maske des roten Todes

Der rote Tod hatte schon lange im Lande gewütet; noch nie hatte die Pest grauenhaftere Verheerungen angerichtet. Blut ging vor ihr her – Blut folgte ihr; überall sah man die Farbe des Blutes, spürte seine Schrecken. Sie brachte stechende Schmerzen und plötzliche Schwindelanfälle mit sich, denen starke Blutungen aus allen Poren folgten, und ließ unerbittlich den Tod zurück. Die scharlachroten Flecken auf dem ganzen Körper und besonders auf dem Gesichte des Opfers waren die Brandmale, die den Unglücklichen von der Hilfe und dem Mitleid der Menschen ausschlossen; und der erste Anfall, der qualvolle Fortschritt und das Ende der Seuche war das schauerliche Werk einer halben Stunde.

Doch Prinz Prospero?! – Prinz Prospero war glücklich, furchtlos und weise. Als seine Besitztümer halb entvölkert dalagen, entbot er tausend lebenslustige Gesellschafter aus dem Kreise der Ritter und Damen seines Hofes zu sich und zog sich mit ihnen in die tiefe Abgeschiedenheit eines seiner befestigten Schlösser zurück. Es war ein weitläufiges, prächtiges Gebäude, eine Schöpfung nach des Prinzen eigenem, wildem, aber großartigem Geschmack. Eine starke, hohe, mit eisernen Toren verschlossene Mauer umgab das ganze Besitztum. Als die Höflinge eingezogen waren, brachte man Schmelzöfen und schwere Hämmer herbei und schmiedete die Riegel an den Toren zu, denn die Verzweiflung sollte weder jählings von außen herein, noch die irre Lustigkeit von innen heraus gelangen können. Die Welt draußen mochte für sich selbst sorgen! Es wäre Torheit gewesen, sich um der Zukunft oder der Menschheit willen trübem Nachdenken und Grübeleien hinzugeben! Der Prinz hatte denn auch reichlich für Vergnügungen und Unterhaltung gesorgt. Da waren Spaßmacher, Improvisatoren, Balletttänzer, Musiker, dazu die schönen Damen! und die edlen Weine! Ja, alles das und Sicherheit war im Schloss! Draußen war der rote Tod!

Im fünften oder sechsten Monat, als die Pest im Lande gerade am schlimmsten wütete, lud Prinz Prospero seine tausend Freunde zu einem Maskenballe von ganz ungewöhnlicher Pracht ein.

Die Schar der Masken bot einen berauschenden Anblick dar, doch will ich erst die Räume beschreiben, in denen das Fest stattfand.

Es waren ihrer sieben – eine wahrhaft fürstliche Zimmerflucht! In den meisten Palästen würde sie wohl eine einzige, lange Durchsicht geboten haben, da man im Allgemeinen die Flügeltüren nach jeder Seite hin bis fast an die Wand zurückschieben und alle Räumlichkeiten mit einem Blicke durchschweifen konnte. Die Vorliebe des Prinzen für alles Bizarre hatte ihn jedoch bewogen, das Schloss so unregelmäßig bauen zu lassen, dass man zu gleicher Zeit nur wenig mehr als ein Zimmer überschauen konnte. Nach je zwanzig oder dreißig Schritten gelangte man an eine scharfe Biegung, die einem stets den Anblick auf ein neues Bild freiließ. In jedem Zimmer ging zur Rechten und Linken in der Mitte jeder Wand ein hohes, schmales gotisches Fenster auf einen geschlossenen Korridor hinaus, der den Windungen der Zimmerflucht folgte. Die Scheiben der Fenster waren aus buntem Glase, dessen Farbe mit derjenigen übereinstimmte, die in der Ausschmückung des Zimmers vorherrschte.

Das Zimmer am östlichen Ende der Reihe war zum Beispiel in Blau gehalten, und dem entsprechend strahlten auch die Fensterscheiben in funkelndem Blau.

Das zweite Zimmer war mit purpurroten Wandbekleidungen und Zierraten ausgestattet, und auch die Scheiben waren purpurn – das dritte Gemach war ganz in Grün ausgestattet, und zauberhaftes grünes Licht ergoss sich durch seine Fenster. Das vierte Zimmer hatte orangefarbige Möbel und Beleuchtung, das fünfte Gemach war weiß, das sechste violett – das siebente aber mit schwarzem Sammet ausgeschlagen, der den Plafond und die Wände umhüllte und in schweren Falten auf den Bodenteppich von derselben Farbe und dem gleichen Stoff niederfiel. In diesem Zimmer allein entsprach die Farbe der Fenster nicht der der übrigen Ausschmückung. Hier waren die Scheiben scharlachrot, tief scharlachrot. In keinem der sieben Zimmer war unter dem Überfluss an goldenen Zierraten, die zahllos umherstanden oder von der Zimmerdecke herunterhingen, eine Lampe oder ein Kandelaber zu entdecken. In den Korridoren, welche die ganze Zimmerflucht umschlossen, stand jedem Fenster gegenüber ein massiver Dreifuß, in dem ein Kohlenfeuer loderte, das seine Flammen durch das bunte Glas in das Zimmer warf und ihm so eine glühende Helle und eine stets wechselnde, fantastische Beleuchtung mitteilte. Aber in dem westlichen oder schwarzen Zimmer war die Wirkung, die das feurige Licht der blutroten Scheiben auf den schwarzen Wandbekleidungen hervorbrachte, eine so gespenstische, gab den Gesichtern der Eintretenden ein so grässliches Aussehen, dass nur wenige kühn genug waren, ihren Fuß über die Schwelle des Gemaches zu setzen.

An der westlichen Wand in diesem Zimmer stand eine riesengroße Uhr aus Ebenholz. Ihr Pendel schwang mit dumpfem, schwerem, eintönigem Schlagen hin und her. Und wenn der Minutenzeiger seinen Kreislauf über das Zifferblatt beendet hatte und das Uhrwerk die Stunde zu schlagen begann, drang aus der metallenen Brust der Uhr ein voller, tiefer, wunderbar musikalisch klingender Ton hervor, der von so besonderem Klange, von so seltsamer Feierlichkeit war, dass nach Verlauf jeder Stunde die Musiker sich wie von einer unerklärlichen Macht gezwungen fühlten, eine Pause zu machen und dem Tone zu lauschen; die Tanzenden mussten plötzlich innehalten, ein kurzes Missbehagen breitete sich über die ganze fröhliche Gesellschaft. Man sah, während die Glocken des Uhrwerkes tönten, die Leichtfertigsten erbleichen und die Älteren und Gesetzteren, wie in traumhaftem Nachdenken verloren, ihre Stirn in ihre Hand senken. Doch sobald der letzte Schlag verklungen war, brach die Gesellschaft wieder in heiteres Lachen aus, die Musiker blickten einander an, lächelten wie über eine Torheit und gelobten flüsternd, sich beim nächsten Stundenschlage nicht wieder in eine ähnliche Aufregung bringen zu lassen. Aber wenn nach Verlauf von sechzig Minuten (die dreitausendsechshundert Sekunden der flüchtigen Zeit bedeuten) neue Glockenklänge von der Uhr her tönten, dann schrak die fröhliche Maskenschar wie vorher auf und wartete wieder mit banger, verstörter Angst auf ihren letzten Schlag.

Und doch war's, trotz allem!, ein heiteres, köstliches Fest. Der Prinz hatte seinen ganz persönlichen Geschmack. Er liebte seltene Farben und Farbenwirkungen und verachtete alles Herkömmliche. Seine Pläne waren kühn und voller Leben, und aus seinen Entwürfen sprühte die Glut ferner, schöner Zonen. Manche da draußen hatten ihn für wahnsinnig gehalten. Seine Hofgesellschaft wusste, dass dies ein Irrtum war; aber man musste ihn selbst hören, ihn sehen, musste mit ihm reden, um wirklich überzeugt zu sein, dass er es nicht war.

Um dieses große Fest zu verschönern, war ein Teil der beweglichen Ausschmückung der sieben Gemächer unter seiner Leitung entstanden, sein eigener, eigenartiger Geschmack hatte auch die Kostüme der Masken bestimmt. Und sie waren wirklich höchst grotesk. Da gab es Farbenpracht und Glanz und Glitzern, viel Fantasie und Pikanterie. Arabeskenhafte Gestalten mit seltsam verrenkten Gliedmaßen wandelten umher und gemahnten wohl an die Traumgebilde eines Tollen. Viel Schönes war da, viel Übermütiges, viel Bizarres, manches Schreckliche und nicht wenig, das widerwärtig wirkte. Auf und ab wogte es in den sieben Zimmern, wie eine Menge wirrer Traumgestalten. Und die Masken gingen ein und aus, stets wechselnd, bald zaubervoll, bald spukhaft beleuchtet, und die lauten Klänge des Orchesters durchtönten die Luft wie das Echo ihrer Schritte. Und mitten in den Trubel hinein erklingen dann plötzlich die Glockenschläge der Ebenholzuhr – und für einen Augenblick tritt Totenstille ein, man hört keinen Laut – nichts, nur die Stimme der Uhr! Die Traumgestalten bleiben, wie von plötzlicher Erstarrung ergriffen, auf dem Flecken stehen. Aber kaum ist der letzte Ton verhallt – so erklingt hinter ihm her ein leichtes, halb unterdrücktes Lachen. Die Musik schwillt wieder sanft empor, die erstarrten Träume beleben sich wieder und wogen noch heiterer auf und ab durch das Gluten der vielfarbigen Fenster, durch den seltsamen Feuerschein, den die Dreifüße flackernd entsenden. Aber in das westliche der sieben Zimmer wagt sich keine der

Masken mehr hinein; denn es ist schon tief in der Nacht, und ein grelles Licht dringt durch die scharlachroten Scheiben; und die Düsterkeit der schwarzen Draperien tritt immer erschreckender hervor, und dem, der es wagt, seinen Fuß auf den schwarzen Teppich zu setzen, klingt das dumpfe Ticken der Ebenholzuhr warnender, feierlicher ins Ohr, als denen, die sich in den anderen Gemächern der lauten Fröhlichkeit überlassen.

Aber in den übrigen sechs Gemächern herrschte ein dichtes Gedränge und fieberhaft pulste dort der Herzschlag des Lebens. Der Festesrausch stieg höher und höher, bis endlich die Uhr die Mitternachtsstunde zu schlagen begann. Und nun, wie bei jedem Stundenschlage, bricht die Musik plötzlich ab; die Tanzenden bleiben starr stehen, überall tritt, wie vorher, eine unheimliche Ruhe ein. Aber diesmal waren es zwölf Schläge, die von der Uhr ertönten, und daher kam es auch wohl, dass in der längeren Zeit den Nachdenklicheren unter den Festgenossen tiefere und ernstere Gedanken kamen. Und daher kam es auch wohl, dass, noch ehe der letzte Schlag in der Stille verklungen war, mehrere aus der Menge sich der Gegenwart einer maskierten Gestalt bewusst wurden, die bis dahin noch keiner von ihnen bemerkt hatte. Als das Gerücht von der Anwesenheit dieser neuen Erscheinung flüsternd die Runde gemacht, ertönte aus der ganzen Gesellschaft ein Murmeln des Staunens, der Missbilligung – das sich endlich zu einem Ausdruck des Schreckens, des Entsetzens und des Abscheus steigerte.

Es lässt sich denken, dass es schon eine ganz ungewöhnliche Maske sein musste, die in einer so fantastisch gekleideten Gesellschaft eine derartige Erregung hervorbringen konnte. Die Maskenfreiheit war in der Tat für jene Nacht fast unbeschränkt, aber die unbekannte Erscheinung ging sogar über des Prinzen weitgehendste Erlaubnis hinaus. Selbst in den leichtfertigsten, frivolsten Herzen gibt es Saiten, bei deren Berührung der Mensch erbebt. Und selbst für die Verlorenen, denen Leben und Tod nur noch ein Spott ist, gibt es Dinge, die sie nicht zu ihrem Gespött machen wollen. Die ganze Gesellschaft schien auch hier von dem Gefühl durchdrungen, dass in dem Kostüm und dem Auftreten des Fremden weder Geist noch die geringste Empfindung für Schicklichkeit zu erkennen sei. Seine Gestalt war lang und hager und vom Kopfe bis zu den Füßen in Leichentücher gehüllt. Die Maske, die sein Gesicht verhüllte, war so getreu dem Angesichte eines schon erstarrten Leichnams nachgebildet, dass man auch bei genauester Prüfung die Täuschung kaum erkennen konnte. Doch dies alles hätten die tollen Festgenossen – vielleicht nicht gebilligt, aber doch noch erträglich gefunden. Aber der Vermummte war so weit gegangen, den Typus des roten Todes anzunehmen. Die Laken, die ihn umhüllten, waren mit den grauenhaften scharlachroten Flecken besprenkelt.

Als die Augen des Prinzen Prospero die gespenstische Erscheinung erblickten, welche mit langsamen, feierlichen Schritten, als wolle sie ihre Rolle möglichst gut markieren, zwischen den Tanzenden auf und ab schritt, bemerkte man, dass er im ersten Augenblick in heftigem Schauder, voll Schrecken oder Abscheu, zusammenzuckte. Doch dann stieg ihm die Zornesröte ins Gesicht.

»Wer wagt es«, fragte er mit heiserer Stimme die Höflinge in seiner Nähe, »uns durch diesen gotteslästerlichen Spott zu beleidigen? Ergreift ihn und reißt ihm die Maske ab, damit wir sehen, wen wir bei Sonnenaufgang an den Zinnen des Schlosses aufhängen lassen!«

Der Prinz befand sich im östlichen oder blauen Zimmer, als er diese Worte sprach. Sie tönten laut und klar durch die sieben Räume – denn der Prinz war ein kühner, kraftvoller Mann, und die Musik hatte ein Wink seiner Hand zum Schweigen gebracht.

In dem blauen Zimmer also stand der Prinz, umgeben von einer Schar Höflinge, denen das Blut aus dem Antlitz gewichen war. Als er zu sprechen begonnen hatte, machte sich in der Gruppe eine leichte Bewegung auf den Eindringling zu bemerkbar, der in diesem Augenblick ebenfalls in der Nähe war und jetzt mit gemessenen, majestätischen Schritten auf den Sprecher zutrat. Aber die wahnsinnige Vermessenheit des Vermummten flößte der ganzen Gesellschaft ein so namenloses Entsetzen ein, dass niemand es wagte, Hand an ihn zu legen. Ohne dass ihn jemand aufgehalten hätte, trat er bis auf zwei Schritte an den Prinzen heran, und während die Höflinge wie von einem Gefühl der Angst getrieben aus der Mitte der Zimmer an die Wände zurückwichen, durchschritt er ungehindert, mit demselben feierlichen, gemessenen Schritt, mit dem er gekommen, das blaue Zimmer, dann das purpurne, das grüne, das orangefarbene, das weiße, das violette. Niemand machte eine Bewegung, bis plötzlich Prinz Prospero, rasend vor Wut und Scham über seine eigene, unerklärliche Feigheit – obwohl ihm niemand von den Höflingen zu folgen wagte, so sehr hatte sie der Schreck gelähmt –, durch die sechs Zimmer stürzte. Er schwang einen Dolch und war der vor ihm herschreitenden Gestalt schon auf drei oder vier Fuß nahe gekommen, als diese gerade das Ende des schwarzen Gemaches erreicht hatte, sich plötzlich umwandte und den Verfolger anblickte. Ein gellender Schrei erscholl, der Dolch fiel blitzend auf den schwarzen Teppich nieder, auf den einen Augenblick später Prinz Prospero tot hinsank. Nun raffte sich endlich eine Schar der Festgenossen auf! Sie drangen in das schwarze Gemach, ergriffen den Vermummten, dessen hohe Gestalt aufrecht und bewegungslos im Schatten der Ebenholzuhr stand – aber!, in wahnsinnigem Entsetzen schrien sie auf, als sie fühlten, dass die Grabgewänder und die Leichenmaske, die sie mit so rauer Gewalt gepackt, keine Gestalt eingehüllt hatten, die greifbar war!

Und nun erkannten sie die Gegenwart des – roten Todes. Er war gekommen wie ein Dieb in der Nacht. Und einer nach dem anderen sanken die Gäste des Prinzen Prospero in den blutbedeckten Sälen ihrer Lustbarkeit dahin und starben in der verzweifelten Stellung, in der sie niedergesunken waren. Die Ebenholzuhr stand mit dem Tode des Letzten der Fröhlichen still. Die Flammen der Dreifüße verloschen. Und Finsternis und Verwesung legten sich über das Totenschloss.

[30. April 1842]

Das Fass Amontillado

Die tausend Ungerechtigkeiten Fortunatos hatte ich, so gut es ging, ertragen, doch als er mich zu beleidigen wagte, da schwor ich Rache. Sie kennen mich und werden mir deshalb glauben, dass ich auch nicht eine einzige Drohung gegen ihn ausstieß. Eines schönen Tages würde ich mich schon rächen, das stand felsenfest; und meine Rache sollte so vollkommen sein, dass ich selbst nicht das Mindeste dabei zu wagen hätte. Ich wollte nicht nur strafen, sondern *ungestraft* strafen. Ein Unrecht ist nicht gesühnt, wenn den Rächer wiederum Strafe ereilt – der Beleidiger büßt nicht, wenn er den Rächer nicht kennt.

Sie können sich denken, dass ich dem Fortunato mit keinem Worte, mit keiner Handlung Anlass gegeben habe, an meinem Wohlwollen zu zweifeln. Ich lächelte ihm freundlich zu, wie immer, und er ahnte nicht, dass ich nur lächelte, weil ich seinen Untergang plante.

Er hatte seine schwache Seite, dieser Fortunato, obwohl er im Übrigen ein Mann war, den man achten, ja fürchten musste. Er tat sich nämlich etwas darauf zu Gute, ein Weinkenner zu sein. Nur wenige Italiener sind wirkliche Kenner. Gemälde und Edelsteine beurteilte Fortunato gleich den meisten seiner Landsleute wie ein Scharlatan; doch was alte Weine anging, da war er, wie gesagt, wirklich ein Kenner. Ich selbst kannte mich ebenfalls sehr gut aus in den Erzeugnissen der italienischen Weinberge und kaufte reichlich ein, wo sich nur Gelegenheit bot.

Eines Abends in der Dämmerung, gerade während der tollsten Faschingszeit, traf ich meinen Freund auf der Straße. Er redete mich mit vergnügter Herzlichkeit an, denn er hatte viel getrunken. Der Gute sah buntscheckig genug aus in seinem eng schließenden Gewande, dessen Hälften verschieden gefärbt waren, und seiner kegelförmigen, mit Schellen behangenen Kappe. Ich war so erfreut, ihn zu sehen, dass ich schier nicht aufhören konnte, seine Hand zu schütteln.

»Mein lieber Fortunato!«, sagte ich zu ihm, »das trifft sich gelegen! Nein – wie ausgezeichnet Sie heute aussehen! – Aber denken Sie: Ich habe ein Fass Amontillado bekommen – oder vielmehr einen Wein, den man dafür ausgibt ... ja, ja! Ich habe meine Zweifel ...«

»Wie?«, fragte er, »Amontillado? Ein Fass? – Ein ganzes Fass? – Nicht möglich! Und jetzt mitten im Karneval!«

»Ich habe ja auch meine Zweifel«, erwiderte ich ihm. »Ich war töricht genug, den vollen Preis für Amontillado zu zahlen, ohne vorher Ihr Urteil einzuholen. Aber Sie waren nirgendwo aufzutreiben, und ich wollte die Kaufgelegenheit nicht vorübergehen lassen ...«

»Amontillado!!??«

»Ich habe meine Zweifel, wie gesagt ...«

»Amontillado!?«

»Und möchte gern Gewissheit haben ...«

»Amontillado!? ...«

»Da Sie wohl heute Abend nicht mehr frei sind, will ich Luchesi aufsuchen. Wenn irgendjemand ein Urteil hat, so ist er es. Er wird mir schon sagen ...«

»Luchesi kann Amontillado nicht von Sherry unterscheiden ...«

»Und doch gibt es Dummköpfe, die behaupten, dass er sich ebenso gut auf Wein verstünde wie Sie!«

»Kommen Sie!«

»Wohin?«

»In Ihre Keller!«

»Nein, mein Freund; ich will Ihre Liebenswürdigkeit nicht missbrauchen. Ich sehe, Sie sind eingeladen! Luchesi ...«

»Ich bin nicht eingeladen, kommen Sie!«

»Nein, mein Freund! Die Einladung wäre ja auch noch das wenigste! Aber die strenge Kälte verbietet, dass wir den Versuch machen. Die Gewölbe sind unerträglich feucht, die Wände ganz von Salpeter bedeckt.«

»Oh, kommen Sie nur! Die Kälte ... das macht nichts! Amontillado? Wer weiß, was man Ihnen aufgedrängt hat! Und – Luchesi, der kann wirklich keinen Sherry von Amontillado unterscheiden – kann er nicht!«

Damit schob Fortunato seinen Arm unter den meinen, ich nahm eine schwarze Seidenmaske vor, hüllte mich fest in meinen weiten Mantel und ließ mich von ihm zu meinem Palast führen.

Von der Dienerschaft war niemand im Hause. Sie hatten sich alle davongemacht, um auch ihren Teil von der allgemeinen Karnevalsfreude zu bekommen. Ich hatte ihnen gesagt, dass ich vor dem frühen Morgen nicht zurückkehren werde, und den formellen Befehl gegeben, sich nicht aus dem Hause zu rühren. Dies genügte, wie ich wohl wusste, dass sie alle entwischten, sobald ich den Rücken gekehrt hätte.

Ich nahm zwei Fackeln von ihren Haltern, gab dem Fortunato eine und führte ihn durch eine ganze Zimmerflucht bis an das Tor, das in die Gewölbe führte. Dann ging ich eine lange, gewundene Treppe hinab und bat ihn, mir nur ja recht vorsichtig zu folgen. Wir kamen endlich unten an und standen auf dem feuchten Boden der Katakomben der Montresor.

Der Gang meines Freundes war schwankend, und die Schellen an seiner Kappe klingelten bei jedem Schritt.

»Das Fass?«, sagte er.

»Es liegt weiter unten«, antwortete ich, »aber sehen Sie nur, wie das giftige weiße Gespinst an den Wänden glänzt!«

Er wandte sich mir zu und blickte mir mit glasigen Augen, aus denen Tränen der Betrunkenheit sickerten, ins Gesicht. »Salpeter?«, fragte er nach einer Weile, nachdem er einen furchtbaren Hustenanfall niedergekämpft hatte.

»Ja ... Salpeter!«, antwortete ich. »Aber wie lange haben Sie denn schon diesen schrecklichen Husten?«

Wieder packte es ihn, und während mehrerer Minuten war es meinem armen Freund unmöglich, zu antworten.

»Es ist nichts«, meinte er endlich.

»Kommen Sie«, sagte ich mit Entschiedenheit, »wir wollen wieder hinaufgehen. Ihre Gesundheit ist zu kostbar. Sie sind reich, geachtet, werden bewundert, geliebt; Sie sind glücklich, wie ich es einst war. Um mich wäre es weiter nicht schade. Wir wollen wieder hinaufsteigen. Ich könnte es nicht verantworten, wenn Sie krank würden. Überdies kann ich ja Luchesi ...«

»Genug!«, antwortete er. »Der Husten hat nichts zu sagen, hehe! Der Husten wird mich nicht umbringen, ich werde schon nicht davon sterben.«

»Das hoffe ich auch«, gab ich zurück, »ich hatte auch nicht die Absicht, Sie unnötig zu beunruhigen. Aber Sie sollten doch vorsichtig sein. Ein Schluck von diesem Medoc übrigens – der wird vor der Feuchtigkeit schützen.«

Ich nahm eine Flasche von dem Lagerbrett und entkorkte sie. »Trinken Sie!«, sagte ich und reichte sie ihm.

Er blinzelte mir zu und brachte sie an seine Lippen. Dann machte er eine Pause und blinzelte mir wieder zu, während seine Schellen klingelten. »Ich trinke auf die Verstorbenen, die unter uns ruhen!«, lallte er.

»Und ich auf Ihr langes Leben.«

Dann nahm er wieder meinen Arm, und wir schritten weiter.

»Die Gewölbe«, meinte er nach einer Weile, »... sehr groß ... sehr ...«

»Die Montresors«, erwiderte ich, »waren eine zahlreiche Familie.«

»Ich habe vergessen ... Ihr Wappen vergessen ...«

»Ein großer goldener Fuß in einem azurnen Felde; der Fuß zertritt eine Schlange, die ihre Zähne in seine Ferse gegraben hat.«

»Und ... Devise?«

»Nemo me impune lacessit.«

»Schön!«, sagte er, »schön!«

Der Wein sprühte in seinen Augen, und die Schellen klingelten. Auch meine Fantasie wurde durch den Medoc erhitzt. Wir waren an ganzen Wällen aufgeschichteten Gebeins, dann wieder an Fässern und Fässchen vorbei – in das Innerste der Katakomben gelangt. Ich blieb stehen und fasste Fortunato am Arm.

»Sehen Sie doch nur«, sagte ich, »wie der Salpeter immer dichter wird. Er hängt wie Moos an den Wänden. Wir befinden uns jetzt gerade unter dem Bett des Flusses. Die Feuchtigkeit sickert in Tropfen durch das Gebein. Kommen Sie, wir wollen zurückgehen, ehe Sie sich schaden. Ihr Husten ...«

»Hat nichts zu sagen«, entgegnete er lallend, »wollen

weitergehen! Können ja … noch einen Schluck Medoc …«

Ich brach einer Flasche De Grave den Hals und reichte sie ihm. Er leerte sie auf einen Zug. Seine Augen funkelten jetzt in dem sonderbarsten Lichte. Er lachte dabei und warf die Flasche mit einer Geste, die ich nicht verstand, in die Luft. Ich sah ihn etwas erstaunt an. Er wiederholte die Bewegung – sie war sehr grotesk.

»Sie verstehen nicht?«, fragte er.

»Nein!«, erwiderte ich.

»Sind also nicht … in der Loge?«

»Wie?«

»Sie sind … nicht Maurer?«

»Doch! Doch!«, sagte ich. »Doch! Doch!«

»Sie? Unmöglich! Sie – Maurer?«

»Ja, Maurer«, behauptete ich.

»Ein Zeichen!«, rief er.

»Hier!«, gab ich zurück und zog eine Kelle aus den Falten meines Mantels.

»Sie scherzen!«, meinte er und trat ein paar Schritte zurück. »Aber kommen Sie … zu dem Amontillado!«

»Weiter!«, sagte ich, versteckte das Werkzeug wieder unter meinem Mantel und bot ihm meinen Arm.

Er stützte sich schwer auf, und wir setzten unsern Weg fort. Zunächst kamen wir durch eine Reihe niedriger Bogengänge, stiegen tiefer hinab, gingen weiter, stiegen noch tiefer hinab und gelangten endlich in eine Wölbung, in deren unreiner Luft unsere Fackeln nur noch glühten und fast kein Licht mehr gaben.

Am Ende der Wölbung befand sich eine zweite, weniger geräumige. An ihren Wänden waren, wie in den großen Katakomben zu Paris, bis zur Decke menschliche Gebeine aufgeschichtet. Drei Seiten dieser inneren Krypta waren in dieser Art geschmückt. Von der vierten war das Gebein herabgefallen, lag verstreut auf dem Boden umher und bildete einen Haufen von ziemlicher Höhe. In der freigelegten Mauer befand sich eine Nische von vielleicht vier Fuß Tiefe, drei Fuß Breite und sechs oder sieben Fuß Höhe. Sie war offenbar zu keinem bestimmten Zweck errichtet, sondern bildete einfach den Zwischenraum zwischen zwei der ungeheuren Pfeiler, die das Gewölbe stützten. Ihre Rückwand war die massive Granitmauer, die das Ganze umschloss.

Vergebens erhob Fortunato seine trübe Fackel, um in die Nische hineinzuspähen: Das schwache Licht ließ die gegenüberliegende Mauer nicht erkennen.

»Treten Sie ein«, sagte ich, »dort liegt der Amontillado. Was Luchesi anbetrifft –«

»Er ist ein Dummkopf«, unterbrach mich mein Freund und tappte vorwärts, während ich ihm auf dem Fuße folgte. Im Augenblick war er am Ende der Nische angelangt, und als er fühlte, dass ihn der Fels hindere, weiter vorzudringen, blieb er verdutzt stehen. Im nächsten Augenblick schon hatte ich ihn an den Felsen angekettet. In diesen waren nämlich in einer Entfernung von ungefähr zwei Fuß zwei eiserne Ringe eingelassen. In einem derselben hing eine kurze eiserne Kette, in dem anderen ein Vorlegeschloss. Nachdem ich ihm die Kette um den Leib gewunden hatte, war es das Werk einer Sekunde, sie zu schließen. Er war zu verblüfft, um Widerstand zu leisten. Ich nahm den Schlüssel an mich und trat aus der Nische.

»Fahren Sie einmal mit Ihrer Hand über die Mauer«, sagte ich, »Sie müssen den Salpeter fühlen können. Es ist in der Tat sehr feucht. Noch einmal lassen Sie mich bitten: Kehren Sie zurück! Nein? Sie wollen nicht? Ja – dann muss ich Sie endgültig verlassen. Doch vorher will ich Ihnen all die kleinen Bequemlichkeiten beschaffen, die nur möglich sind.«

»Der Amontillado!«, rief mein Freund, der sich von seinem Erstaunen noch nicht erholt hatte.

»Natürlich, natürlich!«, erwiderte ich, »der Amontillado.«

Während ich diese Worte sagte, machte ich mich über den Knochenhaufen her, von dem ich schon gesprochen habe, und warf ihn beiseite. Bald deckte ich auf dem Boden eine ziemliche Menge Bausteine und Mörtel auf. Mit diesem Material und meiner Kelle begann ich nun eifrig, den Eingang zur Nische zu vermauern.

Ich hatte kaum die erste Lage Steine gelegt, als ich bemerkte, dass die Trunkenheit Fortunatos zum großen Teil verschwunden war. Das erste Zeichen davon war ein dumpfer Schrei, der mir aus der Nische entgegenklang: Es war nicht der Schrei eines Betrunkenen! Dann folgte ein längeres Schweigen. Ich mauerte die zweite Lage auf, die dritte, die vierte, dann hörte ich wütendes Kettengerassel. Das Geräusch dauerte mehrere Minuten, und um mit rechter Genugtuung zuhören zu können, unterbrach ich meine Arbeit und ruhte mich auf dem Knochenhaufen ein wenig aus. Als das Gerassel dann endlich aufhörte, ergriff ich meine Kelle wieder und legte die fünfte Lage, dann die sechste und die siebente. Nun ging mir die Mauer schon bis an die Brust. Ich machte wieder eine Pause, erhob die Fackel über meine Mauer und beleuchtete mit schwachen Strahlen den Eingeschlossenen.

Da brach ein anhaltendes, lautes, schrilles Geschrei aus der Kehle des Gefesselten; es war, als wolle er mich mit ihm zurückschleudern. Einen Augenblick lang zögerte – zitterte ich. Ich zog meinen Degen und begann in die Nische hineinzustechen, doch ein weiterer Augenblick des Nachdenkens beruhigte mich wieder. Ich legte meine Hand auf die festen Mauern des Gewölbes und fühlte mich höchst befriedigt. Ich näherte mich meinem Bauwerk von neuem und antwortete auf das Geschrei des Heulenden. Ich half ihm, ich wurde sein Echo, ich schrie noch lauter als er und noch kräftiger. Das tat ich – und der Schreier verstummte.

Es war unterdes Mitternacht geworden, und meine Arbeit näherte sich ihrem Ende. Ich hatte die achte, neunte und zehnte Lage vollendet und noch einen Teil der elften und letzten. Es blieb nur noch ein Stein zu mauern. Ich erhob ihn mit Schwierigkeit und brachte ihn ungefähr in die richtige Stelle. Aber da erscholl aus der Nische ein leises Lachen, das mir die Haare auf dem Kopfe hochsträubte. Dann hörte ich eine traurige Stimme, die ich kaum als die des edlen Fortunato wiedererkannte. Die Stimme sagte:

»Hehehe ... he... he ... hehe ... he ... Das ist wirklich ein guter Spaß! – ein ausgezeichneter Spaß! Wir werden im Palast noch herzlich darüber lachen – he! he! – über unsern Wein! – he! he!«

»Über den Amontillado?«, fragte ich.

»He! he! – He! he! – Ja, über den Amontillado. Aber wird es nicht spät? Wird uns die Signora Fortunato nicht im Palast erwarten? Und die anderen alle? Wir wollen gehen.«

»Ja«, sagte ich, »wir wollen gehen.«

»Um Gottes willen, Montresor!«

»Ja«, sagte ich, »um Gottes willen!«

Auf diese Worte erhielt ich keine Antwort mehr. Ich horchte hin. Vergebens. Ich wurde ungeduldig und rief laut:

»Fortunato!«

Keine Antwort. Ich rief nochmals:

»Fortunato!«

Wieder keine Antwort. Ich zwängte eine Fackel durch die kleine Öffnung, die noch geblieben war, und ließ sie hineinfallen. Was ich vernahm, war – Schellengeklingel. Mir wurde übel, ohne Zweifel von der Feuchtigkeit des Gewölbes. Ich beeilte mich, meine Arbeit zu Ende zu bringen, rückte den letzten Stein in die richtige Lage und schloss die Fugen mit Mörtel. Dann errichtete ich vor dem neuen Mauerwerk den alten Wall von Gebeinen. Seit einem halben Jahrhundert hat sie niemand mehr in ihrer Ruhe gestört. In pace requiescat!

[November, 1846]

Die längliche Kiste

Als ich vor einigen Jahren von Charleston nach New York reisen musste, mietete ich mir auf dem schönen Paketboot ›Independence‹, dem Schiff des Kapitän Hardy, eine Kajüte. Die Abreise war auf den 15. Juni festgesetzt, und am 14. begab ich mich an Bord, um in meiner Kajüte noch Verschiedenes zu ordnen.

Ich bemerkte, dass wir eine große Anzahl Passagiere, unter denen sich ungewöhnlich viele Damen befanden, bekommen sollten. Mehrere meiner Bekannten standen schon auf der Liste, und ich las mit großer Freude unter anderen den Namen des Herrn Cornelius Wyatt, eines jungen Künstlers, mit dem mich eine warme Freundschaft verband. Er hatte gleichzeitig mit mir studiert. Wir waren oft und viel zusammen gewesen. Er hatte das richtige Temperament eines Genies: Es war aus Melancholie, Sensibilität und Enthusiasmus seltsam gemischt. Mit diesen Eigenschaften vereinigte er das ehrlichste und wärmste Herz, das je in der Brust eines Menschen geschlagen hat.

Ich bemerkte, dass seine Karte sich an drei Kajütentüren befand; als ich auf der Passagierliste nachsuchte, fand ich, dass er für sich, seine Frau und seine beiden Schwestern Plätze genommen hatte. Die Kajüten waren ziemlich geräumig, und jede enthielt zwei übereinander befindliche Bettstellen, die allerdings nur für eine Person Raum boten; doch konnte ich nicht verstehen, weshalb mein Freund für diese vier Personen drei Kajüten gemietet hatte.

Ich befand mich damals gerade in einer jener verdrießlichen Stimmungen, in denen man oft von krankhafter Neugierde ergriffen wird, und ich muss beschämt gestehen, dass ich über diese überflüssige Kajüte eine Menge alberner und boshafter Vermutungen anstellte. Die ganze Sache ging mich ja gar nichts an; nichtsdestoweniger machte ich die hartnäckigsten Versuche, das Rätsel zu lösen.

Endlich kam ich zu einem Schluss, bei dem ich mich verwundert fragte, warum ich nicht gleich auf ihn gekommen sei. »Sie werden natürlich einen Diener oder eine Dienerin mitnehmen«, sagte ich mir. »Welch ein Tor ich doch bin, dass mir dies nicht schon früher einfiel!« Noch einmal suchte ich auf der Liste nach – und fand die ausdrückliche Bemerkung, dass kein Diener und keine Dienerin mitgenommen werden sollte, obgleich man offenbar anfangs die Absicht gehabt hatte, Dienerschaft mitzunehmen, denn die Worte ›samt Dienerschaft‹, die anfänglich dagestanden hatten, waren wieder durchstrichen worden. Vielleicht hat er Extragepäck bei sich, dachte ich darauf, etwas, das er nicht in den Schiffsraum bringen lassen will, etwas, das er nicht aus den Augen verlieren will, nun hab ich es: ein Gemälde oder etwas Ähnliches, sah ich ihn doch neulich mit Niccolini, dem italienischen Juden, unterhandeln. Ich war nun ganz befriedigt und schickte meine Neugierde zum Kuckuck.

Wyatts beide Schwestern kannte ich sehr gut, es waren

liebenswürdige, gescheite Mädchen. Seine Gattin hatte er erst vor kurzem heimgeführt, ich hatte sie noch nie gesehen. Doch hatte er mir mit dem ihm eigenen Enthusiasmus viel von ihr erzählt. Nach seinen Beschreibungen musste sie von hervorragendster Schönheit, Klugheit und Anmut sein. Ich konnte es kaum erwarten, sie kennen zu lernen.

An dem Tage, an dem ich das Schiff aufsuchte, am 14. also, erwartete man, wie mir der Kapitän mitteilte, auch Wyatt und seine Damen. Ich verblieb eine Stunde länger an Bord, als ich beabsichtigt hatte, um die Chance, der jungen Frau vorgestellt zu werden, nur ja nicht zu versäumen. Ich wartete vergeblich. Die Herrschaften ließen sich mit den Worten entschuldigen: Frau Wyatt befände sich nicht ganz wohl und werde erst morgen kurz vor Abfahrt das Schiff besteigen.

Am folgenden Morgen, als ich mich auf die Reede begab, begegnete ich zufällig dem Kapitän Hardy, welcher mir sagte, dass die ›Independence‹ eingetretener Umstände halber (wie die stupide, aber bequeme Phrase lautet) wohl noch ein oder zwei Tage im Hafen liegen werde und dass er mir, sobald alles bereit sei, Nachricht zukommen lassen wolle. Ich fand diesen Aufschub recht sonderbar, da aus dem Süden eine schöne, steife Brise wehte. Trotz hartnäckiger Nachforschungen wollte es mir nicht gelingen, mit den ›eingetretenen Umständen‹ nähere Bekanntschaft zu machen. So blieb mir also nichts anderes übrig, als in mein Hotel zurückzukehren und meinen Ärger hinunterzuschlucken.

Eine ganze Woche lang wartete ich auf die ersehnte Nachricht von dem Kapitän; als sie endlich eintraf, begab ich mich unverzüglich an Bord. Die Passagiere gingen lebhaft hin und her, und auf Deck herrschte jene geräuschvolle Geschäftigkeit, die der baldigen Abfahrt eines Schiffes stets voranzugehen pflegt.

Wyatt und seine Damen erschienen etwa zehn Minuten später als ich. Der Künstler schien von einem seiner gewohnten Melancholieanfälle heimgesucht zu sein; er war in sich versunken und wortkarg, so wortkarg, dass er mich nicht einmal seiner Frau vorstellte. Seine Schwester Marianne, ein reizendes, intelligentes Mädchen, nahm ihm diese Pflicht der Artigkeit ab und machte uns durch ein paar rasche Worte miteinander bekannt.

Bei dieser flüchtigen Vorstellung war Frau Wyatt dicht verschleiert gewesen, und ich muss gestehen, dass ich, als sie den Schleier zurückschlug, aufs Höchste erstaunt war. Ich wäre es noch viel mehr gewesen, hätte mich nicht eine lange Erfahrung gelehrt, den enthusiastischen Beschreibungen meines Freundes, sobald er über Frauenschönheit sprach, nur mäßigen Glauben zu schenken. Ich wusste nur zu wohl, dass er sich da leicht zu Übertreibungen verleiten ließ.

Nein, beim besten Willen konnte ich nicht behaupten, dass Frau Wyatt schön sei; zwar war sie nicht ausgesprochen hässlich – doch auch nicht weit entfernt davon. Jedenfalls sah sie höchst alltäglich aus. Nur war sie mit ausgesuchtestem Geschmack gekleidet; und ich zweifelte nicht, dass sie wohl das Herz meines Freundes durch ihren Geist und ihr Gemüt gefesselt habe. Wir wechselten nur sehr wenige Worte; dann begab sie sich sogleich mit Herrn Wyatt in ihre Kajüte.

Jetzt ergriff mich wieder meine alte Neugierde. Dienerschaft hatten sie also nicht mitgebracht, das stand fest. So sah ich mich denn nach dem Extragepäck um. Nach einiger Zeit langte auf der Werft ein Karren mit einer länglichen Kiste aus Tannenholz an, auf die man noch gewartet zu haben schien. Sobald sie an Bord war, lichteten wir die Anker und steuerten ins Meer hinaus.

Die Kiste war, wie ich schon sagte, länglich und mochte vielleicht sechs Fuß lang und zweieinhalb Fuß breit sein. Ich kann dies mit solcher Bestimmtheit behaupten, weil mir ihre eigentümliche Form gleich auffiel. Kaum hatte ich sie gesehen, so gratulierte ich mir zu meiner Geschicklichkeit im Raten. Ich war, wie man sich erinnern wird, zu dem Schluss gekommen, dass das Extragepäck meines Freundes, des Künstlers, wohl ein Gemälde sein werde, da ich wusste, dass er in den letzten Wochen mit Niccolini in Unterhandlung gestanden hatte; und jetzt sah ich hier eine Kiste, die, nach ihrer Form zu urteilen, eigentlich nichts anderes enthalten konnte als eine Kopie von Leonardos ›Abendmahl‹. Da ich außerdem noch wusste, dass sich seit einiger Zeit eine in Florenz von dem jüngeren Rubini gefertigte Kopie dieses Meisterwerks im Besitze Niccolinis befunden hatte, durfte ich meine Vermutung als bestätigt ansehen. Vergnügt lachte ich über diesen neuen Beweis meines Scharfsinnes. Soviel ich wusste, war es das erste Mal, dass Wyatt seine künstlerischen Geheimnisse mir vorenthielt; er hatte wohl offenbar vor, mich zu nasführen und unter meinen Augen ein schönes Kunstwerk einzuschmuggeln. Dafür wollte ich ihn ein andermal zu gelegener Zeit gehörig aufziehen.

Ein Umstand befremdete mich ein wenig. Die Kiste wurde nicht in der Extrakajüte, sondern in der Wyatts untergebracht; dort blieb sie, obwohl sie fast den ganzen Raum einnahm, was doch dem Künstler und seiner Frau äußerst unangenehm sein musste, da der Teer oder die Farbe, womit mehrere weit auseinander stehende Buchstaben auf den Deckel hingemalt waren, einen starken, höchst unangenehmen, ja, meinem Empfinden nach ekelhaften Geruch von sich gab. Die Worte auf dem Deckel lauteten: ›An Frau Adelheid Curtis, Albany, New York. Aufgegeben von Cornelius Wyatt, Esq. Diese Seite oben. Vorsicht!‹

Ich wusste, dass Frau Adelheid Curtis aus Albany die Schwiegermutter des Künstlers war, und nahm die ganze Adresse als eine auf mich gemünzte Mystifikation. Denn ich redete mir ein, dass die Kiste samt ihrem Inhalt im Atelier meines misanthropischen Freundes in der Chamberstreet in New York bleiben und niemals weiter nördlich wandern werde.

Die ersten drei oder vier Tage hatten wir schönes Wetter, obgleich uns der Wind direkt entgegenblies, denn er hatte, sobald die Küste außer Sicht gekommen war, nach Norden gedreht. Die Passagiere waren alle in bester Laune und zu fröhlicher Geselligkeit aufgelegt, alle, d. h. mit Ausnahme Wyatts und seiner Schwestern, die sich gegen die übrigen Passagiere nicht allein steif, sondern, wie mir schien, ziemlich unhöflich benahmen. Bei Wyatt fiel mir dies nicht sosehr auf, denn wenn er auch außerordentlich melancholisch, ja sogar mürrisch erschien, so war ich doch dergleichen von ihm längst gewohnt. Für seine Schwestern jedoch suchte ich vergeblich nach einer Entschuldigung. Sie schlossen sich fast den ganzen Tag über in ihre Kajüten ein und waren trotz meiner wiederholten Vorstellungen nicht zu bewegen, mit jemandem an Bord zu verkehren.

Frau Wyatt dagegen war viel angenehmer: Sie plauderte gern und viel, und jeder, der eine längere Seereise gemacht hat, weiß, welch angenehme Eigenschaft dies auf See ist. Sie wurde mit den meisten Damen ungemein vertraut und legte zu meinem höchsten Erstaunen eine unverkennbare Neigung, mit den Männern zu kokettieren, an den Tag. Jedenfalls amüsierte sie uns außerordentlich.

Ich sage ›amüsierte‹ – und weiß kaum, wie ich das, was ich darunter verstehe, näher bezeichnen soll. Ich möchte nur erwähnen, dass mir bald auffiel, dass man weit öfter *über* Frau Wyatt als mit ihr lachte; die Herren sagten wenig über sie; doch die Damen behaupteten nach kurzer Zeit, sie sei ein gutmütiges, ziemlich alltäglich aussehendes, gänzlich unerzogenes, ungebildetes Ding.

Alle Welt fand es unerklärlich, dass Wyatt sich ein solches Wesen als Lebensgefährtin gewählt hatte. Man suchte sich diese absonderliche Verbindung als eine Geldheirat zu erklären. Ich wusste jedoch bestimmt, dass diese Annahme absolut unbegründet sei, denn Wyatt hatte mir einmal gesagt, dass seine Frau nicht *einen* Dollar als Heiratsgut und in Ihrem Leben auch nie eine Erbschaft zu erwarten habe. Nur aus Liebe, einzig und allein aus Liebe, sagte er, heirate er sie, und seine Braut sei seiner Liebe mehr als würdig.

Ich muss gestehen, dass ich, als ich mich an diese Worte erinnerte, gar nicht wusste, was ich von ihm halten sollte. Hatte er denn keine Augen, um zu sehen, hatte er den Verstand verloren, er, ein so hochgebildeter, geistvoller, zart empfindender Mann mit seiner außerordentlichen Empfindlichkeit gegenüber allem Unfeinen und Unkünstlerischen, seinem heißen Drang nach Schönheit! – Jedenfalls schien die Dame ihn recht gern zu haben – besonders in seiner Abwesenheit –, denn sie machte sich dann in einem fort dadurch lächerlich, dass sie immer und ewig wiederholte, was ihr ›viel geliebter Gatte‹ da und dort gesagt habe; das Wort ›Gatte‹ besonders schien ihr – um mich eines ihrer zarten Ausdrücke zu bedienen – ›immer auf der Zunge zu sein‹.

Mittlerweile war es schon allen Passagieren aufgefallen, dass Wyatt selbst seine Gattin, wo es nur anging, mied und sich den größten Teil des Tages in seine Kajüte einschloss und es seiner Frau überließ, sich nach Gutdünken mit der in der großen Kajüte versammelten Gesellschaft zu ›amüsieren‹.

Aus allem, was ich sah und hörte, musste ich schließen, dass der Künstler einer der ganz unberechenbaren Launen des Schicksals zum Opfer gefallen sei oder dass er in einem Anflug grillenhafter Leidenschaft sich mit einer tief unter ihm stehenden Person verbunden habe, und dass das natürliche Resultat, baldige und vollkommene Abneigung, nun schon eingetroffen sei. Ich bedauerte ihn aus Herzensgrund, doch konnte ich ihm seine Geheimnistuerei mit dem ›Abendmahl‹ nicht vergeben: Dafür wollte ich mich noch einmal an ihm rächen.

Eines Tages erschien er auf dem Verdeck, und ich nahm, wie wir es gewohnt waren, seinen Arm und schlenderte mit ihm eine Zeit lang auf und ab. Seine Melancholie, die mir jetzt erklärlich vorkam, schien ihn noch immer vollständig zu beherrschen. Er sprach wenig, dies Wenige nur mürrisch und gezwungen. Ich versuchte ein paar Scherze zu machen und sah, dass er sich zu einem krampfhaften Lächeln quälte. Armer Kerl! – Wenn ich an seine Frau dachte, wunderte ich mich fast noch, dass er sich so heiter stellen konnte.

Dann beschloss ich, an die Ausführung meines Racheplanes zu gehen. Ich machte eine Menge versteckter Anspielungen auf die längliche Kiste, um ihm zu zeigen, dass ich wenigstens schon Argwohn schöpfte. Ich spielte auf ihre eigentümliche Form an, lächelte verständnisinnig, blinzelte ihm zu und klopfte ihm sanft mit dem Zeigefinger auf die Schulter.

Die Art und Weise, mit der Wyatt diesen harmlosen Scherz aufnahm, brachte mich zu der Überzeugung, dass ich es mit einem Wahnsinnigen zu tun habe. Zuerst starrte er mich an, als sei es ihm unmöglich, meinen Witz zu verstehen. In dem Maß aber, wie ihm allmählich das Verständnis aufzugehen schien, rissen sich seine Augen auf und schienen aus ihren Höhlen springen zu wollen. Dann schoss ihm glühende Röte ins Gesicht – gleich darauf wurde er erschreckend bleich und brach endlich, als hätten ihn meine Worte aufs Höchste belustigt, in ein langes, tolles Lachen aus, das wohl zehn Minuten andauerte und sich fortwährend steigerte –, dann stürzte er der Länge nach auf das Verdeck hin und schien, als ich ihn aufheben wollte, tot.

Ich rief um Hilfe; nur mit vieler Mühe gelang es uns, ihn wieder zu sich zu bringen. Er murmelte unzusammenhängende Worte, man ließ ihn zur Ader und brachte ihn zu Bett. Am anderen Morgen war er jedoch, wenigstens körperlich, vollkommen wiederhergestellt; von seinem Verstand will ich nicht reden. Auf Anraten des Kapitäns, der auch von seinem Wahnsinn zu wissen schien, mied ich von nun an seine Gegenwart. Auch teilte ich niemandem an Bord etwas von meinen Vermutungen mit.

Bald nach diesem Anfall ereigneten sich aber mehrere Dinge, die meine Neugierde nur noch steigern mussten. Ich hatte eines Tages, als ich nervös war, zu viel grünen Tee getrunken und schlief in der Nacht sehr schlecht – ja, eigentlich schlief ich ein paar Nächte überhaupt nicht. Meine Kajüte ging, wie die aller Junggesellen an Bord, in die große Kajüte oder den Speisesaal hinaus. Wyatts Kajüten liefen sämtlich in die zweite, kleinere Kajüte aus, die sich unmittelbar hinter der ersten, großen befand und von dieser nur durch eine Schiebetür getrennt war, die nie, selbst des Nachts nicht, verschlossen wurde. Da wir fast immer dicht beim Winde lagen, legte sich das Schiff ziemlich stark leewärts, und so oft es mit dem Steuerbord auf die Leeseite geworfen wurde, schob sich die Schiebetür zwischen den beiden Kajüten auf, und da sich niemand die Mühe gab, sie wieder zu schließen, blieb sie auch offen.

Mein Bett war nun aber so angebracht, dass ich von ihm aus, wenn die Schiebetür und meine Kajütentür offen standen (und die letztere war bei der großen Hitze fast nie geschlossen), deutlich in die zweite, hintere Kajüte hineinsehen konnte, und zwar gerade in den Teil, in welchen die drei Kajüten Wyatts sich öffneten. Als ich nun einmal, wie erwähnt, ein paar Nächte lang nicht schlafen konnte und geradeaus vor mich hinstarrte, sah ich deutlich, dass Frau Wyatt jede Nacht gegen elf Uhr abends aus der Kajüte ihres Gatten herausschlich und sich in die Extrakajüte begab, wo sie bis zum Morgen verblieb. Erst wenn ihr Gatte sie gerufen hatte, betrat sie dessen Kajüte wieder. Dass die beiden nicht wie Eheleute zusammenlebten, unterlag also keinem Zweifel. Sie hatten getrennte Zimmer inne – vielleicht nur als Vorbereitung für ein baldiges endgültiges Auseinandergehen. Und ich glaubte zum zweiten Mal, dem Geheimnis der Extrakajüte auf die Spur gekommen zu sein.

Doch zog noch ein anderer Umstand mein Interesse an. Während der schlaflosen Nächte vernahm ich, unmittelbar nachdem Frau Wyatt die Kajüte ihres Gatten verlassen hatte, in dieser ein sonderbares, vorsichtiges, gedämpftes Geräusch. Ich lauschte eine Zeit lang aufmerksam hin, bis es mir gelang, die merkwürdigen Töne zu deuten. Ohne Zweifel versuchte der Künstler mittels eines Meißels und Hammers die längliche Kiste zu öffnen – der Kopf des Hammers musste, seinem dumpfen Aufschlagen nach zu urteilen, mit einem wollenen oder baumwollenen Stoff umhüllt sein; nur auf diese Weise ließ sich sein eigentümlich gedämpftes Klopfen erklären.

Ich lauschte immer gespannter, sodass ich ganz genau den Augenblick zu erkennen glaubte, in dem der Deckel völlig losgelöst sein musste und der Künstler ihn ganz abhob und auf die untere Bettstelle seiner Kajüte legte. Dies Letztere schloss ich aus gewissen leichten Stößen des Deckels an die hölzernen Bettkanten, und überdies war ja auf dem Boden gar kein Platz. Dann folgte eine Totenstille, und ich hörte nichts mehr bis zum Tagesanbruch – abgesehen von einem leisen Schluchzen oder Murmeln, das jedoch beinahe unhörbar an mein Ohr schlug, so leise und schwach, dass ich es fast als eine Vorspiegelung meiner allzu wachen Fantasie ansehen muss. Es *hätte* ein Schluchzen und Murmeln sein können und auch wieder *nicht* – wahrscheinlich klangen mir nur die Ohren. Jedenfalls jedoch ließ Wyatt einmal wieder irgendeiner fantastischen Laune die Zügel schießen, überließ sich wieder allzu sehr seinem künstlerischen Enthusiasmus. Wahrscheinlich hatte er die längliche Kiste geöffnet, um seine Augen ungestört an dem Schatz, den sie verbarg, zu weiden. Aber darin lag doch gewiss nichts, was ihn zum Schluchzen hätte bringen können. Ich wiederhole deshalb noch einmal, dass mich wohl meine durch Kapitän Hardys grünen Tee allzu erregte Fantasie mit falschen Vorspiegelungen quälte.

In jeder der schlaflosen Nächte hörte ich kurz vor Tagesanbruch deutlich, wie Herr Wyatt den Deckel wieder auf die längliche Kiste legte und mit dem umwickelten Hammer die Nägel in ihre alten Löcher schlug. War dies geschehen, so trat er, vollständig angekleidet, aus seiner Kajüte heraus und rief Frau Wyatt aus der ihrigen.

Sieben Tage waren wir schon auf See und befanden uns eben auf der Höhe von Kap Hatteras, als plötzlich aus Südwest ein furchtbarer Sturm losbrach. Von verschiedenen Anzeichen benachrichtigt, waren wir auf Unwetter vorbereitet, und in einem Augenblick war oben und unten auf dem Schiff alles wohl verwahrt und festgemacht; doch da der Sturm an Heftigkeit stetig zunahm, legten wir endlich, unter doppelt gerefftem Flitter- und Vormarssegel, bei.

Achtundvierzig Stunden blieb das Schiff in diesem Zustand, ohne sonderlichen Schaden zu nehmen, es erwies sich im Gegenteil als äußerst seetüchtig und schöpfte fast gar kein Wasser. Nach Verlauf dieser Zeit jedoch steigerte sich der Sturm zum Orkan, unser Hintersegel zerriss in Fetzen, und wir gerieten bald so sehr zwischen die Wogen, dass wir unmittelbar nacheinander mehrere Sturzwellen bekamen. Bei dieser Gelegenheit wurden drei Personen über Bord gerissen, die Kombüse und fast die ganze äußere Plankenbekleidung am Backbord wurde von den Wellen weggespült. Kaum waren wir wieder zu uns gekommen, so zerriss auch unser Vormarssegel in tausend Stücke. Wir setzten ein Sturmsegel aus, worauf es einige Zeit lang leidlich gut ging.

Der Sturm jedoch hielt immer noch an, und nichts ließ erwarten, dass er sich bald legen werde. Wir bemerkten, dass unser Takelwerk arg mitgenommen war, und am dritten Tage des Unwetters brach unser Besanmast, und wir wurden mit größter Heftigkeit hin und her geschleudert. Der gebrochene Mast lag auf dem Deck, und bei dem fürchterlichen Schlingern des Schiffes bemühten wir uns vergeblich, ihn loszuwerden. Gegen fünf Uhr nachmittags teilte der Schiffszimmermann die keineswegs ermutigende Tatsache mit, dass im Schiffsraum das Wasser vier Fuß hoch stehe, und um all das Unheil zu krönen, stellte es sich bald heraus, dass die Pumpen nicht funktionierten.

Nun geriet alles in Verwirrung und wilde Angst, und man schritt zu dem verzweifelten Versuch, das Schiff durch Abwerfen aller erreichbaren Ladung und Abhauen der beiden letzten Masten zu erleichtern. Mit vieler Mühe gelang uns dies endlich, doch da die Pumpen nach wie vor unbrauchbar blieben, füllte sich das Schiff immer mehr mit Wasser. Gegen Sonnenuntergang ließ der Sturm merklich nach, und da auch die See minder heftig ging, schöpften wir die schwache Hoffnung, uns in Boote retten zu können. Um acht Uhr abends zerteilten sich die Wolken, leuchtend brach das Licht des Vollmondes durch sie hindurch, erhellte unsere düstere Angst und richtete unseren gesunkenen Mut durch sein Trost verheißendes Glänzen wieder auf.

Nach unsäglichen Anstrengungen gelang es uns, das große Boot unbeschädigt ins Wasser zu bringen. Die ganze Schiffsmannschaft sowie der größte Teil der Passagiere nahm in ihm Platz und gelangten nach drei schreckensvollen Tagen endlich in die Okrakoke-Bay.

Vierzehn Passagiere und der Kapitän waren auf dem Wrack geblieben, da sie der Jolle am Hinterteil des Schiffes ihr Leben anvertrauen wollten. Wir brachten diese auch ohne Schwierigkeit ins Wasser, doch verhinderte nur ein Wunder, dass sie im Augenblick, da sie in die Wellen tauchte, nicht umschlug. Kapitän Hardy und Frau, Wyatt mit seinen Damen, ein mexikanischer Offizier mit Frau und Kindern und ich selbst mit einem Neger, der Bedientendienste versah, hatten als Letzte in dem schwachen Fahrzeug Zuflucht genommen.

In diesem war natürlich für nichts weiter als für ein paar Lebensmittel und die notwendigsten Instrumente Platz; es war auch niemand auf die Idee gekommen, auch nur die geringste Kleinigkeit zu retten und die Jolle zu überlasten.

Wie groß war daher unser aller Erstaunen, als Herr Wyatt, nachdem wir einige Klafter vom Schiff entfernt waren, plötzlich aufstand und ganz kaltblütig von dem Kapitän verlangte, er solle das Boot nochmals beim Schiffe anlegen lassen, weil er die längliche Kiste mitnehmen wolle.

»Setzen Sie sich doch, Herr Wyatt!«, antwortete ihm der Kapitän in etwas strengem Tone. »Wenn Sie nicht ganz still sitzen, wird das Boot umschlagen! Schon jetzt ist unser Dahlbord im Wasser!«

»Die Kiste! Die Kiste!«, schrie Wyatt, noch immer stehend, »ich muss die Kiste haben! Kapitän, Sie können, Sie *werden* mir die Kiste nicht verweigern! Sie wiegt ja nur eine Kleinigkeit – fast gar nichts! Wahrhaftig, gar nichts! Bei der Mutter, die Sie geboren – beim Himmel selbst –, bei Ihrem Seelenheil bitte ich Sie, beschwöre ich Sie, fahren Sie zurück, lassen Sie mich die Kiste holen!«

Einen Augenblick schien der Kapitän von dem inständigen Flehen des Künstlers erweicht zu werden, doch bald gewann er seine ernste Ruhe wieder und sagte einfach:

»Herr Wyatt, Sie sind von Sinnen! Ich darf Ihrer Bitte kein Gehör schenken! Setzen Sie sich, sage ich noch einmal, oder Sie bringen das Boot zum Umschlagen. Bleiben Sie doch – halten Sie ihn! Packen Sie ihn! Er will über Bord springen! – Da! – Wusst ich's doch! Nun ist's um ihn geschehen!«

Wyatt war in der Tat in diesem Augenblick über Bord gesprungen. Da wir noch in der Lee des Wrackes waren, gelang es ihm, ein Tau zu erfassen, das am Vorderdeck herabhing. Einen Augenblick später stand er an Bord und stürzte wie ein Wahnsinniger die Treppe zur großen Kajüte hinab.

Wir waren inzwischen hinter das Schiff getrieben worden und, da wir uns ganz außerhalb seiner Lee befanden, der grausamen Wucht der Wogen ausgesetzt. Wir versuchten, nach dem Wrack zurückzufahren, doch unser kleines Boot war unlenkbar wie eine Feder im Winde. Ein einziger Blick sagte uns, dass das Schicksal des unglücklichen Künstlers besiegelt sei.

Während wir uns nun ziemlich rasch von dem Wrack entfernten, sahen wir den Wahnsinnigen (nur als solchen konnten wir ihn noch ansehen) die Kajütentreppe wieder hinaufkommen, die längliche Kiste mit einem übermenschlichen Kraftaufwand hinter sich herschleppend. Während wir noch zu ihm hinüberstarrten, wand er ein dreizölliges Tau mehrmals um die Kiste und dann um seinen Leib. Im nächsten Augenblicke stürzte er sich mit seiner Last ins Meer, in dem er sofort und auf immer verschwand.

Mit schweigendem Entsetzen hatten wir diesem Schauspiel zugesehen und schreckerfüllt die Ruder sinken lassen. Endlich aber gebot uns die Gefahr, so rasch wie möglich fortzusteuern. Wohl eine Stunde verging, ehe jemand ein Wort zu sprechen wagte.

»Haben Sie auch bemerkt, Herr Kapitän«, fragte ich nach einer langen Weile, »wie rasch er mit der Kiste gesunken ist? War das nicht recht sonderbar? Ich gestehe, dass ich immer noch einige Hoffnung hegte, ihn gerettet zu sehen, als er sich an die Kiste anband und ins Meer warf.«

»Mit *dieser* Kiste musste er natürlich sinken«, erwiderte der Kapitän, »und zwar so schnell wie eine Bleikugel. Sie werden jedoch wieder an die Oberfläche kommen – allerdings nicht eher, als bis das Salz geschmolzen ist.«

»Das Salz?!«, rief ich aus.

»Still!«, meinte der Kapitän mit einem Seitenblick auf die Gattin und die Schwestern des Verstorbenen. »Wir werden zu gelegenerer Zeit von diesen Dingen sprechen.«

Nach vielen Mühsalen retteten wir mit knapper Not unser Leben. Mehr tot als lebendig landeten wir nach vier Tagen bitterster Leiden in der Bucht, welche Roanoke-Island gegenüberliegt. Hier blieben wir eine Woche, wurden von den Strandräubern leidlich behandelt und fanden endlich Gelegenheit zur Überfahrt nach New York.

Etwa einen Monat nach dem Untergang der ›Independence‹ begegnete ich dem Kapitän Hardy auf dem Broadway. Wie nur zu erklärlich, kamen wir bald auf unser Unglück und auf das traurige Schicksal des armen Wyatt zu sprechen. So erfuhr ich denn Folgendes:

Der Künstler hatte für sich, seine Gattin, seine beiden Schwestern und eine Dienerin Plätze auf dem Schiff genommen. Seine Gattin war in der Tat, wie er sie mir geschildert hatte, eine überaus reizende, liebenswürdige, fein gebildete Dame. Am Morgen des vierzehnten Juni, an dem Tag also, an welchem ich die ›Independence‹ zum ersten Mal betrat, erkrankte Frau Wyatt plötzlich und starb. Der junge Gatte geriet vor Schmerz fast von Sinnen, doch erlaubten gewisse Umstände nicht, die geplante Reise nach New York hinauszuschieben. Er wollte den Leichnam seiner angebeteten Gattin ihrer Mutter zuführen – nur machte ein allgemein verbreitetes Vorurteil die Ausführung dieses Planes fast unmöglich. Neun Zehntel aller Passagiere würden die Plätze lieber abbestellt haben, als mit einem Leichnam auf dem Schiff die Überfahrt anzutreten.

Da war denn Kapitän Hardy auf den Gedanken gekommen, den Leichnam teilweise einbalsamieren und mit einem großen Quantum Salz in eine Kiste von angemessener Größe packen und als Passagiergut auf das Schiff schmuggeln zu lassen. Das plötzliche Hinscheiden der jungen Frau sollte absolut verborgen bleiben; und da es nun einmal bekannt geworden war, dass Wyatt für sich und seine Gattin Plätze gebucht hatte, musste man eine Person finden, die für die Dauer der Überfahrt Frau Wyatt vorstellen konnte. Das Kammermädchen der Verstorbenen ließ sich leicht dazu überreden. Die Extrakajüte, die Herr Wyatt anfangs für die Dienerin seiner Frau gebucht hatte, behielt er einfach für seine Pseudofrau. Bei Tage spielte sie, so gut sie eben vermochte, die Rolle ihrer Herrin, die, wie man bestimmt wusste, keiner der Passagiere je gesehen hatte.

Ich selbst aber war durch meine allzu lebhafte Neugier und die Neigung, aus allem um jeden Preis meine Schlüsse zu ziehen, irregeführt worden.

In letzter Zeit schlafe ich nur sehr selten ruhig. Ein geisterhaftes Gesicht verfolgt mich, wenn ich mich auf meinem Lager hin und her wälze. Und ein hysterisches Lachen, das ich wohl nie vergessen werde, klingt in meinen Ohren.

[September 1844; geschrieben vor
dem 28. Mai 1844]

In den Bergen

Gegen Ende des Jahres 1827 wohnte ich in Virginia in der Nähe von Charlottesville und machte dort zufällig die Bekanntschaft eines Herrn August Bedloe. Die Persönlichkeit dieses jungen Mannes war in jeder Beziehung merkwürdig und erregte meine Neugierde und mein tiefstes Interesse. Sowohl sein körperliches wie sein geistiges Wesen war mir ein Rätsel; auch konnte ich nicht die geringste Auskunft über seine Familie erhalten, noch mit Sicherheit feststellen, woher er gekommen. Ich nannte ihn einen jungen Mann – doch gab es ein Etwas in seiner Person, das mich auch sein Alter eigentlich nicht einmal annähernd bestimmen ließ. Allem Anschein nach war er noch jung, auch betonte er oft seine Jugend; und doch hatte er Augenblicke, in denen er mir hundert Jahre alt zu sein schien. Das Eigentümlichste an ihm war jedoch seine Erscheinung. Er war auffallend groß und hager und hielt sich sehr gebeugt, seine Gliedmaßen waren außerordentlich lang und abgemagert, die Stirn breit und niedrig, die Hautfarbe vollkommen blutlos, der Mund groß und von stets wechselndem Ausdruck. Seine Zähne standen, obgleich sie vollkommen gesund waren, so weit auseinander und waren so unregelmäßig, wie ich es bei keinem anderen Menschen mehr gesehen habe. Doch war sein Lächeln durchaus nicht unangenehm, nur blieb der Ausdruck stets unverändert derselbe. Es war das Lächeln einer tiefen Melancholie – einer stets gleichmäßigen, endlosen Traurigkeit. Seine Augen waren ungewöhnlich groß und rund wie die einer Katze, auch erweiterten und verengten sich seine Pupillen in schwächerem oder stärkerem Lichte, geradeso wie es bei den Tieren aus dem Katzengeschlechte der Fall ist. Manchmal, bei besonderer Erregung, steigerte sich der Glanz dieser Augen so sehr, dass sie, wie die Sonne, leuchtende Strahlen nicht eines empfangenen, sondern eigenen Lichtes zu entsenden schienen. Im Allgemeinen jedoch waren sie so trüb, blickten so unklar und glasig, dass sie einen an die Augen eines Leichnams erinnerten, der lange begraben gewesen.

Dies sonderbare Aussehen schien Herrn Bedloe vielen Verdruss zu bereiten, er spielte – halb, als wolle er es erklären, halb entschuldigend – wiederholt darauf an, was mich, als ich es zum ersten Mal hörte, in peinliche Verlegenheit brachte. Ich gewöhnte mich jedoch daran und machte mir bald nichts mehr daraus. Offenbar wollte er durch die Anspielungen andeuten, dass er nicht immer so ausgesehen wie jetzt, dass eine lange Reihe nervöser Zufälle aus seiner früheren äußeren Schönheit das gemacht habe, als was man ihn nun sehe. Viele Jahre hatte er sich von einem Arzte namens Templeton begleiten lassen. Es war ein alter Herr von vielleicht siebzig Jahren, den er in Saratoga kennen gelernt, und dessen Behandlung ihm dort, wie er glaubte, außerordentlich wohl getan habe. Schließlich hatte er – seine Mittel gestatteten es ihm – mit dem Doktor ein Übereinkommen getroffen, wonach derselbe gegen ein reichliches Jahresgehalt seine Zeit und ärztliche Erfahrung ausschließlich der Pflege des Kranken zu widmen hatte.

Doktor Templeton war in seinen jungen Jahren viel gereist, hatte in Paris die Lehren des Mesmerismus kennen gelernt und sich lebhaft für dieselben interessiert. Durch magnetische Kuren war es ihm gelungen, die heftigen Schmerzen seines Patienten zu lindern, und dieser Erfolg hatte denselben erklärlicherweise mit Vertrauen zu den Ansichten erfüllt, denen man die Erkenntnis dieser Heilmittel verdankte. Der Doktor hatte sich, wie alle Enthusiasten, eifrig bemüht, aus seinem Pflegling einen vollständigen Anhänger der Lehren zu machen; und es war ihm zum Schlusse denn auch gelungen, den Leidenden zu bewegen, sich zahlreichen Experimenten zu unterziehen, deren häufige Wiederholung ein Ergebnis hatten, das in der letzten Zeit so häufig vorkommt, dass man ihm wenig oder gar keine Aufmerksamkeit mehr schenkt. Zu der Zeit jedoch, die hier infrage kommt, kannte man es in Amerika kaum. Zwischen dem Doktor Templeton und Bedloe war nämlich nach und nach ein starker Rapport, eine deutlich merkbare Beziehung eingetreten. Ich kann freilich nicht mit Sicherheit behaupten, ob dieser Rapport über die einfache Fähigkeit der Einschläferung hinausging. Diese hatte sich jedoch nach und nach unglaublich gesteigert, obwohl dem Magnetiseur der erste Versuch, den Kranken einzuschläfern, vollständig misslungen war. Erst beim fünften oder sechsten Male hatte er nach längerer Bemühung einigen Erfolg, beim zwölften Male jedoch gelang die Einschläferung vollkommen. Nun erlag der Wille des Patienten sehr rasch dem seines Arztes, sodass derselbe zur Zeit, als ich mit den beiden Herren bekannt wurde, den Patienten, selbst wenn sich derselbe seiner Gegenwart nicht bewusst war, durch einen bloßen Willensakt in Schlaf versetzen konnte. Erst jetzt, da sich täglich ähnliche Wunder vor zahlreichen Augenzeugen vollziehen, wage ich es, diese scheinbare Unmöglichkeit als eine wirkliche Tatsache mitzuteilen.

Bedloe besaß ein höchst reizbares, empfindliches, begeisterungsfähiges Gemüt, eine starke schöpferische Fantasie, die jedenfalls durch den gewohnheitsmäßigen Genuss von Morphium noch gesteigert wurde. Er genoss das Gift in großen Mengen und hatte sich so sehr an seine Wirkungen gewöhnt, dass er ohne dasselbe nicht mehr leben zu können glaubte. Er nahm gewöhnlich jeden Morgen eine ziemlich starke Dosis – gleich nach dem Frühstück, oder vielmehr gleich nachdem er eine Tasse starken Kaffee getrunken, denn er aß am Vormittage nichts. Dann begab er sich, allein oder von einem Hunde begleitet, auf lange Streifzüge durch die wilden, öden Hügel, die sich von Charlottesville nach Süden und Westen hinziehen und den Namen ›Ragged Mountains‹ tragen.

An einem warmen, doch trüben und nebeligen Tage gegen Ende November, in der seltsamen Übergangszeit also, die man in Amerika den Indian Summer nennt, unternahm Herr Bedloe morgens wie gewöhnlich einen Spaziergang in die Berge. Der Tag verging, ohne dass er zurückgekehrt wäre.

Über sein langes Ausbleiben ernstlich beunruhigt, wollten wir uns um acht Uhr abends aufmachen, um ihn zu suchen, als er plötzlich wieder erschien. Er befand sich nicht schlechter als immer, ja!, seine Stimmung schien sogar eine etwas bessere als gewöhnlich zu sein. Was er uns dann von seinem Ausfluge und von den Begebnissen, die ihn so lange aufgehalten hatten, erzählte, erfüllte mich mit höchstem Erstaunen:

»Wie Sie wissen«, sagte er zu mir, »verließ ich die Stadt heute Morgen gegen neun Uhr. Ich schlug den nächsten Weg in die Berge ein und befand mich gegen zehn Uhr in einer Schlucht, die mir gänzlich unbekannt war. Ich folgte den Windungen des Engpasses mit vielem Interesse. Die Landschaft auf beiden Seiten war, obwohl sie kaum großartig genannt werden konnte, von einer unbeschreiblichen, trostlosen Düsterkeit, die mich geradezu entzückte; noch nie schien ein menschlicher Fuß ihre Einsamkeit gestört zu haben. Ich konnte mich des Gedankens nicht erwehren, dass noch nie jemand vor mir den grünen Rasen und die grauen Felsen betreten habe. Der Eingang zu der Schlucht ist vollständig verborgen, allerlei Zufälligkeiten versperren den Weg zu ihr so gründlich, dass es durchaus nicht ausgeschlossen ist, dass ich der erste und der einzige Wanderer bin, der je in ihre Verborgenheit eingedrungen.

Der im Indian Summer so häufig aufsteigende dichte Nebel oder vielmehr Dunst lastete schwer auf allen Dingen und trug offenbar nicht wenig dazu bei, den Eindruck des Unbestimmten, den sie mir machten, noch zu vertiefen.

Die Luft war von den reizvollen Schleiern so dicht durchweht, dass ich meinen Pfad nie weiter als etwa auf zwölf Ellen erkennen konnte. Er war vielfach gewunden, und da die Nebel die Sonne vollständig verbargen, wusste ich bald nicht mehr, in welcher Richtung ich vorwärts schritt. Mittlerweile begann auch das Morphium in gewohnter Weise zu wirken – es erfüllte mich mit einem überlebhaften Interesse für alle Dinge der äußeren Welt. In dem Zittern eines Blattes – im Farbentone eines Grashalmes – in dem Hauche des Windes – in dem Summen einer Biene – in dem Funkeln eines Tautropfens – in dem flüchtigen Duft, der vom Walde herüberwehte, barg sich mir eine ganze Welt von Ahnungen und Vorstellungen, eine heitere, bunte Schar abgerissener, angenehm verworrener Gedanken.

Auf diese Weise wunderbar gut unterhalten, setzte ich meine Wanderung mehrere Stunden lang fort. Der Nebel verdichtete sich allmählich so stark, dass ich mich nur noch vorwärts tasten konnte. Dabei ergriff mich eine unerklärliche Unruhe – eine Art nervöser Unentschlossenheit – ein ängstliches Zittern –, sodass ich kaum vorwärts zu schreiten wagte, aus Furcht, in irgendeinen Abgrund zu stürzen. Ich erinnerte mich plötzlich an allerlei seltsame Geschichten, die man sich von den Ragged Mountains und einem rohen, wilden Menschenschlage erzählte, der in ihren Höhlen und Schluchten hausen sollte. Tausend unbestimmte Vorstellungen schwirrten mir durch den Sinn und bedrückten mich, und gerade ihre Unbestimmtheit machte sie nur noch beängstigender.

Da vernahm ich plötzlich einen lauten Trommelwirbel.

Es wäre vergebliche Mühe, wollte ich Ihnen mein Erstaunen beschreiben. In der Einsamkeit dieser Berge war eine Trommel gewiss ein unerwartetes Ding. Der Posaunenstoß des Erzengels hätte mich nicht mehr überraschen können. Doch gleich darauf geschah etwas, das meine Überraschung und Verwirrung noch steigerte. Ich vernahm ein rasselndes, klirrendes Geräusch, wie von einem Bunde größerer Schlüssel, und im selben Augenblick stürzte ein dunkelfarbiger, halb nackter Mann mit einem gellenden Schrei an mir vorüber und streifte mich so dicht, dass ich seinen heißen Atem auf meiner Wange fühlte. In der einen Hand trug er ein Werkzeug, das aus einer Menge stählerner Ringe zusammengesetzt war, die er während seines Laufens heftig schüttelte. Kaum war er im Nebel verschwunden, so stürzte keuchend, mit offenem Rachen und glühenden Augen, ein großes Tier hinter ihm her. Ich konnte mich unmöglich täuschen: Es war eine Hyäne!

Sonderbarerweise befreite mich der Anblick dieses Ungeheuers eher von meiner Angst, als dass er sie verstärkte –

denn es wurde mir klar, dass ich träumte. Ich bemühte mich nun, mich zu einem klaren Bewusstsein meines Zustandes aufzuraffen. Ich schritt kühn und lebhaft vorwärts. Ich rieb meine Augen, rief Worte laut vor mich hin und zwickte mich in die Glieder. Als ich bald darauf an eine Quelle kam, beugte ich mich hinab und wusch mir Hände, Haupt und Hals. Das kalte Wasser schien die unbestimmten Erregungen, die mich bis jetzt gequält hatten, zu verscheuchen. Ich fühlte mich plötzlich wie neugeboren und schritt auf dem unbekannten Wege nun sicher und wohlgemut weiter.

Von der langen Wanderung und der drückenden Schwüle der Luft ermüdet, ließ ich mich schließlich unter einem Baume nieder. Ein schwacher Sonnenstrahl drang durch das Gewölk und zeichnete vor mir auf den Rasen in zarten, aber bestimmten Umrissen die Schatten der Blätter. Staunend starrte ich diese Zeichnungen mehrere Minuten lang an und blickte darauf zu dem Baume empor: Es war eine Palme.

Ich erhob mich hastig und in grenzenloser Aufregung, denn die Annahme, dass ich träume, hielt nicht länger stand. Ich sah – ich fühlte, dass ich meiner Sinne vollkommen mächtig war; und diese Sinne überfluteten nun meine Seele mit einer ganzen Welt neuer und seltsamer Eindrücke. Die Hitze wurde plötzlich unerträglich, die Luft war mit unbekannten Wohlgerüchen beladen. Ein leises, anhaltendes Murmeln wie von einem tiefen, sanft dahingleitenden Strome drang mit einem Gesumme gleichsam von viel tausend Menschenstimmen an mein Ohr.

Während ich mit unsäglichem Erstaunen hinhorchte, trug ein kurzer, starker Windstoß wie mit Zauberkraft die dichte Nebelhülle hinweg.

Ich befand mich am Fuße eines hohen Berges und blickte in ein ausgedehntes Tal hinab, durch welches sich ein mächtiger Strom hinwälzte. Am Ufer dieses Flusses erhob sich eine Stadt von morgenländischem Aussehen, wie man sie in arabischen Erzählungen oft geschildert findet. Ich stand ziemlich hoch, sodass ich sie mit all ihren Winkeln und Ecken überschauen konnte, als läge sie auf einer Karte gezeichnet vor mir. Zahllose Straßen kreuzten sich unregelmäßig nach allen Richtungen – man hätte sie eigentlich eher verschlungene Alleen als Straßen nennen können – und waren von Menschen überflutet. Die Häuser zeigten eine fantastisch malerische Bauart, und das Auge verlor sich in eine Wildnis von Balkonen, Veranden, Minareten, Tempelchen und reich verzierten Erkern. In zahllosen Bazars wurden kostbare Waren in verschwenderischer Auswahl zur Schau gestellt – Seidenzeuge, Musseline, blitzende Stahlwaren, schimmernde Juwelen und Edelsteine. Fahnen flatterten, Sänften mit prächtig gekleideten verschleierten Damen wurden vorübergetragen, seltsame Götterbilder, Banner, metallene Gongs, Speere, silberne und goldene Keulen blitzten in der Sonne auf. Und mitten in dem Gewühle, dem Geschrei, dem allgemeinen Wirrwarr und Drängen – mitten in der unzähligen Schar bärtiger, schwarzer und brauner Menschen in Turban und Feierkleid trieben sich ganze Scharen geschmückter heiliger Stiere umher, während an den Leisten und Gesimsen der Moscheen und Tempelchen eine Unzahl der schmutzigen heiligen Affen mit Lärmen und Schreien ihr Wesen trieben. Aus den überfüllten Straßen führten allenthalben Treppen an das Ufer zu den Badeplätzen hinab, während der Fluss selbst sich nur mühsam zwischen den schwer beladenen Schiffen, die seine Oberfläche weithin bedeckten, hindurchzuwinden schien. Außerhalb der Stadt erhoben sich hie und da majestätische Palmenhaine und Gruppen anderer, riesiger Bäume von fremdem Aussehen und hohem Alter. Hin und wieder erblickte man auch ein Reisfeld, die strohgedeckte Hütte eines Landmannes, einen Teich, einen kleinen Tempel, ein Zigeunerlager oder die anmutige Gestalt eines einsam dahinwandelnden Mädchens, das mit einem Kruge auf dem Kopfe in dem prächtigen Strome Wasser zu schöpfen ging.

Sie werden mir sicher sagen, dass ich dies alles nur geträumt habe. Doch nein: Alles, was ich sah – was ich hörte – was ich fühlte und dachte, hatte nichts mit den unverkennbaren, dumpfen Empfindungen des Traumes gemein. Ich empfand ganz klar, dass alles wirklich da sei. Als ich selbst noch zweifelte, ob ich vollständig wach sei, stellte ich Proben an, die mir bewiesen, dass ich tatsächlich durchaus bei Sinnen war. Wenn jemand träumt und während des Traumes vermutet, dass er nur träume, wird sich der Argwohn sofort bestätigen, und der Schläfer unmittelbar darauf erwachen. Novalis hat vollständig Recht, wenn er sagt, dass wir dem Erwachen nahe sind, sobald uns träumt, dass wir träumen. Hätte ich die geschilderte Vision gehabt, ohne zu argwöhnen, dass sie nur ein Traum sei, so wäre es immerhin möglich, dass sie auch nichts anderes gewesen wäre. Da ich jedoch selbst eine Zeit lang glaubte, dass ich sie nur im Traume sähe, muss ich sie einer anderen Art von Erscheinungen einreihen.«

»Ich bin mir noch nicht ganz klar, ob Sie Unrecht haben«, unterbrach ihn Doktor Templeton. »Doch fahren Sie fort. Sie standen also auf und gingen in die Stadt hinunter?«

»Ich stand also auf«, fuhr Bedloe fort und sah den Doktor mit tiefstem Erstaunen an, »ich stand auf, wie Sie sagten, und ging in die Stadt hinunter. Auf dem Wege dahin geriet ich unter eine Volksmenge, die mit allen Zeichen der Erregung nach einer bestimmten Richtung hindrängte. Plötzlich fühlte ich mich – durch einen mir selbst unerklärlichen Antrieb – von persönlicher Teilnahme für das, was da vor sich gehen sollte, durchdrungen. Es kam mir vor, als habe ich eine wichtige Rolle zu spielen, und wusste doch nicht, worin sie bestand. Gegen die Menge selbst, die mich umgab, empfand ich eine lebhafte Abneigung. Ich bahnte mir einen Weg, erreichte auf einem Umwege die Stadt und ging hinein. Hier war alles in wildestem Aufruhr. Eine kleine Schar halb indisch, halb europäisch gekleideter Männer, die von Anführern in einer zum Teil britischen Uniform befehligt wurden, befand sich im Kampfe gegen den an Zahl bei weitem überlegenen Pöbel, der sich durch die Straßen drängte. Ich vereinigte mich mit der schwächeren Partei, raffte die Waffen eines gefallenen Offiziers auf und kämpfte – ich weiß nicht, gegen wen – mit wildem Mute. Wir wurden bald in die Flucht geschlagen und mussten uns in eine Art von Kiosk flüchten. Hier verbarrikadierten wir uns und waren für den Augenblick in Sicherheit. Durch eine Spalte in der Kuppel des Kiosks sah ich, wie die Menge mit wüstem Ungestüm einen Palast, der halb in den Fluss hineingebaut war, umzingelte und angriff. Plötzlich ließ sich aus einem der oberen Fenster des Palastes eine weibisch aussehende Gestalt an einem aus den zusammengeknüpften Turbans der Diener hergestellten Seile herab und entkam in einem bereitgehaltenen Boote an das gegenüberliegende Ufer.

Und nun bemächtigte sich meiner Seele eine neue Empfindung. Ich richtete ein paar energische Worte an meine Gefährten, und als ich sie meinem Plane geneigt gestimmt hatte, machten wir einen erbitterten Ausfall aus dem Kiosk. Wir stürzten mitten unter die Menge, die sich vor demselben zusammengerottet hatte. Anfangs wich sie vor uns zurück, sammelte sich wieder, griff uns wie Wahnsinnige von neuem an und musste sich zum zweiten Mal zurückziehen. Unterdessen waren wir weit von dem Kiosk fortgedrängt worden und gerieten in ein paar enge Straßen mit hohen, überhängenden Häusern, in die nie ein Sonnenstrahl zu dringen schien. Immer ungestümer kämpfte der Pöbel und schleuderte einen Hagel von Pfeilen auf uns; diese hatten eine eigentümliche Form und glichen in mancher Beziehung den gewundenen Dolchen der Malayen ... sie waren dem Körper einer kriechenden Schlange nachgebildet, lang und schwarz und mit vergifteten Widerhaken versehen. Einer derselben traf mich in die rechte Schläfe. Ich taumelte, fiel hin und wurde sofort von einem schrecklichen Übelbefinden befallen. Ich versuchte, dagegen anzukämpfen, rang nach Atem – und starb.«

»Sie werden jetzt wohl schwerlich noch behaupten wollen«, warf ich lächelnd ein, »dass Sie das ganze Erlebnis nicht geträumt hätten – oder wollen Sie vielleicht behaupten, dass Sie nun tot sind?«

Ich erwartete irgendeine lebhafte, scherzende Antwort von Bedloe; zu meinem Erstaunen zögerte er jedoch, wurde beängstigend bleich und begann zu zittern. Ich blickte zu Templeton hinüber, er saß starr und aufrecht auf dem Stuhle – seine Zähne schlugen wie im Frost aufeinander, seine Augen schienen aus ihren Höhlen treten zu wollen.

»Weiter!«, rief er endlich Bedloe mit heiserer Stimme zu.

»Mehrere Minuten lang«, fuhr dieser fort, »hatte ich

keine andere Empfindung als die großer Finsternis und war mir bewusst, tot zu sein. Endlich war es mir, als ob eine heftige Erschütterung, ähnlich wie ein elektrischer Schlag, meine Seele durchfahre. Sie stellte in mir ein Gefühl von Bewegung und Licht wieder her. Ich sah jedoch die Helligkeit nicht, sondern fühlte sie. Dann schien es mir, als erhöbe ich mich vom Boden. Doch empfand ich noch kein körperliches, kein hörbares, sichtbares oder fühlbares Leben. Die Menge hatte sich verlaufen, das Getümmel hatte sich gelegt, und in der Stadt war es ruhig geworden. Unter mir lag mein Körper, der Pfeil steckte noch in der Schläfe, der Kopf war unförmig aufgeschwollen und entstellt. Alle diese Dinge sah ich jedoch nicht, sondern fühlte sie. Ich hatte für nichts mehr Interesse. Sogar der Leichnam kam mir vor wie etwas, das mich nicht im Geringsten anging. Willen fühlte ich nicht, empfand jedoch einen Zwang, mich zu bewegen, und flatterte gleichsam auf dem Umwege, auf dem ich gekommen, wieder zur Stadt hinaus. Als ich in der Bergschlucht jene Stelle erreichte, an welcher ich die Hyäne gesehen, empfand ich wieder einen Schlag wie von einer galvanischen Batterie; das Gefühl der Schwere, der Willenskraft, der körperlichen Wesenheit stellte sich wieder ein. Ich fand mich plötzlich als mein ursprüngliches Selbst wieder und lenkte eifrigst meine Schritte heimwärts. Doch hatte das Erlebnis nichts von der Lebendigkeit eines wirklichen Vorfalles verloren – und auch jetzt vermag ich meine Vernunft nicht einen Augenblick lang zu zwingen, das Ganze für einen Traum zu halten.«

»Das war es auch nicht!«, antwortete ihm Doktor Templeton mit feierlichem Ernste, »es ist aber schwer, eine andere Bezeichnung dafür zu finden. Ich möchte Sie jedoch daran erinnern, dass der menschliche Geist in unseren Tagen bis dicht an die Entdeckung Staunen erregender Kräfte der Physis gelangt ist. Mit dieser Annahme wollen wir uns begnügen. Im Übrigen habe ich noch eine Erklärung zu machen. Sehen Sie hier dies kleine Aquarellbild – ich hatte schon oft vor, es Ihnen zu zeigen, doch hielt mich eine unerklärliche Furcht bis jetzt davon zurück.«

Wir betrachteten das Bild, das er uns darbot. Ich bemerkte nichts Außergewöhnliches daran, Bedloe jedoch wurde fast ohnmächtig, als er es erblickte. Es war ein Miniaturporträt – und wies eine allerdings verblüffende Ähnlichkeit mit seinen eigenen, wie man weiß, sehr eigentümlichen Zügen auf. Wenigstens schien es mir so, als ich es betrachtete.

»Lesen Sie das Datum hier auf dem Bilde«, fuhr Templeton fort, »sehen Sie, hier steht es in der Ecke – 1780. In diesem Jahre wurde das Porträt gemacht. Es ist das Bildnis eines verstorbenen Freundes – eines Herrn Oldeb, mit dem ich in Kalcutta während der Statthalterschaft Warren Hastings' sehr befreundet war. Ich zählte damals erst zwanzig Jahre. Als ich Sie, Herr Bedloe, zum ersten Mal sah, bewog mich die wunderbare Ähnlichkeit zwischen Ihnen und dem Bilde, Sie anzureden, Ihre Freundschaft zu suchen und jenes Übereinkommen zu treffen, nach dem ich Ihr ständiger Begleiter wurde. Teilweise, ja, vielleicht hauptsächlich verleitete mich eine wehmütige Erinnerung an den Verstorbenen dazu, doch war auch eine quälende, fast an Entsetzen grenzende Neugierde bezüglich Ihrer Person dabei im Spiele.

In der Erzählung der Vision, die Sie in den Bergen gehabt haben, schildern Sie bis in alle Einzelheiten genau die indische Stadt Benares am Ufer des heiligen Stromes. Der Aufruhr, die Kämpfe, die Metzelei, alles dies ereignete sich wirklich beim Aufstand Cheyte Sings im Jahre 1780, bei der Hastings in große Lebensgefahr geriet. Die Partei in dem Kiosk waren die unter des Statthalters Anführung stehenden eingeborenen Soldaten und britischen Offiziere. Ich selbst war einer von ihnen und tat mein Möglichstes, um den voreiligen, unglücklichen Ausfall des Offiziers zu verhindern, der in dem Straßengedränge von dem vergifteten Pfeile eines Bengalen getroffen wurde. Dieser Offizier war mein Freund, Herr Oldeb. Aus diesen Schriftstücken werden Sie ersehen«, hier überreichte er uns ein Heft, in dem mehrere Seiten frisch geschrieben zu sein schienen, »dass ich, gerade um die Zeit, da Sie diese Vorgänge in den Bergen zu erleben glaubten, damit beschäftigt war, dieselben hier zu Hause zu Papier zu bringen.«

Etwa acht Tage nach dieser Unterhaltung erschien in einem Blatt zu Charlottesville folgende Anzeige:

›Es liegt uns die schmerzliche Pflicht ob, das Hinscheiden des Herrn August Bedlo bekannt zu machen. Sein liebenswürdiges Wesen und seine trefflichen Eigenschaften sichern ihm bei den Bürgern von Charlottesville ein ehrendes Andenken.

Herr Bedlo litt seit mehreren Jahren an einem Nervenleiden, das schon verschiedentlich das Schlimmste für ihn befürchten ließ. Diese Krankheit kann jedoch nur als die mittelbare Ursache seines unerwarteten Todes angesehen werden. Bei einem Ausfluge, den er vor einigen Tagen in die Ragged Mountains unternahm, zog er sich ein leichtes Erkältungsfieber zu, das mit einem heftigen Blutandrang zum Kopfe verbunden war. Um dem Kranken Linderung zu verschaffen, verordnete Dr. Templeton örtliche Blutentziehung durch Ansetzen von Blutegeln an die

Schläfen. Der Patient starb in erschreckend kurzer Zeit, und es stellte sich heraus, dass in das Gefäß, welches die Blutegel enthielt, zufällig einer der giftigen, wurmartigen Blutegel hineingeraten war, die man hin und wieder in den benachbarten Teichen findet. Das Tier hatte sich an eine kleine Ader in der rechten Schläfe festgesetzt. Seine große Ähnlichkeit mit dem medizinischen Blutegel war die Ursache zu dem unglückseligen Irrtum.

N. B. Die giftigen Blutegel von Charlottesville sind von den medizinischen stets durch ihre schwarze Farbe sowie auch durch ihre wurmartigen Bewegungen, die denen der Schlangen sehr ähnlich sind, zu unterscheiden.‹

Ich sprach mit dem Redakteur des betreffenden Blattes über diesen Unglücksfall und fragte ihn zufällig, wie es komme, dass der Name des Verstorbenen ›Bedlo‹, also ohne ›e‹ am Ende, gedruckt worden sei.

»Sie sind wahrscheinlich beauftragt worden«, sagte ich, »den Namen so drucken zu lassen. Ich habe allerdings immer geglaubt, er werde am Ende mit ›e‹ geschrieben.«

»Beauftragt? – nein!«, gab er mir zurück, »es kann nur ein Druckfehler sein. Der Name wird in der ganzen Welt mit ›e‹ geschrieben, ich wenigstens habe ihn nie anders gelesen.«

»So ist hier«, murmelte ich vor mich hin und wandte mich zum Gehen, »die Wahrheit wieder einmal seltsamer als alle Erdichtung. Denn Bedloe ohne ›e‹ ist nichts anderes als die Umkehrung des Namens Oldeb. Und da sagt der Mann, dass es nur ein Druckfehler sei!«

[April 1844]

Gespräch mit einer Mumie

Das Gelage der vergangenen Nacht hatte mich ziemlich angegriffen, ich erwachte spät am Tage mit jämmerlichem Kopfweh und fühlte mich unglaublich schläfrig. Ich merkte bald, dass ich nichts Klügeres tun konnte, als meinen Plan, den Abend draußen zuzubringen, aufzugeben, ein kleines Abendessen zu nehmen und sofort wieder zu Bett zu gehen.

Ein *leichtes* Abendessen natürlich. Ich bin ein großer Freund von Welsh rabbit, jedoch ist es nicht immer rätlich, mehr als ein Pfund davon zu essen. Aber was könnte dagegen sprechen, dass man sich einmal an ein zweites Pfund wagte? Und der Unterschied zwischen zwei und drei ist eigentlich auch recht unbedeutend. Ich bewältigte im Ganzen vielleicht vier. Meine Frau behauptete zwar, es seien fünf gewesen – doch scheint sie mir da zwei ganz verschiedene Angelegenheiten miteinander zu verwechseln. Die abstrakte Zahl fünf will ich ja meinetwegen zugeben, doch bestand ihr Konkretum in fünf Flaschen braunem Stout, ohne den man Welsh rabbit nie genießen sollte.

Nachdem ich also dies einfache, kleine Mahl zu mir

genommen hatte, setzte ich meine Nachtmütze auf, erfreute mich einen Augenblick lang der fröhlichen Hoffnung, mich bis zum Mittag des folgenden Tages nicht mehr von ihr zu trennen, zog mir die Kissen über die Ohren und versank, dank meines guten Gewissens, sofort in tiefen Schlaf.

Doch wann sähe der Mensch einmal seine Hoffnungen erfüllt? Ich mochte kaum dreimal geschnarcht haben, als ich von einem wüsten Klingeln an der Haustür geweckt wurde, dem alsbald ein heftiges Stoßen mit dem Klopfer folgte, das mich vollständig wach machte. Im nächsten Augenblick – ich rieb mir noch die Augen – trat meine Frau ein und überreichte mir einen Brief von dem Doktor Ponnonner, meinem langjährigen Freunde. Er lautete folgendermaßen:

> Mein lieber, guter Freund!
> Kommen Sie, sobald Sie diesen Brief erhalten haben, sofort zu mir. Kommen Sie, und freuen Sie sich mit uns! Endlich ist es unseren diplomatischen Künsten gelungen, dem Direktor des städtischen Museums die Einwilligung zur Untersuchung der Mumie – Sie wissen, welche ich meine – abzulocken. Ich habe die Erlaubnis erwirkt, sie loswickeln und, wenn nötig, sogar öffnen zu lassen. Dies soll denn auch in Gegenwart einiger Freunde geschehen – Sie werden natürlich auch kommen, nicht wahr? Die Mumie befindet sich schon in meinem Hause, und gegen elf Uhr heute Abend wollen wir mit der Loswickelung beginnen. Ihr Ponnonner.

Als ich den Brief bis zur Unterschrift »Ponnonner« gelesen hatte, fühlte ich, dass ich auch den letzten Rest Verschlafenheit abgeschüttelt hatte und so wach war, wie ein

Mensch nur sein kann. Ich sprang voll Begeisterung aus dem Bette, stieß alles, was mir in den Weg kam, um, stürzte mich mit wahrhaft wunderbarer Geschwindigkeit in meine Kleider und begab mich schleunigst in die Wohnung des Doktors.

Ich wurde mit Spannung erwartet; die Mumie lag auf einem großen Speisetische ausgestreckt, und gleich nach meinem Eintritt begann die Untersuchung.

Vor mehreren Jahren war die Mumie von dem Kapitän Arthur Sabretasch, einem nahen Verwandten Ponnonners, aus einer Grabstätte in der Nähe von Eleithias in den libyschen Bergen, eine Strecke weit oberhalb Thebens, mitgebracht worden. Die Höhlen an diesem Orte sind weit weniger prächtig als die Gräber zu Theben, doch sind sie für den Forscher von viel größerem Interesse, da sie mit zahlreichen Abbildungen aus dem häuslichen Leben der Ägypter ausgeschmückt sind. Die Kammer, der man unsere Mumie entnommen, war, wie man sagte, außerordentlich reich an solchen Bildern, ihre Wände waren über und über mit Fresko-Gemälden und Bas-Reliefs bedeckt, und zahllose Statuen, Vasen und prachtvolle Mosaikarbeiten ließen darauf schließen, dass der dort Begrabene ungeheuer reich gewesen sei.

Man hatte den Fund genau in demselben Zustande, in welchem Kapitän Sabretasch ihn entdeckt, im Museum aufgestellt; der Sarg war nicht einmal geöffnet worden, sondern während der acht Jahre, die er sich im Museum befunden, nur von außen zu besichtigen gewesen. Die Mumie war also in gänzlich unberührtem Zustande, und alle, die wissen, wie selten ein solches Altertum undurchstöbert zu uns nach Amerika kommt, können sich vorstellen, wie glücklich wir darüber waren, an diesem seltenen Objekt unsere Studien machen zu dürfen.

Als ich mich dem Tische näherte, bemerkte ich zuerst nur eine große Schachtel oder vielmehr eine Kiste von sieben Fuß Länge, ungefähr drei Fuß Breite und etwa zweiundeinhalb Fuß Tiefe. Sie war länglich, erinnerte jedoch nicht an einen Sarg. Wir hielten das Material anfänglich für Sykomoren-Holz, als wir jedoch hineinschneiden wollten, fanden wir, dass es Pappdeckel, oder besser: ein aus Papyrus hergestelltes Papiermaché war. Er war reichlich mit Abbildungen verziert, die Leichenbegängnisse und dergleichen vorstellten und hier und da durch Reihen hieroglyphischer Zeichen unterbrochen wurden, die offenbar den Namen des Verstorbenen andeuteten. Glücklicherweise war auch Herr Gliddon, der Ägyptologe, zugegen: Er entzifferte die Zeichen, einfache Lauthieroglyphen, ohne Schwierigkeit. Sie bedeuteten den Namen Allamistakeo.

Es kostete uns einige Mühe, den Kasten zu öffnen, ohne ihn zu beschädigen. Als es uns endlich gelungen war, stießen wir auf einen zweiten, sargartig geformten Kasten, der an Umfang viel geringer, sonst jedoch dem ersten in jeder Beziehung ähnlich war. Der Zwischenraum zwischen den beiden war mit Harz ausgefüllt, wodurch die Farben des inneren Behälters ein wenig gelitten hatten.

Den zweiten Kasten öffneten wir mit Leichtigkeit und gelangten an einen dritten aus Zedernholz, der noch den dieser Holzart eigentümlichen würzigen Wohlgeruch ausströmte. Zwischen dem zweiten und dritten Kasten befand sich kein Zwischenraum, da der eine genau in den anderen hineinpasste.

Als wir den Deckel des dritten Kastens öffneten, erblickten wir den Körper selbst und hoben ihn heraus. Wir hatten erwartet, ihn wie gewöhnlich mit vielen Streifen und Binden von Leinwand umwickelt zu sehen, stattdessen fanden wir ihn in einer Art von Futteral, das aus Papyrus verfertigt und mit einer dicken Schicht reichlich vergoldeten und bemalten Gipses überkleidet war. Viele der Bilder behandelten die mannigfachen Pflichten der Seele, andere stellten dar, wie sie verschiedenen Gottheiten ihre Huldigung darbringt. Auf diesen letzteren war sie stets von zahlreichen menschlichen Gestalten umgeben, die offenbar die einbalsamierte Person vorstellen sollten. Vom Kopf bis zu den Füßen zog sich eine säulenartige, senkrecht laufende Inschrift, die ebenfalls aus Lauthieroglyphen bestand und den Namen und Titel des Toten, sowie die Namen und Titel seiner Verwandten bedeutete.

Um den Hals war eine Kette von zylinderförmigen Glasperlen geschlungen, die in der Farbe verschieden und so geordnet waren, dass sie Bilder von Gottheiten, von Käfern und anderen heiligen Tieren, sowie von geflügelten Kugeln bildeten. Um den Leib wand sich eine ähnliche Kette.

Wir entfernten den Papyrus und fanden, dass das Fleisch vortrefflich erhalten und vollständig geruchlos war. Seine Farbe war rötlich und die Haut hart, glatt und glänzend. Zähne und Haare waren ebenfalls in bestem Zustande. Die Augen hatte man, wie mir schien, herausgenommen und durch Glasaugen ersetzt, die sehr schön und wunderbar lebensähnlich aussahen und eigentlich nur durch ihren allzu starren Blick als künstliche zu erkennen waren. Finger und Nägel waren glänzend vergoldet.

Herr Gliddon meinte, die Röte der Haut lasse darauf schließen, dass bei der Einbalsamierung nur Asphalt verwendet worden sei. Als man jedoch die Haut an einer Stelle ein wenig schabte und den auf diese Weise gewonnenen Staub ins Feuer warf, verbreitete sich ein Geruch von Kampfer und wohlriechenden Harzen.

Wir untersuchten den Körper mit großer Sorgfalt, um die Öffnung zu entdecken, durch die man die Eingeweide herausgenommen, konnten sie jedoch zu unserem großen Erstaunen nicht finden. Niemand von uns wusste damals, dass vollständige, ungeöffnete Mumien gar nicht so selten vorkommen. Man hatte gewöhnlich das Gehirn durch die Nase und die Eingeweide durch einen Einschnitt in die Seite entfernt; hierauf wurde dann der Körper rasiert, gewaschen, mit Salz eingerieben und mehrere Wochen so liegen gelassen, ehe die eigentliche Einbalsamierung begann.

Als wir keine Spur von einer Öffnung entdecken konnten und Doktor Ponnonner schon seine Instrumente zur Sektion bereitlegte, machte ich die Bemerkung, dass es bereits zwei Uhr vorbei sei. Wir beschlossen also, die innere Untersuchung bis zum nächsten Abend aufzuschieben, und wollten uns gerade voneinander verabschieden, als einer der Anwesenden den Vorschlag machte, noch ein paar Experimente mit der voltaischen Säule vorzunehmen.

Eine drei- bis viertausend Jahre alte Mumie elektrisieren zu wollen, war ein, wenn auch nicht gerade sehr vernünftiger, doch immerhin so origineller Vorschlag, dass wir alle sofort auf denselben eingingen. Wir machten in des Doktors Studierzimmer eine elektrische Batterie zurecht, trugen den Ägypter hinüber und sahen mit einem aus einem Zehntel Ernst und neun Zehntel Scherz gemischten Gefühle den Dingen entgegen, die da kommen sollten.

Nach vieler Mühe gelang es uns, einen Teil von den Muskeln an der Schläfe bloßzulegen. Er war nicht ganz so steinhart, wie der übrige Körper, gab aber, wie wir eigentlich als selbstverständlich vorausgesetzt hatten, nicht das geringste Zeichen von Empfänglichkeit für die Elektrizität, die wir ihm durch die Berührung mit dem Drahte der Batterie zuführten. Dieser erste Versuch schien also entscheidend zu sein, und mit einem herzlichen Gelächter über unsere Torheit wollten wir uns gerade gute Nacht wünschen, als meine Blicke zufällig auf die Augen der Mumie fielen und mit höchstem Erstaunen an denselben haften blieben. Mein kurzer Blick hatte mir gezeigt, dass diese Augen, die wir alle wegen ihres sonderbaren starren Blickes für gläserne gehalten, jetzt plötzlich so tief unter den Lidern versteckt lagen, dass nur ein ganz kleiner Strich von der *tunica albuginea* sichtbar blieb. Mit einem unwillkürlichen lauten Ausrufe lenkte ich die Aufmerksamkeit der Gesellschaft auf diese Tatsache und sah an dem Ausdruck ihrer Gesichter, dass ich mich nicht getäuscht hatte.

Ich will jedoch nicht behaupten, dass mich die wunderbare Erscheinung erschreckt habe – denn dies Wort würde meine Gefühle nicht ganz richtig wiedergeben; es ist höchstens möglich, dass mich der braune Stout ein wenig aufgeregt hatte. Niemand von der übrigen Gesellschaft aber machte auch nur den geringsten Versuch, seine Angst zu verbergen. Doktor Ponnonner sah geradezu beklagenswert aus, Herr Gliddon war durch einen unerklärlichen Vorgang plötzlich unsichtbar geworden, und ich glaube, dass Herr Silk Buckingham kaum die Kühnheit haben wird, zu leugnen, dass er sich auf allen vieren ein Versteck unter dem Tische gesucht.

Nachdem der erste Ausbruch des, sagen wir, Erstaunens vorüber war, fassten wir erklärlicherweise den Entschluss, mit den Experimenten fortzufahren. Wir machten also zunächst an der großen Zehe des rechten Fußes einen Einschnitt über dem äußeren »os *sesamoideum pollicis pedis*« und gelangten an die Wurzel des »*abductor*«

Muskels. Während wir nun den elektrischen Strom aufs Neue gegen die gespaltenen Nerven leiteten, zog die Mumie plötzlich mit einer vollständig lebensähnlichen Bewegung ihr rechtes Knie so weit in die Höhe, dass es fast mit dem Leibe in Berührung kam. Darauf streckte sie es mit einem gewaltsamen Ruck wieder gerade und versetzte dabei dem Doktor Ponnonner einen so heftigen Stoß, dass der gute Herr wie ein vom Bogen geschnellter Pfeil durch das eine Fenster hindurch und auf die Straße flog.

Wir stürzten alle auf einmal hinaus, um die verstümmelten Überreste des unglückseligen Opfers der Wissenschaft zu sammeln. Doch begegneten wir ihm schon auf der Treppe, die er unversehrt und mit seltsamer Hast hinaufstieg, übervoll von neuen Ideen und mehr als je von der Notwendigkeit überzeugt, unsere Experimente mit Nachdruck und Eifer fortsetzen zu müssen.

Auf seinen Vorschlag machten wir an der Nasenspitze unseres Objektes einen tiefen Einschnitt, den der Doktor alsdann, der selbst überall eifrigst mit Hand anlegte, in Berührung mit einem starken Strome brachte.

Die Wirkung war – moralisch und plastisch, bildlich und buchstäblich – eine elektrische.

Die Mumie öffnete zunächst ihre Augen und blinzelte ein paar Minuten lang heftig mit den Lidern, darauf nieste sie und richtete sich auf. Dann ballte sie dem Doktor Ponnonner eine Faust, wandte sich an die Herren Gliddon und Silk Buckingham und richtete in ausgezeichnetem Ägyptisch folgende Worte an sie:

»Ich muss gestehen, meine Herren, dass mich Ihr Benehmen in gleichem Maße überrascht und kränkt. Von Doktor Ponnonner war ja nichts Besseres zu erwarten. Er ist ein elender kleiner dicker Narr, der es nicht besser versteht. Er kann mir nur Leid tun, und ich verzeihe ihm.

Aber Sie, Herr Gliddon, und Sie, Herr Silk Buckingham, die Sie Ägypten bereist und sich dort so lange aufgehalten haben, dass man glauben könnte, Sie seien da geboren, Sie, sage ich, die Sie so lange unter uns gelebt haben, dass Sie die ägyptische Sprache so geläufig sprechen, wie Sie Ihre Muttersprache schreiben – Sie, die ich von jeher für die wärmsten Freunde der Mumien gehalten habe – Sie, ja! Sie hätten sich wirklich etwas mehr gentlemanlike betragen sollen. Was soll ich davon denken, dass Sie ruhig dabeistehen und zusehen können, wie man mich so unhöflich behandelt? Wie soll ich mir erklären, dass mich Tom, Dick und Harry mit *Ihrer Zustimmung* in diesem erbärmlich kalten Klima aus meinem Sarge und meinen Hüllen rissen? Und um endlich zur Hauptsache zu kommen – in welchem Lichte stehen Sie da, seit Sie dem erbärmlichen kleinen Bösewichte, dem Doktor Ponnonner, nicht nur beigestimmt, sondern auch noch geholfen haben, mich an der Nase zu kitzeln?«

Nun wird ein jeder glauben, dass wir bei dieser unter so seltsamen Umständen gehaltenen Rede nach der Tür gestürzt wären, hysterische Krämpfe oder Ohnmachtsanfälle bekommen hätten. Jedenfalls wäre dergleichen zu erwarten gewesen, und niemand hätte etwas Verwunderliches darin sehen können, wenn jeder aus unserer Gesellschaft eins von diesen dreien getan hätte. Nichts von alledem geschah, und ich bin auf mein Ehrenwort nicht im Stande, zu erklären, wie es kam, dass wir weder die Flucht ergriffen, noch vor Schrecken verrückt wurden oder umfielen. Vielleicht liegt der wahre Grund hierfür im Geiste der Zeit, der jetzt alles Paradoxe und Unmögliche »erklären« will. Vielleicht jedoch lag er auch in dem vollständig natürlichen und selbstverständlichen Tone der Mumie, der ihren Worten alles Schreckliche nahm.

Nun – wie dem auch sei, so viel steht fest, dass keiner von uns eine besondere Bestürzung verriet oder der Meinung war, es sei irgendwas Befremdliches geschehen.

Ich jedenfalls fand, dass alles in bester Ordnung sei, und trat nur ein wenig zur Seite, um nicht länger im Bereiche der Fäuste des Ägypters zu stehen. Doktor Ponnonner steckte seine Hände in die Hosentaschen, blickte die Mumie fest an und wurde sehr rot im Gesicht. Herr Gliddon strich sich abwechselnd über den rechten und linken Zipfel seines Backenbartes und zog seinen Hemdkragen in die Höhe. Herr Silk Buckingham ließ den Kopf hängen und steckte den Daumen der rechten Hand in seinen linken Mundwinkel.

Der Ägypter betrachtete ihn einige Minuten lang mit strenger Miene und sagte in höhnischem Tone:

»Weshalb reden Sie nicht, Herr Silk Buckingham? Haben Sie verstanden, was ich Sie gefragt habe, oder nicht? Nehmen Sie doch gefälligst Ihren Daumen aus dem Mundwinkel!«

Herrn Silk Buckingham durchfuhr bei diesen Worten ein leises Zucken. Er nahm den rechten Daumen aus dem linken Mundwinkel und schob dafür den linken in den rechten Winkel der eben erwähnten Öffnung.

Da es dem Ägypter nicht gelang, Herrn Silk Buckingham zu einer Antwort zu bringen, wandte er sich verdrießlich an Herrn Gliddon und fragte in hochfahrendem Tone, was wir denn eigentlich von ihm wollten.

Herr Gliddon antwortete ihm des Langen und Breiten in Lauthieroglyphen – und ich würde mit großem Vergnügen seine ganze wohlgesetzte Rede hier im Original wiedergegeben haben, hätte ich nur in ganz Amerika eine Druckerei auftreiben können, die im Besitze von hieroglyphischen Lettern gewesen wäre.

Bei dieser Gelegenheit will ich denn bemerken, dass die ganze, nun folgende Unterhaltung mit der Mumie in altägyptischer Sprache geführt wurde, und zwar dienten mir und den anderen Herren aus der Gesellschaft, die diese Sprache nicht kannten, die Herren Gliddon und Buckingham als Dolmetscher. Sie beherrschten nämlich die Muttersprache der Mumie mit unnachahmlicher Gewandtheit und Grazie, doch bemerkte ich ein paarmal, dass sie, wahrscheinlich bei Verwendung moderner Bilder, die dem Fremdling natürlich unbekannt waren, zu gröberen Mitteln als Worten greifen mussten, um sich verständlich zu machen.

Herrn Gliddon wollte es zum Beispiel in einem Satze nicht gelingen, dem Ägypter den Sinn des Wortes »Politik« mitzuteilen, bis er mit einem Stück Kreide auf der Wand einen kleinen Herrn hinzeichnete. Der stand auf einem Baumstumpf, hatte eine dicke, feuerrote Nase, die Hände in die Seite gestemmt, das linke Bein nach rückwärts gezogen, den rechten Arm mit geballter Faust gerade vor sich hingestreckt, und blickte mit rollenden Augen und sperrweit geöffnetem Munde zum Himmel auf. – Herr Silk Buckingham versuchte einmal vergeblich, ihm den allerdings durchaus modernen Begriff einer »Perücke« verständlich zu machen, Doktor Ponnonner flüsterte ihm darauf etwas ins Ohr. Herr Silk Buckingham wurde blass und nahm schweigend seine eigene Perücke vom Kopf.

Herrn Gliddons Reden bezogen sich erklärlicherweise auf die wichtigen Erkenntnisse, welche der Wissenschaft aus dem Loswickeln und Öffnen der Mumie erwachsen. Darauf bat er um Entschuldigung, wenn der hier anwesenden, Allamistakeo genannten Mumie, aus diesem Vorgehen Unannehmlichkeiten zugefügt worden seien, und schloss mit der Andeutung – anders konnte man es nicht nennen –, dass man nun, da diese unwichtigen Dinge erklärt seien, mit der beabsichtigten Untersuchung fortfahren wolle. Hierauf legte dann Doktor Ponnonner seine Instrumente in Bereitschaft.

Die letzte Äußerung des Redners schien jedoch dem Herrn Allamistakeo gewisse Bedenken zu erregen, über deren Natur ich mir nicht recht klar wurde. Doch erklärte er, dass ihn die Entschuldigungen zufrieden gestellt hätten, sprang vom Tische herunter und schüttelte jedem von uns herzlich die Hand.

Als diese Zeremonie zu Ende war, beeilten wir uns, die Schäden, die unser Seziermesser seinem Äußern zugefügt hatte, wieder auszubessern. Die Wunde an der Schläfe wurde zusammengenäht, der Fuß verbunden und der Einschnitt auf der Nase mit einem zollbreiten Stück schwarzen Pflasters verklebt.

Jetzt bemerkten wir, dass der Graf – dies war, wie es schien, der Titel Allamistakeos – von einem leichten Schauder befallen wurde, den wir nur der Kälte zuschreiben konnten. Der Doktor eilte an seinen Kleiderschrank und kam mit einem schwarzen Gehrock von modernstem Schnitt und einem Paar himmelblau karierter Beinkleider mit Hosenträgern zurück. Dann brachte er noch eine langschößige brokatene Weste, einen weißen Sackpaletot, einen Spazierstock mit riesigem Griff, einen Hut ohne Rand, ein Paar tüchtige Lederschuhe, strohgelbe Glacéhandschuhe, eine Krawatte, ein Lorgnon und die zwei Teile eines Kotelettenbartes mit. Da der Graf und der Doktor jedoch von verschiedener Gestalt waren – sie verhielten sich zueinander wie zwei zu eins –, bereitete es einige Schwierigkeiten, den Ägypter mit den herbeigeschleppten Garderobenstücken zu bekleiden. Endlich jedoch war er in Toilette, Herr Gliddon bot ihm den Arm und führte ihn zu einem behaglichen Sitze am Kamin, während der Doktor klingelte und Wein und Zigarren holen ließ.

Die Unterhaltung wurde bald sehr lebhaft, und man war, wie leicht begreiflich, neugierig, zu erfahren, wie es komme, dass Allamistakeo noch am Leben sei.

»Man sollte annehmen«, bemerkte Herr Silk Buckingham, »es sei die höchste Zeit für Sie, tot zu sein.«

»Weshalb?«, erwiderte der Graf ganz erstaunt. »Ich bin eben siebenhundert Jahre alt geworden, mein Vater lebte tausend Jahre und war absolut noch nicht verkindischt, als er starb.«

Nun entstand ein lebhaftes Kreuzfeuer von Fragen und Berechnungen, die es bald an den Tag brachten, dass man sich über das Alter der Mumie gröblich getäuscht hatte. Der Graf war vor fünftausendundfünfzig Jahren und einigen Monaten in den Katakomben von Eleithias beigesetzt worden.

»Meine Bemerkung«, fing Herr Silk Buckingham wieder an, »sollte sich absolut nicht auf Ihr Alter zur Zeit Ihrer Bestattung beziehen. Ich gebe gern zu, dass Sie noch ein junger Mann sind. Meine Andeutung galt hauptsächlich der unermesslich langen Zeit, während welcher Sie Ihrem Aussehen nach in Asphalt gelegen haben müssen.«

»Worin?«, fragte der Graf.

»In Asphalt«, wiederholte Herr Buckingham.

»Ja so, ich habe eine undeutliche Vorstellung von dem, was Sie meinen. Zu meiner Zeit jedoch wurde kaum etwas anderes verwandt als Ätz-Sublimat.«

»Wir können nicht im Mindesten begreifen«, nahm nun Doktor Ponnonner das Wort, »wie es kommt, dass Sie in Ägypten seit fünftausend Jahren tot und begraben sind und heute hier lebendig und wohl aussehend vor uns stehen.«

»Wäre ich, wie Sie es nennen, tot gewesen, so würde ich es höchstwahrscheinlich heute noch sein. Wie ich bemerke, befinden Sie sich in den Anfangsgründen der Wissenschaft vom Galvanismus und wissen noch nicht so gut mit ihm umzugehen, wie es zu meiner Zeit geschah. Also ich verfiel in Starrkrampf, meine besten Freunde waren der Meinung, ich sei tot oder müsse es wenigstens sein, und balsamierten mich ein. Ich vermute, dass Ihnen die hauptsächlichsten Regeln, nach denen man bei diesen Einbalsamierungen verfuhr, bekannt sind –«

»Nicht vollständig –«

»Ah!, welch beklagenswerte Unwissenheit! Doch kann ich mich jetzt auf Einzelheiten nicht einlassen. Kurz nur dies: Die eigentliche Einbalsamierung bestand darin, alle zum Lebensprozesse unentbehrlichen animalischen Funktionen auf unbegrenzte Zeit hin in Stillstand zu versetzen. Ich gebrauche hier das Wort ›animalisch‹ in seiner weitesten Bedeutung und bezeichne mit demselben sowohl das moralische wie vitale Dasein. Ich wiederhole also, dass das leitende Prinzip der Einbalsamierung bei uns darin bestand, *alle* zum Lebensprozess nötigen animalischen Funktionen plötzlich zum Stillstand zu bringen, aber dabei doch in fortwährender Spannung zu erhalten. Kurz, das Individuum blieb in eben dem Zustande, in dem es sich befand, als es einbalsamiert wurde. Da ich nun das Glück habe, aus dem Blute des Skarabäus zu stammen, wurde ich, genau wie Sie mich jetzt sehen, *lebendig* einbalsamiert.«

»Aus dem Blute des Skarabäus!«, rief Doktor Ponnonner.

»Jawohl! Der Skarabäus war das Abzeichen oder das

Wappen einer sehr vornehmen Patrizierfamilie, und ›aus dem Blute des Skarabäus stammen‹ heißt weiter nichts, als ein Mitglied jener Familie sein, welche den Skarabäus im Wappen führt. Ich sprach vorhin bildlich.«

»Aber dies alles erklärt doch nicht, dass Sie noch am Leben sind.«

»In gewissem Sinne doch. Im Allgemeinen ist es in Ägypten Sitte, den Leichnam vor der Einbalsamierung seines Gehirnes und seiner Eingeweide zu berauben, nur das Geschlecht des Skarabäus fügte sich dieser Sitte nicht. Wäre ich kein Skarabäus gewesen, so hätte ich weder meine Eingeweide noch mein Gehirn behalten – und es lässt sich bekanntlich weder ohne das eine noch das andere leben.«

»Das begreife ich«, sagte Herr Silk Buckingham, »und vermute, dass alle vollständigen Mumien, die zu uns gelangen, aus dem Geschlecht des Skarabäus sind.«

»Sehr richtig!«

»Ich glaubte«, sagte Herr Gliddon ziemlich kleinlaut, »der Skarabäus sei eine der ägyptischen Gottheiten gewesen.«

»Eine der ägyptischen ... was?«, rief die Mumie und sprang auf.

»Gottheiten«, wiederholte der Altertumsforscher.

»Herr Gliddon«, sagte der Graf und nahm wieder Platz, »ich bin wirklich höchst erstaunt, Sie solchen Unsinn schwatzen zu hören. Kein Volk auf der ganzen Erde hat jemals mehr als *eine* Gottheit anerkannt. Der Skarabäus, der Ibis waren bei uns, wie ähnliche Tiere bei anderen Völkern, nur Symbole, nur Medien, durch die wir dem Schöpfer aller Dinge, der zu erhaben ist, als dass man sich unmittelbar an ihn wenden dürfte, unsere Verehrung darbrachten.«

Hierauf entstand eine Pause, bis Doktor Ponnonner die Unterhaltung wieder begann.

»Nach Ihren Erklärungen zu schließen«, sagte er, »ist es also nicht unwahrscheinlich, dass sich in den Katakomben unweit des Nils noch andere Mumien aus dem Geschlechte des Skarabäus befinden, die man wieder ins Leben zurückrufen könnte?«

»Daran ist gar nicht zu zweifeln«, erwiderte der Graf. »Alle aus diesem Geschlechte, die durch irgendeinen Zufall lebendig einbalsamiert worden sind, sind wohl auch lebendig geblieben. Es ist sogar immerhin möglich, dass einige von denen, die *absichtlich* so einbalsamiert worden sind, später von ihren Testamentsvollstreckern übersehen wurden und sich noch in den Gräbern befinden.«

»Wären Sie so liebenswürdig, mir zu erklären«, sagte ich, »was Sie unter dem Ausdruck ›*absichtlich* so einbalsamiert‹ verstehen?«

»Mit großem Vergnügen«, antwortete mir die Mumie, nachdem sie mich gelassen längere Zeit durch ihr Lorgnon betrachtet hatte – denn es war das erste Mal, dass ich wagte, eine direkte Frage an sie zu stellen.

»Mit großem Vergnügen«, antwortete mir also der Ägypter. »Zu meiner Zeit belief sich die gewöhnliche Lebensdauer eines Mannes auf ungefähr achthundert Jahre. Wenig Menschen starben, wenn sie nicht etwa durch einen Zufall dahingerafft wurden, bevor sie das Alter von sechshundert Jahren erreicht hatten; nur wenige jedoch lebten länger als eine Dekade von Jahrhunderten. Als die natürliche Lebensdauer nahm man achthundert Jahre an. Nach der Erfindung des Einbalsamierungsprinzips, das ich Ihnen eben erklärt habe, kamen unsere Philosophen auf die Idee, dass man einer sehr lobenswerten Neugier der Menschen und den Interessen der Wissenschaft dienen könne, wenn man jemanden diese natürliche normale Lebensdauer in verschiedenen Zeitabschnitten durchleben ließe. Vom Standpunkt der Geschichtskunde war das eigentlich sogar geboten. Nehmen wir einmal an, ein Historiker hätte im Alter von fünfhundert Jahren mit großer Mühe ein Buch geschrieben. Darauf ließe er sich sorgfältig einbalsamieren und gäbe seinen Testamentsvollstreckern die Anweisung, dafür zu sorgen, dass er nach Verlauf einer gewissen Zeit – sagen wir einmal nach fünf- oder sechshundert Jahren – wieder ins Leben zurückgerufen werde. Wenn er also nach dieser Zeit wieder ins Dasein träte, würde er sein großes Werk sicherlich in ein großes, aus gelegentlichen Aufzeichnungen entstandenes Notizbuch verwandelt finden – das heißt in eine Art literarischen Tummelplatzes für die widerstreitenden Vermutungen, Auslegungen und persönlichen Zänkereien ganzer Horden von Kommentatoren. Diese Vermutungen, welche sich unter dem Namen von Erklärungen, Anmerkungen und Erläuterungen breit machten, hätten den wirklichen Text seines Buches so verdreht oder verwirrt, dass der Autor selbst mit der Laterne herumgehen müsste, um ihn wiederzufinden. Und wenn er ihn wiedergefunden, musste er sich sagen, dass er kaum des Suchens wert gewesen. Er schrieb das Buch von neuem und verbesserte nach seiner eigenen Kenntnis und Erfahrung die Forschungen des Tages über die Zeit, in welcher er ursprünglich gelebt hatte. Dieses Verfahren einzelner Gelehrter, ihre eigenen vor Jahrhunderten geschriebenen Werke wieder umzuarbeiten und zu berichtigen, hat unsere ägyptische Geschichte glücklicherweise davor bewahrt, zur reinen Fabel zu werden.«

»Verzeihung«, sagte Doktor Ponnonner und legte seine Hand leicht auf den Arm des Ägypters, »Verzeihung, mein

Herr, darf ich mir erlauben, Sie auf einen Augenblick zu unterbrechen?«

»Bitte, bitte, mein Herr«, sagte der Graf und richtete sich auf.

»Ich möchte nur eine Frage stellen«, begann der Doktor. »Sie sprachen eben von der persönlichen Berichtigung, welche der wieder zum Leben erwachte Historiker den über seine Zeit in Umlauf gesetzten Traditionen angedeihen lässt. Würden Sie die Güte haben, mir zu sagen, wie viel im Allgemeinen an diesen gelehrten Noten für richtig befunden wurde?«

»Diese, wie Sie sagen, gelehrten Noten standen gewöhnlich in einem genau umgekehrten Verhältnis zu den Tatsachen, die in den nicht wieder durchgearbeiteten Geschichtswerken erzählt waren – das heißt: An beiden war auch kein Jota richtig.«

»Da es aber ganz klar ist«, begann der Doktor wieder, »dass seit Ihrer Bestattung wenigstens fünftausend Jahre vergangen sind, nehme ich an, dass, wenn schon nicht die Traditionen, so doch die Geschichtsschreiber Ihrer Zeit die Menschheit eingehend und zuverlässig von dem Ereignis unterrichteten, welches allezeit das größte Interesse in Anspruch nahm und, wie Sie wohl wissen, nur zehn Jahrhunderte früher stattfand – ich meine die Erschaffung der Welt.«

»Ich begreife nicht recht –«, meinte der Graf Allamistakeo.

Der Doktor wiederholte seine letzten Worte, doch verstand der Fremde den Sinn derselben erst, nachdem man ihm einige Erklärungen gegeben, und antwortete schließlich zögernd:

»Ich muss gestehen, dass mir die Ideen, die Sie soeben äußerten, vollständig neu sind. Zu meiner Zeit habe ich nie jemanden gekannt, der die seltsame Vorstellung hatte, dass das Universum, oder die Welt, wie Sie sagen, jemals einen Anfang genommen hätte. Ich erinnere mich allerdings, einmal, aber auch nur einmal, von einem Grübler eine entfernte Andeutung über den Ursprung des *Menschengeschlechtes* vernommen zu haben. Der Mann bediente sich, wie Sie es eben taten, gleichfalls des Wortes ›Adam‹ – Tonerde –, gebrauchte es jedoch in generischem Sinne, indem er es auf die rasche Fruchtbarkeit eines üppigen Bodens anwandte, der zu gleicher Zeit und auf fünf verschiedenen und fast gleich großen Teilen der Erde fünf Menschenrassen entstehen ließ.«

Hier zuckten verschiedene aus der Gesellschaft die Schultern, und zwei oder drei tippten mit bezeichnender Miene mit dem Zeigefinger auf ihre Stirn. Herr Silk Buckingham warf einen flüchtigen Blick auf den Hinterkopf und die Stirne Allamistakeos und meinte dann:

»Die lange Dauer des Lebens in Ihrem Zeitalter und die Sitte, dasselbe in verschiedenen Zeitabschnitten zu verbringen, muss allerdings eine bedeutende Anhäufung der Kenntnisse, eine erstaunliche Entwickelung der Wissenschaft zur Folge gehabt haben. Und dass die alten Ägypter mit ihren wissenschaftlichen Erkenntnissen im Vergleich zu den modernen Menschen, besonders zu den Amerikanern, dennoch eine untergeordnete Rolle spielen, kann ich nur der größeren Festigkeit des ägyptischen Schädels zuschreiben.«

»Ich gestehe wieder«, antwortete der Graf mit größter Liebenswürdigkeit, »dass ich Sie nicht recht verstehe. Würden Sie mir gütigst erklären, welche speziellen wissenschaftlichen Erkenntnisse Sie ausspielen könnten?«

Nun ereiferte sich die ganze Gesellschaft in breite Erörterungen über die Mutmaßungen der Phrenologie und

de. Die Sache endete denn auch, nach einer Vereinigung der dreizehn Provinzen mit fünfzehn oder zwanzig anderen Staaten, in einem so widerwärtigen und unerträglichen Despotismus, wie ihn die Welt noch nicht gesehen hatte.

Ich fragte, welchen Namen denn dieser »Despot« getragen habe.

Der Graf antwortete, man habe ihn »Mob« genannt.

Da ich nicht recht wusste, was ich zu all dem sagen sollte, sprach ich plötzlich sehr laut aus, wie bedauerlich es sei, dass den Ägyptern die Dampfkraft unbekannt gewesen.

Der Graf sah mich sehr erstaunt an, antwortete jedoch nichts. Der schweigsame Herr in der Gesellschaft aber gab mir einen heftigen Rippenstoß und flüsterte mir zu, dass ich mich damit ordentlich blamiert habe: ob ich denn nicht wisse, dass unsere moderne Dampfmaschine über Salomon de Caus auf eine Erfindung des Hero zurückzuführen sei.

Wir waren in der größten Gefahr, eine Schlappe zu erleiden; zum Glück hatte sich Doktor Ponnonner wieder so weit gesammelt, dass er uns jetzt zu Hilfe kommen konnte. Er fragte, ob die Ägypter vielleicht mit uns Modernen in den wichtigen Einzelheiten der Bekleidung rivalisieren könnten.

Der Graf tippte bei dieser Frage an seine Hosenträger, ergriff den Zipfel eines seiner Rockschöße und hielt ihn sich dicht unter die Augen. Als er ihn wieder fallen ließ, erweiterte sich sein Mund allmählich von einem Ohr zum anderen, doch erinnere ich mich nicht, ob er sonst noch etwas antwortete.

Nun fassten wir wieder frischen Mut; der Doktor näherte sich der Mumie mit großer Würde, richtete die Aufforderung an sie, auf ihr Manneswort zu sagen, ob die alten Ägypter je verstanden hätten, Doktor Ponnonners Pastillen oder Brandreths Pillen herzustellen.

Mit tiefer Spannung warteten wir auf die Antwort – vergebens. Der Graf wurde rot, senkte den Kopf und sagte kein Wort. Niemals erlebten wir einen vollständigeren Triumph, niemals wurde eine Niederlage mit weniger Anstand ertragen. Ich konnte es nicht länger mit ansehen, wie die arme Mumie sich schämte, ergriff meinen Hut, machte ihr eine rasche Verbeugung und ging fort.

Als ich zu Hause ankam, es war vier Uhr vorbei, begab ich mich zu Bett. Jetzt ist es zehn Uhr morgens. Seit sieben Uhr bin ich auf und habe mittlerweile zu Nutz und Frommen meiner Familie und der ganzen Menschheit die Erlebnisse der letzten Nacht aufgezeichnet. Meine Familie will ich nicht mehr sehen, denn meine Frau ist eine Xanthippe. Ich bin überhaupt dieses Lebens im Allgemeinen und des neunzehnten Jahrhunderts im Besonderen herzlich überdrüssig. Alles geht mir gegen den Strich, und ich möchte auch ganz gern wissen, wer im Jahre 2045 Präsident der Vereinigten Staaten sein wird. Deshalb werde ich, sobald ich mich rasiert und eine Tasse Kaffee getrunken habe, zu Doktor Ponnonner hinübergehen und mich für ein paar Jahrhunderte einbalsamieren lassen.

[Februar 1845]

Die Scheintoten

Es gibt gewisse Themen, die stets das größte Interesse erregen, aber zu schaurig sind, als dass man sie zum Gegenstand einer Erzählung machen dürfte. Der bloße Romancier darf sie nicht zu seinem Stoff wählen, wenn er nicht Gefahr laufen will, zu beleidigen oder abzuschrecken. Man kann sie schicklicherweise nur behandeln, wenn ihnen die ernste Majestät der Wahrheit heiligend und schätzend beisteht. Wir schaudern zum Beispiel in schmerzlichster Wollust, wenn wir Berichte lesen über den Übergang über die Beresina, über das Erdbeben von Lissabon, über die Pest in London, über das Blutbad in der Bartholomäusnacht, über den Erstickungstod der hundertdreiundzwanzig Gefangenen in dem schwarzen Loch zu Kalkutta. Doch immer ist es die Tatsache an sich – die Wirklichkeit, die Geschichte –, die unser Interesse weckt. Wären diese Begebenheiten Erfindungen, sie würden nur unseren Abscheu erregen.

Ich habe einige wenige große und in ihrer Art teilweise großartige Schrecklichkeiten aus der Geschichte erwähnt; und es ist sowohl die Tragweite wie die besondere Art der betreffenden Begebenheiten, die unsere Fantasie so lebhaft erregt. Ich brauche dem Leser wohl nicht zu versichern, dass ich aus der langen, schaurigen Liste menschlichen Elends Einzelfälle hätte herausgreifen können, bei denen die Leiden noch qualvoller waren als bei irgendeinem dieser ungeheuren beklagenswerten Ereignisse, die so zahlreiche Opfer forderten. In der Tat: Die tiefste Tiefe von Elend, das Äußerste an Qual trifft immer den Einzelnen, nicht eine Anzahl von Menschen. Das unheimliche Schmerzensübermaß des Todeskampfes muss der Mensch einzeln ertragen, nie wird es der Masse der Menschen zuteil; und dafür wollen wir einem gnädigen Gott danken.

Lebendig begraben zu werden ist ohne Zweifel die grässlichste unter den Qualen, die das Schicksal einem Sterbenden zuteilen kann. Und dass dies oft, sehr oft geschieht, wird kein Nachdenkender leugnen können. Die Grenzlinien, die das Leben vom Tod trennen, sind immer schattenhaft und unbestimmt. Wer vermag zu sagen, wo das eine endet und das andere beginnt? Wir wissen, dass es Krankheiten gibt, bei denen ein vollkommener Stillstand jeder sichtbaren Lebensfunktion eintreten und bei denen dieser Stillstand doch nur eine Unterbrechung genannt werden kann. Es sind lediglich Pausen, in denen der unbegreifbare Mechanismus seine Tätigkeit einmal aussetzt. Eine gewisse Zeit verläuft, und irgendein geheimnisvolles Prinzip, das wir nicht kennen, setzt das magische Getriebe wieder in Bewegung. Die silberne Saite hatte ihre Spannkraft noch nicht verloren, noch war der goldene Bogen auf immer untauglich! Aber wo war indessen die Seele?

Abgesehen von dem aprioristischen Schluss, dass solche Ursachen solche Wirkungen hervorbringen *müssen* – dass in den nicht abzuleugnenden Fällen pausierender Lebensfunktion natürlicherweise dann und wann verfrühte Begräbnisse stattfinden *müssen* –, abgesehen davon haben Ärzte und Erfahrungen bewiesen, dass solche Beerdigungen in der Tat stattgefunden haben. Wäre es nötig, so könnte ich auf der Stelle wohl hundert erwiesene Fälle anführen.

Ein ganz besonders bemerkenswerter, dessen Einzelheiten manchem meiner Leser noch frisch im Gedächtnis sein werden, ereignete sich vor nicht allzu langer Zeit in Baltimore und erregte ein peinliches, heftiges und weitgehendes Aufsehen. Die Frau eines hoch geachteten Bürgers – eines namhaften Advokaten, der auch Mitglied des Kongresses war – wurde von einer plötzlichen unerklärlichen Krankheit befallen, bei der die geschicktesten Ärzte nicht aus noch ein wussten. Nach vielem Leiden starb sie oder wurde vielmehr für tot erklärt. Niemand ahnte oder hatte auch nur den geringsten Grund zu der Annahme, dass sie nicht wirklich tot sei. Ihr Körper wies alle Kennzeichen des Todes auf. Das Gesicht verfiel und schrumpfte zusammen, die Lippen zeigten die gewöhnliche Marmorblässe, die Augen waren glanzlos. Keine Spur von Wärme war mehr wahrnehmbar, der Herzschlag hatte vollständig ausgesetzt. Drei Tage lag der Körper aufgebahrt, und eine steinerne Leichenstarre war eingetreten. Dann nahm man eiligst die Beerdigung vor, weil das, was man für Verwesung hielt, rasche Fortschritte machte.

Die Tote wurde in der Familiengruft beigesetzt, die nun drei Jahre unberührt blieb. Nach Ablauf dieser Zeit wurde sie wieder geöffnet, um einen anderen Sarg aufzunehmen – doch ach! Welch grässlicher Schlag harrte des Gatten, der selbst die Grabstätte öffnete! Als er den Riegel der Tür, die sich nach außen öffnete, zurückschob, sank ihm klappernd ein weiß umhülltes Ding in die Arme. Es war das Skelett seiner Frau in ihrem noch nicht verfaulten Leichentuch.

Bei der nun folgenden sorgfältigen Untersuchung stellte es sich heraus, dass sie zwei Tage nach dem Begräbnis wieder zu Bewusstsein gekommen sein musste, dass ihre verzweifelten Anstrengungen im Sarge wohl bewirkt hatten, dass er von seinem Ständer auf den Fußboden gefallen und zerbrochen war, sodass sie selbst aus ihm heraussteigen konnte. Eine Lampe, die man zufällig mit Öl gefüllt in der Gruft gelassen hatte, wurde leer vorgefunden, doch konnte dies auch die Folge von Verdunstung sein. Auf der obersten Stufe, die in das Totengemach führte, lag ein Stück von dem Sarg, mit dem sie, in der Hoffnung gehört zu werden, gegen die eiserne Tür geschlagen haben mochte. Wahrscheinlich wurde sie alsbald ohnmächtig oder starb vor Schrecken. Als sie niedersank, hakte sich dann ihr Leichentuch in einigen nach innen stehenden Eisenstücken fest. So blieb sie und verweste stehend.

Im Jahre 1810 ereignete sich in Frankreich ein Fall von vorzeitigem Begräbnis, dessen nähere Umstände die Richtigkeit der Behauptung, dass die Wahrheit seltsamer als alle Dichtung ist, von neuem beweisen. Die Heldin dieser Geschichte ist ein Fräulein Victorine Lafourcade, ein junges Mädchen aus reicher, vornehmer Familie und von großer Schönheit. Unter ihren zahlreichen Anbetern befand sich auch ein gewisser Julien Boßnet, ein armer Literat oder Journalist, der in Paris lebte. Seine Talente und seine Liebenswürdigkeit schienen die Aufmerksamkeit der Erbin auf ihn gelenkt und ihm ihre Liebe erworben zu haben. Ihr Standesbewusstsein bestimmte sie aber endlich doch, ihn abzuweisen und einen Herrn Renelle, einen Bankier und geschickteren Literaten, zu heiraten. Nach der Hochzeit wurde sie von ihrem Gatten vernachlässigt, ja, vielleicht sogar misshandelt. Nachdem sie einige elende Jahre an seiner Seite dahingelebt hatte, starb sie, wenigstens glich ihr Zustand so sehr dem Tod, dass er jeden, der sie sah, täuschte. Sie wurde begraben – nicht in einer Gruft, sondern in einem gewöhnlichen Grab auf dem Kirchhof ihres Heimatdorfes.

Verzweifelt und noch voll von der Erinnerung an seine ehemalige tiefe Zuneigung reist der erste Liebhaber aus der Hauptstadt in die entfernte Provinz, in der das Dorf liegt, mit dem romantischen Vorsatz, den Leichnam auszugraben und sich die üppigen Locken der Toten anzueignen. Er findet das Grab, gräbt um Mitternacht den Sarg aus, öffnet ihn und will gerade das Haar abschneiden, als sich die geliebten Augen öffnen: Man hatte die Dame lebendig begraben! Das Leben war noch nicht vollständig entwichen, und die Zärtlichkeiten ihres ehemaligen Geliebten hatten sie wohl aus der Lethargie, die man fälschlich für den Tod gehalten hatte, erweckt. Er brachte sie in wahnsinniger Freude in seine Wohnung im Dorf und wandte alle Stärkungsmittel an, die ihm – er war in der Medizin ziemlich bewandert – nützlich erschienen. Kurz und gut, die Totgeglaubte kam wieder vollständig zum Leben. Sie erkannte ihren Retter und blieb so lange bei ihm, bis sie ihre frühere Gesundheit vollständig wiedererlangte. Sie hatte kein Herz aus Stein, und dieser letzte Beweis von Liebe genügte, um es zu erweichen. So schenkte sie es dem Boßnet. Zu ihrem Gatten kehrte sie nicht zurück, sie hielt ihre Wiederauferstehung geheim und floh mit ihrem Geliebten nach Amerika.

Nach zwanzig Jahren kehrten beide nach Frankreich zurück, überzeugt, dass die Zeit das Aussehen der Dame so verändert habe, dass ihre Freunde sie nicht wiedererkennen würden. Doch täuschten sie sich; Herr Renelle erkannte bei dem ersten Zusammentreffen seine Frau wieder und machte seine Ansprüche geltend. Sie weigerte sich, dieselben anzuerkennen; die Gerichte sprachen sich zu ihren Gunsten aus, indem sie erklärten, dass die eigentümlichen Umstände sowie die lange, inzwischen verflossene Zeit die Ansprüche des Mannes ungültig gemacht hätten – nicht nur moralisch, sondern auch juristisch.

Das Leipziger *Journal für Chirurgie* – eine Autorität auf seinem Gebiet – brachte einmal einen Bericht über einen höchst betrüblichen ähnlichen Vorfall.

Ein Offizier der Artillerie, ein Mann von mächtigem Körperbau und bester Gesundheit, wurde von einem scheuenden Pferd abgeworfen und erlitt eine schwere Kopfwunde, die ihn sofort bewusstlos machte. Doch schien direkte Gefahr nicht vorhanden, da der Schädelbruch nur ein unbedeutender war. Der Verletzte wurde mit Erfolg trepaniert. Man ließ ihn zur Ader und wandte auch sonst alle Erleichterungsmittel an. Allmählich jedoch verschlimmerte sich sein Zustand, er sank in Betäubung und anhaltende Erstarrung, sodass man ihn zuletzt für tot ansah.

Das Wetter war warm, und vielleicht war dies der Grund, dass er mit eigentlich unschicklicher Hast auf einem der öffentlichen Kirchhöfe begraben wurde. Das Begräbnis fand am Donnerstag statt. An dem darauf folgenden Sonntag wurde der Kirchhof wie gewöhnlich von einer zahlreichen Volksmenge besucht, und gegen Mittag entstand unter den Leuten eine ungeheure Aufregung, weil ein Bauer erklärte, er habe, als er auf dem Grab des Offiziers gesessen, ganz deutlich eine Erschütterung des Bodens gefühlt, als kämpfe unten jemand, um herauszugelangen.

Anfänglich schenkte man den Behauptungen des Mannes wenig Glauben, aber das offenbare Entsetzen und die Hartnäckigkeit, mit der er diese wiederholte, übten endlich ihre Wirkung auf die Menge aus. Man verschaffte sich schleunigst Spaten, und das oberflächlich bereitete, gar nicht tiefe Grab war bald so weit geöffnet, dass der

Kopf seines Bewohners zutage kam. Er war scheinbar tot, doch saß er fast aufrecht in dem Sarg, dessen Deckel er bei seinen wütenden Befreiungsversuchen zum Teil aufgestoßen hatte.

Er wurde sofort in das nächste Spital gebracht, wo man ihn als noch lebend, obgleich in asphyktischem Zustand befindlich, erklärte. Nach einigen Stunden kam er langsam zu sich, erkannte Personen aus seiner Bekanntschaft und erzählte in abgerissenen Sätzen von seiner Todesangst und Qual im Grabe.

Aus dem, was er sagte, ging hervor, dass er nach dem Begräbnis noch länger als eine Stunde das Bewusstsein gehabt hatte, er lebe noch, und dann erst in den Zustand der Empfindungslosigkeit versank. Das Grab war nachlässig und mit besonders poröser Erde zugeworfen worden, sodass immerhin ein wenig Luft hindurchdrang. Er hörte die Tritte der Menge über sich und wollte sich deswegen bemerkbar machen. Es schien ihm, sagte er, als habe ihn der Trubel auf dem Kirchhof aus einem tiefen Schlaf geweckt, doch kaum war er vollständig erwacht, als ihm auch das Bewusstsein seiner grässlichen Lage aufging.

Der Patient befand sich also, wie gesagt, in relativ günstigem Zustand, und es war die beste Hoffnung vorhanden, dass er sich vollständig wieder erholen würde; da wurde er das Opfer quacksalberischer Experimente. Man wandte nämlich die Volta'sche Säule bei ihm an, und er verschied in einem jener ekstatischen Paroxysmen, welche die Anwendung der Elektrizität manchmal herbeiführt.

Da ich gerade von der Volta'schen Säule spreche, kommt mir ein wohl bekannter außerordentlicher Fall ins Gedächtnis, wo sich ihre Wirkung als ausgezeichnetes Mittel bei den Wiederbelebungsversuchen erwies, die man mit einem jungen Londoner Advokaten anstellte, der schon zwei im Tage im Grab gelegen hatte. Auch dieser Fall – er geschah im Jahre 1831 – erregte überall, wo er besprochen wurde, das außerordentlichste Aufsehen.

Ein Herr Edward Stapleton war anscheinend an einem typhösen Fieber gestorben, das von einigen abnormen Symptomen begleitet gewesen war, die die Neugier der Ärzte erregt hatten. Nach seinem scheinbaren Tode wurden die Freunde ersucht, ihn sezieren zu lassen, doch willigten sie nicht ein. Wie es nun bei solchen Weigerungen öfters geschieht, beschlossen die Ärzte, den Körper heimlich auszugraben und die Sezierung im Verborgenen und in aller Muße vorzunehmen. Man setzte sich mit leichter Mühe mit ein paar Leichenräubern in Verbindung, von denen London damals wimmelte, und in der dritten Nacht nach dem Begräbnis wurde der scheinbare Leichnam aus seinem acht Fuß tiefen Grab wieder ausgegraben und in das Operationszimmer eines Privathospitals gebracht.

Als bei einem ziemlich großen Schnitt in den Unterleib das frische, unverweste Aussehen des Körpers auffiel, beschloss man, Gebrauch von der galvanischen Batterie zu machen. Ein Experiment folgte dem anderen, und die gewohnten Wirkungen traten ein, ohne dass etwas Auffälligeres zu bemerken gewesen wäre, als dass die Konvulsionen ein paarmal in ganz außerordentlich hohem Grade an das wirkliche Leben erinnerten. Es war schon spät in der Nacht, der Tag begann zu dämmern, und man entschloss sich, zur Sektion selbst überzugehen. Ein Student jedoch wollte noch eine von ihm aufgestellte Theorie erproben und bestand darauf, den elektrischen Strom noch einmal auf die Brustmuskeln spielen zu lassen. Man machte einen tiefen Schnitt und führte schnell einen Draht in die Wunde.

Da stieg der Patient mit einer eiligen, aber absolut nicht krampfhaften Bewegung vom Tisch, trat in die Mitte des Zimmers, blickte ein paar Sekunden unbehaglich umher – und sprach. Was er sagte, war nicht verständlich, doch sprach er jedenfalls Worte aus, da man deutliche Silbenbildung vernahm. Dann fiel er schwer zu Boden.

Einige Sekunden lang standen die Anwesenden ganz schreckerstarrt – doch bald brachte die Dringlichkeit des Falles sie in den Besitz der vollen Geistesgegenwart zurück. Es war offenbar, dass Herr Stapleton noch am Leben, wenn jetzt auch ohnmächtig war. Durch Anwendung von Äther wurde er vollständig zu sich gebracht und erlangte bald seine Gesundheit wieder. Seinen Angehörigen gab man ihn jedoch erst dann zurück, als keine Gefahr für einen Rückfall mehr zu befürchten war. Ihr Erstaunen, ihre Freude und ihr Entzücken kann man sich kaum vorstellen!

Das Schaudererregende, Merkwürdige dieses Falles ist jedoch das, was Herr Stapleton selbst erzählte. Er erklärte, dass er keinen Augenblick vollständig fühllos gewesen – dass er, wenn auch nur dumpf und verworren, von allem Bewusstsein gehabt habe, was man mit ihm vornahm, von dem Augenblick an, in dem ihn die Ärzte für tot erklärten, bis zu dem, wo er im Spital ohnmächtig zu Boden sank. »Ich lebe noch«, das waren die unverständlichen Worte, welche er, als er den Seziersaal erkannte, im Übermaß des Entsetzens hatte aussprechen wollen.

Es wäre mir ein Leichtes, noch viele solcher Geschichten hier anzuführen, aber ich sehe davon ab, da wir ihrer, wie gesagt, nicht bedürfen, um die Tatsache festzustellen, dass verfrühte Begräbnisse stattfinden. Und wenn wir uns daran erinnern, wie selten es in unserer Macht steht – die Natur der Sache macht dies ja leicht begreiflich –, dergleichen Ereignisse zu entdecken, dann müssen wir sogar annehmen, dass sie *häufig* vorkommen. Man kann in der Tat kaum einen Kirchhof umgraben, ohne Skelette in Stellungen zu finden, die zu den grauenvollsten Mutmaßungen führen müssen.

Wahrhaftig, grauenvoll ist solch eine Mutmaßung, noch grauenvoller aber das Schicksal eines lebendig Begrabenen. Man kann wohl ohne weiteres behaupten, dass *kein* Unfall ein solches Übermaß körperlicher und seelischer Qualen mit sich bringt als das Lebendig-begraben-Werden. Der unerträgliche Druck auf die Lungen – die erstickenden Ausdünstungen der feuchten Erde – die peinigende Enge der Totenkleider – die raue Umarmung der schmalen Ruhestätte – die schwarze, undurchdringliche Nacht – die Stille, die wie ein Meer über dem Unglückseligen zusammenschlägt – die unsichtbare, aber gefühlte Gegenwart des ewigen Siegers Tod –, alles dies und dazu die Erinnerung an die freie Luft und das Gras über einem, an teure Freunde, die uns zu retten eilen würden, wüssten sie bloß von unserem Schicksal, und die Gewissheit, dass sie es *nie*, nie wissen werden, dass der wirkliche Tod hoffnungslos unser Teil geworden ist. Alles dies muss das noch klopfende Herz mit solch grässlichem, unerträglichem Grausen erfüllen, dass auch die kühnste Fantasie vor seiner Ausmalung zurückschaudert. Wir kennen auf Erden nichts Fürchterlicheres – und können uns nichts Scheußlicheres ausdenken; und so wecken denn alle Erzählungen, die an dieses Thema anknüpfen, ein tiefes Interesse, ein Interesse, das bei der heiligen Furchtbarkeit des Themas ganz besonders durch die Überzeugung verstärkt wird, dass die *Wahrheit* berichtet wird.

Was ich nun zu erzählen habe, weiß ich wirklich und gewiss – weiß ich aus eigener Erfahrung.

Seit mehreren Jahren war ich Anfällen jener merkwürdigen Krankheit unterworfen, die die Ärzte, mangels eines bezeichnenderen Namens, Katalepsie genannt haben. Obgleich die unmittelbaren und mittelbaren Ursachen, ja sogar die Diagnose des Übels noch immer nicht festgestellt, noch immer Geheimnis sind, so kennt man doch seine äußeren wesentlichen Erscheinungen zur Genüge. Variationen scheinen mir bezüglich der Heftigkeit der Erkrankung vorzukommen. Zuweilen liegt der Patient nur einen Tag lang, oft auch noch kürzere Zeit in einem lethargischen Zustand. Er ist ohne Empfindung und äußerlich vollständig bewegungslos, doch ist noch ein schwacher Herzschlag bemerkbar; eine ganz geringe Wärme bleibt sowie ein leichter Anflug von Farbe auf den Wangen; und bringt man einen Spiegel an die Lippen, so kann man eine langsame, schwache, ungleiche Lungentätigkeit wahrnehmen. Andererseits kann die Erstarrung aber auch Wochen – ja Monate lang anhalten, und selbst die genaueste Untersuchung und die stärksten medizinischen Mittel können keinen materiellen Unterschied zwischen dem Zustand des Leidenden und dem, was wir Tod nennen, konstatieren. Gewöhnlich wird ein solcher Unglücklicher nur dadurch vor dem Lebendig-begraben-Werden gerettet, dass seine Freunde wissen, dass er öfter dergleichen Anfällen unterworfen ist, und deshalb mit Recht mutmaßen, der Tod sei noch nicht eingetreten – oder dadurch, dass man beobachtet, wie die Verwesung allzu ersichtlich *nicht* eintritt. Glücklicherweise macht die Krankheit nur gradweise Fortschritte. Schon die ersten

Anzeichen sind charakteristisch und unzweideutig. Die Anfälle werden allmählich ausgeprägter, und jeder folgende dauert länger als der vorhergehende. Dies bewahrt die Kranken hauptsächlich vor dem Lebendig-begraben-Werden. Der Unglückselige, dessen *erster* Anfall schon die Heftigkeit eines seiner späteren hätte, würde diesem Schicksal wohl kaum entgehen.

Mein Krankheitsfall wich in keinem wesentlichen Punkt von denen ab, die man in medizinischen Schriften erwähnt findet. Zuweilen versank ich ohne scheinbare Ursache allmählich in eine halbe Ohnmacht, und in diesem schmerzlosen Zustand, in dem ich mich nicht bewegen noch sprechen noch denken konnte, aber immerhin noch ein dunkles Bewusstsein vom Leben und von der Gegenwart der Personen, die mein Bett umstanden, hatte, blieb ich, bis die Krisis der Krankheit mir ganz plötzlich wieder den Gebrauch meiner Sinne wiedergab.

Zu anderen Zeiten ergriff mich die Krankheit jäh und unerwartet. Mir wurde übel, eine Taubheit legte sich auf meine Glieder, ich fröstelte. Dann ergriff mich ein Schwindel und warf mich plötzlich nieder. Und nun war wochenlang alles schwarz, leer und stumm – die ganze Welt sank mir in ein Nichts. Die vollständigste Vernichtung kann nicht mehr sein als dieser Zustand. Aus solchen Anfällen erwachte ich jedoch im Vergleich zu der Plötzlichkeit, mit der sie kamen, nur sehr langsam. Und so langsam wie dem freund- und heimatlosen Bettler, der die lange, öde Winternacht hindurch die Straßen durchirrt, so langsam, so zögernd, so befreiend strahlte auch mir das Licht der rückkehrenden Seele wieder zu.

Abgesehen von diesen Krampfanfällen schien mein allgemeiner Gesundheitszustand ein guter; ich bemerkte nie, dass meine Krankheit ihn in irgendeiner Weise beeinflusste, wenn man nicht eine Idiosynkrasie in meinem gewöhnlichen Schlaf aus ihr herleiten will. Wenn ich aus dem Schlummer erwachte, konnte ich nie auf einmal wieder die Herrschaft über meine Sinne antreten, sondern blieb stets noch mehrere Minuten lang verwirrt und verlegen, da mich meine gedanklichen Fähigkeiten, besonders das Erinnerungsvermögen, verlassen zu haben schienen.

Körperliche Leiden hatte ich nicht zu erdulden, dagegen eine Unendlichkeit an Seelenqualen. Meine Fantasie beschäftigte sich nur noch mit Leichen. Ich sprach nur noch von Würmern, von Gräbern und Grabinschriften. Ich verlor mich in Grübeleien über den Tod, und der Gedanke, zu früh begraben zu werden, setzte sich fast als Gewissheit in meinem Kopf fest. Das Gespenst der Gefahr, die mich bedrohte, verfolgte mich Tag und Nacht. Am Tage war die Qual solch einer Vorstellung schon groß, in der Nacht fast übermenschlich. Wenn die Dunkelheit ihre grauen Fittiche über die Erde breitete, ließ mich das Grausen über meine Gedanken erbeben – wie die Trauerwedel auf einem Leichenwagen zittern. Konnte meine Natur das Wachen nicht länger ertragen, so überließ ich mich nur nach hartem Kampf dem Schlaf, denn mich schauderte bei dem Gedanken, mich erwachend vielleicht in einem Grabe wiederzufinden. Und fiel ich endlich in Schlaf, so versank ich in eine Welt gespenstischer Traumgestalten, die meine Grabesidee mit riesigen schwarzen Fittichen beschattete.

Von den unzähligen Greuelszenen, die ich im Traum schauen musste, will ich nur eine einzige erzählen. Es war mir, als sei ich in einen Starrkrampfanfall von ungewöhnlich langer Dauer und Heftigkeit versunken. Plötzlich berührte eine eisige Hand meine Stirn, und eine ungeduldige, kaum verständliche Stimme flüsterte die Worte: »Steh auf!« in mein Ohr.

Ich setzte mich aufrecht. Die Dunkelheit war undurchdringlich. Ich konnte die Gestalt dessen, der mich geweckt hatte, nicht erkennen. Ich konnte mich weder der Zeit erinnern, zu der ich in die Erstarrung versunken war, noch hatte ich eine Vorstellung von dem Ort, an dem ich mich befand. Und während ich noch regungslos saß und mich bemühte, meine Gedanken zu sammeln, ergriff die kalte Hand zornig die meine, schüttelte sie heftig, und die Stimme sagte wieder:

»Steh auf! Befahl ich dir nicht, aufzustehen?«

»Und wer«, fragte ich, »bist du?«

»Ich habe keinen Namen in den Regionen, die ich jetzt bewohne«, antwortete die Stimme trauervoll. »Ich war sterblich, nun bin ich zum Leben eines Dämons erwacht; ich war unbarmherzig, nun bin ich barmherzig; du fühlst, dass ich schaudere. Meine Zähne klappern, während ich rede, doch nicht, weil die Nacht kalt ist – diese Nacht ohne Ende. Aber die Grässlichkeiten sind unerträglich. Wie kannst du ruhig schlafen? Ich finde keine Ruhe vor dem Schrei dieser *großen* Todesqualen. Diese Seufzer sind mehr, als ich ertragen kann. Auf! Auf! Komm mit mir in die äußere Nacht, ich will dir die Gräber enthüllen. Ist dies nicht ein Schauspiel voll Weh? – Sieh hin!«

Ich sah hin; die unsichtbare Gestalt, die noch immer mein Handgelenk umklammert hielt, hatte die Gräber der ganzen Menschheit sich öffnen heißen, und aus jedem kam der schwache, phosphoreszierende Glanz der Verwesung hervor, sodass ich in die verborgensten Höhlen schauen und die leichentuchumhüllten Körper in ihrem trüben, feierlichen Schlaf bei den Würmern erblicken konnte. Aber ach! Die wirklichen Schläfer waren millionenfach seltener als die, die *nicht* schlummerten; ein schwaches Kämpfen ging durch ihre Reihen, eine irre, matte Rastlosigkeit; und aus den Tiefen zahlloser Gruben kam ein trauervolles Rascheln der Gewänder der Begrabenen; und ich sah, dass eine ungeheure Zahl derer, die regungslos zu ruhen schienen, die starre steife Lage, in der man sie begraben, verändert hatte. Und während ich noch schaute, sagte die Stimme wieder zu mir:

»Ist das nicht – o Gott, ist das nicht ein erbarmungswürdiger Anblick?« Doch ehe ich noch ein Wort der Erwiderung finden konnte, hatte die Gestalt meine Hand losgelassen, der Lichtschein verlosch; die Gräber schlossen sich mit plötzlicher Gewalt, während verzweifelte Schreie aus ihnen hervortönten: »Ist das nicht – o Gott, ist das nicht ein erbarmungswürdiger Anblick?«

Solche schrecklichen nächtlichen Fantasien dehnten ihren unheilvollen Einfluss auch auf meine wachen Stunden aus. Meine Nerven wurden zerrüttet, ich lebte in beständigem Entsetzen. Nicht mehr reiten wollte ich, nicht spazieren gehen, noch überhaupt das Haus verlassen. Zum Schluss wagte ich überhaupt nicht mehr, mich aus der unmittelbaren Gegenwart derer zu entfernen, die um meine Anfälle wussten, nur damit ich nicht, sollte sich wieder ein Anfall einstellen, begraben würde, ehe man meinen wirklichen Zustand erkannt hätte. Ich misstraute der Pflege und Treue meiner liebsten Freunde und fürchtete, dass sie mich bei einer Erstarrung von vielleicht ungewöhnlich langer Dauer doch für tot ansehen würden. Ich ging sogar so weit, anzunehmen, dass sie einen längeren Anfall mit Freuden als Gelegenheit begrüßen würden, mich und damit die Mühe, die ich ihnen bereitete, endgültig loszuwerden. Vergeblich bemühten sie sich, mich durch die feierlichsten Versprechungen zu beruhigen.

Sie mussten mir mit den heiligsten Eiden schwören, dass sie mich unter keinen Umständen begraben lassen würden, bis die Zersetzung so weit vorgeschritten wäre, dass jede Erhaltung ausgeschlossen war. Und selbst dann noch ließ sich meine Todesangst durch keine Vernunftgründe, keinen Trost beschwichtigen. Ich traf zahlreiche Vorsichtsmaßregeln. Unter anderem ließ ich die Familiengruft so umändern, dass sie von innen leicht zu öffnen war. Der leiseste Druck auf einen langen Hebel, der weit in das Grab hineinragte, verursachte, dass die Eisentüren weit aufflogen. Außerdem waren Vorkehrungen getroffen, dass Luft und Licht freien Zutritt hatten, und im Übrigen waren in unmittelbarer Nähe des Sarges, der mich einst beherbergen sollte, passende Gefäße zur Aufnahme von Speise und Trank befestigt worden. Der Sarg selbst war warm und weich gefüttert und mit einem Deckel geschlossen, der nach demselben Prinzip wie die Grufttür gebaut und mit Sprungfedern versehen war, die ihn bei der schwächsten Bewegung im Sarge aufspringen ließen und die eingeschlossene Person in Freiheit setzten. Überdies war an der Decke des Gewölbes eine große Glocke aufgehängt, deren Seil, wie abgemacht wurde, durch ein Loch in den Sarg geführt und an der Hand des Leichnams befestigt werden sollte. Doch ach! Was vermag alle Vorsicht gegen das Schicksal? Nicht einmal diese so wohl erdachten Sicherheitsmaßregeln genügten, einen Bedauernswürdigen, zu diesem Los Vorherbestimmten, von den Höllenqualen des Lebendig-begraben-Werdens zu retten.

Es kam wieder einmal eine Zeit, in der ich – wie es schon oft geschehen – fühlte, dass ich aus vollständiger Bewusstlosigkeit zu einem ersten schwachen Gefühl des Daseins zurückkehrte. Langsam, mit schildkrötenhafter Langsamkeit kam das schwache graue Dämmern meines geistigen Tages herauf. Eine starre Unbehaglichkeit. Ein apathisches Ertragen dumpfen Schmerzes. Keine Furcht – keine Hoffnung – keine Bewegung. Dann, nach langer Pause, ein Sausen in den Ohren; dann, nach längerer Zeit, eine prickelnde oder stechende Empfindung in den Extremitäten; dann eine scheinbar endlose Zeit genussreicher Ruhe, während derer die erwachenden Gefühle sich zu Gedanken formen wollten; dann ein kurzes Zurücksinken ins Nichtsein; dann ein plötzliches Zusichkommen. Endlich ein leichtes Zucken des Augenlides, und gleich darauf der elektrische Schlag eines tödlichen, endlosen Schreckens, der das Blut aus den Schläfen zum Herzen peitschte. Und nun der erste Versuch, wirklich zu denken. Und dann die erste Anstrengung sich zu erinnern. Ein teilweiser, vorübergehender Erfolg. Bis schließlich das Erinnerungsvermögen so weit wiederhergestellt war, dass ich mir meines Zustandes bewusst wurde. Jedenfalls fühlte ich, dass ich nicht aus einem gewöhnlichen Schlaf erwachte. Und es wurde mir klar, dass ich wieder einen meiner Anfälle gehabt hatte. Da aber schlug wie ein Ozean das Bewusstsein einer grauenvollen Gefahr über mir zusammen, die geisterhafte Idee beherrschte mich wieder.

Einige Minuten blieb ich regungslos. Warum? Ich konnte den Mut nicht finden, auch nur eine einzige Bewegung zu machen. Ich wagte es nicht, mich von meinem Schicksal zu überzeugen, und doch flüsterte irgendetwas in meinem Herzen mir die *Gewissheit* zu. Eine Verzweiflung, wie keine andere Art menschlichen Elendes hervorbringen kann, trieb mich endlich dazu, ein Augenlid zu öffnen. Es war dunkel – undurchdringlich dunkel um mich. Ich wusste, dass der Anfall vorüber – ich wusste, dass die Krisis längst vorbei war. Ich wusste, dass ich den Gebrauch meines Sehvermögens vollständig wiedererlangt hatte, und doch war alles dunkel, undurchdringlich dunkel, die äußerste, achtloseste, undurchdringlichste Nacht!

Ich versuchte zu schreien, meine Lippen und meine trockene Zunge bewegten sich mit krampfhafter Anstrengung; doch kein Ton entrang sich meinen Lungen, die wie von einer Bergeslast bedrückt nach Luft schnappten und zu zerreißen drohten.

Als ich bei dem Versuch, zu schreien, die Kinnbacken bewegen wollte, hatte ich gefühlt, dass man sie, wie bei Toten üblich, umbunden hatte. Ich fühlte ferner, dass ich auf etwas Hartem lag und etwas Ähnliches mich an den Seiten drückte. Bis jetzt hatte ich noch nicht gewagt, ein Glied zu rühren, nun aber warf ich meine Arme, die ausgestreckt mit gekreuztem Handgelenk dagelegen hatten, heftig in die Höhe. Sie stießen sich an einem festen, hölzernen Gegenstand, der sich über meinem ganzen Körper, vielleicht in der Höhe von sechs Zoll, ausdehnte. Nun konnte ich nicht länger zweifeln, dass ich in einem Sarg war.

Aber da erschien mir in all dem grenzenlosen Elend ein süßer Hoffnungsengel – ich dachte an meine Vorsichtsmaßregeln. Ich wand mich und machte krampfhafte Anstrengungen, den Deckel zu öffnen – er war nicht zu bewegen. Ich suchte an meinen Handgelenken nach dem Glockenseil – es war nicht zu finden. Da entfloh mein Tröster für immer, und grässliche Verzweiflung fiel mich an: Ich bemerkte, dass die Polster fehlten, die ich für *meinen* Sarg hatte herrichten lassen, und dann drang plötzlich der starke, eigentümliche Geruch feuchter Erde in meine Nase. Nein, ich konnte mich nicht mehr betrügen – ich lag *nicht* in der Gruft. Ich war während einer Abwesenheit von zu Hause bei Fremden in Starrkrampf verfallen. Wann oder wie? Dessen entsann ich mich nicht mehr, und sie hatten mich wie einen Hund begraben, in einen gewöhnlichen Sarg eingenagelt und tief, tief und auf ewig in ein gewöhnliches, unbekanntes Grab verscharrt.

Als diese fürchterliche Überzeugung über mich gekommen war, versuchte ich noch eins: zu schreien; und es gelang mir. Ein langer, wilder, anhaltender Schrei oder vielmehr ein tierisches Gebrüll der Todesangst durchdrang die Reiche der unterirdischen Nacht.

»Hallo, hallo, was soll das?«, antwortete mir eine unwillige Stimme.

»Zum Teufel, was ist denn los?«, hörte ich eine zweite.

»Heraus mit ihm!«, meinte eine dritte.

»Was fällt Ihnen ein, hier wie eine wilde Katze zu heulen?«, fragte eine vierte; und dann fühlte ich mich gepackt und ohne weitere Umstände ein paar Minuten lang von ein paar ziemlich raubeinig aussehenden Gesellen derb hin und her geschüttelt. Sie weckten mich nicht aus dem Schlaf, denn ich war, als ich schrie, schon völlig erwacht, sie gaben mir nur den vollen Besitz meines Gedächtnisses wieder.

Das Abenteuer ereignete sich in Virginia, in der Nähe von Richmond.

In Begleitung eines Freundes hatte ich einen kleinen Jagdausflug den James River hinab unternommen. Eines Nachts hatte uns ein Sturm überrascht; die Kajüte einer kleinen Schaluppe, die mit Mutterboden beladen im Fluss vor Anker lag, gewährte uns Schutz und Obdach. Wir richteten uns, so gut es ging, ein und übernachteten auf dem Boot. Ich schlief in einer der beiden Kojen – und das Aussehen einer solchen auf einer kleinen Schaluppe von sechzig bis siebzig Tonnen brauche ich wohl nicht weiter zu beschreiben. In meinem Schlupfwinkel befand sich nicht das geringste Bettzeug. Er maß an der breitesten Stelle achtzehn Zoll, und die Entfernung zwischen Boden und Decke betrug auch nicht mehr. Nur mit großer Schwierigkeit hatte ich mich in diesen Raum hineingezwängt. Dennoch war ich in einen gesunden Schlaf gesunken; und meine ganze Vision – sie war weder ein Traum noch ein Alb – war nur die natürliche Folge meiner Lage, meines gewöhnlichen Ideenganges und der Schwierigkeit, die es mir, wie schon bemerkt, bereitete, beim Erwachen sofort meine Sinne beherrschen und mein Gedächtnis befragen zu können. Die Männer, die mich schüttelten, gehörten zur Mannschaft des Schiffes. Der Erdgeruch kam von dessen Ladung her, und die Bandage um mein Kinn bestand aus einem seidenen Taschentuch, das ich mir, mangels einer gewohnten Nachtmütze, um den Kopf gebunden hatte.

Die Qualen jedoch, die ich erlitten hatte, kamen denen eines Lebendig-Begrabenen vollständig gleich – sie waren grässlich, grauenvoll gewesen. Doch aus ihnen erwuchs mir unsagbar viel Gutes, denn gerade ihr Übermaß hatte den wohltätigsten Einfluss auf meinen Seelenzustand. Ich gewann mehr Herrschaft über mich, überließ mich nicht mehr sosehr meinen Gedanken und mehr meinem gesunden Gefühl. Ging viel aus und machte reichlich körperliche Übungen. Atmete aus vollem Herzen die freie Himmelsluft und begann an anderes als nur an den Tod zu denken. Meine medizinischen Bücher schaffte ich ab, ›Buchan‹ verbrannte ich und las keine ›Nachtgedanken‹ mehr, keine Kirchhofs- noch Gespenstergeschichten, keine extravaganten Erzählungen – wie diese hier! Kurz, ich wurde ein neuer Mensch und begann, wie ein Mensch zu leben. Von dieser denkwürdigen Nacht an verabschiedete ich auf immer meine Grabesfantasien, und mit ihnen verschwand auch meine Katalepsie, die vielleicht mehr ihre Wirkung als ihre Ursache war.

Es gibt Augenblicke, in denen diese Welt selbst dem Auge des nüchternsten Betrachters eine Hölle scheinen muss; doch die Fantasie des Menschen führt ihn zu keiner Katharsis, mit der er es wagen darf, all ihre Abgründe zu erforschen. Ach, die unheimliche Schar der Todesschrecken sind doch nicht bloß Fantasien, aber wir müssen sie, wie die Dämonen, die den Afrasiab den Oxus hinabbegleiteten, schlafen lassen, wenn sie uns nicht verschlingen sollen – wir müssen sie schlafen lassen, wenn wir nicht zu Grunde gehen wollen!

[31. Juli 1844, geschrieben
vor dem 28. Mai 1844]

Das verräterische Herz

Art is long and Time is fleeting,
And our hearts, though stout and brave,
Still, like muffled drums are beating
Funeral marches to the Grave.
– Longfellow

Es ist wahr! Nervös, schrecklich nervös war ich und bin ich noch; aber weshalb soll ich wahnsinnig sein? Mein Übel hatte meine Sinne nur geschärft, nicht zerstört oder abgestumpft. Vor allem war mein Gehörsinn außerordentlich empfindlich geworden. Ich hörte alle Dinge, die im Himmel und auf der Erde vor sich gingen, und auch vieles, was in der Hölle geschah. Wie könnte ich also wahnsinnig sein? Hören Sie nur zu, wie vernünftig und ruhig ich Ihnen die ganze Geschichte erzählen werde.

Ich kann nicht mehr genau sagen, wie mir zuerst der Gedanke kam, doch als er einmal gekommen, quälte er mich Tag und Nacht. Einen Zweck verfolgte ich nicht, auch trieb mich kein Hass. Ich hatte den alten Mann lieb. Er hatte mir nie etwas Übles getan, er hatte mich nie beleidigt. Ich trachtete auch nicht nach seinem Golde. Nur – sein eines Auge reizte mich. Ja, sein Auge muss es gewesen sein! Es glich dem eines Geiers – war blassblau und von einem dünnen Häutchen bedeckt. Wenn sein

Blick auf mich fiel, war es mir stets, als gerinne das Blut in meinen Adern, und so entschloss ich mich denn allmählich, dem alten Mann das Leben zu nehmen, um mich auf diese Weise für immer von seinem Auge zu befreien.

Und deshalb hält man mich für wahnsinnig! Wahnsinnige wissen nicht, was sie tun. Aber Sie sollten mich gesehen haben! Sollten gesehen haben, mit welcher Klugheit, mit welcher Überlegung und Vorsicht, mit welcher Verstellung ich zu Werke ging! Ich war niemals liebenswürdiger gegen den alten Mann als während der Woche, die der Nacht voranging, in der ich ihn tötete. Jede Nacht, um Mitternacht, drückte ich die Klinke seiner Türe nieder und öffnete sie – oh, wie leise! Und wenn ich sie weit genug geöffnet hatte, um meinen Kopf durch den Spalt stecken zu können, zog ich eine dunkle Laterne hervor, die ringsherum verschlossen war, sodass kein Lichtschimmer nach außen dringen konnte, und streckte meinen Kopf ins Zimmer. Hätte jemand gesehen, wie schlau ich das anfing, sicher hätte er gelacht. Ich streckte ihn ganz langsam, ganz, ganz langsam vor, damit ich den alten Mann nicht im Schlafe störte. Eine volle Stunde nahm ich mir Zeit, um meinen Kopf so weit durch die Öffnung zu zwängen, dass ich ihn auf seinem Bette erblicken konnte. Ha! Würde ein Wahnsinniger so viel Geduld gehabt haben? Und dann, wenn mein Kopf glücklich im Zimmer war, öffnete ich die Laterne so vorsichtig – oh, so vorsichtig (ihre kleinen Angeln hätten ja knarren können!) und nur so weit, dass ein einziger Lichtstreif auf das Geierauge fiel. Und dies tat ich sieben Nächte hindurch, jede Nacht genau um die Mitternachtsstunde. Aber ich fand das Auge immer geschlossen, und deshalb war es mir unmöglich, die Tat zu vollbringen; denn nicht der alte Mann ärgerte mich, sondern nur sein böses Auge. Und jeden Morgen bei Tagesanbruch ging ich ganz unbefangen in sein Zimmer, sprach mit ihm, redete ihn in herzlichem Tone mit seinem Namen an und fragte ihn, wie er die Nacht verbracht habe. Er hätte also ein ganz besonders argwöhnischer alter Mann sein müssen, wenn ihm jemals der Gedanke gekommen wäre, dass ich ihn jede Nacht um zwölf Uhr, während er schlief, aufmerksam und mit der fürchterlichsten Absicht betrachtete.

In der achten Nacht öffnete ich die Türe noch vorsichtiger als gewöhnlich. Der Minutenzeiger an der Uhr bewegte sich rascher, als ich meine Hand bewegte. Noch niemals vorher hatte ich den hohen Grad meiner Selbstbeherrschung und meiner Klugheit so gefühlt wie damals. Ich konnte mein Triumphgefühl kaum bändigen. Zu denken, dass ich hier allmählich die Tür öffnete und er auch im Traume nicht die geringste Ahnung von meinem geheimen Tun und Wollen hatte! Bei dieser Vorstellung konnte ich mich nicht enthalten, leise in mich hineinzukichern. Vielleicht hörte er es, denn in diesem Augenblicke bewegte er sich in seinem Bett, als fahre er plötzlich aus dem Schlafe auf. Man wird nun vielleicht denken, ich wäre geflohen? O nein! Sein Zimmer war stockfinster, denn aus Furcht vor Räubern hatte er die Läden fest geschlossen. Ich wusste also, dass er nicht sehen konnte, dass die Tür ein wenig offen stand, und mit zäher Beständigkeit öffnete ich sie langsam weiter ... und weiter.

Meinen Kopf hatte ich schon ins Zimmer gestreckt und wollte gerade die Laterne öffnen, als mein Daumen von dem zinnernen Verschluss abglitt und der alte Mann in seinem Bett aufsprang und rief: »Wer ist da?«

Ich verhielt mich ganz ruhig und sagte nichts. Eine Stunde lang zuckte ich auch nicht mit einer Wimper, und während dieser ganzen Zeit hörte ich nicht, dass er sich wieder niederlegte. Er saß also im Bett aufrecht und horchte, geradeso, wie ich selbst es Nacht für Nacht getan hatte, auf das Ticken des Totenwurmes in der Wand.

Dann hörte ich ein leises Stöhnen, und ich wusste, es war das Stöhnen der Todesangst. Es war kein Schmerzensseufzer, kein Seufzer aus Kummer – es war der leise, erstickte Ton, der sich aus der Tiefe einer von maßlosem Entsetzen gequälten Seele losringt. Ich kannte diesen Ton wohl. Manche Nacht, um Mitternacht, wenn alle Welt schlief, war er aus meinem Herzen aufgestiegen, und sein schreckenvolles Echo hatte das Grauen, das mich von Sinnen brachte, noch erhöht. Ich sage, ich kannte ihn wohl. Was der alte Mann empfand, wusste ich und bedauerte ihn, obwohl ich mich im Innern vor Vergnügen wand. Ich war überzeugt, dass er seit jenem ersten leisen Geräusch, das ihn im Bette auffahren ließ, wach lag, und sagte mir, dass seine Angst von Minute zu Minute gewachsen, dass er vergeblich versucht, sie sich als grundlos darzustellen, dass er sich eingeredet habe, es sei nichts – der Wind im Kamin, nur eine Maus, die über den Boden gelaufen, oder ein Heimchen, das einmal kurz gezirpt. Ja, sicher hatte der alte Mann versucht, sich mit solchen Vorstellungen zu trösten; doch – es wollte ihm nicht gelingen. Es *war vergebens,* weil der Tod herannahte und der schwarze Schatten, der ihm vorauseilt, schon um das Opfer war. Und dieser schauerliche, unbemerkbare Schatten bewirkte, dass der alte Mann, obwohl er nichts sah noch hörte, meine Gegenwart im Zimmer *fühlte.*

Als ich lange Zeit geduldig gewartet hatte, ohne zu hören, ob er sich wieder niedergelegt habe, beschloss ich, die Laterne ein ganz klein wenig zu öffnen. Ich tat es – man kann sich nicht vorstellen, wie behutsam! wie leise! –, bis endlich ein einziger dünner Strahl, schwach wie der Faden eines Spinngewebes, aus dem Spalt drang und auf das Geierauge fiel.

Es stand offen, weit, weit offen; und als ich es sah, stieg eine wilde Wut in mir auf. Ich erkannte es mit vollkommener Deutlichkeit – ein trübes Blau mit einem scheußlichen Schleier darüber, dessen Anblick das Mark in meinen Knochen gerinnen ließ. Doch weiter sah ich nichts von dem Gesicht oder der Gestalt des alten Mannes, denn ich hatte den Strahl unwillkürlich genau auf die eine verdammte Stelle gerichtet.

Ich hatte ja schon angedeutet, dass das, was man fälschlich für Wahnsinn bei mir hält, nur eine verschärfte Empfindlichkeit der Sinne ist. So vernahmen meine Ohren jetzt ein leises, dumpfes, bewegliches Geräusch, wie es vielleicht eine in Wolle gewickelte Uhr hervorbringen würde. Auch *diesen* Ton kannte ich. Es war das Herzklopfen des alten Mannes. Und es stachelte meine Wut an, wie der Trommelwirbel den Mut der Soldaten.

Doch auch jetzt bezwang ich mich und verhielt mich ruhig. Kaum dass ich atmete! Die Laterne hielt ich regungslos in der Hand und versuchte, wie sicher ich den Strahl auf das Auge des alten Mannes gerichtet halten konnte! Mittlerweile nahm das höllische Pochen seines Herzens immer mehr zu. Es wurde jeden Augenblick schneller und schneller, lauter und lauter. Das Entsetzen des alten Mannes musste den Höhepunkt erreicht haben. Es wurde lauter, sage ich, jeden Augenblick lauter! – Wird man mich gut verstehen? Ich sagte schon, dass ich nervös sei: Ich bin es. Und dieses seltsame Geräusch in der toten, fürchterlichen Stille, die in dem alten Hause zu dieser Nachtstunde herrschte, wirbelte mich in wilden Schrecken. Noch einige weitere Minuten hielt ich an mich, stand ganz still. Aber das Klopfen wurde lauter und lauter. Ich dachte, es müsse das Herz zersprengen. Und nun packte mich eine neue Angst, die Nachbarschaft würde es ebenfalls hören. Da aber war die Stunde des alten Mannes gekommen! Mit einem gellenden Schrei riss ich die Blenden der Laterne auf und sprang ins Zimmer. Er schrie auf – einmal nur! In einem Augenblicke hatte ich ihn aus dem Bette auf den Boden gerissen und das schwere Bettzeug über ihn gezogen. Dann lächelte ich vergnügt, dass ich die Tat so weit vollbracht hatte. Aber das Herz schlug noch ein paar Minuten lang mit dumpfem Ton fort. Doch das ärgerte mich nicht mehr. Durch die Wand würde man es doch nicht hören. Endlich stand es still. Der alte Mann war tot. Ich räumte das Bettzeug beiseite und untersuchte den Körper. Ja, er war tot – tot! Ich legte meine Hand auf das Herz und ließ sie mehrere Minuten lang liegen. Es klopfte nicht mehr. Er war bestimmt tot. Sein Auge würde mich nicht mehr quälen.

Wer mich auch jetzt noch für wahnsinnig hält, wird den Gedanken endgültig aufgeben müssen, wenn ich ihm erzähle, mit welch weiser Vorsicht ich den Körper verbarg. Die Nacht begann zu schwinden, und ich arbeitete in schweigender Hast.

Zunächst riss ich drei Dielen aus dem Boden des Zimmers und verbarg den Toten zwischen der Füllung, dann setzte ich dieselben so geschickt, so schlau wieder ein, dass kein menschliches Auge – nicht einmal das seinige – die geringste Veränderung hätte wahrnehmen können. Da war ja nichts abzuwaschen – kein Blutfleck, nicht die kleinste Spur von einem einzigen Tropfen. Dazu war ich viel, oh, viel zu vorsichtig gewesen.

Als ich diese Arbeit vollendet hatte, war es vier Uhr – und noch so dunkel wie um Mitternacht. Gerade als die Uhr schlug, wurde an die Haustür gepocht. Ich öffnete leichten Herzens, denn was hatte ich *jetzt* noch zu fürchten? Drei Männer traten ein, die sich als Polizeibeamte vorstellten. Während der Nacht hatte man in der Nachbarschaft einen Schrei gehört, der den Argwohn erregt hatte, es sei irgendein Verbrechen verübt worden. Man hatte die Polizei benachrichtigt, und diese hatte die Beamten abgeschickt, um sofort Untersuchungen vorzunehmen.

Ich lächelte – denn was hatte ich zu fürchten? – und hieß die Herren willkommen. Den Schrei behauptete ich selbst im Traume ausgestoßen zu haben, und der alte Herr sei aufs Land gereist. Ich führte die Besucher durch das ganze Haus und forderte sie auf, nur *gut* zu suchen. Zum Schlusse führte ich sie in *sein* Zimmer und zeigte ihnen, dass sein Geld und seine Wertgegenstände sicher und wohl verwahrt dalagen. Im Übermaß des Gefühles meiner Sicherheit brachte ich Stühle in das Zimmer und nötigte sie, hier von ihren Anstrengungen auszuruhen, während ich in toller Vermessenheit, so vollauf überzeugt, die Tat sei gelungen, meinen Stuhl gerade auf die Dielen stellte, unter denen der Leichnam meines Opfers lag.

Die Polizisten waren zufrieden gestellt. Mein Auftreten hatte jeden Verdacht zunichte gemacht. Ich war in ausgezeichneter Stimmung. Während ich heiter auf ihre Fragen antwortete, plauderten sie dazwischen von gleichgültigen Dingen. Aber es dauerte nicht lange, da fühlte ich, wie ich erbleichte, und wünschte, sie möchten gehen. Der

Kopf tat mir weh, und es sauste mir in den Ohren; aber sie blieben sitzen und plauderten weiter. Das Sausen in meinen Ohren schwoll an; es blieb und wurde immer deutlicher. Ich sprach lebhafter, um das schreckliche Gefühl loszuwerden. Doch es dauerte fort und wurde immer bestimmter, bis ich deutlich spürte, dass es nicht mehr in meinen Ohren war.

Jedenfalls war ich jetzt sehr bleich geworden; aber ich sprach schneller und immer schneller, mit lauterer Stimme darauf los. Allein, auch der Ton wurde stärker – was sollte ich anfangen? Es war ein leiser, dumpfer, rascher Ton – wie ihn eine Taschenuhr, die man in Wolle gewickelt hat, hervorbringen mag. Ich rang nach Atem – doch die Beamten hörten das Geräusch immer noch nicht. Ich sprach noch schneller, noch heftiger; doch das Geräusch nahm immer noch zu. Ich stand auf und stritt mit gewaltsam angestrengter Stimme und heftigen Gebärden über Kleinigkeiten; aber auch das Geräusch wurde noch lauter. Weshalb *gingen sie* denn immer noch nicht? Ich eilte mit schweren Schritten auf und ab, als ob mich die Beamten durch ihr Beobachten bis zur Wut gereizt hätten. Vergeblich! Das Geräusch schwoll an. Mein Gott! Was konnte ich noch tun? Ich schäumte vor Wut – ich raste, ich fluchte! Ich ergriff den Stuhl, auf dem ich gesessen, und scharrte mit ihm auf der Diele umher – das Geräusch übertönte alles und wuchs und wuchs! Es wurde lauter – lauter – *lauter!* Und noch immer plauderten die Männer vergnügt und lächelten dazu. War es möglich, dass sie es *nicht* hörten? Allmächtiger Gott! Nein! Nein! Sie hörten es! – Sie schöpften schon Verdacht! – Sie wussten alles! – Sie trieben nur Spott mit meinem Entsetzen! Dies dachte ich (und denke es noch). Aber alles andere war erträglicher als meine Todesangst, war besser als ihr Hohn! Ich konnte ihr heuchlerisches Lächeln nicht länger ertragen. Ich fühlte, dass ich schreien müsse – oder sterben! – Und nun – horch – wieder – lauter! lauter!! lauter!!! *lauter!!!!* –

»Schurken!«, schrie ich heraus. »Verstellt euch nicht länger! Ich gestehe die Tat! Reißt die Dielen auf! Hier! Hier! Es ist das grauenhafte Klopfen seines Herzens!«

[Januar 1843]

Der Geist des Bösen

Bei der Erforschung der Neigungen und Triebe, der *prima mobilia* der Menschenseele, haben die Psychologen stets einen Hang übergangen, der, obwohl er sichtbar und deutlich als erstes, ursprüngliches, nur auf sich selbst zurückzuführendes Gefühl vorhanden ist, auch von den Moralisten, ihren Vorgängern, übersehen wurde. Wir alle haben ihn, durch die törichte Anmaßung unseres Verstandes unaufmerksam gemacht, nie beachtet, ja selbst der Möglichkeitsgedanke ist uns nie gekommen, weil wir das Bedürfnis nicht fühlten, die Tatsache jener Neigung, jenes Hanges festzustellen. Wir sahen nicht ein, dass dies notwendig sei. Wir verstanden nicht, das heißt, wir würden nie verstanden haben (selbst wenn sich das Bewusstsein von der Existenz dieses primum mobile unserer Erkenntnis aufgedrängt hätte), welche Rolle es in der Ökonomie aller menschlichen Dinge, der zeitlichen und der ewigen, spielt. Es lässt sich nicht leugnen, dass die Psychologie und zum großen Teil alle Metaphysik auf aprioristischen Behauptungen aufgebaut ist. Der intellektuelle und streng logisch denkende Mensch glaubt noch mehr als der bloße Verstandesmensch und der Beobachter, die Pläne Gottes zu verstehen, seine Absichten zu kennen. Und wenn er diese Absichten zu seiner Zufriedenheit ergründet hat, baut er nach ihnen seine zahllosen kapriziösen Systeme auf. In der Psychologie zum Beispiel stellten wir, völlig natürlich, zuerst fest, es sei die

Absicht Gottes, dass der Mensch esse. Daraufhin gaben wir dem Menschen den Nahrungsinstinkt, und dieser ist nun die Geißel, mit der Gott den Menschen zum Essen zwingt, er mag wollen oder nicht. Wir behaupteten, es sei Gottes Absicht, dass der Mensch seine Spezies fortpflanze, und entdeckten infolgedessen den Zeugungsinstinkt, und so machten wir es mit dem Selbsterhaltungstrieb, dem Kausalitäts- wie dem Konstruktionssinn, kurz, mit jedem Organ, das irgendeiner Neigung, einem moralischen Gefühl oder einer Fähigkeit der reinen Intelligenz zum Ausdruck verhilft. Und in dieser Anordnung der Prinzipien des menschlichen Handelns sind die Anhänger Spurzheims, mit Recht oder mit Unrecht, zum Teil oder ganz, im Prinzip den Spuren ihrer Vorgänger gefolgt, indem sie alles aus der einmal mit Gewissheit erkannten Bestimmung des Menschen herleiteten und auf der Basis einer Absicht seines Schöpfers aufbauten.

Es wäre weiser und sicherer gewesen, unsere Klassifizierung (wenn wir nun schon einmal klassifizieren müssen) auf den Handlungen aufzubauen, die der Mensch gewohnheitsmäßig sowie *jenen,* die er gelegentlich, nur gelegentlich begeht, statt auf der Hypothese zu basieren, dass die Gottheit selbst ihn antreibt, sie zu vollbringen. Da wir Gott nicht in seinen sichtbaren Werken verstehen, wie könnten wir seine unbegreiflichen Gedanken erfassen, die jene Werke ins Leben rufen? Da wir ihn in seinen mittelbaren Schöpfungen nicht begreifen, wie könnten wir ihn in seinem nicht bedingten, unmittelbaren Walten, in den Phasen des Schaffens selbst erfassen?

Eine Induktion *a posteriori* würde die Psychologen zu der Einsicht gebracht haben, dass sie als ein primitives Prinzip menschlichen Handelns ein paradoxes Etwas annehmen müssten, das wir in Ermangelung eines charakteristischeren Ausdruckes mit dem Bösen, Krankhaften, kurz – mit *Perversität* bezeichnen wollen. In meinem Sinne ist sie in der Tat ein *mobile* ohne Motiv, ein nicht motiviertes Motiv. Unter ihrem Einfluss handeln wir ohne verständlichen Zweck, oder, sollte man dies für einen Widerspruch im Ausdruck halten, wir handeln aus dem Grunde, weil wir nicht *handeln sollten.* In der Theorie kann kein Grund unvernünftiger sein, aber in der Praxis gibt es keinen stärkeren. Für Menschen von gewisser Veranlagung wird er bei gewissen Gelegenheiten absolut unwiderstehlich. Ich bin meines Lebens ebenso gewiss wie der Richtigkeit der Behauptung, dass das Böse, das Sündhafte oder Schädliche in irgendeiner Handlung oft die unwiderstehliche Macht ist, die uns zwingt, *allein* zwingt, dieselbe zu begehen. Und dieser zügellose Hang, das Böse um des Bösen willen zu tun, spottet jeder Analyse, jeder Auflösung in tiefer liegende Elemente. Er ist ein radikaler, primärer, elementarer Beweggrund. Man wird mir wahrscheinlich entgegenhalten, dass, wenn wir auf einer gewissen Handlung bestehen, *weil* wir sie nicht begehen sollten, unser Betragen nur eine Modifikation dessen ist, wozu uns gewöhnlich der Selbsterhaltungstrieb verleitet. Doch wird ein einziger Hinweis genügen, um die Unrichtigkeit dieser Annahme klarzulegen. Dem Selbsterhaltungstrieb liegt als Entstehungsgrund die Notwendigkeit persönlicher Verteidigung zu Grunde. Er ist unser Schutz gegen Ungerechtigkeit; sein Prinzip zielt auf unser Wohlbefinden, denn wir fühlen, sobald er sich zeigt, zugleich den Wunsch nach Wohlbefinden in uns erregt. Daraus folgt, dass der Wunsch nach Wohlbefinden sich zugleich mit jenem Prinzip einstellen muss, dass er nur eine Modifikation des Selbsterhaltungstriebes ist. Doch in dem Fall des gewissen Etwas, das ich Perversität benenne, ist dieser Wunsch nicht nur nicht erregt, sondern ein sonderbares, geradezu entgegengesetztes Gefühl tritt ins Dasein.

Jeder, der einmal mit sich zu Rate geht, wird die beste Antwort auf diesen Sophismus finden, und niemand, der seine Seele sorgfältig durchforscht, wird zu leugnen wagen, dass die fragliche Neigung eine primäre ist. Sie ist ebenso ausgesprochen wie unerklärlich.

Es wird wohl kaum einen Menschen geben, der nicht in einem gewissen Augenblick von dem heißen Wunsch ergriffen wurde, seinen Zuhörer durch Umschreibungen zu quälen. Der Sprecher – der die allerbeste Absicht hat zu gefallen – *weiß* sehr wohl, dass er damit Missfallen erregt; er spricht sonst gewöhnlich kurz, genau und klar, fühlt auch jetzt, wie sich ihm die Worte in lakonischer Deutlichkeit auf die Zunge drängen und wie er sie nur mit Mühe zurückhält; er fürchtet den Zorn des Zuhörers geradezu, und doch durchzuckt ihn der Gedanke, dass er mit ein paar Einschiebungen und Parenthesen diesen Zorn erregen kann. Und dieser einfache Gedanke genügt – die Anwandlung wird zur Anfechtung – die Anfechtung zur Begierde – die Begierde steigert sich zum unwiderstehlichen Bedürfnis –, und das Bedürfnis befriedigt sich: zum tiefen Bedauern und quälenden Unbehagen des Sprechers, ungeachtet all der Folgen, deren Möglichkeit, ja Wahrscheinlichkeit ihm wohl bewusst ist.

Wir haben eine Aufgabe vor, die schnellstens vollendet werden muss; wir wissen, dass Aufschub unseren Untergang nach sich ziehen kann. Die wichtigste Krise unseres Lebens verlangt mit lauter Stimme sofortiges energisches Handeln. Wir glühen, Eifer verzehrt uns, das Werk zu beginnen, und die Vorahnung eines ruhmreichen Resultates setzt unsere Seele in Flammen – wir *müssen* die Arbeit heute noch beginnen: Und doch verschieben wir sie auf morgen. Warum? Es gibt keine Erklärung dafür, außer der, dass wir fühlen: Es ist ein krankhafter, ein – ›perverser‹ Grund. Bedienen wir uns nun dieses Wortes, auch ohne das Prinzip zu verstehen! Der morgige Tag erscheint und mit ihm ein noch ungeduldigerer Wunsch, unsere Pflicht zu erfüllen; und mit dem Wunsch eine unerklärliche, furchtbare, weil unergründliche Begierde, *wieder* aufzuschieben. Je mehr Zeit verloren geht, desto unwiderstehlicher wird diese Begierde. Nur noch eine Stunde bleibt uns zum Handeln. Wir erbeben ob der Heftigkeit des Zwiespaltes, der sich in uns erhebt, über den wilden Kampf des Bestimmten mit dem Unbestimmten, des Greifbaren mit dem Schatten. Aber wenn der Kampf bis zu diesem Punkte vorgeschritten ist, so siegt der Schatten – alles Auflehnen ist vergebens. Die Uhr schlägt – die Todesstunde unseres Glückes. Und zugleich die erste Frühstunde für den Nachtalb, der uns bedrückte. Er entweicht – er verschwindet – wir sind frei. Die alte Willenskraft kehrt zurück. Jetzt können wir zur Arbeit schreiten. Aber – ach! Es ist zu spät!!!

Wir stehen am Rande eines Abgrundes. Wir starren in den Schlund, es wird uns übel und schwindlig. Unsere erste Bewegung war, vor der Gefahr zurückzuweichen. Unerklärlicherweise bleiben wir. Allmählich verschmelzen unser Übelbefinden, unser Schwindel, unsere Angst in ein nebelhaftes, nicht zu benennendes Gefühl. Nach und nach und unbemerkbar nimmt der Nebel Gestalt an, wie sich aus dem Wölkchen aus jener bekannten Flasche in ›Tausendundeine Nacht‹ der Geist bildete. Aber aus unserer Wolke am Rande des Abgrundes bildet sich und wird immer greifbarer eine Gestalt, die hundert Mal schreckhafter ist als irgendein Dämon oder Geist der Fabel; und doch ist es nur ein Gedanke, der das Mark in unseren Gebeinen gefrieren macht und mit wüsten Entzückungen schüttelt. Es ist die einfache Vorstellung: Welcher Art wären wohl unsere Gefühle, wenn wir aus solcher Höhe hinabstürzten? Und dieser Sturz, der uns zerschmettern müsste – wir wünschen ihn mit heißer Begier geradezu, und zwar aus dem einfachen Grunde, weil er uns das grässlichste, schaudervollste Bild von Tod und Qual zeigen werde, das unser Hirn sich je hat vorstellen können. Und weil uns unser Verstand mit Heftigkeit von dem gefährlichen Rande entfernen will, *eben deshalb* nähern wir uns ihm nur ungestümer. Keine Leidenschaft ist ungeduldiger als die eines Menschen, der am Rande eines Abgrundes schaudernd steht und sinnt, sich hineinzustürzen. Auch nur einen Augenblick lang nachzudenken bedeutete unausbleiblich Untergang; denn das Nachdenken drängt uns, von dem Plan abzustehen, und *eben deshalb,* sage ich, *können wir nicht.* Wenn kein Freundesarm in der Nähe ist, um uns zurückzuhalten, oder ein krampfhafter Entschluss, uns zu entfernen, erfolglos bleibt, stürzen wir hinunter in die Vernichtung.

Prüfen wir solche und ähnliche Handlungsweisen, so finden wir, dass sie einzig und allein dem Geiste der Perversität entstammen. Wir begehen dieselben nur, weil wir fühlen, dass wir sie nicht begehen sollten. Darüber hinaus oder dahinter fehlt jeder Beweggrund, und wir müssten in der Tat die Perversität für eine Einblasung des Erzfeindes halten, diente sie nicht auch zuweilen zur Förderung des Guten.

Ich habe so lange über dies alles geredet, um Ihre Fragen in gewissen Beziehungen zu beantworten – um Ihnen zu erklären, weshalb ich hier bin –, um Ihnen etwas zu zeigen, das wenigstens wie der blasse Schatten der Ursache aussehen, Ihnen erklären kann, warum ich Ketten trage und diese enge Zelle bewohne. Wäre ich nicht so weitläufig gewesen, so würden Sie mich gar nicht verstehen und mich wie die Menge für einen Irren halten. Jetzt werden Sie einsehen, dass ich eins der zahllosen Opfer jenes Dämons der Perversität bin.

Niemals ist eine Tat mit vollkommenerer Überlegung ausgeführt worden. Wochenlang, monatelang brütete ich über dem Mordanschlag. Ich verwarf tausend Pläne, weil sie eine *Möglichkeit* der Entdeckung enthielten. Da las ich einmal in alten Memoiren die Geschichte einer Frau, die durch eine zufällig vergiftete Kerze in eine tödliche Krankheit verfiel. Der Gedanke schlug wie ein Blitz in meine Seele. Ich wusste, dass mein Opfer die Gewohnheit hatte, im Bett zu lesen. Ich wusste, dass sein Zimmer klein war und kaum einem Luftzug Eintritt gewährte. Doch ich will Sie nicht mit müßigen Details ermüden. Ich will Ihnen nichts von der billigen List erzählen, mit der ich eine selbst verfertigte Kerze in seinen Leuchter stecken ließ. Am nächsten Morgen fand man ihn tot in seinem Bett, und der Spruch des Leichenbeschauers lautete auf ›Tod durch Gottes Gegenwart‹, was also nichts anderes als ›plötzlicher Tod‹ bedeutet.

Ich erbte sein Vermögen, und alles ging ein paar Jahre lang gut. Der Gedanke, meine Tat könne entdeckt werden, kam mir nie. Die Überbleibsel der gefährlichen Kerze hatte ich sorgfältig vernichtet. Nichts war da, das mich hätte verraten, ja auch nur verdächtigen können. Ein unbeschreibliches, ein überströmendes großes Empfinden von Genugtuung schwoll jedes Mal in meiner Brust auf, wenn ich mich dem Gefühl meiner vollständigen Sicherheit hingab. Eine lange Zeit schwelgte ich so in der Wollust dieses Gefühls. Und sein Genuss gewährte mir weit mehr wirkliches Glück als die materiellen Vorteile, die mir mein Verbrechen gebracht hatte. Doch einmal kam ein Tag, von dem ab sich dies Gefühl allmählich und unmerklich in einen Gedanken verwandelte, der mich ganz gefangen nahm, mich nicht mehr verließ. Keinen Augenblick lang konnte ich mich von ihm befreien. Es ist eine ganz bekannte Sache, dass einem zuweilen die Ohren bis zur Ermattung vom Refrain irgendeines gewöhnlichen Liedes oder einiger unbedeutender Takte aus einer Oper klingen können. Und die Qual ist keine geringere, wenn das Lied an sich gut oder die Opernmelodie schön ist. So überraschte ich mich dabei, dass ich, während ich so in meiner Sicherheit schwelgend ging, mit leiser Stimme immer den Satz wiederholte: »Ich bin sicher.«

Eines Tages, als ich durch die Straßen schlenderte, hörte ich mich plötzlich die gewohnten Worte mit fast lauter Stimme sprechen. Und in einem Anfall von Heftigkeit fügte ich noch hinzu: »Ich bin sicher – ich bin sicher –, wenn ich nicht närrisch genug bin, mich selbst zu verraten.«

Kaum hatte ich diese Worte ausgesprochen, so fühlte ich einen eisigen Schauder bis in mein Herz kriechen. Ich hatte einige psychologische Erfahrung, wusste schon von den Anfällen jener Perversität, die ich Ihnen eben so unzureichend zu erklären gesucht habe, und erinnerte mich wohl, dass ich ihr noch in keinem Falle hatte widerstehen können. Und nun trat plötzlich meine eigene zufällige Annahme, ich könne Narr genug sein, mich selbst zu verraten, wie der Schatten des Gemordeten vor mich hin und winkte mir.

Anfangs machte ich alle Anstrengungen, den Alb abzuschütteln. Ich ging ungestüm, schneller und schneller, und endlich lief ich. Ich fühlte eine wahnwitzige Begierde, laut zu schreien. Jede neue Gedankenwelle wälzte neues Entsetzen über mich. Ich wusste nur zu gut, dass *denken* jetzt meinen Untergang bedeutete. Ich beschleunigte meine Schritte noch mehr, ich stürzte wie ein Rasender durch die menschengedrängten Straßen. Schließlich wurden die Leute unruhig und verfolgten mich. Da fühlte ich mein Schicksal besiegelt. Hätte ich mir die Zunge ausreißen können, ich hätte es getan, doch schon klang eine raue Stimme an meinem Ohr, packte mich eine rauere Hand an der Schulter. Ich wandte mich um – ich rang nach Atem. Einen Augenblick lang fühlte ich alle Qualen der Erstickung. Ich wurde taub, blind, schwindlig, und dann warf mich ein unsichtbarer Feind mit seiner mächtigen Hand zu Boden. Das lang eingekerkerte Geheimnis brach aus meiner Seele.

Man sagt, dass ich sehr deutlich, mit vielem Kraftaufwand und leidenschaftlicher Eile sprach, als hätte ich Furcht, dass man mich unterbräche, ehe ich jene kurzen, verhängnisvollen Sätze beendet hätte, die mich dem Henker und der Hölle überlieferten.

Als ich alles erzählt hatte, was meine Richter überzeugen konnte, sank ich ohnmächtig nieder.

Was soll ich noch hinzufügen? Heute trage ich Ketten und bin *hier!* Morgen bin ich fessellos, *doch wo?*

[Juli 1845]

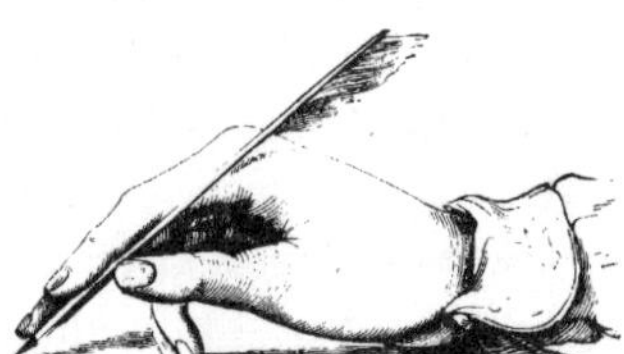

Du hast's getan

Ich will jetzt den Ödipus des Rätsels spielen, das ganz Rattelburg so lange Zeit in Aufregung hielt. Ich will, ja, ich allein kann Ihnen die geheime Maschinerie erklären, die das Wunder zu Stande brachte – das einzig dastehende, das wahrhaftige, das eingestandene, das unbestrittene und unbestreitbare Wunder, das allem Unglauben unter den Rattelburgern ein für alle Mal ein Ende machte und alle weltlich Gesinnten und alle, die es gewagt hatten, skeptisch zu sein, zu der Strenggläubigkeit unserer Großmutter bekehrte.

Das Ereignis, von dem ich um keinen Preis im Tone unschicklicher Leichtfertigkeit reden möchte, trug sich im Sommer des Jahres 18– zu. Herr Barnabas Schüttelwert, einer der wohlhabendsten und angesehensten Bürger des Städtchens, wurde seit ein paar Tagen vermisst, und zwar unter Umständen, die das Schlimmste befürchten ließen. Er hatte eines Samstagmorgens in aller Frühe Rattelburg zu Pferde verlassen, um, wie man wusste, die etwa fünfzehn Meilen entfernte Stadt B. zu besuchen und am Abend desselben Tages zurückzukehren. Zwei Stunden nach dem Aufbruch kam sein Pferd ohne ihn und seinen Sattelranzen zurück. Das Tier war überdies verwundet und mit Kot bedeckt. Dies erregte natürlich bei den Freunden des Vermissten große Aufregung, und als er am Sonntagmorgen noch nicht zurückgekehrt war, wollte sich der ganze Flecken aufmachen, um nach seinem Leichnam zu suchen.

Der Eifrigste und der Energischste bei den späteren Nachforschungen war der Busenfreund des Herrn Schüttelwert – ein Herr Karl Biedermann – oder, wie man ihn allgemein nannte, das ›alte Karlchen‹ Biedermann. Mag man es nun für ein wunderbares Zusammentreffen halten, oder mag der Name selbst einen unbemerkbaren Einfluss auf den Charakter seines Trägers ausüben, jedenfalls steht fest, dass es noch nie eine Person mit Vornamen ›Karl‹ gegeben hat, die nicht offenherzig, mannhaft, ehrlich und gutmütig gewesen ist, die nicht eine volle, klare, wohltuende Stimme gehabt hat und ein Auge, das einem stets gerade ins Gesicht schaut, als wollte es sagen: ›Ich habe ein gutes Gewissen; ich fürchte niemanden und bin keiner niederen Handlung fähig.‹ Und deshalb werden wohl auch in Zukunft alle sorglosen, herzlichen Herren, die gemütvoll auf der Weltbühne umherspazieren, Karl genannt werden müssen.

Dem ›alten Karlchen‹ Biedermann war es denn auch gar nicht schwer gefallen, die Bekanntschaft aller ehrenwerten Leute des Fleckens zu machen, obwohl er sich erst seit ungefähr sechs Monaten in Rattelburg aufhielt und ganz fremd dorthin gekommen war. Da war nicht einer, dem ein Wort von ihm nicht wie tausend gewesen wäre; und was gar die Frauen anbetrifft, so lässt sich überhaupt nicht sagen, was sie alles getan hätten, um ihm einen Gefallen zu erweisen. Und dies alles, weil er ›Karl‹ getauft worden war und mithin jenes offene Gesicht besaß, das, wie das Sprichwort sagt, ›der beste Empfehlungsbrief‹ ist.

Ich habe schon erwähnt, dass Herr Schüttelwert einer der angesehensten und zweifellos der reichste Einwohner von Rattelburg war. Das ›alte Karlchen‹ Biedermann stand auf so vertrautem Fuße mit ihm, dass man sie für

Brüder hätte halten können. Die beiden alten Herren waren Nachbarn, und obgleich Herr Schüttelwert das ›alte Karlchen‹ sehr selten oder vielleicht nie besuchte und, wie jedermann wusste, nie bei ihm speiste, hinderte dies die beiden Freunde doch nicht, außerordentlich intim miteinander zu sein, denn das ›alte Karlchen‹ ließ keinen Tag vorübergehen, ohne sich drei- oder viermal nach dem Befinden seines Nachbarn zu erkundigen. Häufig blieb er dann gleich zum Frühstück oder zum Tee da, und sein Mittagsmahl nahm er fast täglich bei Herrn Schüttelwert ein. Wie viel Wein die beiden Tischgenossen dann jedes Mal vertilgten, würde nur sehr schwer zu bestimmen sein. Des ›alten Karlchens‹ Lieblingsgetränk war Château Margaux, und es schien Herrn Schüttelwerts Herzen wirklich gut zu tun, wenn er sah, wie der alte Knabe behaglich ein Glas nach dem anderen schlürfte, sodass er eines Tages, als der Wein *drinnen* war und natürlicherweise den Witz nach außen trieb, seinem alten Freund auf den Buckel klopfte und sagte: »Weißt du was, altes Karlchen? Du bist wahrhaftigen Gotts der famoseste alte Kerl, den ich mein Lebtag getroffen habe; und da du so gern ein bisschen schlemmst, soll mich der Geier holen, wenn ich dir nicht eine ganz große Kiste Château Margaux verehre. Ich will des Teufels sein« (Herr Schüttelwert hatte leider die betrübliche Angewohnheit, zu fluchen, obwohl er nur selten über »Ich will des Teufels sein!« oder »Verflucht und zugenäht!« oder »Hol mich der Kuckuck!« hinausging), »ich will des Teufels sein«, sagte er also, »wenn ich nicht schon heute Nachmittag in der Stadt eine doppelte Kiste vom Besten, der zu haben ist, für dich bestelle! Kein Wort, mein Sohn, ich will es! Das ist abgemacht! Und nun pass auf! Eines schönen Morgens wird die Kiste ankommen, vielleicht gerade dann, wenn du sie am wenigsten erwartest!« Ich erwähne diesen kleinen Zug der Freigebigkeit des Herrn Schüttelwert nur, um Ihnen eine Vorstellung von der Vertraulichkeit zu geben, die zwischen den beiden Freunden herrschte.

Also an dem fraglichen Sonntagmorgen, als es nicht länger mehr zweifelhaft sein konnte, dass Herrn Schüttelwert irgendetwas zugestoßen sei, sah ich niemand so im Innersten beunruhigt und erschrocken, wie das ›alte Karlchen‹ Biedermann. Als er zuerst erfuhr, dass das Pferd ohne seinen Herrn und ohne seines Herrn Satteltasche zurückgekommen war, ganz blutüberströmt von dem Pistolenschuss, der dem Tier durch und durch gegangen war, ohne es zu töten – als er das hörte, wurde er zuerst so bleich, als sei der Vermisste sein eigener lieber Bruder oder sein Vater gewesen. Es überfiel ihn, und er zitterte am ganzen Leibe, als habe er einen Anfall von kaltem Fieber.

Zuerst überwältigte ihn der Schmerz so sehr, dass er weder etwas tun noch überhaupt den Plan fassen konnte, Licht in die Sache zu bringen; eine lange Zeit bemühte er sich, den übrigen Freunden Herrn Schüttelwerts auszureden, schon jetzt Nachforschungen anzustellen, da es ihm das Beste scheine, noch etwas damit zu warten – sagen wir mal, ein oder zwei Wochen oder ein oder zwei Monate –, man könne ja fürs Erste abwarten, ob nicht von selbst etwas herauskäme oder ob nicht vielleicht Herr Schüttelwert selbst wiederkäme und die Gründe auseinander legte, die ihn bewogen hatten, sein Pferd in diesem Zustande heimzuschicken. Sie haben wohl selbst oft bei Leuten, die ein recht schwerer Kummer niederdrückt, diese Neigung zum Aufschieben und Zeitnehmen bemerkt. Ihre Geisteskräfte scheinen ganz erschlafft zu sein, sodass sie einen Abscheu davor haben, irgendwie handelnd vorzugehen, und am allerliebsten ruhig in ihrem Bette liegen und ›ihren Kummer nähren‹, wie die alten Damen sich ausdrücken, das heißt – über ihre Traurigkeit unaufhörlich nachgrübeln.

Die Leute von Rattelburg aber hatten eine so hohe Meinung von der Weisheit und der Umsicht des ›alten Karlchen‹, dass die meisten geneigt waren, ihm zuzustimmen und keine weiteren Nachforschungen anzustellen, »bis von selbst etwas herauskäme«, wie der alte, ehrliche Herr sich ausgedrückt hatte; und ich glaube, am Ende würde man wohl allgemein bei diesem Entschlusse geblieben sein, wenn nicht Herrn Schüttelwerts Neffe, ein junger Mann von ziemlich leichtfertigen Gewohnheiten und auch sonst schlechtem Charakter, in verdächtiger Weise dagegengeredet hätte. Dieser Neffe, ein Herr Pfennigfeder, wollte nichts von Aufschieben hören und bestand hartnäckig darauf, sofort Nachforschungen nach dem »Leichnam des ermordeten Mannes« anstellen zu lassen. *Diesen* Ausdruck wandte er an; und Herr Biedermann bemerkte sofort, dass das, gelinde gesagt, ein *sehr sonderbarer* Ausdruck gewesen sei, und diese Bemerkung des ›alten Karlchen‹ übte ebenfalls eine große Wirkung auf die Menge aus, und man hörte jemanden recht nachdrücklich fragen: wie es komme, dass dem jungen Herrn Pfennigfeder die Umstände, die mit dem Verschwinden seines reichen Onkels zusammenhingen, so genau bekannt seien, dass er sich berechtigt fühle, deutlich und unzweideutig zu behaupten, sein Onkel *sei* ein »ermordeter Mann«. Hierauf fielen in der Menge und besonders zwischen dem alten Karlchen und Herrn Pfennigfeder ein paar spitze Bemerkungen. Dies Letztere war absolut nichts Neues, denn seit drei oder vier Monaten lebten die beiden auf gespanntestem Fuße miteinander. Es war sogar so weit gekommen, dass Herr Pfennigfeder den Freund seines Onkels in dessen Hause, in dem auch er selbst wohnte, zu Boden geschlagen hatte, weil er sich dort zu große Frechheiten gestattet haben sollte. Wie es hieß, hatte sich das ›alte Karlchen‹ bei dieser Gelegenheit durch außerordentliche Mäßigung und christliche Liebe ausgezeichnet. Er erhob sich nach dem Schlag, ordnete seine Kleider wieder, machte jedoch nicht den geringsten Versuch, Gleiches mit Gleichem zu vergelten. Er murmelte nur etwas von »summarischer Rache bei der nächsten passenden Gelegenheit« – aber das war wohl nur eine sehr natürliche und leicht entschuldbare Äußerung seines gerechten Zornes, die nichts auf sich hatte und sofort wieder vergessen worden war.

Wie dem nun aber auch sei, für unsere Geschichte hat es nichts zu sagen – jedenfalls kamen die Leute von Rattelburg, hauptsächlich durch die überzeugende Beredsamkeit des Herrn Pfennigfeder, endlich zu dem Entschluss, die Umgegend zu durchstreifen, um eine Nachsuche nach dem vermissten Herrn Schüttelwert abzuhalten. Ich sage also, sie kamen im Allgemeinen zu diesem Entschluss. Und nachdem sie ihn einmal gefasst hatten, nahm man es als ganz selbstverständlich an, dass die Sucher sich in Trupps verteilen sollten, um die Gegend recht gründlich durchsuchen zu können. Ich erinnere mich jedoch nicht mehr, durch welche scharfsinnige Logik das ›alte Karlchen‹ die Versammlung überzeugte, dies sei das Unklügste, was man tun könne. Jedenfalls überzeugte er alle – Herrn Pfennigfeder ausgenommen –, dass es das Beste sei, wenn die Bürger en masse eine sorgfältige und gründliche Nachsuchung anstellten; er selbst, das ›alte Karlchen‹, wolle den Zug anführen.

Man konnte sich in der Tat, wie schon eingangs erwähnt, keinen besseren Pionier bei diesen Nachforschungen denken als Herrn Biedermann. Jeder wusste, dass er ein Luchsauge hatte; aber, obgleich er die guten Rattelburger in zahlreiche abgelegene Löcher und Winkel und auf Wege führte, von denen kein Mensch bisher eine Ahnung gehabt hatte, und die Nachforschungen eine ganze Woche lang Tag und Nacht fortsetzte, ließ sich nicht die geringste Spur von Herrn Schüttelwert entdecken. Doch möchte ich das Wort ›Spur‹ nicht wörtlich verstanden haben, denn eine Spur von einiger Bedeutung wurde immerhin gefunden. Die eigentümlichen Hufspuren des Pferdes, auf dem der arme Herr fortgeritten war, waren auf der Straße, die zur Stadt führte, drei Meilen weit nach Osten zu verfolgen. Dann führten sie auf einen kleinen Abweg, der durch ein Wäldchen ging und sich später wieder mit dem Hauptweg vereinigte und ungefähr eine halbe Meile abschnitt. Man ging den Hufspuren nach und kam endlich an einen Sumpf mit stagnierendem Wasser, der, von Brombeergebüschen halb verdeckt, rechts vom Wege lag. Jenseits des Sumpfes verlor sich jede Spur. Es schien, als habe hier ein Kampf stattgefunden, und aus verschiedenen Zeichen ließ sich ersehen, dass ein großer, schwerer Körper, viel größer und schwerer als der eines Mannes, von dem Pfad aus in den Sumpf geschleift worden war. Dieser Letztere wurde zweimal sorgfältig durchsucht, ohne dass man etwas gefunden hätte, und man war schon nahe daran, die Nachforschungen als hoffnungslos aufzugeben, als die Vorsehung Herrn Biedermann auf den Gedanken brachte, das Wasser des Sumpfes vollständig abzulassen.

Dieser Vorschlag wurde mit Freuden begrüßt und das ›alte Karlchen‹ mit zahllosen Komplimenten über seinen Scharfsinn und seine Umsicht überhäuft. Da viele von den Bürgern in der Befürchtung, vielleicht einen Leichnam ausgraben zu müssen, Spaten mitgebracht hatten, wurde der Sumpf mit leichter Mühe und bald trockengelegt. Kaum war der Boden sichtbar, da entdeckte man mitten im Schlamm, der zurückblieb, eine schwarze Weste aus Seidensammet, die jeder Anwesende sofort als das Eigentum des Herrn Pfennigfeder erkannte. Die Weste war vielfach zerrissen und mit Blut bedeckt, und mehrere der Anwesenden erinnerten sich genau, dass ihr Eigentümer sie am Morgen der Abreise des Herrn Schüttelwert getragen hatte, während andere sich bereit erklärten, nötigenfalls eidlich zu bezeugen, dass Herr Pfennigfeder das fragliche Kleidungsstück während des *Restes* jenes denkwürdigen Tages nicht mehr getragen habe; und endlich konnte niemand behaupten, dass er die Weste an irgendeinem Tage nach dem Verschwinden des Herrn Schüttelwert am Leibe des Herrn Pfennigfeder gesehen habe.

Nun begannen die Sachen für Herrn Pfennigfeder bös auszusehen, und der Verdacht, den man nun einmal gegen ihn hatte, wurde fast zur Gewissheit, als man bemerkte, dass er tödlich erbleichte und auf die Frage, was er denn zu seiner Entschuldigung vorzubringen habe, nicht ein Wort antworten konnte. Nun fielen auch die wenigen Freunde, die er sich bei seinem ausschweifenden Lebenswandel noch erhalten hatte, wie ein Mann von ihm ab und verlangten sogar noch eindringlicher als seine alten, erklärten Feinde seine sofortige Festnahme.

Dagegen zeigte sich der Edelmut Herrn Biedermanns in desto strahlenderem Lichte. Er verteidigte Herrn Pfennigfeder mit warmer, inniger Beredsamkeit und spielte mehr als einmal darauf an, wie er dem wilden jungen Manne, ›dem Erben des würdigen Herrn Schüttelwert‹, die Beleidigung, die dieser ihm, Herrn Biedermann, ohne

Zweifel in der Hitze der Leidenschaft zuzufügen für gut befunden, längst vergessen und vergeben habe. Er verzeihe ihm, sagte er, aus tiefstem Herzen, und was ihn, Herrn Biedermann selbst, anbeträfe, so sei er nicht nur weit davon entfernt, diese leider höchst verdächtigenden Umstände zum Nachteil des Herrn Pfennigfeder auszubeuten, er wolle im Gegenteil sein Möglichstes tun und seine ganze bescheidene Beredsamkeit aufwenden, um – um – um, soweit er es nur mit seinem Gewissen vereinbaren könne, diese wirklich so außerordentlich bedenkliche Sache in ihren schlimmsten Zügen zu *mildern*.

In dieser Weise, die sowohl seinem Herzen wie auch seinem Verstande alle Ehre machte, redete Herr Biedermann wohl eine halbe Stunde oder noch länger; doch warmherzige Personen sind in ihren Bemerkungen selten mäßig genug. In dem übereifrigen, hitzigen Bemühen, einem Freund beizustehen, lassen sie sich zu allen möglichen Schnitzern und unangebrachten A-tempo-Hieben oder zu Ungeschicklichkeiten verleiten, die, obwohl sie in der besten Absicht von der Welt geschehen, das Vorurteil gegen den Verteidigten eher bestärken als zerstreuen.

Diese Wirkung hatte auch die ganze Beredsamkeit des ›alten Karlchen‹, denn obgleich er sich in allem Ernst für den Verdächtigten ins Zeug gelegt hatte, geschah es dennoch, dass jede Silbe, die er äußerte, den Argwohn, der sich gegen Herrn Pfennigfeder nun einmal erhoben hatte, nur noch bestärkte und die Wut der Menge gegen ihn aufstachelte.

Der Redner hatte den merklichen Fehler gemacht, den Verdächtigten den »Erben des würdigen Herrn Schüttelwert« zu nennen. Daran hatten die Rattelburger bis jetzt noch gar nicht gedacht. Man erinnerte sich nur gewisser Drohungen, die der Onkel, der außer seinem Neffen keine anderen lebenden Verwandten mehr besaß, vor ein oder zwei Jahren verkündet hatte: Er wolle Herrn Pfennigfeder enterben, und hatte seit der Zeit die Enterbung als eine abgemachte Sache angesehen, doch die Bemerkung des ›alten Karlchen‹ richtete ihre Aufmerksamkeit wieder auf diesen Punkt und stellte ihnen die Möglichkeit vor Augen, dass diese Drohungen eben nichts als Drohungen gewesen sein könnten. Und daraufhin stellte man sich sofort die natürliche Frage: Cui bono? – eine Frage, die den jungen Mann fast noch schwerer belastete als die gefundene Weste.

Und hier muss man mir, wenn man mich nicht missverstehen will, gestatten, eine kleine Abschweifung zu machen und zu bemerken, dass die kurze lateinische Phrase, die ich soeben anwandte, immer falsch übersetzt und missverstanden worden ist. In allen bekannten Romanen sind die beiden lateinischen Worte ›cui bono?‹ mit ›zu welchem Zwecke‹ oder ›zu welchem Ende‹ übersetzt worden. Ihre wirkliche Bedeutung ist jedoch ›zu wessen Nutzen‹. Cui, wem; bono, zum Nutzen. Es ist eine rein juristische Phrase und genau anwendbar bei Fällen wie dem vorliegenden, bei denen es sich darum handelt, die Wahrscheinlichkeit der Täterschaft aus der Wahrscheinlichkeit des dem mutmaßlichen Täter aus der Tat erwachsenden Vorteils herzuleiten. In unserem Fall deutete die Frage ›Cui bono?‹ ganz entschieden auf Herrn Pfennigfeder. Sein Onkel hatte ihm, nachdem er zuerst ein Testament zu seinen Gunsten gemacht hatte, mit Enterbung gedroht. Doch die Drohung war nicht ausgeführt worden und das ursprüngliche Testament anscheinend unverändert geblieben. Wäre dies nicht der Fall gewesen, so hätte man dem Verdächtigten kein anderes Motiv als Rache unterschieben können, doch sprach die Möglichkeit, bei dem Onkel noch einmal wieder zu Gnaden zu kommen, entschieden gegen eine solche Annahme. Da jedoch das Testament nicht umgestoßen war, die Drohung einer Enterbung aber noch immer über dem Haupt des Neffen schwebte, so wird uns plötzlich das stärkste Motiv zu einer solchen Gräueltat klar: Wenigstens schlossen die würdigen, scharfsinnigen Einwohner von Rattelburg in dieser Weise.

Herr Pfennigfeder wurde also auf der Stelle festgenommen und von der Menge, die sonst so gut wie keine Nachforschungen mehr anstellte, in die Stadt zurückgeführt. Unterwegs geschah noch etwas, das den Argwohn gegen ihn steigern musste. Man bemerkte, dass Herr Biedermann, der in seinem Eifer immer ein Stückchen Weges vor der Menge herlief, plötzlich einen kleinen Gegenstand aus dem Gras aufhob und, nachdem er ihn schnell untersucht hatte, einen halben Versuch machte, ihn in seiner Tasche verschwinden zu lassen. Doch, wie gesagt, die Handlung wurde bemerkt und infolgedessen verhindert, und der aufgehobene Gegenstand stellte sich als ein spanisches Messer heraus, das ein Dutzend Personen sofort als Eigentum des Herrn Pfennigfeder erkannten. Überdies waren die Anfangsbuchstaben seines Namens in den Griff graviert. Das Messer war geöffnet, und seine Klinge wies Blutspuren auf.

Nun stand die Schuld des Neffen wohl außer allem Zweifel, und sofort nach der Ankunft in Rattelburg wurde er vor den Untersuchungsrichter geführt.

Hier nahmen die Dinge ebenfalls eine für ihn überaus ungünstige Wendung. Als man den Angeklagten fragte, wo er sich an dem Morgen, an dem Herr Schüttelwert verschwunden sei, aufgehalten habe, hatte er wahrhaftig die Frechheit, zu gestehen, dass er an demselben Morgen mit seiner Büchse draußen gejagt habe und zwar in unmittelbarer Nähe des Sumpfes, in dem man seine blutbesudelte Weste dank dem Scharfsinn des Herrn Biedermann aufgefunden hatte.

Nun trat das ›alte Karlchen‹ vor und bat mit Tränen in den Augen darum, vernommen zu werden. Er sagte, dass sein strenges Pflichtgefühl Gott und den Menschen gegenüber ihm nicht gestatte, noch länger zu schweigen.

Bisher habe ihm die aufrichtigste Zuneigung zu dem jungen Manne, ungeachtet der üblen Behandlung, die er ihm, Herrn Biedermann, hätte angedeihen lassen, bewogen, alle nur erdenklichen Einwendungen zu machen, um den Verdacht, der ja leider schwer auf Herrn Pfennigfeder laste, zu entkräften; doch sprächen jetzt die Umstände *zu* überzeugend, zu verdammend gegen ihn – Herrn Pfennigfeder nämlich; nun dürfe er nicht länger zurückhalten und müsse alles sagen, sollte auch sein – Herrn Biedermanns – Herz darunter brechen.

Und nun setzte er deutlich auseinander, wie an dem Nachmittag des Tages vor dem Verschwinden des Herrn Schüttelwert dieser würdige alte Herr seinem Neffen in seiner – Herrn Biedermanns – Gegenwart gesagt habe, der Zweck der Reise, die er morgen unternehmen werde, sei der, bei der Farmerbank eine ungewöhnlich hohe Geldsumme zu deponieren, und dass bei dieser Gelegenheit der besagte Herr Schüttelwert dem besagten Neffen deutlich seinen unabänderlichen Entschluss kundgetan habe, das ursprüngliche Testament für nichtig erklären zu lassen und ihn ›mit einem Ei und einem Butterbrot‹ abzuspeisen.

Er, der Zeuge, fordere nun den Angeklagten in feierlicher Weise auf, auszusagen, ob er, der Zeuge, in allen wesentlichen Punkten die Wahrheit gesagt habe oder nicht.

Zum großen Erstaunen aller Anwesenden gab Herr Pfennigfeder die Wahrheit dieser Aussagen ohne die geringste Einschränkung zu.

Der Untersuchungsrichter hielt es nun für seine Pflicht, etliche Polizisten in das Haus des Herrn Schüttelwert zu schicken, damit sie das Zimmer des Angeklagten einer genauen Durchsuchung unterzögen. Von dieser Haussuchung kamen sie fast umgehend wieder mit der wohl bekannten stahlbeschlagenen Brieftasche aus rotbraunem Leder zurück, die, wie jeder wusste, Herr Schüttelwert seit Jahren bei sich getragen hatte. Ihr wertvoller Inhalt jedoch war verschwunden, und vergebens bemühte sich der Untersuchungsrichter, aus dem Angeklagten herauszubringen, welchen Gebrauch er von dem Geld gemacht oder wo er es verborgen habe. Er leugnete hartnäckig, von der Sache auch nur das Geringste zu wissen. Die Polizeidiener hatten außerdem noch in dem Bett des Unglückseligen auf dem Strohsack eins seiner Hemden und ein Halstuch gefunden, beides mit den Anfangsbuchstaben seines Namens gezeichnet und mit dem Blut des Opfers auf das Grässlichste besudelt.

Kaum war dies alles festgestellt, so wurde auch gemeldet, dass das Pferd des Ermordeten soeben infolge der erhaltenen Verletzung verendet sei. Herr Biedermann schlug sofort die Sezierung des Tieres vor, damit man, wenn möglich, die Kugel fände. Man folgte seinem Rat und fand, als hätte sich alles vereinigt, um die Schuld des Angeklagten restlos zu beweisen, nach langem Suchen in dem Brustkasten des Pferdes eine ungewöhnlich große Kugel, die bei näherer Untersuchung genau in den Lauf der Büchse des Herrn Pfennigfeder passte, während sie für die Büchsen aller übrigen Einwohner von Rattelburg und Umgegend zu groß war. Um die Sache noch klarer zu machen, stellte sich überdies heraus, dass die Kugel außer der gewöhnlichen noch eine kleine Naht hatte, die mit der anderen einen rechten Winkel bildete, und diese zweite Naht entsprach genau einer zufälligen Erhöhung in dem Kugelgießer, den der Angeklagte selbst als sein Eigentum anerkannte.

Nach Auffindung dieser Kugel hielt der Richter alle weiteren Schuldbeweise für überflüssig und erklärte, dass der Angeklagte vor die nächsten Assisen gestellt werden würde. Jede Bürgschaft – Herr Biedermann mit seinem warmen Herzen hatte sich erboten, dieselbe in beliebiger Höhe zu leisten – müsse er unbedingt zurückweisen. Dieser Edelmut des ›alten Karlchen‹ stimmte auf das Schönste zu dem ehrenhaften, liebenswürdigen Betragen, dessen er sich während der ganzen Zeit seines Aufenthalts in Rattelburg befleißigt hatte. Im vorliegenden Fall ließ sich der würdige Herr so von seiner warmen Herzensgüte fortreißen, dass er, als er sich anbot, Bürgschaft für seinen jungen Freund zu leisten, ganz vergessen zu haben schien, dass er auf Gottes weiter Erde eigentlich kein festes Besitztum im Werte auch nur eines Dollars hatte.

Es war nicht schwer, vorauszusehen, wie der Urteilsspruch lauten werde. Unter den lauten Verwünschungen der Rattelburger wurde Herr Pfennigfeder vor die Geschworenen gestellt, und die Kette der überzeugenden Schuldbeweise, die Herrn Biedermanns zartes Gewissen noch durch einige weitere belastende Aussagen verstärkte, wurde für völlig ausreichend befunden, die Schuldfrage zu bejahen; der Angeklagte wurde, ohne dass die Geschworenen auch nur ihre Sitze verließen, ›des vorsätzlichen Mordes‹ schuldig befunden. Darauf wurde dann über den Unglücklichen das Todesurteil ausgesprochen. Man brachte ihn in das Gefängnis zurück, bis die unerbittliche Rache des Gesetzes ihren Lauf nehmen sollte.

Das ›alte Karlchen‹ hatte sich jedoch durch sein wahrhaft edelmütiges Betragen den Herzen der ehrlichen Bürger von Rattelburg nur noch teurer gemacht. Noch mehr als sonst wurde er ihr erklärter Liebling, und um die reichliche Gastfreundschaft, die man ihm erwies, wenigstens in etwas zu erwidern, war er, wie er einmal durchblicken ließ, gezwungen, die sehr sparsamen Gewohnheiten, die ihm seine Armut bis jetzt auferlegt habe, daranzugeben. Er gab kleine Gesellschaften, bei denen es lustig herging – nur wurde die Heiterkeit *natürlicherweise* hin und wieder ein wenig gedämpft, wenn man sich gelegentlich des widrigen, trüben Loses erinnerte, dem der Neffe des viel betrauerten Busenfreundes des großherzigen Gastgebers entgegenging.

Eines schönen Tages wurde der alte edelmütige Herr durch den Empfang des folgenden Briefes auf das Angenehmste überrascht:

Herrn Karl Biedermann, Wohlgeboren,
Rattelburg,
von H., F., B. & Cie.

Chat. Mar. A – Nr. 1. – 6 Dtz. Flaschen (1/2 Gros)
Herrn Karl Biedermann,
Wohlgeboren.
Sehr geehrter Herr!

Infolge einer Bestellung, die unserer Firma vor etwa zwei Monaten durch unseren Geschäftsfreund Herrn Barnabas Schüttelwert gemacht wurde, haben wir die Ehre, heute Morgen eine doppelte Kiste Château Margaux an Ihre Adresse abgehen zu lassen. Qualität Antilope. Violettes Siegel. Kiste nummeriert und wie obenstehend markiert.

Wir verbleiben, sehr geehrter Herr,

Ihre ergebensten Diener

Stadt B., 21. Juni 18-, Hoggs, Frogs, Bogs & Cie.

P. S. Die Kiste wird Ihnen einen Tag nach Empfang dieses Briefes per Fracht zugehen. Unsere Empfehlungen an Herrn Schüttelwert.

H., F., B. & Cie.

Seit dem Tode des Herrn Schüttelwert hatte Herr Biedermann jede Hoffnung aufgegeben, den versprochenen Château Margaux jemals zu bekommen, und sah die Sache jetzt fast als eine Fügung der gütigen Vorsehung an. Er war im höchsten Grade entzückt und lud im Übermaß seiner Freude für den nächsten Abend eine große Gesellschaft ein, die ihm helfen sollte, das Geschenk des guten alten Herrn Schüttelwert seiner Bestimmung zu übergeben. Doch erwähnte er den ›guten alten Herrn Schüttelwert‹ bei seinen Einladungen mit keinem Worte. Er dachte viel darüber nach und kam zu dem Schluss, dass es wirklich besser sei, nichts zu sagen. Also, wie gesagt, er erzählte nichts von einem Geschenk, sondern bat seine Freunde nur, ihm zu helfen, ein paar Flaschen ganz besonders guten Weines, den er schon vor ein paar Wochen in der Stadt bestellt habe und der morgen eintreffen müsse, austrinken zu helfen. Ich habe mich selbst oft gefragt, warum das ›alte Karlchen‹ beschlossen hatte, *nicht* zu sagen, dass es den Wein von seinem alten Freunde zum Geschenk erhalten habe. Ich konnte wirklich nicht klug daraus werden, obgleich mir einleuchtete, dass er *jedenfalls einen wichtigen* Grund zum Schweigen hatte.

Der Abend kam und mit ihm eine hoch ehrenwerte Gesellschaft; das halbe Städtchen war im Hause des Herrn Biedermann erschienen – auch ich befand mich unter den Eingeladenen. Doch zum größten Verdrusse des Wirtes kam die Kiste Château Margaux erst an, als man dem leckeren Abendmahl schon alle Ehre angetan hatte. Es war eine ungeheuer große Kiste, und da man bereits in ausgezeichneter Stimmung war, wurde unter allgemeinem Beifall beschlossen, sie auf die Tafel hinaufzuheben und dort ihres Inhaltes zu entledigen.

Gesagt, getan. Ich half mit, und im Nu stand die Kiste auf dem Tisch, mitten zwischen Flaschen und Gläsern, denen dabei bös mitgespielt wurde. Das ›alte Karlchen‹, das schon ziemlich angeheitert und puterrot im Gesicht war, setzte sich mit einer Miene komischer Würde an die Spitze der Tafel, schlug wie ein Besessener mit einer festen Karaffe auf den Tisch und befahl jedermann, sich ruhig zu verhalten, »bis der Schatz gehoben« sei.

Das Lachen und Schreien dauerte noch ein wenig an, endlich wurde es ruhig, ja, wie es bei dergleichen Gelegenheiten oft geschieht, es trat *Totenstille* ein. Man forderte mich auf, den Deckel zu öffnen, und ich kam diesem Wunsche »mit unendlichem Vergnügen« nach. Ich steckte einen Meißel zwischen Deckel und Kiste und schlug einige Male leicht mit dem Hammer darauf.

Der Deckel flog plötzlich mit Heftigkeit in die Höhe – und im selben Augenblick richtete sich, dem Wirt gerade gegenüber, der blutige, schon halb verweste Leichnam des ermordeten Herrn Schüttelwert in sitzender Stellung aus der Kiste auf. Er blickte Herrn Biedermann ein paar Augenblicke lang mit seinen verglasten Augen starr und kummervoll an. Dann sprach er langsam, aber deutlich und nachdrücklich die drei Worte: »Du hast's getan!«, und fiel, als sei er nun zufrieden gestellt, aus der Kiste heraus und streckte seine Glieder auf dem Tisch aus.

Die Szene, die folgte, spottet jeder Beschreibung. In grauenhaftem Entsetzen stürzte alles auf die Türen und Fenster zu, und selbst einige der stärksten Männer wurden vor bloßem Schreck ohnmächtig. Doch nach dem ersten wilden Ausbruch des Grauens richteten sich aller Augen auf Herrn Biedermann. Wenn ich tausend Jahre alt würde, könnte ich nie die Todesangst vergessen, die sich auf seinem eben noch so triumphierenden, strahlenden, nun geisterhaft verzerrten Gesicht widerspiegelte.

Mehrere Minuten lang saß er wie versteinert, seine vollständig ausdruckslos gewordenen Augen schienen nach innen gewandt und in der Anschauung seiner elenden, heuchlerischen Seele ganz versunken zu sein. Endlich wurden sie sich der äußeren Welt wieder bewusst, es blitzte in ihnen auf, und im selben Augenblick sprang er von seinem Stuhl und fiel mit Kopf und Schultern schwer auf den Tisch, sodass er den Leichnam berührte, und legte ein ausführliches Geständnis des grausigen Verbrechens ab, um dessentwillen man Herrn Pfennigfeder eingekerkert und zum Tode verurteilt hatte.

Er erzählte im Wesentlichen Folgendes:

Er folgte seinem Opfer bis in die Nähe des Sumpfes, dort schoss er mit einer Pistole auf das Pferd und erschlug den Reiter mit dem Griff der Pistole, eignete sich die Brieftasche an und schleppte das Pferd, das er für tot hielt, mit vieler Mühe in die Brombeerbüsche, die den Sumpf umstanden. Den Leichnam des Herrn Schüttelwert befestigte er auf seinem eigenen Pferd, um ihn, weit von dem Tatort, im Wald zu verbergen.

Die Weste, das Messer, die Brieftasche, ja sogar die Kugel hatte er selbst an die Stellen gebracht, an denen man sie gefunden hatte, in der Absicht, sich an Herrn Pfennigfeder zu rächen. Auch hatte er die Entdeckung des blutgeröteten Halstuches und Hemdes herbeigeführt.

Gegen Ende dieser haarsträubend grässlichen Aussagen wurde die Stimme des schuldigen Elenden unsicher und hohl. Als er endlich fertig war, erhob er sich, schwankte ein paar Schritte vom Tisch zurück und fiel tot zu Boden.

Die Mittel, die dieses rechtzeitige Geständnis herbeiführten, waren trotz ihrer großen Wirksamkeit äußerst einfache. Herrn Biedermanns übermäßige Biederkeit hatte mich angeekelt und gleich anfangs Verdacht bei mir erregt. Ich war dabei gewesen, als Herr Pfennigfeder ihn geschlagen hatte, und der teuflische Ausdruck, der damals, wenn auch nur für einen Augenblick, sein Gesicht verzerrte, hatte mich überzeugt, dass er die Drohung, sich zu rächen, reichlich ausführen werde. So war es mir also möglich, die Manöver des ›alten Karlchen‹ in einem ganz anderen Licht zu erblicken, als es die guten Rattelburger taten. Ich sah sofort, dass alle belastenden Entdeckungen direkt oder indirekt von Herrn Biedermann ausgingen. Was mir jedoch die Augen über den wahren Sachverhalt öffnete, war der Umstand, dass Herr Biedermann in dem Kadaver des Tieres eine Kugel *fand*. Ich hatte nicht, wie die Rattelburger, vergessen, dass der Körper des Pferdes ein Loch aufwies, durch das die Kugel eingedrungen, und ein anderes, durch das sie wieder hinausgegangen war. Wenn man dennoch eine Kugel fand, war es klar, dass die Person, die sie gefunden hatte, diese vorher dort versteckt haben musste. Das blutige Tuch und das Hemd bestärkten ebenfalls meine Annahme, denn bei genauer Prüfung stellte sich heraus, dass das vermeintliche Blut guter Bordeaux war. Als ich dies alles recht bedachte und auch die Ausgaben und ungewohnte Freigebigkeit des Herrn Biedermann bemerkte, wuchs mein Argwohn stündlich, doch sprach ich zu niemanden darüber.

Mittlerweile stellte ich eifrige Nachforschungen nach dem Leichnam des Herrn Schüttelwert an und suchte aus nahe liegenden Gründen an Orten, die möglichst weit von denen, die Herr Biedermann mit seiner Schar durchstöbert hatte, entfernt waren. Nach einigen Tagen kam ich an einen alten, versiechten Brunnen, dessen Öffnung durch Brombeergestrüpp verborgen war, und auf seinem Boden fand ich, was ich suchte. Ich hatte jedoch auch zufällig die Unterhaltung der beiden Freunde mit angehört, in der das ›alte Karlchen‹ Herrn Schüttelwert durch allerlei Schmeichelei zu überreden gewusst hatte, ihm eine Kiste Château Margaux zu versprechen. Diesen Umstand benutzte ich. Ich verschaffte mir ein steifes Stück Fischbein, stieß es in den Hals des Leichnams hinab und legte ihn in eine alte Weinkiste, derart, dass sich der Körper mit dem Fischbein beugen musste. Dann drückte ich den Deckel kräftig nieder und nagelte ihn an. Ich konnte also erwarten, dass er, sobald man die Nägel entfernte, aufspringen und der Leichnam in die Höhe schnellen würde.

Danach markierte und nummerierte ich die Kiste, schrieb die Adresse und den Brief unter dem Namen des Weinhändlers, mit dem Herr Schüttelwert in Verbindung gestanden hatte; meinem Diener gab ich den Befehl, die Kiste zu einer genau angegebenen Zeit in das Haus des Herrn Biedermann zu schaffen; und die Worte, die der

Leichnam sprechen sollte, beschloss ich selbst so wirkungsvoll wie möglich hervorzubringen: Infolge meines Talentes als Bauchredner durfte ich mir's schon zutrauen. Im Übrigen aber überließ ich alles dem bösen Gewissen des Mörders.

Weiter habe ich nichts zu erzählen. Höchstens, dass Herr Pfennigfeder auf der Stelle freigelassen wurde: Er erbte das Vermögen seines Onkels und zog aus seiner schlimmen Erfahrung manche gute Lehre, begann einen neuen Lebenswandel, wurde ein anderer und lebte noch lange glücklich und zufrieden.

[November 1844,
geschrieben vor dem
28. Mai 1844]

Das ovale Porträt

Egli è vivo e parlerebbe se non osservasse la rigola del silentio.
– Inschrift unter einem italienischen Gemälde von St. Bruno

Mein Fieber war äußerst hitzig und langwierig. Alle Heilmittel, die ich mir in den wilden Apenninen verschaffen konnte, hatte ich schon erfolglos angewandt. Mein Kammerdiener und einziger Mitbewohner des einsamen Schlosses war zu nervös und zu ungeschickt, um mich zur Ader zu lassen; überdies hatte ich auch bei dem Zusammenstoß mit den Banditen Blut genug verloren. Da fiel mir ein, dass ich noch ein kleines Paket Opium in meiner Tabatiere bei mir hatte. Pedro reichte mir die Büchse; doch als ich mir einen Teil von dem Gift abschneiden wollte, zögerte ich ein wenig. Beim Rauchen kam es nicht sosehr darauf an, wie viel man nahm, doch hier lag die Sache anders. Ich hatte noch nie Opium gegessen. Aber ich half mir aus der Verlegenheit, indem ich beschloss, zuerst nur eine ganz kleine Dosis zu nehmen. Sollte sie nicht wirken, so wollte ich sie so lange gradweise verstärken, bis ich fühlte, dass das Fieber sich verminderte und der Schlaf, der mich nun schon seit fast acht Tagen floh, sich auf meine taumelnden Sinne herabsenken würde.

Das Schloss, in das mein Diener gewaltsam eingedrungen war, damit ich in meinem beklagenswerten Zustand die Nacht nicht im Freien zubringen müsse, war ein Gebäude von halb großartiger, halb melancholischer Bauart und mochte wohl schon lange, lange finster in die Apenninen hinabgeschaut haben. Allem Anschein nach war es erst seit kurzem und nur für kurze Zeit verlassen worden. Wir richteten uns in einem der kleinsten und am wenigsten prunkvoll möblierten Zimmer ein. Es lag in einem Eckturm des Schlosses und war mit reichem, wenn auch altem, teils zerfallenem Schmuckwerk ausgestattet. Die Mauern waren mit einer wahrhaft erstaunlichen Menge moderner Gemälde behangen, die nicht nur die Hauptwände des Zimmers, sondern auch die zahlreichen Nischen und Erker schmückten. Ich befahl Pedro, meinem Diener, die schweren Vorhänge vor die Fenster zu ziehen und, da es Nacht wurde, einen großen, vielarmigen Kandelaber anzuzünden, der am Kopfende des Bettes stand. Dann hieß ich ihn die schwer befransten, schwarz samtenen Bettgardinen beiseite schieben. Ich wollte, falls ich nicht schlafen konnte, die Gemälde betrachten und den kleinen Band durchlesen, den ich auf den Kissen gefunden hatte und der eine Beschreibung und Kritik der Gemälde enthielt.

Ich las lange, lange und betrachtete die Bilder voll Ehrfurcht und Andacht. Schnell, mit glänzenden Flügeln entflohen die Stunden, und die tiefe Mitternacht zog heran. Die Stellung des Kandelabers missfiel mir, und um meinen schlafenden Diener nicht zu wecken, streckte ich selbst mit Mühe die Hand aus und wandte ihn so, dass seine Strahlen voller auf mein Buch fielen.

Diese kleine Bewegung hatte eine ganz ungeahnte Wirkung. Die Strahlen der zahlreichen Kerzen fielen jetzt in eine Nische, die bis dahin tief im Schatten eines Bettpfostens gelegen hatte, und ich erblickte in hellster Beleuchtung ein bis jetzt unbemerktes Porträt. Es war das Bild eines jungen, zum Weibe reifenden Mädchens. Ich blickte es schnell an und schloss dann sofort die Augen. Weshalb ich das tat, wusste ich im ersten Augenblick selbst nicht, und ich begann mit geschlossenen Lidern über den Beweggrund nachzugrübeln. Es war wohl eine instinktive Bewegung gewesen, um Zeit zum Nachdenken zu gewinnen – um mich zu vergewissern, dass mein Blick mich nicht getäuscht –, um meine Fantasie zu beruhigen, damit sie den Gegenstand nüchtern und ruhig betrachte. Nach ein paar Sekunden blickte ich das Gemälde wieder fest an.

Dass ich nun richtig sah, konnte ich nicht länger bezweifeln, noch wollte ich es – denn der erste Widerschein der Kerzen auf der Leinwand hatte die träumerische Versunkenheit, die sich vielleicht über meine Sinne gebreitet hatte, verwischt und mich plötzlich vollständig wach gemacht.

Das Bild war, wie schon gesagt, das Porträt eines jungen Mädchens – nur der Kopf und die Schultern, und zwar in jener Art gemalt, die man mit dem technischen Ausdruck ›Vignettenstil‹ bezeichnet. Die Arme, der Busen und selbst die Spitzen ihres schimmernden Haares gingen unmerklich in den unbestimmten, tiefen Schatten über, der den Hintergrund des Gemäldes bildete. Der Rahmen war oval, reich vergoldet und in maurischem Geschmack verziert. Rein als Kunstwerk genommen, konnte es nichts Bewunderungswerteres geben als dieses Porträt – und doch hätte weder die vollkommene Ausführung des Bildes noch die himmlische Schönheit der dargestellten Person mich so plötzlich und so heftig erregen können. Auch sah ich sehr wohl ein, dass ich im ersten Augenblick des Erwachens aus meinen Träumereien das Bild nicht etwa für eine lebendige Person hätte halten können: Die vignettenhafte Art der Ausführung und der glänzende Rahmen hätten einen solchen Gedanken überhaupt wohl nicht aufkommen lassen ... Ich dachte über dies alles vielleicht eine Stunde lang nach, in meine Kissen zurückgelehnt, und hielt meine Blicke immer fest auf das Porträt gerichtet, bis ich endlich das ganze Geheimnis dieses sonderbaren Bildes entdeckte. Sein Reiz bestand nämlich in der vollkommenen Lebensähnlichkeit seines Ausdrucks, der mich beim ersten Anblick so lebhaft erregt, verwirrt, ja, erschreckt hatte. Mit einem Gefühl tiefen, ehrfürchtigen Schauderns schob ich den Kandelaber in seine frühere Stellung zurück, und nachdem ich so die Ursache meiner lebhaften Erregung meinen Blicken entzogen hatte, ergriff ich das Buch, das die Beschreibung und die Geschichte der Gemälde enthielt. Ich suchte die Nummer des ovalen Porträts auf und las die deutungsreichen, sonderbaren Worte:

»Sie war ein Mädchen von seltenster Schönheit und so heiter wie liebenswürdig. Und verhängnisvoll war die Stunde, in welcher der Maler sie sah, liebte und zur Gattin nahm. Er war leidenschaftlich, grüblerisch, streng und hatte schon eine Braut in seiner Kunst ... Sie aber war ganz Licht und Lächeln und zu Scherzen aufgelegt wie ein junger Pfau; sie liebte und hätschelte alle Dinge und hasste nur eins: die Kunst, die ihre Rivalin war, und fürchtete nur die Palette und die Pinsel und die übrigen verhassten Werkzeuge, die ihr den Anblick des Geliebten so oft entzogen hatten. Mit Schrecken vernahm sie den Wunsch ihres Gatten, sie zu porträtieren. Doch war sie ergeben und gehorsam und saß geduldig lange Wochen hindurch in dem düsteren, hohen Turmzimmer, durch das nur von oben ein bleiches Licht auf die graue Leinwand fiel. Er aber, der Maler, setzte seinen ganzen Stolz in dies Werk, das täglich, stündlich seiner Vollendung entgegenging. Und er war ein leidenschaftlicher, seltsamer, grüblerischer Mann, der sich in Träumereien verlor, sodass er nicht sah oder nicht sehen *wollte,* dass das Licht, das so gespenstisch in jenes einsame Turmzimmer fiel, die Gesundheit und die Seele seiner Frau zerstörte, die für alle Welt, nur nicht für ihn, sichtbar dahinsiechte. Dennoch lächelte sie immer und klagte niemals, weil sie sah, dass der Maler, der weit über das Land berühmt war, in seinem Schaffen tiefen Genuss fand und Tag und Nacht arbeitete, um die zu malen, die ihn so grenzenlos liebte – und die täglich müder und schwächer wurde. Und alle, die das Porträt sahen, sprachen mit unterdrückter Stimme von seiner Ähnlichkeit wie von einem unerklärlichen Wunder, wie von einem machtvollen Beweis von der Kunst des Malers und seiner Liebe zu ihr, die er so vollendet ähnlich auf die Leinwand bannte. Doch als sich die Arbeit ihrem Ende nahte, wurde niemand mehr in den Turm zugelassen, denn der Maler war wie besessen vom Eifer für sein Werk und wandte nur selten noch seine Blicke von dem Bild auf die Züge seiner Frau. Und *er wollte* nicht sehen, dass die Farben, die er auf die Leinwand auftrug, von den Wangen der Frau verschwanden, die vor ihm saß. Und als viele Wochen vorübergegangen waren und nur noch wenig zu tun blieb – noch ein Strich über die Lippen, noch ein letzter Glanz über dem Auge –, flackerte die Seele der jungen Frau noch einmal auf wie eine verglimmende Lampe. Und der Maler machte den Strich über die Lippen und legte den Glanz über das Auge, und er stand einen Augenblick wie entzückt vor dem

Werk seiner Hände. Im nächsten Augenblick aber, während er noch in Anschauung versunken war, begann er zu zittern und wurde totenbleich und schrie, von einem Entsetzen jäh angefasst, mit lauter Stimme: ›Das ist ja das Leben selbst!‹ und wandte sich zu seiner Geliebten. – Sie war tot!«

[April 1842]

Schatten: Eine Fabel

Wahrlich! Ob ich auch wandele durch das Tal des Schattens ... (Psalm Davids)

Ihr, die Ihr lest, seid noch unter den Lebendigen; aber ich, der ich schreibe, werde schon lange meinen Weg ins Reich der Schatten gegangen sein. Denn wahrlich, seltsame Dinge werden geschehen, und Geheimes wird offenbar werden – und viele Jahrhunderte werden vergehen, ehe einst Menschen diese Aufzeichnungen lesen. Und wenn sie gelesen haben, werden einige nicht glauben, werden einige zweifeln, und nur wenige werden über die Schriftzüge, die hier mit eisernem Griffel eingegraben sind, ernsthaft nachsinnen.

Das Jahr war ein Jahr des Schreckens gewesen, ein Jahr unaussprechlichen, schaudervollen Entsetzens. Denn viele Wunder und Zeichen waren geschehen, und über alles Land und alles Meer hielt die Pest ihre schwarzen Schwingen gebreitet. Und denen, welche die Gestirne deuteten, war es nicht unbekannt, dass die Himmel Unheil verkündeten; und ich, der Grieche Oinos, erkannte mit manchen anderen, dass das siebenhundertvierundneunzigste Jahr gekommen war, in dem sich beim Aufgange des Aries der Planet Jupiter mit dem roten Ringe des schrecklichen Saturn vereint. Das seltsame Wesen, das Luft und Himmelskörper durchdrang, offenbarte sich nicht nur im Äußeren des Erdballs, sondern – ich müsste mich denn sehr irren – auch in den Seelen, Fantasien und Grübeleien der Menschen.

Bei einigen Flaschen roten Chiosweines saßen wir des Nachts in einem hohen Saal in einer trüben Stadt, die Ptolemais heißt, zu sieben beisammen. Und zu unserem Zimmer gab es keinen anderen Eingang als eine hohe kupferne Tür, und die Tür war von dem Künstler Corinnos gefertigt, von seltener Arbeit und von innen verschlossen. Schwarze Draperien umhingen den düsteren Raum und verbargen unsern Augen den Mond, die gelben Sterne und die menschenleeren Straßen – doch die Ahnung und die Erinnerung an das Unglück ließen sich nicht ausschließen. Es waren Dinge um uns – körperliche und geistige Dinge – von denen ich keine deutliche Schilderung geben kann, als drücke eine Schwere in der Luft, als drohe uns Erstickung. Beängstigung sank dumpf herab – und vor allem quälte uns jener schreckliche Daseinszustand, in dem die Sinne übermäßig lebendig und wach sind, während die Kräfte des Gedankens schlummern. Eine tote Schwere hing über uns. Sie lag auf unseren Gliedern, auf den Gegenständen in dem Zimmer, auf den Bechern, aus denen wir tranken. Es schien, als drücke sie alle Dinge nach unten, alles, nur nicht die Flammen der sieben eisernen Lampen, die unser Trinkgelage beleuchteten. Sie stiegen in langen, dünnen Lichtstreifen auf und brannten alle bleich und unbeweglich; und in dem Spiegel, den ihr Licht auf dem runden Ebenholztisch bildete, um den wir saßen, erblickte jeder von uns, die wir da versammelt waren, seines eigenen Antlitzes Blässe und das unruhige Flackern in den niedergeschlagenen Augen der Freunde. Doch lachten wir und waren lustig auf unsere Art – hysterisch lustig – und sangen die

Lieder Anakreons – wahnsinnige Lieder; und tranken unaufhörlich, obgleich uns der purpurne Wein an Blut gemahnte. Denn es war noch ein Gast in unserem Gemache, der junge Zoilus. Tot und ausgestreckt lag er da, leichentuchumhüllt – der Dämon des Ortes. Ach, er hatte keinen Anteil an unserer Heiterkeit oder nur so viel, als sein von Qual entstelltes Antlitz und seine Augen, deren Feuer der Tod nur halb verlöschen konnte, anzeigten – nur so viel Anteil, als Tote an der lauten Munterkeit derer nehmen, die bald sterben sollen. Aber obgleich ich, Oinos, fühlte, dass die Augen des Abgeschiedenen auf mir ruhten, zwang ich mich, ihren bitteren Ausdruck nicht zu bemerken und starrte beharrlich in die Tiefen des Ebenholzspiegels und sang mit lauter, voller Stimme die Lieder des Sohnes von Teios. Aber nach und nach hörten meine Lieder auf, und ihr Echo verrollte in den düsteren Draperien des Zimmers, wurde schwach und undeutlich und schwand ganz hin. Und seht! Aus jenen düsteren Draperien, in denen die Töne des Liedes verschwunden waren, kam ein dunkler, undeutlicher Schatten hervor – ein Schatten, wie ihn der Mond, wenn er niedrig am Himmel steht, aus der Gestalt des Menschen bildet, doch war es nicht der Schatten eines Menschen und nicht der eines Gottes, noch eines bekannten Dinges. Und er schwankte eine Weile zwischen den Draperien des Zimmers und blieb endlich vor unseren Augen auf der Tür von Kupfer stehen. Aber der Schatten war undeutlich und formlos und unbestimmt und war nicht der Schatten eines Mannes noch eines Gottes – weder eines Gottes von Griechenland, noch von Chaldäa, noch eines ägyptischen Gottes. Und der Schatten blieb auf der Kupfertür unter dem Bogen ihres Frieses stehen und rührte sich nicht und sprach kein Wort, sondern stand da und blieb stehen. Und die Tür, auf der der Schatten ruhte, befand sich, wenn ich mich nicht täusche, zu Füßen des jungen, leichentuchumhüllten Zoilus. Aber wir, die sieben Versammelten, die den Schatten aus den Draperien kommen gesehen hatten, wagten lange nicht, ihn anzublicken, sondern schlugen unsere Augen nieder und starrten beharrlich in die Tiefen des Ebenholzspiegels. Und endlich sprach ich, Oinos, einige leise Worte und fragte den Schatten nach seiner Heimat und nach seinem Namen. Und der Schatten antwortete:

»Ich bin der Schatten, und meine Heimat ist nahe bei den Katakomben von Ptolemais und dicht an den nebligen Ebenen Elysions, die an den trüben Strom Charons grenzen.«

Und da fuhren wir, die sieben, voll Schreck von unseren Sitzen auf und standen schaudernd. Denn die Stimme des Schattens war nicht die Stimme eines Wesens, sondern die Stimme vieler, und ihr Tonfall, der von Silbe zu Silbe wechselte, schlug düster an unser Ohr mit einem Stimmklang, den wir wohl kannten – mit dem Stimmklang von vielen tausend abgeschiedenen Freunden.

[September 1835]

Schweigen: Eine Fabel

Ours is a world of words: Quiet we call Silence –
which is the merest word of all.
– Al Aaraff

Höre mich an«, sagte der Dämon und legte seine Hand auf mein Haupt: »Das Land, von dem ich spreche, ist ein trauervolles Land in Libyen an den Ufern des Flusses Zaire. Und dort ist nicht Ruhe noch Schweigen.

Die Wasser sind von safrangelber, kranker Farbe; und sie strömen nicht weiter dem Meer zu, sondern bäumen sich ewig unter dem roten Auge der Sonne mit stürmischer, krampfhafter Bewegung empor. An jeder Seite des schlammigen Flussbettes zieht sich viele Meilen weit eine bleiche Wüste gigantischer Wasserlilien hin. Sie seufzen einander durch die Einöde zu – und recken ihre langen gespenstischen Hälse zum Himmel empor und schütteln ihr unvergängliches Haupt. Und es geht ein dumpfes Murmeln von ihnen aus, wie von dem Brausen eines unterirdischen Wassers. Und sie seufzen einander zu.

Aber ihr Reich hat eine Grenze – diese Grenze ist ein hoher, dunkler, schreckensvoller Wald. Das niedrige Unterholz ist, wie die Wellen um die Hebriden, in immer währender Bewegung. Und doch regt sich kein Hauch am Himmel. Und die ungeheuren Urwaldbäume schwanken ewig hin und her mit machtvollem Brausen. Und aus ihren hohen Wipfeln fällt Tropfen auf Tropfen, ein ewiger Tau. Und um ihre Wurzeln winden sich seltsame, giftige Blumen in unruhigem Schlummer. Und über ihren Häuptern eilen die grauen Wolken mit lautem Rauschen immer westwärts, bis sie als Katarakt über die feurigen Mauern des Horizontes herabstürzen. Und doch regt sich kein Hauch am Himmel. Und an den Ufern des Flusses Zaire ist nicht Ruhe noch Schweigen.

Es war Nacht und der Regen fiel; und da er fiel, war es Regen; aber da er gefallen, war es Blut. Und ich stand im Sumpf unter den hohen Lilien, und der Regen fiel auf mein Haupt, und die Lilien seufzten einander zu in der Feierlichkeit ihrer Verlassenheit.

Und plötzlich ging hinter einem dünnen, geisterhaften Nebel der Mond auf und war von karmesinroter Farbe. Und meine Augen fielen auf einen gewaltigen grauen Felsen, der am Ufer des Flusses stand und vom Licht des Mondes beleuchtet wurde. Und der Felsen war grau und düster und hoch. In seine steinerne Stirne schienen Schriftzüge eingegraben; und ich schritt durch den Sumpf der Wasserlilien und näherte mich dem Felsen, die Inschrift zu lesen. Doch konnte ich sie nicht entziffern. Und ich schritt wieder durch den Sumpf zurück, als der Mond in höherem Rot aufleuchtete; und ich wandte mich um und blickte wieder zu dem Felsen und den Schriftzügen empor – und die Schriftzüge bildeten das Wort: *Verlassenheit.*

Und ich blickte aufwärts. Da stand ein Mann auf dem Grat des Felsens; und ich verbarg mich unter den Wasserlilien, um die Bewegungen des Mannes zu erspähen. Und der Mann war von hoher, gebietender Gestalt und von den Schultern bis zu den Füßen in eine altrömische Toga gehüllt. Und die Umrisse seiner Gestalt waren undeutlich – aber seine Züge waren die Züge einer Gottheit; denn der Schleier der Nacht und des Nebels und des Mondes und des Taues konnten den Glanz seiner Züge nicht verdecken. Und seine Stirn war hoch und gedankenvoll, und sein Auge wild und seltsam schmerzerregt, und die Furchen seiner Wangen sprachen von Kummer, von Müdigkeit und Menschenhass und großer Sehnsucht nach Einsamkeit.

Und der Mann saß auf dem Felsen und stützte sein Haupt in die Hand und blickte in die Verlassenheit hinaus. Er blickte hinab in das niedrige, unruhige Gesträuch und auf die hohen Urwaldbäume; hinauf zu den rauschenden Wolken und in den karmesinroten Mond. Und ich lag im Schutze der Lilien verborgen und erspähte die Bewegungen des Mannes. Und er schauderte in der Einsamkeit ... Doch die Nacht schritt vor, und er saß auf dem Felsen.

Und der Mann wandte seine Augen von dem Himmel und blickte nieder auf den trüben Fluss Zaire und auf die gelben, unheimlichen Wasser und auf die bleichen Legionen der Wasserlilien. Und der Mann lauschte auf die Seufzer der Wasserlilien und auf das Murmeln, das von ihnen ausging. Und ich lag in meinem Versteck verborgen und beobachtete seine Bewegungen. Und der Mann schauderte in der Einsamkeit ... Doch die Nacht schritt vor, und er saß auf dem Felsen.

Dann drang ich in die Tiefen des Sumpfes und watete in die Wildnis der Lilien hinein und rief die Hippopotamus, die in den Tiefen des Sumpfes wohnen. Und die Hippopotamus hörten meinen Ruf und kamen mit den Behemoths bis an den Fuß des Felsens und brüllten laut und schauerlich unter dem Monde. Und ich lag noch immer versteckt und beobachtete die Bewegungen des Mannes. Und der Mann schauderte in der Einsamkeit ... Doch die Nacht schritt vor, und er saß auf dem Felsen.

Da verfluchte ich die Elemente mit dem Fluch des Aufruhrs; und ein furchtbarer Sturm erhob sich am Himmel, an dem sich vorher kein Hauch geregt. Und der Himmel erblich vor der Gewalt des Sturmes – und der Regen schlug auf das Haupt des Mannes – und die Wasser des Flusses traten über die Ufer – und der Fluss wurde zu Schaum gepeitscht – und die Wasserlilien schrien auf in ihren Betten – und der Wald zerbröckelte im Sturmwind – und der Donner rollte – und der Blitz zuckte – und der Felsen erbebte bis in seine Grundfesten. Und ich lag versteckt und beobachtete die Bewegungen des Mannes. Und der Mann schauderte in der Einsamkeit ... Doch die Nacht schritt vor, und er saß auf dem Felsen.

Da fasste mich Zorn, und ich verfluchte mit dem Fluch des Schweigens den Fluss und die Lilien und den Wind und den Wald und den Himmel und den Donner und die Seufzer der Wasserlilien. Und der Fluch traf, und sie wurden stumm. Und der Mond hielt inne auf seinem Wege um den Himmel – und der Donner starb dahin – und der Blitz zuckte nicht mehr – und die Wolken hingen regungslos – und die Wasser strömten in ihr Bett zurück und blieben darin – und die Bäume hörten auf zu schwanken – und die Wasserlilien seufzten nicht mehr – und kein Murmeln ging mehr von ihnen aus, noch auch der Schatten eines Tones aus dieser ungeheuren, grenzenlosen Wüste. Und ich blickte auf zu den Schriftzügen des Felsens, und sie hatten sich verändert – und sie bildeten das Wort: *Schweigen.*

Und meine Blicke fielen auf das Angesicht des Mannes, und sein Angesicht war bleich vor Entsetzen. Und hastig hob er sein Haupt aus seiner Hand, stand aufrecht auf dem Felsen und lauschte. Aber aus der ungeheuren, grenzenlosen Wüste kam kein Ton, und die Schriftzüge auf dem Felsen waren: *Schweigen.*

Und der Mann schauderte und wandte sein Angesicht ab und floh hinweg, sodass ich ihn nicht mehr sehen konnte.«

Es stehen schöne Erzählungen in den Büchern der Magier – in den eisenbeschlagenen, trauervollen Büchern der Magier. Es stehen darin, sage ich, ruhmreiche Geschichten vom Himmel und von der Erde und von dem machtvollen Meer und von den Genien, die das Meer beherrschten und die Erde und den hohen Himmel. Es war auch viel Weisheit in den Worten, die die Sibyllen sagten; und heilige, heilige Dinge haben ehemals die dunklen Blätter vernommen, die um Dodona rauschten – aber, so wahr Allah lebt, die Fabel, die mir der Dämon erzählte, als er im Bereich des Grabes an meiner Seite saß, halte ich für die wunderbarste von allen. Und als der Dämon seine Geschichte beendet hatte, stürzte er sich in die Tiefe des Grabes und begann zu lachen. Und ich konnte nicht mit dem Dämon lachen, und er verfluchte mich, weil ich nicht mit ihm lachen konnte. Und der Luchs, der für alle Ewigkeit im Grabe lebt, kam dazu, legte sich zu Füßen des Dämons nieder und blickte ihm unbeweglich ins Auge ...

[1838, geschrieben aber
bereits 1835]

Der Fall Valdemar

Es darf nicht wundernehmen, dass der Fall Valdemar lebhaftes Aufsehen erregt hat – man hätte es vielmehr ein Wunder nennen müssen, wäre es anders gewesen. Der Wunsch aller bei der Angelegenheit beteiligten Personen, diese wenigstens so lange geheim zu halten, bis neue Nachforschungen ihnen noch weitere Beweise an die Hand gegeben hätten, veranlasste, dass ein tendenziöser und übertriebener Bericht ins Publikum gelangte, der die ganze Angelegenheit in falschem Licht erscheinen ließ und natürlicherweise Unglauben hervorrief. Es ist deshalb nötig, eine Darstellung der *Tatsachen* dieses Falles zu geben, soweit sie mir selbst schon verständlich sind.

In den letzten drei Jahren beschäftigte ich mich lebhaft mit dem Studium des Magnetismus. Vor ungefähr neun Monaten kam mir nun plötzlich der Gedanke, dass die bisher gemachten zahlreichen Experimente eine bemerkenswerte und fast unerklärliche Lücke aufwiesen: Bis jetzt war nämlich noch niemand *in articulo mortis* magnetisiert worden. Es war noch nicht festgestellt, ob der Patient in diesem Zustand überhaupt für magnetische Beeinflussung empfänglich sei und, wenn ja, ob sein Zustand dieselbe verstärke oder vermindere, fernerhin, inwieweit und auf wie lange die Äußerungen des Todes durch ein solches Vorgehen aufgehalten werden könnten. Noch manch anderer Punkt war aufzuklären, aber diese drei reizten meine Neugierde am meisten. Besonders wichtig wegen seiner unberechenbaren Folgen schien mir der letzte.

Als ich nun in meiner Umgebung nach einer Persönlichkeit Umschau hielt, mittels derer ich mir die gewünschte Klarheit verschaffen könne, musste ich sofort an meinen Freund, Herrn Ernst Valdemar, denken, den bekannten Compilor der ›Bibliotheka Forensica‹ und den Autor der polnischen Übersetzungen des ›Wallenstein‹ und des ›Gargantua‹. Herr Valdemar, der seit dem Jahre 1839 gewöhnlich in Harlem bei New York wohnte, ist oder war vielmehr von ganz auffallender Magerkeit und von einem ausgesprochen nervösen Temperament, das ihn zu magnetischen Experimenten höchst geeignet erscheinen ließ. Zwei- oder dreimal hatte ich ihn ohne Schwierigkeit in Schlaf versetzt, doch erzielte ich keineswegs die Resultate, die ich von seiner Konstitution erwarten zu dürfen glaubte. Sein Wille stand niemals ganz unter meiner Herrschaft, und in puncto Hellsehen erlangte ich auch nicht den geringsten Anhalt, der mir zu weiteren Forschungen dienlich gewesen wäre. Den Grund dieser Misserfolge hatte ich immer in seiner zerstörten Gesundheit gesucht. Einige Monate, bevor wir uns kennen lernten, war nämlich von den Ärzten hochgradige Schwindsucht bei ihm festgestellt worden, von der er selbst übrigens, geradeso wie von seinem nahenden Ende, mit größter Kaltblütigkeit sprach, als handle es sich um eine Sache, die weder zu vermeiden noch zu bedauern sei.

Als mir die Ideen kamen, von denen ich eben sprach, dachte ich also ganz natürlicherweise gleich an Herrn Valdemar. Ich kannte die streng philosophische Denkweise dieses Mannes zu gut, um *seinerseits* Bedenken zu erwarten; auch besaß er in Amerika keine Verwandten, deren

Einspruch ich hätte fürchten müssen. Ich wandte mich deshalb frei und offen an ihn, und zu meiner großen Überraschung äußerte er sogar lebhaftes Interesse an meinem Vorhaben. Ich sage ›zu meiner großen Überraschung‹; denn obwohl er sich stets bereitwilligst zu meinen Experimenten hergegeben hatte, bezeigte er doch nie die geringste *Sympathie* für meine Studien. Der Charakter seiner Krankheit ließ mit Sicherheit vorausberechnen, wann sie mit dem Tod ihren Abschluss finden würde – und so kamen wir denn überein, dass er mich vierundzwanzig Stunden vor seiner ihm von den Ärzten angezeigten Auflösung rufen lassen würde.

Vor nun mehr als sieben Monaten erhielt ich von Herrn Valdemar selbst folgende Benachrichtigung:

›Mein lieber P.!

Sie tun gut daran, sofort zu kommen. D. und F. erklären beide, dass ich die Mitternacht des morgigen Tages nicht überleben werde, und ich selbst denke auch, dass sie den Zeitpunkt so ziemlich richtig angegeben haben.

Ihr Valdemar.‹

Ich erhielt diese Zeilen eine halbe Stunde später, als sie geschrieben worden waren, und nach einer weiteren Viertelstunde befand ich mich in dem Sterbezimmer. Ich hatte meinen Freund seit zehn Tagen nicht gesehen und war entsetzt über die schreckliche Veränderung, die in dieser kurzen Zeit mit ihm vorgegangen war. Sein Gesicht war von bleigrauer Farbe, die Augen vollkommen glanzlos und die Abmagerung so vorgeschritten, dass es mir vorkam, als müssten die Backenknochen die Haut durchstoßen. Er hatte außerordentlich starken Auswurf, sein Puls schlug kaum vernehmlich. Trotzdem hatten sich seine geistigen und bis zu einem gewissen Grade auch seine Körperkräfte in merkwürdiger Weise erhalten. Er sprach vollkommen deutlich und konnte ohne fremde Hilfe einige lindernde Medikamente einnehmen. Als ich eintrat, war er gerade damit beschäftigt, mit Bleistift einige Bemerkungen in sein Taschenbuch zu schreiben. Er saß, von Kissen gestützt, aufrecht im Bett. Die Ärzte D. und F. beobachteten ihn.

Nachdem ich meinen Freund mit einem Händedruck begrüßt hatte, nahm ich die Herren beiseite und erhielt von ihnen einen genauen Bericht über das Befinden des Patienten. Der linke Lungenflügel war seit achtzehn Monaten in einem halb verknöcherten, knorpelartigen Zustand und in keiner Weise mehr fähig, die Lebensfähigkeit zu erhalten. Der rechte Lungenflügel war in seinem oberen Teil ebenfalls, wenn nicht gänzlich, so doch zum größten Teile verknöchert, während der untere Teil nur noch aus einer Masse eiternder Tuberkeln bestand, die durcheinander rannen. Verschiedene Durchlöcherungen mussten vorhanden sein, und an einer Stelle war eine bleibende Anlegung an die Rippen eingetreten. Die Erscheinungen im rechten Flügel schienen von verhältnismäßig neuem Datum. Die Verknöcherung war mit ganz ungewöhnlicher Schnelligkeit vor sich gegangen – vor einem Monat hatte man noch nicht das geringste Anzeichen davon entdeckt; und die Anlegung hatte man überhaupt erst seit den letzten drei Tagen bemerkt. Außerdem befürchtete man bei dem Patienten noch eine Pulsadergeschwulst, doch konnte man sich darüber wegen der Verknöcherung keine genaue Aufklärung verschaffen. Beide

Ärzte waren der Ansicht, dass Herr Valdemar um Mitternacht des folgenden Tages, eines Sonntags, sterben werde; als sie mir das sagten, war es Sonnabendabend sieben Uhr.

Während ich mit mir selbst zu Rate ging und abseits von dem Bett des Sterbenden stand, sagten ihm Doktor D. und Doktor F. ein letztes Lebewohl. Sie beabsichtigten, nicht mehr wiederzukommen; aber auf meinen Wunsch entschlossen sie sich, am Abend gegen zehn Uhr noch einmal bei dem Kranken vorzusprechen.

Als sie gegangen waren, unterhielt ich mich mit Herrn Valdemar ganz ungezwungen von seiner nahen Auflösung und noch eingehender von unserem beabsichtigten Experiment. Er erklärte sich nochmals bereit, seine Person herzugeben, er schien sogar ein gewisses Verlangen zu empfinden und drängte mich, doch gleich zu beginnen. Da jedoch augenblicklich nur ein Diener und eine Dienerin zur Krankenpflege anwesend waren, fühlte ich mich nicht sicher genug, eine so wichtige Aufgabe zu übernehmen, ohne im Fall eines plötzlichen Unglücks andere, zuverlässigere Augenzeugen als diese beiden Leute zu haben. Ich verschob deshalb das Experiment bis zum folgenden Abend gegen acht Uhr, als das Erscheinen eines Studenten der Medizin, Herrn Theodor L-l, mit dem ich flüchtig bekannt war, meinen Bedenken ein Ende machte. Anfänglich hatte ich beabsichtigt, bis zur Ankunft der Ärzte zu warten, doch sah ich jetzt auf die immer dringenderen Bitten des Herrn Valdemar davon ab, und überdies sagte mir meine eigene Überzeugung, dass ich keine Minute zu verlieren habe, da es mit dem Kranken zusehends zu Ende ging.

Herr L-l hatte die Liebenswürdigkeit, alles, was sich zutrug, aufzunotieren, und das, was ich jetzt mitteile, ist seinen Aufzeichnungen teils auszugsweise, teils wörtlich entnommen.

Ungefähr fünf Minuten vor acht Uhr ergriff ich die Hand des Kranken und richtete die Bitte an ihn, vor Herrn L-l, so laut und deutlich wie er könne, seinen ausdrücklichen Wunsch zu äußern, von mir in seinem jetzigen Zustand magnetisiert zu werden.

Er erwiderte mit schwacher, doch vollkommen vernehmbarer Stimme:

»Ja, ich wünsche magnetisiert zu werden«, und fügte unmittelbar darauf hinzu: »Ich fürchte, Sie haben es schon zu lange hinausgeschoben.«

Noch während er dies sagte, begann ich, die Striche zu machen, welche sich bei ihm stets am wirksamsten gezeigt hatten; und augenscheinlich übte schon der erste Strich – ich führte ihn seitlich über seine Stirn – einen Einfluss aus. Aber obwohl ich meine ganze Kraft aufbot, gelang es mir nicht, weitere bemerkbare Wirkungen zu erzielen, bis einige Minuten nach zehn Uhr die beiden Ärzte, ihrem Versprechen gemäß, wieder im Krankenzimmer erschienen. Ich erklärte ihnen mit kurzen Worten, was ich vorhätte, und da sie keinen Einspruch erhoben, weil der Patient schon im Todeskampf lag, fuhr ich ohne Zögern mit den Strichen fort, wählte jedoch statt der waagerechten senkrechte und hielt meinen Blick unverwandt auf das rechte Auge des Leidenden gerichtet.

Der Pulsschlag war mittlerweile ganz unbemerkbar geworden und das Atmen nur noch ein Röcheln, das sich in Zwischenräumen von einer halben Minute über seine Lippen mühte.

In diesem Zustand verblieb Valdemar fast eine Viertelstunde lang. Nach Ablauf der Zeit jedoch entrang sich dem Sterbenden ein natürlicher, wenn auch ungewöhnlich tiefer Seufzer, das röchelnde Atmen hörte auf – das heißt, es war kein Röcheln mehr vernehmbar, die Pausen zwischen den einzelnen Atemzügen blieben unvermindert. Hände und Füße des Patienten waren von eisiger Kälte.

Fünf Minuten vor elf bemerkte ich unzweifelhafte Anzeichen einer magnetischen Beeinflussung. Das gläserne Rollen des Auges war jenem Ausdruck unruhigen Nach-*innen*-Sehens gewichen, der nur bei Somnambulen vorkommt und nicht zu verkennen ist. Durch ein paar rasche, seitlich laufende Striche machte ich die Augenlider wie beim Einschlummern leicht erzittern, und mit ein paar weiteren gelang es mir, dieselben ganz zu schließen. Ich war jedoch damit noch nicht zufrieden, sondern setzte meine Manipulationen mit Aufbietung all meines Willens fort, bis ich die Glieder des Schlafenden, nachdem ich dieselben in eine bequeme Lage gebracht hatte, nach Belieben betten konnte. Die Beine waren in voller Länge ausgestreckt, die Arme fast ebenso und ruhten in einiger Entfernung von den Hüften auf dem Bettpolster. Der Kopf lag wenig erhöht.

Inzwischen war es Mitternacht geworden, und ich forderte die anwesenden Herren auf, den Zustand Valdemars zu untersuchen. Sie taten es und konstatierten nach einiger Zeit, dass er in einem außergewöhnlich tiefen magnetischen Schlaf läge. Die Wissbegierde der beiden Ärzte war natürlich hoch erregt. Dr. D. beschloss sofort, die ganze Nacht bei dem Kranken zuzubringen, während Dr. F. sich mit dem Versprechen verabschiedete, gegen Tagesanbruch wiederzukommen. Herr L-l und die beiden Krankenwärter blieben zurück.

Wir ließen Herrn Valdemar bis gegen drei Uhr morgens ungestört. Als ich ihn um diese Zeit wieder genauer betrachtete, fand ich ihn in derselben Stellung, in der er gewesen war, als Dr. F. ihn verließ, das heißt, er lag noch in derselben Lage, der Puls war nicht fühlbar, der Atem so schwach, dass man ihn durch einen vor die Lippen gehaltenen Spiegel kaum feststellen konnte, die Augen natürlich geschlossen und die Glieder steif und kalt wie von Marmor. Doch machte mein Freund keineswegs den Eindruck eines Toten.

Nun versuchte ich, den rechten Arm Valdemars zu beeinflussen, ihn zu zwingen, den Bewegungen des meinigen zu folgen, indem ich ihn über seinem Körper sanft hin und her bewegte. Dergleichen Versuche waren früher bei dem Patienten stets erfolglos geblieben; und auch jetzt hatte ich eigentlich selbst nicht geglaubt, dass ich die beabsichtigte Wirkung erzielen würde. Aber zu meinem größten Erstaunen folgte diesmal Valdemars Arm dem meinen bereitwilligst, wenn auch mit einer matten Bewegung, so doch nach jeder Richtung hin, die ich vorschrieb.

Ich beschloss, nunmehr ein Gespräch zu versuchen.

»Herr Valdemar«, fragte ich, »schlafen Sie?«

Er antwortete nicht, aber ich bemerkte ein leises Zittern seiner Lippen, das mich ermutigte, die Frage noch einige Male zu wiederholen. Beim dritten Mal wurde sein ganzer Körper von einem leisen Schauder überlaufen. Die Augenlider öffneten sich so weit, dass ein schmaler weißer Strich vom Augapfel sichtbar wurde. Die Lippen bewegten sich schlaff und flüsterten kaum hörbar die Worte:

»Ja – ich schlafe jetzt – wecken Sie mich nicht auf – lassen Sie mich so sterben.«

Ich untersuchte die Glieder und fand sie so steif wie zuvor. Der rechte Arm gehorchte wie vorher den Bewegungen meiner Hand. Dann fragte ich den Schlafenden aufs Neue:

»Haben Sie noch Schmerzen in der Brust, Herr Valdemar?«

Die Antwort erfolgte jetzt sofort, war aber noch weniger hörbar als zuvor: »Keinen Schmerz – ich liege im Sterben.«

Ich hielt es nicht für ratsam, ihn jetzt noch weiter zu stören. Bis zur Ankunft des Doktor F. wurde nichts weiter getan und gefragt. Herr F. erschien gegen Sonnenaufgang und war außerordentlich erstaunt, den Patienten noch am Leben zu finden. Nachdem er ihm den Puls gefühlt und seinen Lippen einen Spiegel vorgehalten hatte, forderte er mich auf, den Schlafwachen wieder anzureden. Ich tat es und fragte:

»Herr Valdemar, schlafen Sie noch immer?«

Diesmal vergingen wieder einige Minuten, ehe er antwortete, und es schien, als raffe der Sterbende während dieser Zeit all seine Energie zusammen, um reden zu können. Als ich ihn zum vierten Mal fragte, antwortete er schwach, fast unhörbar:

»Ja – schlafe noch immer – sterbe.«

Die Ärzte äußerten jetzt den Wunsch, Herr Valdemar möge in seinem gegenwärtigen, anscheinend ruhigen Zustand ungestört belassen werden, bis sein Tod eintrete, was nach ihrer übereinstimmenden Meinung innerhalb einiger Minuten erfolgen werde. Ich beschloss jedoch, den Sterbenden noch einmal anzusprechen, und wiederholte einfach meine frühere Frage.

Während ich sprach, vollzog sich in den Zügen des Magnetisierten eine deutlich sichtbare Veränderung. Die Augendeckel öffneten sich langsam, die Pupillen verschwanden nach oben, die Hautfarbe wurde leichenhaft und war eher noch weißem Papier als Pergament zu vergleichen, und die runden hektischen Flecken, welche sich bisher auf jeder Wange so scharf abgezeichnet hatten, löschten plötzlich aus. Ich gebrauche diesen Ausdruck absichtlich, weil ihr rasches Verschwinden an nichts so erinnerte wie an das plötzliche Verlöschen einer Kerze, wenn man sie mit einem starken Atemzug ausbläst. Zu gleicher Zeit zog sich die Unterlippe von den Zähnen, die sie bisher vollständig bedeckt hatte, zurück, und die untere Kinnlade klappte mit einem hörbaren Ruck nach unten, sodass sich der Mund weit öffnete und die geschwollene, schwarz angelaufene Zunge sichtbar wurde. Ich darf vermuten, dass alle damals Anwesenden mit den Schrecken eines Sterbebettes vertraut waren; doch der Anblick des Toten war in diesem Augenblick so über alle Begriffe scheußlich, dass wir entsetzt aus der Nähe des Bettes zurückwichen.

Ich fühle selbst, dass ich jetzt bei einem Punkt meiner Erzählung angekommen bin, über den hinaus mir die Leser keinen Glauben mehr schenken werden. Doch es ist meine Pflicht, fortzufahren.

Es war auch nicht das geringste Zeichen von Lebenstätigkeit mehr in dem Körper Valdemars zu entdecken. Wir mussten ihn für tot erklären und wollten die Leiche schon der weiteren Sorge seiner Wärter überlassen, als die Zunge plötzlich in eine zitternde Bewegung geriet, die etwa eine Minute lang anhielt. Nach Ablauf dieser Zeit tönte zwischen den auseinander gesperrten regungslosen Kiefern eine Stimme hervor – eine Stimme, die beschreiben zu wollen Wahnsinn wäre. Doch gibt es zwei oder drei Eigenschaftswörter, die man vielleicht darauf anwenden könnte. Der Klang war rau, gebrochen und hohl; aber der *ganze* furchtbare Eindruck lässt sich aus dem einfachen Grund nicht beschreiben, weil noch kein menschliches Ohr ähnlich schnurrende Töne vernommen hat. Doch hörte ich damals gleich heraus und glaube auch noch heute, dass zwei Eigentümlichkeiten die Farbe des Tones kennzeichneten und so gestatten, wenigstens einigermaßen einen Begriff von seiner sonderbaren Unnatürlichkeit zu geben. Erstens schien es, als käme die Stimme aus weiter Ferne her oder aus irgendeiner tiefen Höhle in der Erde. Zweitens empfing mein Gehörsinn von ihr den Eindruck (ich fürchte wirklich, dass es mir unmöglich ist, mich verständlich zu machen), den der Tastsinn bei der Berührung von etwas Gallertartigem oder klebrig Dickflüssigem empfindet.

Ich habe sowohl von ›Ton‹ wie von einer ›Stimme‹ gesprochen. Ich will damit sagen, dass der Ton deutliche, ja erschreckend deutliche Silben bildete. Herr Valdemar *sprach* – offenbar, um die Frage zu beantworten, die ich ihm einige Minuten zuvor gestellt hatte: ob er noch immer schlafe. Nun antwortete er:

»Ja – nein – ich habe geschlafen und jetzt – jetzt bin ich tot.«

Keiner der Anwesenden *versuchte* auch nur das haarsträubende Entsetzen zu unterdrücken oder gar zu verleugnen, das diese wenigen, in *solchem* Ton gesprochenen Worte hervorbrachten. Herr L-l, der Student, wurde ohnmächtig. Der Krankenwärter und die Pflegerin verließen sofort das Zimmer und waren nicht zu bewegen, dasselbe nochmals zu betreten. Meine eigenen Empfindungen spotten jeder Beschreibung. Ungefähr eine ganze Stunde lang bemühten wir uns schweigend, wortlos, Herrn L-l wieder zu Bewusstsein zu bringen. Als er endlich zu sich gekommen war, begannen wir von neuem, Herrn Valdemars Zustand zu untersuchen.

Er war ganz unverändert; nur dass der Atem auf dem vorgehaltenen Spiegel jetzt keine Spur mehr zurückließ. Ein Aderlass, den wir am Arm versuchten, blieb erfolglos, auch war der Arm meinem Willen nicht mehr unterworfen; ich bemühte mich vergeblich, ihn den Bewegungen meines Armes folgen zu lassen. Das einzige wirkliche Anzeichen von magnetischem Einfluss war nur noch in der vibrierenden Bewegung der Zunge zu entdecken, so oft ich eine Frage an Herrn Valdemar richtete. Er schien Anstrengungen zu machen, mir zu antworten, besaß aber nicht mehr die genügende Willenskraft. Gegen Fragen anderer Personen schien er vollkommen unempfindlich, obschon ich mich bemühte, jeden der Anwesenden in magnetischen Rapport mit ihm zu setzen.

Ich glaube, dass ich nun alles berichtet habe, was zum Verständnis des somnambulen Zustandes in diesem Stadium erforderlich ist. Wir ließen zwei andere Wärter kommen, und ich verließ mit den beiden Ärzten und Herrn L-l das Haus gegen zehn Uhr.

Am Nachmittag fanden wir uns wieder alle bei dem Magnetisierten ein. Sein Zustand war vollständig unverändert. Wir hatten zunächst eine lebhafte Debatte über die Zweckmäßigkeit und Möglichkeit einer Erweckung, kamen aber bald überein, dass dieselbe von keinem Nutzen sein könne, weil der Tod – oder das, was man gewöhnlich als Tod bezeichnet – durch das magnetische Verfahren nur aufgehalten worden war. Auch teilten wir die Überzeugung, dass wir, wenn wir Herrn Valdemar aufweckten, nur seine augenblickliche oder wenigstens seine raschere Auflösung bewirken würden.

Von dieser Zeit an bis gegen Ende der verflossenen Woche – also fast sieben Monate hindurch – setzten wir unsere Besuche in Herrn Valdemars Haus täglich fort, dann und wann in Begleitung von Ärzten oder Freunden. Während der ganzen Zeit verblieb der Schlafwache *genau* in dem Zustand, den ich oben beschrieben habe. Er war dabei beständig von Wärtern bewacht.

Am vergangenen Freitag entschlossen wir uns endlich dazu, das Experiment der Erweckung Valdemars vorzunehmen oder wenigstens zu versuchen; und vielleicht ist der unglückliche Ausgang dieses Experimentes die Ursache jener Erörterungen in Privatkreisen, die ich nur als Folge einer ungerechtfertigten allgemeinen Leichtgläubigkeit ansehen kann.

Um Herrn Valdemar dem magnetischen Schlaf zu entreißen, machte ich die dazu erforderlichen Striche. Eine Zeit lang blieben sie völlig erfolglos. Das erste Symptom des Erwachens war ein teilweises Senken des Augapfels. Ganz besonders merkwürdig bei dieser Senkung war der Umstand, dass eine gelbliche, eiterige Flüssigkeit von höchst scharfem, widrigem Geruch unter den Lidern hervorquoll.

Man bestimmte mich, noch einmal den Versuch zu machen, den Arm des Schlafenden wie früher zu beeinflussen. Ich versuchte es, doch ohne Erfolg. Doktor F. äußerte den Wunsch, ich möchte nochmals eine Frage stellen. Ich tat es mit folgenden Worten.

»Herr Valdemar, können Sie uns mitteilen, was Sie empfinden oder welche Wünsche Sie jetzt haben?«

Kaum hatte ich gesprochen, da traten die hektischen Flecken auf den Wangen wieder hervor, die Zunge begann zu vibrieren oder rollte vielmehr im Munde hin und her, obwohl die Kinnlade und der Mund so steif blieben wie vorher; und endlich brach wieder jene grässliche Stimme hervor, die ich schon beschrieben habe:

»Um Gottes willen! – Schnell, schnell! – Versetzen Sie

mich wieder in Schlaf! Oder – schnell! – erwecken Sie mich – schnell! – Ich sage Ihnen, dass ich tot bin.«

Ich war einen Augenblick wie starr und wusste nicht, was ich tun solle. Zunächst bemühte ich mich, den Halbtoten zu beruhigen, aber als meine Willenskraft versagte, suchte ich ihn mit allen Kräften aufzuwecken. Ich bemerkte bald, dass mir dies gelingen werde, oder glaubte wenigstens, einen Erfolg zu erzielen, und bin überzeugt, dass auch jeder der Anwesenden der Meinung war, er würde den Patienten bald aufwachen sehen. Es ist ganz unmöglich, dass ein menschliches Wesen auf das, was wirklich folgte, hätte vorbereitet sein können.

Als ich während der Ausrufe »schnell!« und »tot!«, die von der Zunge, nicht von den Lippen des Leidenden zu kommen schienen, die erforderlichen magnetischen Striche führte, brach plötzlich, in weniger als einer einzigen Minute, sein ganzer Körper zusammen – zerbröckelte, verweste vollständig unter meinen Händen. Und auf dem Bett, vor den Augen der Anwesenden, lag eine fast flüssige, in ekelhafte Fäulnis übergegangene Masse.

[Dezember 1845]

William Wilson

What say of it? What say of Conscience grim,
That spectre in my path?
– Chamberlayne, Pharonnida

Gestatten Sie mir, mich heute William Wilson zu nennen. Die unbeschriebene reine Seite, die jetzt vor mir liegt, möchte ich nicht gern mit einem Namen beflecken, der schon zu oft meiner Familie Gelegenheit geboten hat, sich mit Abscheu von mir abzuwenden und mich mit Schrecken zu fliehen. Haben nicht die unwilligen Winde seine Schmach bis in die entlegensten Länder der Erde getragen? O, ich Verworfenster aller Verworfenen! – bin ich nicht auf immer tot für die Welt? – für ihre Ehren, ihre Freuden, ihre goldenen Sehnsüchte? – hängt nicht eine undurchdringliche Wolke von nun an auf ewig zwischen meinen Hoffnungen und dem Himmel?

Selbst wenn ich es könnte, möchte ich diese Seiten nicht mit der Erinnerung an das unaussprechliche Elend und die unsühnbaren Verbrechen meiner letzten Jahre beschmutzen. Ich will nur erzählen, was mich zu den Schändlichkeiten, die sich schließlich, ach!, so erschreckend häuften, getrieben hat. Die Menschen sinken gewöhnlich nur nach und nach. Doch von mir fiel in einem Augenblicke alle Tugend ab gleich einem Mantel; wie getroffen von dem Stoße eines Riesen stürzte ich aus einer immerhin noch menschlichen Bösartigkeit in die tiefsten Abgründe der Verworfenheit. Gestatten Sie mir, Ihnen ausführlich zu erzählen, welcher Zufall – welch seltsame Begebenheit diesen Fluch über mich brachte. Mir naht der Tod, und die Schatten, die er vor sich herwirft, breiten eine leise Beruhigung über meine Seele aus. Da ich nun das finstere Tal durchschreiten soll, verlangt mich nach dem Mitgefühl, fast hätte ich gesagt, nach dem Mitleid der Menschen. Ich möchte Ihnen gerne zeigen, dass ich zum Teil der Sklave von Mächten gewesen bin, über die wir Menschen niemals Herr werden können. Ich möchte, dass Sie in den Einzelheiten, die ich gleich erzählen will, des Schicksals Unerbittlichkeit wie eine kleine Oase in der Wüste meiner Verirrungen entdeckten. Ich möchte, dass Sie eingeständen, was Sie nicht verbergen können – dass auf der Welt, die doch schon viele Versuchungen gesehen hat, noch kein Mensch so wie ich versucht wurde – und so wie ich unterlag. Hat deshalb auch noch niemand so gelitten wie ich? Habe ich vielleicht in einem Traume gelebt? Und sterbe ich als Opfer einer schreckhaften, geheimnisvollen Selbsttäuschung?

Ich bin der Abkömmling eines Geschlechtes, an dem von alters her eine starke Einbildungskraft und ein leicht erregbares Gefühlsleben auffiel; und schon meine erste Kindheit bewies, dass das Wesen meiner Voreltern vollständig auf mich übergegangen war. Je älter ich wurde, desto mehr prägte es sich aus und gab meinen Freunden tausend Gründe, besorgt um mich zu sein und mich mit einem gewissen Vorurteil zu behandeln. Ich wurde eigensinnig, überließ mich den wildesten Launen, ward bald die Beute zügellosester Leidenschaftlichkeit. Meine Eltern, die ziemlich willensschwach waren und außerdem an den gleichen Erbfehlern litten, konnten nicht allzu viel tun, um meinen verderblichen Neigungen Einhalt zu gebieten. Ein paar schwache, schlecht überlegte Versuche ihrerseits misslangen gänzlich und verhalfen mir zu einem vollständigen Siege: Meine Stimme wurde mehr und mehr Gesetz im Hause, und in einem Alter, in dem die meisten Kinder noch am Gängelbande gehen, war ich in allem mein eigener Herr.

Die ersten Erinnerungen aus meinem Schülerleben sind mit der Vorstellung eines riesigen, seltsamen Hauses im elisabethanischen Stile eng verbunden. Es lag in einem nebligen Städtchen in England, dem die alten Häuser und knorrigen Bäume ein ehrwürdiges, beruhigendes Aussehen verliehen. Noch jetzt, wenn ich zurückdenke, fühle ich die erquickende Kühle langer, schattiger Alleen, atme ich den Duft von tausend Büschen und gerate in ein unerklärliches Entzücken über die tiefen, dunklen Töne der Kirchenglocken, die allstündlich mit verschleiertem Brausen die ruhigen Nebel durchbrachen, in die der gezackte gotische Turm wie schlafend gebettet lag.

Diese deutlichen Erinnerungen an meine Schulzeit und alles, was mit ihr zusammenhängt, bereiten mir heute vielleicht den einzigen Genuss, den ich noch empfinden kann. Da ich so tief ins Unglück geraten bin – in ein Unglück, das ich nur zu deutlich spüre –, wird man mir wohl verzeihen, dass ich in der Aufzählung jener unbedeutenden Einzelheiten eine kleine Erleichterung suche. So lächerlich sie vielleicht auch an sich sein mögen – in meiner Fantasie nehmen sie einen wichtigen Platz ein, da sie einem Lebensabschnitt und einem Orte angehören, die mich die ersten unklaren Äußerungen jenes Schicksals empfinden ließen, das mich später erbarmungslos zu Grunde richten sollte. Gestatten Sie mir also diese kurzen Erinnerungen.

Das Haus, ich sagte es schon, war alt und unregelmäßig gebaut, das Grundstück selbst sehr groß und rings von einer hohen Ziegelsteinmauer umgeben, die oben mit Mörtel bedeckt war, in dem zahllose Glasscherben steckten. Diese Befestigung, die fast an ein Gefängnis erinnerte, bildete die Grenze unseres Reiches, die wir nur dreimal in der Woche überschreiten durften. Jeden Sonnabendnachmittag unternahmen wir nämlich in Begleitung zweier Unterlehrer einen kurzen Spaziergang in die umliegenden Felder, und zweimal des Sonntags gingen wir, in Reih und Glied wie Paradetruppen, zu dem vor- und nachmittägigen Gottesdienste in die einzige Kirche des Städtchens. Der Vorsteher unserer Schule war zugleich Pfarrer des Ortes. Mit welch tiefem Erstaunen betrachtete ich ihn von unseren Stühlen auf dem Chore aus, wenn er mit feierlichem und langsamem Schritte zur Kanzel hinaufstieg! Dieser ehrwürdige Mann, in dem leuchtenden, wallenden Priesterornate, mit dem demütigen, gottseligen Antlitze, der sorgfältig gepuderten, steifen, riesigen Perücke – konnte er derselbe sein, der noch gestern mit verbittertem Gesichte, in tabakbeschmutzten Kleidern, den Stock in der Hand, die drakonischen Gesetze der Schule zur Ausführung brachte? Mir war und blieb es ein Rätsel!

In einem Winkel der massiven Umfassungsmauer unseres Pensionats dräute ein noch massiveres Tor. Es war durch eiserne Vorleger fest verschlossen und lief oben in spitze Eisenzapfen aus. Welch tiefe Furcht flößte uns sein Anblick ein! Es öffnete sich nie, außer für die drei Aus- und Eingänge, von denen ich schon gesprochen; und dann tönte es uns aus jedem Knarren seiner mächtigen

Angeln wie ein Geheimnis entgegen – es gab uns Anlass zu einer ganzen Welt von feierlichen Bemerkungen, von noch feierlicheren Betrachtungen. Der weite, umfriedete Raum war von unregelmäßiger Ausdehnung und in mehrere große Teile geteilt, von denen drei oder vier unseren Spielplatz bildeten. Er war geebnet und mit feinem, hartem Kies bestreut. Ich erinnere mich genau, dass weder Bäume noch Bänke auf ihm standen. In öder Leere zog er sich hinter dem Hause her, vor dessen Vorderfront sich ein kleiner Rasenplatz befand, auf dem Buchsbaum und ähnliches Gesträuch wuchs; wir Schüler durchschritten dies geheiligte Land nur bei sehr seltenen Gelegenheiten, bei der ersten Ankunft in der Schule oder bei der endgültigen Abreise, oder vielleicht, wenn ein Freund oder ein Verwandter uns einlud und wir freudig in den Weihnachts- oder Sommerferien eine Reise zu ihm antraten.

Aber nun das Haus! – welch sonderbares altes Gebäude! Mir erschien es immer wie ein Schloss voller Verzauberungen! Man konnte sich in seinen gewundenen Korridoren, in seinen zahllosen Nischen und Schlupfwinkeln verlieren. Wenn man plötzlich gefragt wurde, war es oft schwer zu sagen, auf welcher von den beiden Etagen man sich befand. Wollte man von einem Zimmer in ein anderes, so musste man jedes Mal drei oder vier Stufen hinauf- oder hinuntersteigen. Dann gab es zahllose Seitengänge, die sich krümmten und wieder zurückkrümmten, sodass unsere Vorstellung von dem ganzen Gebäude der Idee merkwürdig nahe kam, die wir uns von der Unendlichkeit machten. Während der fünf Jahre meines Aufenthaltes in der Schule habe ich nie gewusst, in welchem Teil des Gebäudes eigentlich der kleine Schlafsaal lag, in dem ich mit achtzehn oder zwanzig Mitschülern schlief.

Das Schulzimmer war der größte Raum im Hause –

und, wie ich damals glaubte, auf der ganzen Welt. Es war sehr lang, schmal, niedrig und finster, hatte spitze gotische Fenster und einen eichengetäfelten Plafond. In einer entfernten, Schreck einflößenden Ecke befand sich ein umgittertes Viereck von acht oder zehn Fuß Größe – es war während der Unterrichtsstunden das Sanktum unseres Lehrers, des ehrwürdigen Doktors Bransby. Eine mächtige Tür führte hinein, und ich glaube, jeder von uns hätte eher ein hochnotpeinliches Halsgericht über sich ergehen lassen, als gewagt, sie in Abwesenheit des Dominus zu öffnen. In den anderen Ecken waren zwei ähnliche Kästen, die wir mit weit geringerer Ehrfurcht, aber immerhin noch ängstlich genug, betrachteten. In dem einen befand sich das Katheder des Lehrers der klassischen Sprachen, in dem zweiten der Lehrstuhl des Mathematiklehrers. Im Saal verstreut standen Bänke und Pulte, kreuz und quer und in der schönsten Unregelmäßigkeit durcheinander, mit zerlesenen Büchern beladen, schwarz, alt, abgenutzt, mit Initialen, ganzen Namen, grotesken Figuren und zahlreichen anderen Meisterwerken der Taschenmesserkunst bedeckt, sodass sie ihr bisschen eigenes Aussehen, das sie vielleicht in früheren, längst vergangenen Zeiten einmal besessen, vollständig verloren hatten. An dem einen Ende des Saales stand immer ein riesiger Eimer mit Wasser, an dem anderen eine Uhr von ganz ungeheueren Dimensionen.

Hinter den massiven Mauern dieses ehrwürdigen Schulgebäudes verlebte ich also meine Knabenjahre und zwar ohne Langeweile und Missbehagen. Der überschäumend fruchtbare Geist des Kindes bedarf ja keiner Ereignisse der äußeren Welt, um Beschäftigung und Erheiterung zu finden. Die düstere Monotonie der Schule barg für mich einen Überfluss an Erregungen, die stärker waren als alle, die meine reifere Jugend der Wollust und meine volle Männlichkeit dem Verbrechen verdankte. Ich bin zu der Überzeugung gekommen, dass meine erste intellektuelle Entwicklung zum großen Teil ganz ungewöhnlich – ja sogar krankhaft gewesen sein muss. Im Allgemeinen haben die Menschen im reifen Alter nur eine sehr undeutliche Erinnerung an die Ereignisse ihrer frühen Kindheit. Alles verschwimmt in ein Grau, aus dem sich nur schwach und undeutlich das Andenken an kleine Freuden und nebelhafte, unbestimmte Leiden abhebt. Bei mir war es nicht so. Ich muss schon als Kind mit dem ausgebildeten Empfindungsleben eines Erwachsenen alles das gefühlt haben, was ich jetzt in so bestimmten Linien und tief und unverwischbar wie die Inschrift auf karthagischen Denkmünzen in mein Gedächtnis eingeprägt finde.

Und doch, wie wenig – das heißt: wenig vom gewöhnlichen Standpunkte der Welt aus – Erinnerungswertes erlebte ich eigentlich! Für mich war das gemeinsame Aufstehen des Morgens, der Ruf zu Bett des Abends, die Unterrichtsstunden, die regelmäßigen halben Feiertage mit ihren Spaziergängen, der Spielplatz mit seinem Zeitvertreib, seinen kleinen Hinterlistigkeiten, seinen Streitereien – alles das, was ich wie durch Zauberei nun schon so lange Zeit vergessen hatte –, eine überströmende Quelle von Erregungen, eine ganze ereignisreiche Welt wichtiger Geschehnisse, eine Unendlichkeit von tausendfältigen Bewegungen, von wühlenden Leidenschaftlichkeiten. *Oh! le bon temps, que ce siècle de fer!*

Mein glühendes, begeisterndes, gebieterisches Wesen verlieh mir bald eine Sonderstellung unter meinen Mitschülern und nach und nach natürlicherweise ein Übergewicht über alle, die nicht bedeutend älter waren als ich – über alle, einen einzigen ausgenommen! Es war ein Schüler, der, obwohl er nicht im Mindesten mit mir verwandt war, doch den gleichen Tauf- und Familiennamen trug – ein Umstand, der an sich wenig Bemerkenswertes hatte, denn mein Name war, trotz seines adeligen Ursprungs, so landläufig, als sei er einmal vor undenklichen Zeiten durch Verjährung ein Freigut für die Menge geworden. In dieser Geschichte habe ich mich William Wilson genannt – dieser vorgeschobene Name ist dem wirklichen nicht allzu unähnlich!

Mein Namensvetter allein wagte es, mit mir zu wetteifern, in den Schulstunden sowohl wie in den Spielen und Streitreden während der Erholungszeit – er allein verweigerte meinen Behauptungen blinden Glauben und vollständige Unterwerfung unter meinen Willen, kurz – er lehnte sich in allen nur möglichen Fällen gegen meine Oberherrschaft auf. Wenn es aber jemals auf der Welt einen vollständigen rücksichtslosen Despotismus gibt, so ist es der, den ein eigenartiges Kind über die weniger entwickelten Geister seiner Kameraden ausübt.

Die Unbotmäßigkeit Wilsons setzte mich oft in Verlegenheit – und zwar umso mehr, als ich trotz der Großspurigkeit, mit der ich ihn und seine Anmaßungen öffentlich behandeln zu müssen glaubte, im Grunde fühlte, dass ich ihn fürchtete. Und ich konnte nicht umhin, die Gleichberechtigung, die er sich mir gegenüber so leicht erworben, für einen Beweis seiner Überlegenheit zu halten; überdies kostete es mich einen fortwährenden Kampf, meine Stellung ihm gegenüber zu behaupten. Doch fiel nur mir allein diese Überlegenheit oder vielmehr Gleichwertigkeit auf; unsere Kameraden schienen unerklärlicherweise nichts von derselben zu bemerken. Allerdings äußerte sich seine Nebenbuhlerschaft und vor allem sein zähes, heftiges Widerstreben gegen meine Herrschaft ebenso geheim wie bestimmt. Äußerlich schien es, als besitze er nicht im Geringsten den Ehrgeiz, der mich zu herrschen antrieb, noch die leidenschaftliche Kraft, mit der ich mich durchsetzte. Man hätte glauben können, dass ihn einzig und allein ein fantastischer Wunsch antrieb, mir zuwiderzuhandeln, mich in Erstaunen zu setzen und zu quälen; obwohl ich nicht umhinkonnte, hin und wieder mit einem Gefühl von Verwunderung, Demütigung und Zorn wahrzunehmen, dass seine Beleidigungen und Widerspenstigkeiten unter dem Mantel einer ganz unangebrachten und mir höchst unwillkommenen Zuneigung geschahen. Ich konnte mir sein sonderbares Betragen nur als die Furcht eines grenzenlosen Eigendünkels erklären, der sich hinter dem Scheingebaren liebenswürdigsten Wohlwollens versteckte.

Vielleicht war es gerade dieser Zug in Wilsons Betragen, der, bei der Gleichheit unseres Namens und dem Zufall, dass wir an demselben Tage in die Schule eingetreten waren, in den oberen Klassen die Meinung verbreitet hatte, wir seien Brüder. Ich habe jedoch vorhin schon gesagt, dass Wilson nicht im Entferntesten mit mir und meiner Familie verwandt war. Doch falls wir Brüder gewesen wären, hätten wir sogar Zwillinge sein müssen; denn beim Austritt aus der Schule erfuhr ich zufällig, dass mein Namensvetter am 19. Januar 1813 geboren wurde – ein wirklich merkwürdiger Umstand, denn auch ich hatte an diesem Tage das Licht der Welt erblickt.

Es mag seltsam erscheinen, dass ich Wilson trotz der fortwährenden Angst, die mir seine Nebenbuhlerschaft und sein unerträglicher Widerspruchsgeist bereiteten, doch eigentlich nicht hassen konnte. Wir hatten fast jeden Tag irgendeinen Streit miteinander, bei dem er mir immer zum Schluss öffentlich die Siegespalme überließ, freilich in einer Art und Weise, die mir klar machen musste, dass er sie eigentlich verdient habe. Doch ein Gefühl des Stolzes meinerseits und eine wirkliche Würde seinerseits ließen uns nie die Grenzen der Höflichkeit überschreiten. Überdies zeigten unsere Charaktere so viel gleiche Züge, dass nur die gegnerische Stellung meine Gefühle zu ihm nicht in wahre Freundschaft ausreifen ließ. Es ist sehr schwer, die Empfindungen, die er mir einflößte, zu erklären oder gar zu beschreiben. Es war ein buntscheckiges, widerspruchvolles Gemisch, eine eigensinnige Feindseligkeit, die, wie gesagt, kein Hass war, etwas Achtung, mehr misstrauische Bewunderung, viel Furcht und eine unendlich unruhige Neugierde. Hinzuzufügen, dass Wilson und ich die unzertrennlichsten Gefährten waren, ist eigentlich ganz unnötig.

Wahrscheinlich lag es an dieser so außergewöhnlichen Stellungnahme zueinander, dass alle meine Angriffe auf Wilson – die offenen sowohl wie die versteckten: Sie waren gleich zahlreich – sich in das Gewand des Scherzes und der Ironie kleideten. Ich wusste ja zu gut, wie ausgezeichnet das verwunden konnte. Aber meine Anstrengungen waren durchaus nicht immer von Erfolg gekrönt, oft selbst dann nicht, wenn ich meinen Plan auf das Schlaueste eingefädelt zu haben glaubte; denn mein Namensvetter hatte in seinem Charakter so viel strenge Ruhe und zurückhaltende Würde, dass er, der so gut die Früchte eigener Spöttereien zu ernten verstand, keine Achillesferse darbot und nicht lächerlich zu machen war. Ich fand bei ihm nur einen wunden Punkt, der noch dazu seinen Ursprung in einem physischen Übel hatte, und den jeder Gegner, falls er nicht, wie ich, vollständig am Ende seiner Wissenschaft angekommen gewesen, geschont hätte:

Mein Rivale litt an einer Schwäche der Sprachorgane, die ihn hinderte, seine Stimme über ein leises Flüstern zu erheben. Ich verfehlte nicht, aus diesem Defekt all den armseligen Vorteil zu ziehen, den er mir gewähren konnte.

Wilson rächte sich dafür in verschiedener Weise; doch reizte er mich vor allem durch eine ganz besondere Boshaftigkeit, die mich stets vollständig außer Fassung brachte. Es ist mir nie klar geworden, wie er es herausgefunden hatte, dass eine so bedeutungslose Kleinigkeit mich verletzen könne, aber nachdem er es einmal bemerkt hatte, wandte er die Tortur hartnäckig an. Ich hatte von jeher eine lebhafte Abneigung gegen meinen unglückseligen, uneleganten Familiennamen und noch trivialeren, ja fast plebejischen Taufnamen. Seine Silben waren Gift für meine Ohren, und als am Tage meiner Ankunft ein zweiter William Wilson in die Schule eintrat, wurde ich schon wütend auf ihn, bloß weil er diesen Namen trug, und doppelt abgestoßen von dem Namen, bloß weil ihn ein Fremder trug, der von nun ab beständig in meiner Nähe leben würde und schuld war, dass ich die verhassten Laute, die obendrein noch oft genug veranlassten, dass man meine Angelegenheiten mit den seinen verwechselte, nun doppelt so oft hören musste.

Das Gefühl der Erbitterung, das dieser Umstand hervorgerufen, wurde noch bei jeder Gelegenheit verstärkt, bei der wieder eine der vielen Ähnlichkeiten zwischen meinem Rivalen und mir zum Vorschein kamen. Damals war mir die sonderbare Tatsache, dass wir genau gleichaltrig waren, noch nicht bekannt; doch sah ich voll Zorn, dass wir die gleiche Größe hatten und dass sogar die Hauptumrisse unserer Gestalt und unseres Antlitzes eine auffallende Ähnlichkeit aufwiesen. Nicht weniger entrüstet war ich über das Gerücht, das uns als Verwandte bezeichnete und das in den oberen Klassen allgemein geglaubt wurde. Kurz – nichts konnte mich ernstlicher beunruhigen (obwohl ich meine Empfindungen mit größter Sorgfalt verbarg), als eine Anspielung auf die geistige oder persönliche Gleichartigkeit zwischen uns. Dabei hatte ich nicht den geringsten Grund, anzunehmen, dass diese Gleichartigkeit, abgesehen von dem schnell entstandenen Gerüchte unserer Verwandtschaft, jemals von einem unserer Mitschüler zur Sprache gebracht oder auch nur bemerkt wurde; dass sie Wilson selbst jedoch, gerade so wie mir, mit all ihren Einzelheiten auffiel, war klar; doch dass er diesen Umstand so oft und so erfolgreich zu Quälereien zu benutzen wusste, kann ich nur seinem ungewöhnlichen Scharfsinne zuschreiben.

Wenn er mir antwortete, ahmte er meine Gesten und Worte in ganz bewundernswerter Weise nach, es war ihm ein Leichtes, meine Kleidung zu kopieren, ohne Schwierigkeit eignete er sich alle Kennzeichen meines Ganges und meiner Haltung an; trotz seines organischen Fehlers imitierte er sogar meine Stimme. Natürlich konnte er nicht laut sprechen, aber das Timbre war das Gleiche, und sein sonderbares Flüstern klang wie mein wahrhaftiges Echo.

Wie sehr mich dies merkwürdige Porträt (ich kann es nicht einmal eine Karikatur nennen) quälte, ist nicht zu sagen. Ich hatte nur einen Trost – eben den, dass seine Imitation anscheinend nur von mir bemerkt wurde, und dass mir allein das geheimnisvolle und sonderbar wissende Lächeln meines Namensvetters auffiel. Zufrieden damit, seinen Zweck erreicht zu haben, schien er sich nur im Geheimen an dem Anblick der Verwundungen, die er mir beibrachte, zu laben und den allgemeinen Beifall, den sich sein Scharfsinn leicht hätte verschaffen können, hochmütig zu verschmähen. Dass meine Kameraden seine Absicht und seine gelungene Schauspielerei tatsächlich nicht bemerkten und nicht an seinem Hohne teilnahmen, war mir manchen qualvollen Monat hindurch ein unauflösbares Rätsel. Vielleicht hatte dies seinen Grund in dem langsamen, gradweisen Entstehen der Kopie, oder noch wahrscheinlicher in der Meisterschaft meines Kopisten, der alles Buchstäbliche – an dem weniger scharfsinnige Menschen allein eine Imitation erkennen – verschmähte und dafür den Geist des Originals zu meinem größten Staunen und Verdruss auf das Vollkommenste wiedergab.

Ich habe schon von seinem widerwärtig wohlwollenden Benehmen mir gegenüber gesprochen und von seinem beständigen Auflehnen gegen meine Beschlüsse, das noch dazu oft in der verhassten Gestalt eines Rates geschah, den er nicht einmal offenherzig erteilte, sondern nur durchblicken ließ und unvermerkt suggerieren wollte. Ich nahm diese Ratschläge mit einem Abscheu entgegen, der mit den Jahren stetig wuchs. Doch heute, nach so langer Zeit, muss ich meinem Quäler wenigstens Gerechtigkeit widerfahren lassen, muss anerkennen, dass keine seiner Suggestionen zu den Torheiten und Irrtümern zu rechnen ist, die bei jungen Leuten seines unreifen Alters und seiner scheinbaren Unerfahrenheit nur zu erklärlich gewesen wären; dass sein sittliches Bewusstsein, vielleicht auch seine allgemeinen Kenntnisse weit fester gegründet waren als die meinigen, und dass ich heute ein besserer und deshalb glücklicherer Mensch wäre, hätte ich die Ratschläge, die er mir in seinem bedeutungsvollen, verhassten, verabscheuten Flüstern zukommen ließ, weniger häufig zurückgewiesen.

Nach und nach empörte ich mich immer heftiger gegen die widerwärtige Beaufsichtigung, die er mir angedeihen ließ, und wandte mich von Tag zu Tag offener gegen das, was ich für unerträgliche Anmaßung hielt. Ich habe auch schon gesagt, dass meine Gefühle während der ersten Jahre unseres Zusammenseins leicht in eine Freundschaft für ihn hätten ausreifen können; doch in den letzten Monaten meines Aufenthaltes in der Schule verwandelten sie sich fast in Hass, und zwar sonderbarerweise in demselben Verhältnis, in dem er von seinen lästigen Nachahmungen Abstand zu nehmen schien. Bei irgendeiner Gelegenheit bemerkte er es und mied mich von da an oder tat wenigstens so.

In dieser Zeit, wenn ich mich recht erinnere, gerieten wir einmal in einen Streit, bei dem ihn seine gewöhnliche Zurückhaltung verließ. Er sprach und bewegte sich mit einer Ungebundenheit, die seiner Natur sonst ganz fremd war, und ich entdeckte – oder bildete mir ein, es zu tun – in seinem Tonfall, in seinen Mienen, in seiner ganzen Erscheinung ein Etwas, das mich zuerst erschreckte und dann auf das Tiefste interessierte, da es nebelhafte Visionen aus meiner ersten Kindheit in mir wachrief – seltsame, verwirrte, zusammengedrängte Vorstellungen aus einer Zeit, in der mein Gedächtnis noch nicht geboren war. Ich kann dies Gefühl, das mich bedrückte, nicht besser erklären, als wenn ich sage, dass ich mich des Gedankens nicht erwehren konnte, ich habe das Wesen, das da vor mir stand, schon einmal – in lange vergangener Zeit, in einer unendlich lange verschwundenen Vergangenheit – gekannt. Diese Vorstellung erlosch jedoch so schnell wie sie gekommen war, und ich erwähne sie überhaupt nur, um den Tag der letzten Unterredung mit meinem eigentümlichen Namensgenossen näher zu bestimmen.

Das alte, riesige Gebäude mit seinen zahllosen Unterabteilungen enthielt mehrere große Zimmer, die miteinander in Verbindung standen. Es waren die Schlafsäle, die für den größten Teil der Schüler ausreichten. Außerdem gab es noch (dies war bei dem bizarren Bauplan, nach dem das Haus errichtet war, ja unausbleiblich) eine Menge Kämmerchen und Schlupfwinkel, die die kluge Sparsamkeit des Doktor Bransby ebenfalls zu Schlafzimmern hatte herrichten lassen, obwohl sie nur für einen Einzigen Raum enthielten. In einem dieser kleinen Kabinette schlief Wilson.

Eines Nachts, gegen Ende meines fünften Schuljahres und kurz nach dem Wortwechsel, von dem ich eben gesprochen habe, erhob ich mich, als alles in tiefstem Schlafe lag, von meinem Bett und stahl mich mit meiner Lampe durch ein Irrsal enger Gänge aus meinem Schlafzimmer in die Kammer meines Rivalen. Ich hatte mir seit langer Zeit einen Schabernack ausgedacht und wollte ihn einmal die ganze Bosheit, die mich erfüllte, auskosten lassen. Geräuschlos trat ich ein und ließ meine Lampe, deren Licht ich durch einen Schirm dämpfte, an der Türe stehen, dann kam ich einen Schritt näher und lauschte auf seine ruhigen Atemzüge. Da ich nun sicher war, dass er schlief, holte ich das Licht und näherte mich von neuem dem Bett. Es war von Vorhängen umgeben, die ich langsam und leise zurückschob. Die Lichtstrahlen fielen voll auf den Schläfer, und zu gleicher Zeit blieben meine Augen auf seinem Angesicht haften. Ich blickte ihn an – und ein Gefühl der Betäubung, der Erstarrung durchfuhr meinen ganzen Körper. Mein Herz schlug wie rasend, meine Knie zitterten, mein ganzes Wesen wurde von einem unerträglichen und unerklärlichen Schreck durchschüttelt. Ich rang nach Atem und näherte die Lampe noch mehr seinem Gesicht. Waren dies – dies die Züge William Wilsons? Ich sah ja, dass es die seinen waren, und doch zitterte ich wie im Fieberfrost, da ich mir einbildete, sie seien es nicht. Was war denn jetzt an ihnen, dass sich mein Urteil über sie verwirren konnte? Ich betrachtete sie von neuem – und tausend unzusammenhängende Gedanken durchwirbelten mein Gehirn. So sah er doch nicht aus, so erschien er mir doch nicht in den Stunden des Wachseins. Der gleiche Name! Dieselben Züge! Der gleiche Antrittstag in der Schule! Und dann seine bissige, unerklärlich richtige Nachahmung meiner Haltung, meiner Stimme, meiner Kleidung, meines ganzen Gebarens? War es menschlich denkbar, dass das, was ich nun sah, nur das Resultat seiner gewohnheitsmäßigen Nachahmung meiner Persönlichkeit war? Schauder überlief mich. Tief erschrocken löschte ich meine Lampe und schlich geräuschlos in mein Zimmer zurück. Bald darauf verließ ich die Hallen der alten Schule, um sie nie wieder zu betreten.

Nach Verlauf einiger Monate, die ich bei meinen Eltern in reinem Nichtstun verbracht hatte, kam ich auf die Universität nach Eton. Der kurze Aufenthalt zu Hause hatte genügt, um die Erinnerung an die Ereignisse im Hause des Doktors Bransby abzuschwächen oder doch wenigstens eine Wandlung in den Gefühlen, die mir diese Erinnerung einflößten, hervorzurufen. Das Tragische des ganzen Dramas war verschwunden. Ich zweifelte sogar zuweilen an der Verlässlichkeit meiner Sinne und erinnerte mich der Sache meist nur mit lebhafter Verwunderung über die menschliche Leichtgläubigkeit und mit einem Lächeln über die lebendige Einbildungskraft, die ich von meinen Vätern geerbt hatte. Dieser Skeptizismus wurde durch meinen Lebenswandel in Eton auch durchaus nicht vermindert. Der Strudel gedankenloser Torheiten, in die ich mich Hals über Kopf hineinstürzte, schwemmte alles fort und ließ mir nur noch den Schaum der vergangenen Zeiten; er verschlang jeden tieferen, ernsten Eindruck, sodass mir nur noch Oberflächlichkeiten aus meinem früheren Leben im Gedächtnis blieben.

Ich habe nicht die Absicht, hier alle meine Ausschweifungen zu erzählen – und meine Verworfenheit, die jeder Gesetze spottete und jede Wachsamkeit zu Schanden machte, zu enthüllen. Drei Jahre voll Verirrungen hatten mich bis in den Grund meines Wesens zum Verbrecher gemacht und sonderbarerweise meine physische Entwicklung ganz anormal begünstigt. Da lud ich einmal nach einer Woche unwürdiger Ausschweifungen eine Gesellschaft von sittenlosen Studenten zu einer geheimen Orgie in meine Wohnung ein. Wir kamen zu später Stunde zusammen, denn wir hatten die Absicht, die gottlose Feier bis zum Morgen auszudehnen. Der Wein floss in Strömen, und außerdem gab es noch andere und vielleicht gefährlichere Verführungen, sodass es im Osten schon zu dämmern begann, als unsere geräuschvolle Lustbarkeit ihren Höhepunkt erreicht hatte. Bis zum Wahnsinn erregt durch die Karten und meine Trunkenheit, bestand ich hartnäckig darauf, einen ganz ungewöhnlich lästerhaften Toast auszubringen, als meine Aufmerksamkeit plötzlich abgelenkt wurde, weil sich eine Tür ein wenig öffnete und ich von draußen die eifrige Stimme meines Dieners vernahm. Er trat ein und sagte mir, dass jemand, der offenbar in großer Eile sei, mich im Vorzimmer zu sprechen wünsche.

In meiner wilden Weinlaune empfand ich mehr Vergnügen als Überraschung über diese unerwartete Störung. Ich schwankte aus dem Zimmer und stand bald im

Vestibül des Hauses. Der niedrige, kleine Raum war von keiner Lampe erleuchtet, nur ein schwaches graues Morgenlicht fiel durch ein halbrundes Fenster. Als ich über die Schwelle schritt, erblickte ich die Gestalt eines Jünglings, der ungefähr meine Größe hatte und in einen weißen, nach der neuen, vornehmsten Mode geschnittenen Hausrock aus Kaschmir gekleidet war, wie ich ihn auch gerade in dem Augenblick trug. Doch dies war das Einzige, was ich in dem schwachen Lichte bemerken konnte, seine Gesichtszüge erkannte ich nicht deutlich. Als ich eintrat, kam er hastig auf mich zu, ergriff mit einem Ausdruck gebieterischer Ungeduld meinen Arm und flüsterte mir die Worte: »William Wilson« ins Ohr.

Im Augenblick wurde ich nüchtern.

In dem Wesen des Fremden, in dem nervösen Zittern seiner Finger, die ich in dem grauen Licht deutlich bemerkte, lag etwas, das mich mit unerklärlichem Erstaunen erfüllte, und doch war es nicht dies, was mich so heftig erregte. Es war vielmehr die kurze, feierliche Warnung, die in seinen sonderbaren, leisen, geflüsterten Worten gelegen hatte, und vor allem der Charakter, der Tonfall, das Timbre dieser wenigen simplen Silben, der tausend beängstigende Erinnerungen an lang vergangene Tage in mir wachrief und meine Seele eisig und heiß zugleich durchschoss. Ehe ich wieder vollständig zu mir selbst kam, war der Fremde verschwunden.

Obwohl dies Ereignis einen lebhaften Eindruck auf meine zügellose Fantasie gemacht hatte, verschwand er doch bald wieder. Während einiger Wochen dachte ich zwar wieder ernsthafter über mein Leben nach, ja, ich versenkte mich oft in ein krankhaftes Grübeln. Ich machte keinen Versuch, mir die Identität des seltsamen Individuums, das sich so hartnäckig in meine Angelegenheiten mischte und mich mit seinen Ratschlägen belästigte, zu verhehlen. Aber wer und was war dieser Wilson? – woher kam er? – zu welchem Zweck? Auf keine dieser Fragen konnte ich genügend antworten – ich wusste nur, dass eine Familienangelegenheit ihn am Nachmittag des Tages, an dem ich aus dem Hause des Doktors Bransby geflohen war, zu seinen Angehörigen zurückgerufen hatte. Doch nach kurzer Zeit hörte ich auf, über diese Sache nachzugrübeln, da der Plan einer Reise nach Oxford all meine Gedanken in Anspruch nahm. Ich siedelte denn auch wirklich bald dahin über, und die freigebige Eitelkeit meiner Eltern gewährte mir eine Ausstattung und eine jährliche Rente, die mir gestattete, mich von ganzem Herzen all den Lustbarkeiten, die mir fast schon unentbehrlich geworden waren, hinzugeben und in Prunk und Verschwendung mit den reichsten Erben der reichsten Grafschaften Großbritanniens zu wetteifern.

Durch meine Mittel zum Laster angespornt, brach mein angestammtes Temperament mit doppelter Kraft durch, und in dem wahnsinnigen Rausche meiner Ausschweifungen zerriss ich jede Fessel der Sitte und der Ordnung. Doch es würde absurd sein, mich bei Einzelheiten dieses abenteuerlichen Lebens aufzuhalten. Es mag genügen, wenn ich sage, dass ich als Verschwender jeden übertrumpfte und eine ganze Schar neuer Laster schuf und mit meinem Namen zierte, die keinen kleinen Anhang zu dem großen Katalog der Versündigungen ausmachte, die damals an der ausschweifendsten Universität Europas alltäglich waren.

Und trotz alledem ist es nur schwer zu glauben, dass ich so tief aus den Reihen ehrenhafter Menschen sank, meine Gesellschaft unter der niedrigsten Sorte professioneller Spieler zu suchen. Ich wurde ein Schüler ihrer verächtlichen Wissenschaft und gebrauchte dieselbe nun gewohnheitsmäßig als Mittel, um meine enormen Revenuen auf Kosten naiver Mitstudenten noch zu vergrößern. Die Ungeheuerlichkeit dieses Verstoßes gegen jedes Gefühl von Würde und Ehre war ohne Zweifel der hauptsächlichste, wenn nicht der einzige Grund, dass ich eine lange Zeit straflos ausging. Wer unter meinen verworfensten Gesellschaftern hätte nicht eher seinen eigenen Sinnen misstraut, als den heiteren, freimütigen, großherzigen William Wilson einer solchen Handlungsweise für fähig gehalten – ihn, den vornehmsten und freigebigsten Studenten von ganz Oxford, ihn, dessen Ausschweifungen, wie die Parasiten sagten, nur Torheiten waren, die man seiner Jugendkraft und seiner schrankenlosen Fantasie zugute halten musste, dessen Irrtümer nur graziösen Launen entsprangen, dessen schwärzeste Laster sorglose, liebenswürdige Extravaganzen genannt wurden?

Schon zwei Jahre lang hatte ich dies Verbrecherleben erfolgreich geführt, als ein junger, neu geadelter Edelmann die Universität bezog. Er hieß Glendinning, war, wie die öffentliche Meinung sagte, reich wie keiner und hatte seine Reichtümer mit leichter Mühe erworben, nämlich geerbt. Ich entdeckte bald, dass er nicht allzu viel Verstand habe, und erwählte ihn zum Opfer meiner Geschicklichkeit. Ich veranlasste ihn oft zum Spielen und bediente mich der bekannten List der Falschspieler, ihn zuerst beträchtliche Summen gewinnen zu lassen, um ihn später dafür desto sicherer in meine Schlingen zu verwickeln. Als mir dann der richtige Zeitpunkt gekommen schien, traf ich mit ihm, in der festen Absicht, nun meinen Plan auszuführen, in der Wohnung eines unserer Kameraden zusammen, der in gleicher Weise mit uns beiden befreundet war, jedoch nicht die entfernteste Ahnung von meinem Vorhaben hatte. Um der ganzen Sache einen harmlosen Anstrich zu geben, hatte ich veranlasst, dass eine Gesellschaft von acht oder zehn jungen Leuten geladen wurde und der Wunsch zu spielen nicht von mir, sondern von meinem Opfer selbst ausging. Um schnell über eine so niedrige Angelegenheit hinwegzugehen: Ich verzichtete auf keine der kleinen, unwürdigen Niederträchtigkeiten, die in den gleichen Situationen so gang und gäbe sind, dass es nur verwunderlich ist, wie ihnen noch immer Dumme zum Opfer fallen können.

Wir hatten unser Zusammensein schon bis tief in die Nacht ausgedehnt, ehe es mir gelang, Glendinning als alleinigen Partner zu bekommen. Wir spielten mein Lieblingsspiel, das Ecarté . Die übrige Gesellschaft hatte die Karten schon beiseite gelegt, und da sie sich für unsere Partie interessierten, standen sie als Zuschauer um uns herum. Der »Parvenu«, den ich im ersten Teile des Abends geschickt zu reichlichem Trinken animiert hatte, mischte, gab und spielte mit sonderbarer Nervosität, die nur zum Teil ihren Grund in seiner Berauschtheit haben konnte. In sehr kurzer Zeit hatte er eine beträchtliche Summe an mich verspielt, und nachdem er noch einen reichlichen Trunk Portwein genommen, tat er das, was ich kühl vorausgeahnt hatte: Er schlug vor, unsere an sich schon unsinnig hohen Einsätze zu verdoppeln. Mit gut gespieltem Widerstreben, und erst nachdem meine Weigerung ihn zu spitzen Worten getrieben hatte, die meiner Einwilligung den Anschein der Unfreiwilligkeit gaben, erklärte ich mich dazu bereit. Das Resultat war natürlich, wie ich vorausgesehen: Die Beute fiel mir vollständig zu, in weniger als einer Stunde hatte er seine Schuld vervierfacht. Schon seit einiger Zeit war aus seinen Zügen die Farbe, die ihnen der Wein verliehen, verschwunden; jetzt bemerkte ich mit Erstaunen, dass er erschreckend bleich geworden war. Ich sage mit Erstaunen. Man hatte mir auf meine eifrigen Nachforschungen geantwortet, dass Glendinning über ein unermessliches Vermögen verfüge, und ich dachte nicht, dass ihn sein heutiger Verlust, obwohl er an sich ungeheuerlich war, ernsthaft beunruhigen oder gar so heftig erregen könne. Zuerst dachte ich, der Wein, den er so reichlich genossen, habe ihn überwältigt, und um meinen Charakter bei meinen Freunden nicht in ein schlechtes Licht zu setzen, weniger aus Uneigennützigkeit, bestand ich darauf, das Spiel sofort zu unterbrechen, als ein paar Bemerkungen meiner Kameraden und ein Ausruf vollendeter Verzweiflung vonseiten Glendinnings mich überzeugten, dass ich seinen vollständigen Ruin herbeigeführt hatte und noch dazu unter Umständen, die ihn zum Gegenstand des allgemeinen Mitleidens machten und selbst vor den Bosheiten des bösen Feindes hätten beschützen können.

Es ist schwer zu sagen, was ich unter diesen Umständen hätte tun sollen. Die bedauernswerte Situation meines Opfers hatte eine verlegene Niedergeschlagenheit über die Stimmung der Anwesenden gebreitet. Während einiger Augenblicke herrschte ein tiefes Stillschweigen, und ich konnte nicht verhindern, dass meine Wangen sich unter den vorwurfsvollen und verächtlichen Blicken der noch nicht ganz Verhärteten mit Schamröte bedeckten. Ich muss sogar gestehen, dass ich mich einen Augenblick lang durch die plötzliche und außergewöhnliche Unterbrechung, die jetzt ganz unvorhergesehen eintrat, wie von einer unerträglichen Last erleichtert fühlte. Die schweren Flügeltüren des Zimmers flogen auf einmal weit und mit solchem Ungestüm, solcher Heftigkeit auf, dass der Luftzug wie durch Zauberei alle Lichter in dem Raume verlöschte. In ihrem letzten Aufflackern bemerkten wir noch, dass ein Fremder, in meiner Größe und fest in einen Mantel gehüllt, eintrat. Die Dunkelheit war nun undurchdringlich geworden, und wir konnten nur noch fühlen, dass er in unserer Mitte stand. Ehe sich einer von uns von dem äußersten Erstaunen über das plötzliche Erscheinen des Fremden erholen konnte, begann er zu reden.

»Meine Herren«, sagte er in leisem, deutlichem Flüstern, das mir durch Mark und Bein ging, »meine Herren, ich will mich wegen meines Auftretens nicht entschuldigen, denn ich tat es, um eine Pflicht zu erfüllen. Sie sind ohne Zweifel nicht recht berichtet über den wahren Charakter der Person, die heute Abend beim Ecarté dem Lord Glendinning eine große Summe abgewonnen hat. Ich will Ihnen deshalb einen Vorschlag machen, wie Sie diese höchst wichtige Erkundigung einziehen können. Untersuchen Sie nur, bitte, mit Muße das Futter des Aufschlags am linken Ärmel und die verschiedenen Pakete, die man in den sonderbar großen Taschen seines gestickten Hausrocks finden wird.«

Während er sprach, herrschte eine solche Stille, dass man eine Stecknadel hätte fallen hören können. Als er geendet, schritt er so schnell wie er gekommen wieder hinaus. Kann ich – soll ich meine Gefühle beschreiben? Soll ich sagen, dass ich alle Qualen der Verdammten auskostete? Doch hatte ich wenig Zeit zum Nachdenken. Viele Hände packten mich auf der Stelle, man zündete sofort die Lichter wieder an und durchsuchte mich. In dem Futter meines Ärmels fand man alle wesentlichen Karten des Ecarté und in den Taschen meines Hausrocks erkenntlich gemachte Faksimile all der Spiele, die wir bei unseren Zusammenkünften zu spielen pflegten.

Jeder Ausbruch der Entrüstung nach dieser Entdeckung hätte mich weniger tief getroffen, als die schweigende Verachtung, mit der man sie aufnahm.

»Herr Wilson«, sagte unser Gastgeber und hob einen kostbaren pelzgefütterten Mantel auf, der vor seinen Füßen lag, »er gehört wohl Ihnen.« (Es war kalt, und ich hatte beim Verlassen meines Hauses einen Mantel über meinen Hausrock gezogen und ihn auf dem Schauplatz meiner Heldentat wieder abgelegt.) »Ich halte es für überflüssig«, fügte er mit einem bitteren Lächeln auf die Falten des Kleidungsstückes hinzu, »hier nach neuen Beweisen zu suchen. Wir haben genug davon. Sie sehen hoffentlich die Notwendigkeit ein, Oxford den Rücken zu kehren und diese Wohnung augenblicklich zu verlassen.«

Wahrscheinlich hätte ich diese beleidigende, demütigende Sprache durch persönliche Gewalttätigkeit gerächt, wenn nicht meine ganze Aufmerksamkeit in diesem Augenblick auf eine unerklärliche Tatsache gelenkt worden wäre. Der Mantel, den ich getragen, war mit kostbarem, seltenem Pelzwerk gefüttert – wie teuer er gewesen, wage ich nicht zu sagen. Seinen Schnitt hatte ich selbst erfunden – ich war in dergleichen läppischen Sachen höchst peinlich und trieb einen ans Wahnsinnige grenzenden Kleidersport. Als mir Herr Preston, der Gastgeber, den Mantel, den er in der Nähe der Flügeltür vom Boden aufgehoben hatte, überreichte, bemerkte ich mit einem Erstaunen, das fast schon Erschrecken war, dass ich den meinigen schon über dem Arm hängen hatte (ich hatte ihn wahrscheinlich schon unwillkürlich an mich genommen) und dass der, den mir Preston darbot, in allem, selbst in den unbedeutendsten Kleinigkeiten, sein vollkommenes Ebenbild war. Das unheimliche Wesen, das mich so entlarvt hatte, war in einen Mantel gehüllt hereingekommen; niemand aus der Gesellschaft, außer mir, hatte heute einen Mantel mitgebracht – dessen entsann ich mich ganz genau! Mit dem Rest von Geistesgegenwart, der mir noch geblieben war, nahm ich das Kleidungsstück aus Prestons Hand entgegen, legte es unauffällig über meinen eigenen Mantel und verließ mit drohenden, herausfordernden Blicken das Zimmer. Noch vor Tagesanbruch floh ich in einer wahren Todesqual, von Schreck und Scham gefoltert, aus Oxford und eilte dem Kontinent zu.

Ich floh vergebens. Mein böses Geschick verfolgte mich mit satanischem Frohlocken, ja, seine geheimnisvolle Gewalt schien erst jetzt recht zu beginnen. Kaum hatte ich meinen Fuß nach Paris gesetzt, als ich einen neuen Beweis von der verhassten Aufmerksamkeit erhielt, die der andere Wilson meinen Angelegenheiten entgegenbrachte. Jahre flohen dahin, und ich verspürte noch keine Erleichterung. Der Elende! – Mit welch lästiger Hartnäckigkeit, mit welch gespensterhafter, verwünschter Dienstfertigkeit warf er sich in Rom zwischen mich und meinen Ehrgeiz. Und in Wien! – in Berlin! – in Moskau! Wo hatte ich einmal nicht bitteren Grund, ihm aus tiefstem Herzen zu fluchen? Wie von einer Panik ergriffen, floh ich vor seiner unerklärlichen Gewaltherrschaft ... bis ans Ende der Welt floh ich ... und floh vergebens.

Und wieder und wieder stellte ich meiner Seele im geheimen Zwiegespräch die Frage »Wer ist er? – woher kommt er? – was will er?« – Aber ich fand keine Antwort. Und nun erforschte ich mit peinlichster Sorgfalt die Art und Weise, die Methode, die hauptsächlichsten Züge seiner unverschämten Überwachung. Aber auch da fand ich nur sehr wenig, was eine sichere Vermutung hätte aufkommen lassen. Es war vielleicht bemerkenswert, dass er meine Pläne nur dann kreuzte, wenn ihre Ausführung mit Gefahr für mich verbunden war. Aber auch dies ist nur eine armselige Rechtfertigung für eine so gewaltsam angeeignete Machtbefugnis, eine armselige Entschädigung für den frechen Raub der natürlichen Rechte der Selbstbestimmung!

Ich hatte auch bemerkt, dass mein Peiniger (der meine Kleidung immer noch auf das Genaueste und mit wunderbarer Geschicklichkeit nachahmte) es so einzurichten wusste, dass ich, wenn er wieder einmal vor mir erschien und meine Pläne vereitelte, nie seine Gesichtszüge sehen konnte.

Mochte Wilson nun sein, wer er wollte – diese Geheimnistuerei erschien mir als der Gipfelpunkt der Geziertheit und Dummheit. Konnte er nur einen Augenblick glauben, dass ich in meinem Berater in Eton – in dem Mörder meiner Ehre zu Oxford – in dem Menschen, der meine ehrgeizigen Pläne in Rom durchkreuzt – meine Rache in Paris verhindert, meine leidenschaftliche Liebe in Neapel zerstört und in Ägypten, dem, was er fälschlich Habgier nannte, gesteuert – konnte er glauben, dass ich in diesem Wesen, meinem Erzfeinde und bösen Geiste, nicht den William Wilson meiner Schuljahre wiedererkennen würde – den Namensvetter und Nebenbuhler – den verhassten und gefürchteten Rivalen im Hause des Doktors Bransby? Unmöglich! – Doch lassen Sie mich zu der schrecklichen Schlussszene meines Dramas eilen.

Bis jetzt hatte ich mich seiner angemaßten Herrschaft feige unterworfen. Das Gefühl tiefer Ehrfurcht, mit dem ich mich gewöhnt hatte den tadellosen Charakter, die majestätische Weisheit, die scheinbare Allgegenwart und Allmacht Wilsons zu betrachten, sowie ein unbestimmter Schreck, den mir gewisse Züge seines Wesens einflößten, ließen mich meine Schwäche und Ohnmacht ihm gegenüber nur noch tiefer empfinden und bestimmten mich zu einer vollständigen, wenn auch von Bitterkeit und Widerwillen durchtränkten Unterwerfung unter seine Willkürlichkeiten. In letzter Zeit jedoch hatte ich mich vollständig dem Weine ergeben, und sein aufrührerischer Einfluss auf mein ererbtes Temperament machte mir nach und nach jede Beaufsichtigung unerträglich. Ich begann zu murren, zu zögern, Widerstand zu leisten. Und war es nur eine Einbildung, die mich glauben machte, dass die Macht meines Peinigers in demselben Maße abnahm, in dem sich meine Stärke befestigte? Doch sei dem, wie ihm wolle, jedenfalls fühlte ich in mir eine brennende Hoffnung erblühen, die im Geheimen den finsteren, verzweifelten Entschluss nährte, mich vollständig aus meiner Sklaverei zu befreien.

Es war in Rom, während des Karnevals im Jahre 18...; ich besuchte den Maskenball, den der Herzog di Broglio in seinem Palaste gab. Noch reichlicher wie gewöhnlich hatte ich dem Weine zugesprochen, und die erstickende Atmosphäre der überfüllten Salons erregte mich auf das Unerträglichste. Die Schwierigkeit, mit der ich mir einen Weg durch die Menge bahnte, trug auch nicht wenig dazu bei, mich in immer größere Erregung hineinzupeitschen, denn ich suchte angstvoll (ich will verschweigen, aus welch unwürdigem Grunde) die junge, schöne und fröhliche Gemahlin des alten, extravaganten di Broglio. In allzu harmlosem Vertrauen hatte sie mir verraten, welches Kostüm sie tragen werde, und da ich es eben in der Ferne hatte aufleuchten sehen, beeilte ich mich, in ihre Nähe zu gelangen. In diesem Augenblick fühlte ich eine Hand auf meiner Schulter – und vernahm dann jenes unvergessliche, leise, verfluchte Flüstern.

Von rasender Wut ergriffen, wandte ich mich brüsk zu dem Störer um und packte ihn heftig am Kragen. Er trug, wie erwartet, ein genaues Gegenstück zu meinem Kostüm; einen spanischen Mantel aus blauem Sammet und einen karmesinroten Gürtel, in dem ein Rapier steckte. Eine schwarze Seidenmaske verbarg sein Gesicht vollständig.

»Schurke!«, schrie ich mit wutheiserer Stimme, und jede Silbe goss mir neues Öl auf das Feuer meines Zornes – »Schurke! Betrüger! verfluchter Schuft! du wirst mich nicht in den Tod hetzen! Folge mir, oder ich steche dich auf der Stelle nieder!« Ich bahnte mir einen Weg durch den Ballsaal in ein kleines angrenzendes Vorzimmer und schleppte meinen Feind mit Gewalt hinter mir her.

Als ich eintrat, schleuderte ich ihn wütend von mir fort. Er fiel gegen die Wand. Ich selbst aber schloss mit einem Fluche die Tür und befahl ihm, sich in Bereitschaft zu halten. Er zögerte einen Augenblick, dann zog er mit einem Seufzer schweigend den Degen und erwartete meinen Ausfall.

Der Kampf dauerte nicht lange. Ich war durch die maßlosesten Erregungen jeder Art vollständig außer mir und fühlte in meinem Arme die Wut und die Kraft, die genügt hätten, ein ganzes Heer zu besiegen. In wenigen Augenblicken hatte ich meinen Gegner bis an die Wand zurückgedrängt. Er war nun vollständig in meiner Gewalt, und ich stieß ihm mit wüster Wildheit meinen Degen mehrmals durch die Brust.

In diesem Augenblicke versuchte jemand, das Türschloss zu öffnen. Ich stürzte vor, um jedem Eindringling den Eintritt zu verwehren, wandte mich dann aber sofort wieder nach meinem sterbenden Feinde um. Doch – welche menschliche Sprache kann jenes Erstaunen, jenes Erschrecken genügend wiedergeben, das sich meiner bei dem Schauspiel, das meine Augen nun erblicken mussten, bemächtigte? Der kurze Augenblick, während dessen ich meine Blicke abgewandt hatte, war ausreichend gewesen, um eine wesentliche Veränderung in der Beschaffenheit des Zimmers herbeizuführen. Ein riesiger Spiegel – so schien es mir wenigstens in meiner Verwirrung – hing jetzt dort, wo ich vorhin keinen bemerkt hatte; und als ich entsetzt auf ihn zutrat, kam mir mein eigenes Bild, mit bleichem, blutüberströmtem Antlitz und schwachen, schwankenden Schrittes aus ihm entgegen.

– So schien es mir, sage ich, doch war es nicht so! Es war mein Gegner, war William Wilson, der im Todeskampfe vor mir stand. Seine Maske und sein Mantel lagen auf dem Boden; er hatte sie dort hingeworfen. Und so konnte ich jeden Faden seiner Kleidung, jede Linie seines eigentümlichen Gesichtes deutlich sehen. Und – bis auf die kleinsten Kleinigkeiten – war – er – Ich – Selbst !!!

Und doch war's Wilson! Er flüsterte nicht mehr, und ich glaubte mich selbst sprechen zu hören, als er sagte:

»Du hast gesiegt und ich bin unterlegen. Doch von nun ab bist auch du tot – tot für die Welt, den Himmel und die Hoffnung! In mir lebtest du – nun sieh in deinem eigenen Bilde, wie du dich durch meinen Tod gemordet hast!«

[Oktober 1839]

Metzengerstein

Pestis eram vivus
– moriens tua
mors ero.
— Martin Luther

Entsetzen und Unglück rasen in ungezügeltem Lauf durch alle Jahrhunderte. Wozu also ist es nötig, die Zeit, in der sich meine Geschichte ereignete, näher anzugeben? Es genügt mir, zu erwähnen, dass es jene Epoche war, in der die Lehre von der Seelenwanderung viele geheime Anhänger hatte.

Die Familien Berlifitzing und Metzengerstein lagen seit Jahrhunderten in Zwietracht miteinander. Niemals sah man zwei so erlauchte Häuser in tödlicherer Feindschaft; und zwar war dieser gegenseitige Hass der alten Prophezeiung entsprungen: ›Ein großer Name wird auf das Schrecklichste untergehen, wenn die Sterblichkeit von Metzengerstein, wie der Reiter auf seinem Ross, über die Unsterblichkeit von Berlifitzing triumphiert.‹

Dieser Ausspruch hatte gewiss wenig oder gar keinen Sinn; doch haben schon oft unbedeutendere Ursachen große Wirkungen hervorgerufen. Im Übrigen hatten die beiden benachbarten Häuser lange Zeit um den größeren Einfluss auf die schwachen Herrscher des Landes gekämpft, und dann – Nachbarn, die so nah beieinander wohnen, sind ja nur sehr selten Freunde. Von der Höhe ihres fest gegründeten Söllers aus konnten die Bewohner des Schlosses Berlifitzing in die Fenster des Palastes Metzengerstein sehen. Auch war die Entfaltung einer mehr als lehnsherrlichen Pracht von Seiten der Metzengerstein wenig dazu angetan, die leicht erregten Gefühle der Berlifitzing, die weniger Ahnen und weniger Reichtum aufweisen konnten, zu beruhigen. Ist es also verwunderlich, dass diese an sich widersinnige Weissagung die Feindschaft zwischen den beiden Häusern, die immer wieder durch alle Stachel ererbter Eifersucht angetrieben wurde, stets wach erhielt? Die Prophezeiung schien anzudeuten – wenn sie überhaupt irgendeinen Sinn hatte –, dass das jetzt schon mächtigere Haus einen endgültigen Triumph davontragen werde, und lebte deshalb in der Erinnerung der schwächeren Familie fort und reizte sie stets zu neuen Feindseligkeiten.

Wilhelm, Graf von Berlifitzing, der einstmals so Tapfere, war zur Zeit dieser Erzählung nur noch ein alter, unfähiger Wortfechter. Nichts Bemerkenswertes hatte er an sich, als eben jene eingewurzelte, schon an Albernheit grenzende Abneigung gegen die Familie seines Nebenbuhlers, und dann allerdings eine noch so lebhafte Leidenschaft für Jagd und Pferde, dass nichts – weder sein hohes Alter noch seine körperliche Schwäche noch das Schwinden seiner Geisteskräfte – ihn hindern konnte, täglich dies Vergnügen und seine Gefahren aufzusuchen. – Friedrich, Baron von Metzengerstein, war noch nicht mündig. Sein Vater war jung gestorben, und dessen Frau, Maria, war ihm bald gefolgt. Friedrich stand damals in seinem achtzehnten Lebensjahre. In der Stadt bedeuten achtzehn Jahre keine lange Zeit, aber in der Einsamkeit, und noch dazu in einer so wundervollen Einsamkeit wie der des alten Herrensitzes, wandern die Stunden mit tiefer, bedeutsamer Feierlichkeit. Infolge gewisser Umstände und persönlicher Bestimmungen des Vaters war der junge Baron sofort nach dessen Tode in den Besitz der ausgedehnten Güter gelangt. Selten trat ein Edelmann eine ähnliche Erbschaft an! Seine Schlösser waren unzählig, das prächtigste und größte war der Palast Metzengerstein. Die Grenzlinie seiner Besitzungen ist niemals klar bestimmt worden; sein größter Park hatte allein einen Umkreis von fünfzig Meilen.

Man kannte den Charakter des neuen, jungen Besitzers dieser unvergleichlichen Güter ziemlich genau, sodass es nicht allzu schwer war, Schlüsse auf sein künftiges Betragen zu ziehen. Und richtig, schon nach drei Tagen stellten die Taten des Erben selbst die eines Herodes in den Schatten und übertrafen die kühnsten Hoffnungen seiner Bewunderer. Schmachvolle Ausschweifungen, offenbare Niederträchtigkeiten, unerhörte Grausamkeiten machten seinen angsterfüllten Untergebenen klar, dass nichts – weder demütige Unterwerfung ihrerseits, noch Gewissensbedenken seinerseits – ihnen in Zukunft Sicherheit vor den ruchlosen Händen dieses zweiten Caligula verleihen konnte. In der Nacht des vierten Tages schon ergriff eine wütende Feuersbrunst die Stallungen des Schlosses Berlifitzing; und einstimmig schrieb die zitternde Nachbarschaft das Verbrechen der Brandstiftung auf die schreckensvolle Liste der Untaten und Grausamkeiten des Barons.

Der junge Edelmann befand sich während des Tumultes, den das Feuer hervorrief, in einem großen, einsamen Zimmer, hoch oben im Palaste, und war anscheinend in tiefe Betrachtung versunken. Auf der reichen, obwohl ein wenig verblassten Wandbekleidung, die melancholisch die

Mauern bedeckte, befanden sich Abbildungen der majestätischen Gestalten vieler seiner erlauchten Ahnen. Hier Priester, reich in Hermelin gekleidet, hohe geistliche Würdenträger, die durch ihr ›Veto‹ den Launen manches weltlichen Königs ein Ziel gesetzt und durch das ›Fiat‹ der päpstlichen Allmacht den aufrührerischen Geist des Erzfeindes im Zaume gehalten. Da die hohen, düsteren Gestalten der Ritter von Metzengerstein auf ihren muskelstarken Kriegsrossen, die die Leichname gefallener Feinde zu Boden stampfen und durch ihren wilden Ausdruck den Stärksten erschrecken konnten. Dort üppige, schwanenweiße Damen aus längst vergangenen Tagen, Frauen, die sich, wie zu den Klängen einer Melodie, in den seltsamen Windungen eines fantastischen Tanzes drehten.

Während der Baron auf den immer lauter werdenden Tumult, der aus den Stallungen von Berlifitzing herüberscholl, lauschte oder zu lauschen schien – und vielleicht auf irgendeine neue kühne Untat sann, richteten sich seine Blicke unwillkürlich auf das Bild eines riesigen Pferdes von ganz unnatürlicher Farbe, das auf einem Wandteppich als Streitross eines Ritters aus der Familie seines Rivalen abgebildet war. Das Tier stand im Vordergrunde des Bildes, unbeweglich und steinern, während ein wenig hinter ihm sein besiegter Reiter durch den Dolch eines Metzengerstein getötet wurde.

Um Friedrichs Lippen zog sich ein teuflischer Ausdruck, als er bemerkte, welche Richtung sein Blick unfreiwilligerweise genommen. Er wandte die Augen nicht ab, obwohl ganz plötzlich eine unerklärliche würgende Angst wie ein kaltes Leichentuch um ihn zusammenschlug. Er fühlte sich vollständig wach, versuchte aber, diese unerklärlichen Gefühle als Traumempfindungen hinzustellen. Doch je länger er das Bild betrachtete, desto

Die Gutmütigen schrieben diese Veränderung im Betragen des jungen Edelmannes dem nur zu natürlichen Kummer über den vorzeitigen Tod seiner Eltern zu und schienen die wüsten, ausschweifenden Tage, die diesem Verlust unmittelbar gefolgt waren, ganz zu vergessen. Andere erklärten die Veränderung jedoch aus einer übertriebenen Auffassung seiner Wichtigkeit und Würde. Wieder andere, unter ihnen der Hausarzt, sprachen offen von morbider Melancholie und erblicher Belastung, während im Volke noch schlimmere, zweideutigere Vermutungen laut wurden.

In der Tat: Die krankhafte Zuneigung des Barons zu seinem neu erworbenen Reitpferde, die nach jedem Beweis von der wilden, dämonischen Gemütsart des Tieres nur zu wachsen schien, musste bald allen vernünftigen Menschen unnatürlich und grässlich erscheinen.

Am hellen Mittag, in toter Nachtstunde – gesund oder krank – bei ruhigem Wetter oder im Sturm – saß der junge Metzengerstein wie angewachsen im Sattel des ungeheueren Pferdes, dessen unzähmbare Wildheit so gut mit seinem eigenen Wesen übereinstimmte.

Noch manch anderer Umstand gab in Anbetracht der jüngst vergangenen Ereignisse der Manie des Reiters für sein fürchterliches Ross einen geisterhaften, unheimlichen Charakter. Man hatte den Raum, den das Tier in einem einzigen Sprunge zurückgelegt, nachgemessen und gefunden, dass er die tollsten Vermutungen um ein Erstaunliches übertraf. Der Baron hatte dem Tier auch keinen Namen gegeben, obgleich alle übrigen Pferde seines Stalles durch charakteristische Benennungen unterschieden waren. Sein Stall war von den übrigen getrennt, und kein Stallknecht, nur der Eigentümer selbst, wagte sich hinein. Es wurde auch bekannt, dass die drei Knechte, die das Untier nach seiner Flucht vor der Feuersbrunst mit Schlingen eingefangen hatten, nicht behaupten konnten, während dieses gefährlichen Kampfes oder nachher den Körper des Tieres mit der Hand berührt zu haben. Beweise besonderer Intelligenz bei einem edlen, heißblütigen Pferde sind nichts Seltenes und Aufregendes; doch hier ereignete sich mancherlei, das selbst die skeptischsten und phlegmatischsten Geister zum Nachdenken gebracht hätte. Man erzählte, dass manchmal ein ganzer mutiger Volkshaufe schreckensvoll vor seinem bedeutsamen, wilden Stampfen zurückgewichen – dass der junge Metzengerstein einst totenblass vor dem scharfen, forschenden Ausdruck seines ernsten, menschlichen Auges geflohen sei.

Unter der gesamten Dienerschaft des Barons befand sich nicht einer, der die ungewöhnliche Zuneigung, die der Herr seinem feurigen Pferde zugewendet, angezweifelt hätte: nicht einer – außer seinem missgestalteten kleinen Pagen, dessen Hässlichkeit jedermann belästigte und dessen Worte so wenig beachtenswert waren wie nur möglich. Er war unverfroren genug, zu behaupten – eigentlich ist es kaum der Mühe wert, seine Worte zu wiederholen –, sein Herr stiege nie ohne einen unerklärlichen, kaum unterdrückbaren Schauder in den Sattel und komme nie von den gewohnten langen Ritten zurück, ohne dass ein Ausdruck triumphierender Bosheit jeden Muskel seines Gesichtes anspanne.

In einer stürmischen Nacht erwachte Metzengerstein aus einem schweren Schlafe, stürzte wie ein Wahnsinniger aus seinem Zimmer, bestieg das Pferd und sprengte in wildem Lauf in den nahen, unwegsamen Wald.

Man war an dergleichen Ereignisse gewöhnt und schenkte ihnen an sich weiter keine Aufmerksamkeit;

doch erwartete die Dienerschaft den Herrn mit großer Angst zurück, als nach einigen Stunden die fest gegründeten, wundervollen Gebäude des Palastes Metzengerstein unter der Glut einer dichten, bleichen, unermesslichen Feuermasse zu krachen und zu wanken begannen.

Die Feuersbrunst hatte, als man sie bemerkte, schon so vollständig Besitz von den Gebäuden ergriffen, dass man alle Löschversuche als nutzlos aufgeben musste. Die erschreckte Volksmenge stand müßig, ja in fast stumpfsinniges Staunen versunken, in der Runde umher, als ein neues, schreckliches Ereignis ihre Aufmerksamkeit erregte. Auf der langen Allee uralter Eichen, die vom Haupteingang des Schlosses bis an den Waldrand reichte, erschien ein Ross, das wilder wie der Dämon des Sturmes selbst heranraste und einen Reiter trug, dessen Kleider in Fetzen, vom Unwetter zerrissen herabhingen.

Er konnte offenbar das Tier in seinem Rasen nicht mehr aufhalten. Die Todesangst, die sein Gesicht verzerrte, die krampfhaften, letzten Anstrengungen seines ganzen Körpers gaben Zeugnis von einem übermenschlichen Kampf; aber außer einem einzigen Schrei kam kein Ton über seine verzerrten Lippen, die er im Übermaß des Entsetzens blutig zernagt hatte. Einen Augenblick lang klangen die Hufschläge scharf und schrill durch das Zischen der Flammen und das Heulen des Windes – dann setzte das Tier mit einem einzigen Sprung über das große Tor und den Graben, raste die wankende Treppe des Palastes empor und verschwand mit seinem Reiter in dem wüsten Wirbelsturm der Flammen.

Die Wut des Sturmes legte sich sofort und eine tote Ruhe folgte. Eine weiße Flamme umhüllte das Schloss wie ein Leichentuch. Und weit hinten, am Horizont, schoss ein Streif übernatürlichen Lichtes jäh hinweg, während eine Rauchwolke sich über der zerstörten Stätte bildete und über den rauchenden Ruinen lag in der deutlichen Gestalt eines riesigen – Pferdes.

Eleonora

Sub conservatione formae specificae salva anima.
– Raymond Lully

Ich stamme aus einem Geschlecht, das durch kraftvolle Fantasie und heiße Leidenschaftlichkeit ausgezeichnet ist. Die Menschen haben mich einen Wahnsinnigen genannt; aber es ist noch die Frage, ob der Wahnsinn nicht die höchste Stufe der Geistigkeit bedeutet, ob nicht vieles Glorreiche und alles Tiefe seinen Ursprung in einer Krankhaftigkeit des Gedankens, in dem besonderen Wesen eines Zustandes hat, der auf Kosten des allgemeinen Verstandes aufs Äußerste, und zwar einseitig, erregt ist. Die Menschen, die am hellen Tage träumen, lernen Dinge kennen, die denen entgehen müssen, die nur nachts träumen. Durch den grauen Nebel ihrer Visionen dringen die ersten Lichtschimmer der Ewigkeit zu ihnen, und halb erwachend fühlen sie mit Schaudern, dass sie einen Augenblick lang an das große Geheimnis gerührt haben. Ruckweise erfassen sie einiges von der Weisheit, die gut, und vieles von der Erkenntnis, die böse ist. Sie dringen ohne Ruder und Kompass auf dem ungeheuren Ozean des ›unaussprechlichen Lichtes‹ vor, und wieder, wie in den Abenteuern des nubischen Geografen, ›agressi sunt mare tenebrarum, quid in eo esset exploraturi‹.

Bleiben wir also dabei: Ich bin wahnsinnig. Dennoch erkenne ich deutlich zwei unterscheidbare Zustände meines geistigen Seins: den Zustand vollständig klaren, nicht anzuzweifelnden Verstandes, der sich auf die Erinnerung aller Ereignisse erstreckt, welche die erste Epoche meines Lebens bildeten – und den umdunkelten Zustand voller Zweifel, in den meine Seele jetzt versunken ist und der alle Erinnerungen an Begebenheiten aus der zweiten großen Epoche meines Lebens betrifft. Glauben Sie also alles, was ich Ihnen von der ersten Periode erzähle, und von der zweiten nur das, was Ihnen glaubwürdig erscheint. Oder zweifeln Sie ruhig alles an; sollten Sie dies aber nicht können, so spielen Sie wenigstens den Ödipus vor dem Rätsel der Sphinx meiner Seele.

Sie, die ich in meiner Jugend liebte und der zum Andenken ich dies hier niederschreibe, war die einzige Tochter der einzigen Schwester meiner lang verstorbenen Mutter und hieß Eleonora. Im *Tal des Vielfarbigen Grases,* unter tropischer Sonne, hatten wir immer zusammen gewohnt. Niemals betrat ein Fremder das Tal, denn es lag verborgen zwischen einer Kette gigantischer Berge, die von allen Seiten seinen Frieden umhegten und seine köstlichen Schlupfwinkel vor dem Brand der Sonne beschützten. Kein begangener oder gangbarer Pfad führte hinein; um von außen in unser glückliches Heim zu gelangen, hätte man das Geäst von vielen tausend Waldbäumen durchbrechen und die Schönheit unzähliger duftiger Blumen dem Tode weihen müssen. So lebten wir also ganz allein und kannten nichts von der Welt außerhalb des Tales – ich, meine Cousine und ihre Mutter.

Aus den nebelhaften Regionen der höchsten Bergspitzen, die unser Reich so gut verschlossen, wand sich ein schmaler, tiefer Fluss hervor, der glänzender schien als alles um uns her – es sei denn, man hätte in Eleonorens Augen gesehen. Er schlängelte sich in zahlreichen Krümmungen durch das Tal und entschlüpfte dann in eine finstere Bergschlucht, in Felsenspalten, die in noch dichterem Nebel lagen als die, aus denen er hervorgetreten. Wir nannten ihn den ›Fluss des Schweigens‹, denn eine große Beruhigung schien von seinen Fluten auszugehen. Kein Murmeln stieg aus seinen Wellen hervor; er glitt so sanft dahin, dass die perlgleichen Sandkörner tief unten in seinem Schoße, die wir so gern betrachteten, sich nicht bewegten, sondern in ruhevollem Glück an ihrem Platz liegen blieben und in immer währendem Glanz erstrahlten.

Das Ufer des Flusses und der vielen schimmernden Bäche, die auf verschlungenen Wegen seinem Bette zuströmten, der ganze Raum vom Ufer bis zum Kieselsteingrunde in der klaren Tiefe, ja die ganze Oberfläche des Tales vom Fluss bis an die Bergwände war mit zartgrünem, dichtem, gleichmäßigem Rasen bedeckt, der vanillesüß duftete und mit gelben Ranunkeln, weißen Gänseblümchen, purpurnen Veilchen und rubinroten Asphodelen übersät war, sodass seine wunderbare Schönheit in unseren Herzen ein Loblied auf die Liebe und Herrlichkeit Gottes anstimmte.

Und hier und da, Traumseltsamkeiten gleich, erhoben sich auf dem Rasen fantastische Bäume, deren schlanke Stämme nicht aufrecht standen, sondern sich dem Licht zuwandten, das zur Mittagszeit in die Mitte des Tales fiel.

Ihre ebenholzfarbene Rinde war silber gesprenkelt und weicher als alles – es sei denn, man hätte Eleonorens Wangen gefühlt. Ohne die glänzenden, grünen, riesigen Blätter, die in zitternden Linien von ihrem Gipfel herabhingen und mit dem Zephyr spielten, hätte man sie für ungeheure syrische Schlangen gehalten, die der Sonne, ihrer Herrscherin, Huldigungen darbrachten.

Eleonora und ich streiften fünfzehn Jahre lang Hand in Hand in dem Tal umher, ehe die Liebe in unsere Herzen einzog. Eines Abends, gegen Ende des dritten Lustrums ihres Lebens und im vierten des meinigen, saßen wir innig umschlungen unter den Schlangenbäumen und betrachteten unser Bildnis, das der ›Fluss des Schweigens‹ widerspiegelte. Wir sprachen an diesem köstlichen Abend kein Wort, und auch am folgenden Morgen war unsere Rede noch zitternd und zögernd. Gott Eros war aus den Wellen zu uns heraufgestiegen, und wir fühlten, dass er die feurige Seele unserer Vorväter in uns entzündet hatte. Die Leidenschaftlichkeit und die blühende Kraft der Fantasie, die jahrhundertelang unser Geschlecht ausgezeichnet, kam über uns und hauchte ein Übermaß von Seligkeit durch das Tal des Vielfarbigen Grases. Alle Dinge veränderten sich. Seltsame, leuchtende, sterngestaltete Blumen brachen an Bäumen auf, an denen wir bis dahin nie Blüten bemerkt hatten. Die Tinten des grünen Teppichs vertieften sich, die weißen Gänseblümchen verschwanden, eins nach dem anderen, und an der Stelle eines jeden schossen je zehn rubinrote Asphodelen auf. Und Leben erhob sich auf unseren stillen Pfaden, denn der große Flamingo, den wir bis dahin noch nie gesehen, und zahllose muntere, leuchtend beschwingte Vögel entfalteten ihr strahlendes Gefieder. Gold- und Silberfische durchschossen den Fluss, aus dessen Schoß nach und nach ein Flüstern heraufklang, das zu einer sanften, wiegenden Melodie anschwoll, die himmlischer tönte als der Gesang der Äolsharfe, süßer als alles – es sei denn, man hätte Eleonorens Stimme gehört. Es kam auch eine ungeheure Wolke heran, die wir schon lange in Hesperus Gebiet beobachtet hatten. Es rieselte in ihr von goldenem und purpurnem Lichte – gerade über uns blieb sie stehen und senkte sich Tag für Tag tiefer, bis sie auf den Spitzen der Berge ruhte, ihre Düsterkeit in Glanz verwandelte und uns unten im Tal des Vielfarbigen Grases wie in einem Schloss voll zauberhafter Herrlichkeit gefangen hielt.

Eleonorens Schönheit war die der Seraphim; doch war sie einfach und natürlich und unschuldig, wie das kurze Leben, das sie unter den Blumen unseres Tales geführt hatte. Keine Künstlichkeit verbarg die Glut der Liebe, die ihr Herz empfand – dieses Herz, dessen geheimste Verborgenheiten sie mir enthüllte, wenn wir zusammen umherstreiften und über die machtvollen Veränderungen sprachen, die sich in so kurzer Zeit in unserem Tal vollzogen hatten.

Eines Tages, als wir von jener letzten traurigen Veränderung sprachen, die alle Menschen erdulden müssen, ließ sie von diesem schmerzvollen Thema nicht mehr ab und wusste es in jede Wendung unseres Gesprächs zu bringen. Sie fühlte wohl, dass der Finger des Todes ihre Brust berührt hatte – gleich dem Leben der Eintagsfliege hatte sich ihre Schönheit nur entfaltet, um zu sterben; doch alle Schrecken des Todes waren für sie in dem einen Gedanken enthalten, von dem sie eines Abends im Zwielicht an den Ufern des Flusses zu mir gesprochen hatte. Es bereitete ihr Kummer, zu denken, dass ich, wenn ich sie im Tal des Vielfarbigen Grases begraben hätte, diese selige Stätte auf immer verlassen und die leidenschaftliche Liebe, die jetzt ihr galt, einer Tochter der äußeren, alltäglichen Welt schenken werde. Doch ich warf mich ihr zu Füßen und schwor ihr und dem Himmel einen Eid, dass ich niemals ein Kind der Welt zur Ehe nehmen wolle, dass ich niemals ihrem Angedenken und der Erinnerung an die heiße Liebe, mit der sie mich beseligt, abtrünnig werden werde. Ich rief den allmächtigen Herrscher der Welt zum Zeugen der frommen Feierlichkeit meines Gelübdes an. Und der Fluch, den ich von ihm und von ihr – der Heiligen im Paradiese – auf mich herabrief, sollte ich mein Gelöbnis brechen, schloss eine so schauerliche Strafe in sich, dass ich ihn nicht niederzuschreiben vermag. Bei meinen Worten erglänzten Eleonorens Augen in höherem Licht; sie seufzte auf, als sei ihr eine tödliche Last vom Herzen genommen, sie zitterte und weinte bitterlich, doch nahm sie meinen Eid entgegen ... Sie war ja noch ein Kind, und ich weiß: Dieser Eid hat ihr das Sterben leichter gemacht.

Wenige Tage später, als sich der Tod ihrem Lager schon näherte, sagte sie mir, dass sie zum Dank für das, was ich für die Ruhe ihrer Seele getan habe, mit dieser selben Seele nach dem Tode über mich wachen werde. Sie wolle wiederkommen und mir des Nachts sichtbar erscheinen. Doch wenn dies über die Macht der Seelen im Paradies hinausginge, so wolle sie mir wenigstens Andeutungen ihrer Gegenwart geben. Sie werde mit dem Abendwind um mich seufzen und die Luft, die mich umwehe, mit dem Dufte der himmlischen Weihrauchschalen erfüllen. Mit solchen Worten auf den kindlich unschuldigen Lippen verschied sie.

Bis hierher habe ich wahrheitsgetreu erzählt. Aber da ich die Grenzlinie, die der Tod meiner Geliebten auf meinem Lebenspfad gezogen hat, überschreite und zur zweiten Periode meines Daseins komme, fühle ich, dass eine Wolke mein Gehirn umschattet und dass ich selbst nicht mehr an die vollständige Gesundheit meines Gedächtnisses zu glauben vermag. Doch ich will fortfahren. – Jahre schleppten sich langsam vorüber, und ich wohnte noch immer im Tal des Vielfarbigen Grases. Aber eine zweite Veränderung war vor sich gegangen. Die sterngestalteten Blüten hatten sich in die Rinde der Bäume zurückgezogen und kamen niemals mehr hervor. Die Tinten des grünen Teppichs verblassten, die rubinroten Asphodelen verwelkten eine nach der anderen, und an der Stelle einer jeden erblühten zehn dunkle Veilchen, die wie weinende Augen im Tau erglänzten. Das Leben verschwand von unseren Pfaden, denn niemals mehr breitete der große Flamingo sein Scharlachgefieder vor uns aus; traurig zog er sich aus dem Tal in die Berge zurück und all die munteren Vögel mit ihm. Die Silber- und Goldfische flohen in die Schlucht an der Grenze unseres Reiches und schimmerten nie wieder durch die schönen Wasser des Flusses. Und seine zärtliche Musik, die süßer gewesen war als die der Äolsharfen, als alles, ausgenommen Eleonorens Stimme, erstarb nach und nach in Murmeln, bis auch dieses ganz verstummte und der Fluss wieder mit der Feierlichkeit seines ursprünglichen Schweigens dahinrollte. Endlich erhob sich auch die große Wolke und gab die Gipfel der Berge ihrer alten Finsternis zurück. Sie glitt wieder in Regionen des Hesperus und raubte dem Tal des Vielfarbigen Grases seinen purpurgoldenen Glanz.

Doch Eleonora hatte ihr Versprechen nicht vergessen. Ich hörte, wie Engel um mich her Weihrauchschalen schwangen und fühlte Ströme heiligen Duftes das Tal durchfluten; und in einsamen Stunden, wenn mein Herz laut schlug, trugen die Winde, die meine Stirne badeten, weiche Seufzer zu mir her. Leises Flüstern erfüllte oft nachts die Luft, und einmal – ach, nur einmal – erwachte ich aus meinem Schlummer, der tief gewesen war wie ein Todesschlaf, weil zwei unirdische Lippen die meinen berührt hatten ... Aber dies alles konnte die Leere meines Herzens nicht füllen. Es verlangte wieder nach der Liebe, von der es vorher so übervoll gewesen. Im Laufe der Zeit quälte mich der Aufenthalt im Tal, in dem mich alles an Eleonora erinnerte, und ich vertauschte es für immer gegen die Eitelkeiten und friedlosen Freuden der Welt.

Ich fand mich in einer fremden Stadt, in der alle Dinge wie geschaffen waren, mich die Träume, die ich so lange im Tal des Vielfarbigen Grases geträumt hatte, vergessen zu machen. Der Pomp und das üppige Wesen eines reichen Hofes, berauschendes Waffengetön, die strahlende Schönheit der Frauen – all dies blendete mich und machte meinen Geist trunken. Doch war meine Seele bis jetzt ihrem Gelübde treu geblieben, und immer noch gab mir Eleonora in den stillen Stunden der Nacht Anzeichen ihrer Gegenwart. Plötzlich hörten diese Zeichen auf, die Welt wurde schwarz vor meinen Augen, und ich stand erschrocken – erschrocken über die glühenden Gedanken, die in mir erwachten, über die Gewalt der schrecklichen Versuchung, die mich anfiel. Aus einem fernen, fernen, unbekannten Land kam ein Mädchen an den Hof des Königs, dem ich diente. Ihrer Schönheit ergab sich mein abtrünniges Herz im ersten Augenblick, da ich sie sah ... Ohne Widerstand warf ich mich in heißer, abgöttischer Liebe vor dem Schemel ihrer Füße nieder. Was waren meine Gefühle zu dem jungen Mädchen, das im Tal des Vielfarbigen Grases begraben lag, im Vergleiche zu der Glut, dem Übermaß und Überschwang der wilden, ganz selbstvergessenen Anbetung, mit der ich meine Seele vor dieser anderen ausströmte! O herrlich, herrlich war Ermengard! Sie, an der ich jetzt mit jedem meiner Gedanken hing! Und wenn ich in die Tiefen ihrer heißen, seltsamen Augen blickte, war Eleonora vergessen.

Ich vermählte mich mit Ermengard und fürchtete den Fluch nicht, den ich auf mich herabrief.

Da, einmal wieder, im Schweigen der Nacht, kamen die leisen Seufzer, die ich so lange nicht mehr vernommen, mit dem Winde durch mein Fenster und klangen zusammen zu einer vertrauten, süßen Stimme, die also sprach:

»Schlafe in Frieden! Der Geist der Liebe herrscht! Und wenn du Ermengard an dein wildes Herz drückst, bist du aus Gründen, die dir im Himmel offenbar werden sollen, von deinem Gelübde an Eleonora entbunden ...«

[4. September 1841]

Ligeia

... Und der Wille liegt darin, der nicht stirbt.
Wer kennt die Geheimnisse des Willens
und seine Macht?
Denn Gott ist nur ein großer Wille, der alle Dinge
mit der ihm eigenen Kraft durchdringt.
Lediglich aus Willensschwäche überliefert sich der
Mensch dem Tode.
– Joseph Glanvill

Ich kann mich bei meiner Seele nicht mehr erinnern, wie, wann, noch wo ich die Lady Ligeia kennen lernte. Lange Jahre sind seit der Zeit verflossen, und bittere Leiden haben mein Gedächtnis geschwächt. Vielleicht kann ich mich auch bloß jetzt nicht mehr daran erinnern, da der Charakter meiner Geliebten, ihre seltsamen Kenntnisse, die Art ihrer so eigentümlichen, sanften Schönheit und die scharfsinnige und sieghafte Beredsamkeit ihrer tiefen, musikalischen Stimme sich mit so gleichmäßigen, friedlichen, beständigen Schritten den Weg zu meinem Herzen gebahnt haben, dass ich nicht darauf achtete und dass es mir nie zum Bewusstsein kam.

Doch kommt es mir vor, als habe ich sie zum ersten Mal und noch viele Male nachher in einer großen, alten, verfallenen Stadt am Ufer des Rheins gesehen. Ich glaube auch bestimmt, dass sie mir von ihrer Familie erzählt hat, und zweifle nicht, dass dieselbe außerordentlich alten Ursprungs war. – Ligeia! Ligeia! – In Studien vergraben, deren Natur mehr als alles andere geeignet ist, die Eindrücke der äußeren Welt abzuschwächen, genügt mir dies eine süße Wort: Ligeia, um das Bild der Abgeschiedenen vor meinen Augen wiedererstehen zu lassen. Und jetzt, während ich schreibe, durchfährt mich plötzlich wie ein Blitz die Gewissheit, dass ich ihren Familiennamen überhaupt nie gewusst habe – den Namen der Teuren, die mir Freundin und Braut war, die mein Studiengenosse und endlich die Gattin meines Herzens wurde. War es auf irgendeinen liebestörichten Wunsch meiner Ligeia geschehen – war es ein Beweis der Kraft meiner Zuneigung, dass ich mir niemals Auskunft über diesen Punkt verschaffte? Oder war es vielleicht eine Laune meinerseits – ein bizarres, romantisches Opfer auf dem Altar meiner leidenschaftlichen Anbetung? Ich kann mich nur sehr dunkel auf die Tatsache selbst besinnen – ist es also erstaunlich, dass ich die Umstände, die sie hervorriefen und begleiteten, vollständig vergessen habe? Und in der Tat, wenn jemals der Geist der Seltsamkeit, wenn jemals die bleiche Ashtophet des götzendienerischen Ägypten mit ihren finsteren Schwingen Unheil verkündend bei einer Hochzeit zugegen war, so war sie es bei der meinigen.

Doch – was Ligeia selbst, was ihr Äußeres anbetrifft, da ist mir mein Gedächtnis vollkommen treu geblieben: Sie war hoch gewachsen, schlank, ja, in ihren letzten Tagen sogar sehr abgemagert. Es wäre vergebliche Mühe, wollte ich die Majestät, die ruhige Gelassenheit ihrer Haltung, die unbegreifliche Leichtigkeit und Elastizität ihres Ganges beschreiben. Sie kam und ging wie ein Schatten. Ich bemerkte niemals, dass sie in mein Arbeitszimmer getreten war, wenn ich nicht die Musik ihrer sanften, tiefen

Stimme vernahm oder ihre marmorweiße Hand auf meiner Schulter fühlte. Die Schönheit ihres Antlitzes ließ sich mit nichts auf Erden vergleichen. Sie war wie die Blüte eines Opiumtraumes, wie eine unirdische, geisterhaft schöne, verzückte Vision, seltsamer und himmlischer als die Traumgebilde, die durch die schlummernden Seelen der Mädchen von Delos ziehen. Doch waren ihre Züge nicht von jener Regelmäßigkeit, die man uns in den Schöpfungen des Heidentums falscherweise zu bewundern gelehrt hat. ›Es gibt keine erlesene Schönheit‹, sagt Lord Verulam einmal, als er von allen Formen und Arten der Schönheit spricht, ›ohne eine gewisse *Seltsamkeit* in der Proportion.‹ Obwohl ich jedoch sah, dass die Züge Ligeias nicht von klassischer Regelmäßigkeit waren, obwohl ich fühlte, dass ihre Schönheit erlesen und von jener Seltsamkeit vollständig durchdrungen schien, bemühte ich mich vergebens, diese Unregelmäßigkeit zu entdecken und den Sitz jenes Seltsamen zu ergründen. Ich studierte die Umrisse ihrer hohen, bleichen Stirn – sie war tadellos! Wie kalt klingt dies Wort, auf so viel göttliche Majestät angewandt –, ihre Hautfarbe, die mit dem reinsten Elfenbein wetteiferte, die imposante Breite, die Ruhe ihrer Schläfen, die graziösen Hügel über denselben, und dann jene rabenschwarze, schimmernde, üppige Fülle natürlich gelockten Haares, auf welches das homerische Wort ›hyazinthenfarbenes Haar‹ eigens geprägt schien. Ich betrachtete die zarten Linien der Nase und entsann mich nicht, irgendwo, außer vielleicht in den Gesichtern auf alten hebräischen Medaillons, eine ähnliche Vollkommenheit gefunden zu haben. Sie hatte diese weiche, köstliche Oberfläche, diese gleiche, kaum noch wahrnehmbare Neigung zu einer kleinen Biegung, dieselben harmonisch gerundeten Nasenflügel, die auf einen freien Geist hindeuten. Ich betrachtete ihren Mund, der ein Triumph aller himmlischen Dinge zu sein schien, den glorreichen Bogen der kurzen Oberlippe, die sanfte, üppige Ruhe der Unterlippe, die Grübchen, die spielten, und die Farbe, die sprach, die Zähne, die mit blendendem Glanze jeden Strahl des gesegneten Lichtes zurückwarfen, das ihr ruhiges, heiteres und zugleich blendendes, triumphierendes Lächeln auf sie legte. Ich erforschte die Form ihres Kinns – und fand auch da Grazie in seiner Breite, Sanftheit in seiner Majestät, Fülle und griechische Geistigkeit – jene Linie, die der Gott Apollo nur im Traume dem Cleomenes, dem Sohne des Cleomenes aus Athen, zeigte; und dann forschte ich in Ligeias großen Augen.

Für Augen finden wir in dem fernen Altertum kein Vorbild. Vielleicht barg Ligeias Schönheit gerade in ihnen jenen geheimen Reiz der Seltsamkeit, von der Lord Verulam spricht. Sie waren, glaube ich, größer als gewöhnlich die Augen der Menschen sind; und schöner geschnitten als die schönen Augen der Gazellen aus dem Tale Nourjahad. Aber nur hin und wieder, in den Momenten äußerster Erregung, wurde dies Besondere in ihnen deutlich wahrnehmbar. In diesem Augenblick war Ligeias Schönheit – es schien wenigstens meinen entflammten Blicken so – ganz unirdisch, wie die der erträumten Huris der Türken. Ihre Pupillen waren von strahlendstem Schwarz, von ebenholzfarbenen Wimpern tief überschattet, und die Brauen von leicht unregelmäßiger Zeichnung hatten die gleiche Farbe. Doch war das Seltsame, das ich in den Augen fand, unabhängig von ihrer Form, ihrer Farbe und ihrem Glanz – ich konnte es nur dem Ausdruck zuschreiben. Ach, ein Wort ohne Sinn! Eine große Leere, in die sich all unsere Unwissenheit auf dem Gebiete des Seelischen rettet. Der Ausdruck der Augen Ligeias! – Wie lange Stunden habe ich über ihn nachgegrübelt? Wie manche lange Sommernacht hindurch mich bemüht, ihn zu ergründen? Was war es, dies unbestimmte Etwas, das, tiefer als in den Brunnen des Demokritos, auf dem Grunde der Augen meiner Geliebten verborgen lag? Was war es? Ich war wie besessen von dem leidenschaftlichen Wunsch, es zu enträtseln. Diese Augen! Diese großen, strahlenden, himmlischen Pupillen! Sie wurden für mich das Zwillingsgestirn der Leda, und ich war ihr eifrigster Sterndeuter.

Unter den zahlreichen und unverständlichen Anomalien in der Wissenschaft der Psychologie gibt es wohl keinen Punkt, der uns mehr beschäftigen und erregen könnte als die Tatsache, dass wir, wenn wir uns auf etwas lang Vergessenes besinnen wollen, oft bis dicht an die Ufer der Erinnerung kommen, ohne uns in Wirklichkeit und völlig erinnern zu können. Und wie oft fühlte ich, wenn ich so saß und über Ligeias Augen nachsann, wie die Erkenntnis der Bedeutung ihres Ausdrucks bis dicht an mich herankam! Ich fühlte, wie sie sich näherte, ohne mich jemals zu erreichen, wie sie vollständig entschwand, da ich sie eben zu erfassen glaubte! Und seltsames, oh, seltsamstes aller Geheimnisse: Ich habe in den gewöhnlichsten Gegenständen auf der Welt eine ganze Reihe von Analogien für diesen Ausdruck gefunden. Ich meine damit, dass ich nach der Zeit, in der Ligeias Schönheit meinen Geist durchdrungen hatte und in diesem wie in einem Reliquienschrein ruhte, beim Anblick verschiedener Erscheinungen der äußeren Welt eine Empfindung verspürte, die der ähnlich war, die sich unter dem Einfluss ihrer großen, leuchtenden Pupillen über mich und in mir verbreitete. Doch ist es mir ganz unmöglich, dies Gefühl zu definieren oder zu analysieren; ich kann nicht einmal behaupten, dass ich es genau empfunden habe. Ich glaubte es nur zuweilen in dem Anblick einer schnell emporgeschossenen Weinrebe wiederzuerkennen oder in der Betrachtung eines Falters, einer Larve, eines schnell dahinschießenden Wassers. Ich fand es im Ozean wieder oder beim Fall eines Meteors, ich empfand es in den Blicken mancher außerordentlich alter Menschen. Am Firmament gibt es einen oder zwei Sterne (ich denke besonders an ein flackerndes Doppelgestirn sechster Größe, das man am nördlichen Himmel nahe bei der Leier finden wird), die in mir, so oft ich sie durch das Teleskop betrachtete, eine gleiche Empfindung herstellten. Ich fühlte mich von ihr durchdrungen bei gewissen Tönen von Saiteninstrumenten und manchmal auch bei Stellen aus meiner Lektüre. Unter zahlreichen Beispielen erinnere ich mich besonders lebhaft einiger Sätze aus einem Buche Glanvills, die (vielleicht nur wegen ihrer Bizarrerie – wer weiß?) mit Sicherheit dies Gefühl in mir erweckten ›... Und der Wille liegt darin, der nicht stirbt. Wer kennt die Geheimnisse des Willens und seine Macht? Denn Gott ist nur ein großer Wille, der alle Dinge mit der ihm eigenen Kraft durchdringt. Lediglich aus Willensschwäche überliefert sich der Mensch dem Tode.‹

Im Laufe der Zeit und durch langes Nachdenken gelangte ich dahin, gewisse entfernte Beziehungen zwischen diesem Ausspruch des englischen Philosophen und einem Teile von Ligeias Wesen zu entdecken. Eine besondere Intensität im Denken, Tun und Reden war bei ihr vielleicht das Ergebnis oder wenigstens das äußere Zeichen jener übermenschlichen Willenskraft, die während unseres langen Zusammenlebens noch andere und deutlichere Beweise ihres Daseins hätte geben können. Von allen Frauen, die ich je gekannt, war sie, die immer gelassene Ligeia mit dem ruhevollen Wesen, die schmerzzerrissene Beute der Geier wütendster Leidenschaftlichkeit. Ich ahnte diese Leidenschaftlichkeit nur aus der wunderbaren Ausstrahlung ihrer Augen, die mich zugleich entzückten und erschreckten, aus der zauberhaften Klangfarbe und Ruhe ihrer tiefen Stimme – ich folgerte sie aus der wilden Kraft der bizarren Worte, die sie oft aussprach und deren Wirkung durch den Kontrast zwischen ihrem Inhalt und ihrem Klang noch verdoppelt wurde.

Ich habe von den Kenntnissen Ligeias schon gesprochen: Sie waren fast unbegrenzt – so wie ich sie ähnlich nie bei einer Frau gefunden habe. Sie beherrschte die klassischen Sprachen auf das Gründlichste, und, soweit mein Urteil über die modernen Sprachen Europas reicht, war sie auch ihrer so mächtig, dass sie nie eine Unrichtigkeit beging. Überhaupt, bei welchem Thema der so viel gerühmten akademischen Gelehrsamkeit habe ich jemals bei Ligeia einen Irrtum bemerkt? Wie sehr zog diese Seite im Wesen meiner Frau, besonders in der letzten Periode ihres Lebens, meine Aufmerksamkeit auf sich! Ich sagte schon, dass ihr Wissen das jeder anderen Frau, die ich kennen gelernt, weit übertraf, aber wo ist der Mann, der mit Erfolg das ganze ungeheure Feld der moralischen, physischen und mathematischen Wissenschaft bebaut hat? Damals sah ich noch nicht, was ich jetzt klar bemerke, dass Ligeias Gelehrsamkeit erstaunlich, geradezu beispiellos war; doch hatte ich schon ein genügendes Bewusstsein ihrer unendlichen Überlegenheit, um mich zu bescheiden und mich mit kindlichem Vertrauen von ihr durch die chaotische Welt der Erforschung des Übersinnlichen, mit der ich mich in den ersten Jahren unserer Verheiratung lebhaft beschäftigte, leiten zu lassen. Mit welch ungeheurem Triumph, mit welch innigem Entzücken, mit welch himmlischer Hoffnung fühlte ich – während Ligeia an meiner Seite an diesen so wenig gepflegten und gekannten Studien teilnahm –, wie sich mir allmählich jene wunderbare Fernsicht auftat, jener weite, kostbare, jungfräuliche Pfad, auf dem ich endlich zum Sitz einer Weisheit gelangte, die zu köstlich, zu göttlich ist, um nicht verboten zu sein!

Mit welch herzzerreißendem Schmerz sah ich nach einigen Jahren meine so fest begründeten Hoffnungen auf schnellen Schwingen entfliehen! Ohne Ligeia war ich nur ein Kind, das unsicher in finsterer Nacht umhertappt. Nur ihre Gegenwart, nur ihr Beistand konnte mir die dunklen Geheimnisse der übersinnlichen Welt, in die wir uns versenkt hatten, mit lebendigem Licht erhellen. Ohne den Strahlenglanz ihrer Augen wurde diese ganze Wissenschaft, die mir bis dahin goldene Flügel verliehen hatte, düster und eine drückende Last. Ihre schönen Blicke beglänzten immer seltener die Seiten, die ich mich emsig zu entziffern bemühte. Ligeia wurde krank. Ihre seltsamen Augen flammten in zu strahlendem Feuer, die bleichen Finger nahmen die wächserne Farbe des Grabes an, und bei der leisesten Erregung schlugen die blauen Adern ungestüm an ihre hohe weiße Stirn. Ich sah, dass sie sterben musste, und kämpfte im Geiste verzweifelt mit dem düsteren Azrael.

Die Kämpfe dieses leidenschaftlichen Weibes waren zu meinem Erstaunen noch erbitterter als die meinigen. Etwas in ihrer starken Natur hatte mich glauben gemacht, der Tod werde sich ihr wohl ohne seine Schrecken nahen. Es war nicht so; Worte sind zu schwach, eine Vorstellung von der Wildheit und Zügellosigkeit des Widerstandes zu geben, den sie im Kampf mit dem Schatten entfaltete. Ich seufzte oft angstvoll auf bei diesem trauervollen Schauspiel. Ich wollte sie beruhigen, wollte ihr mit Vernunftgründen Trost zusprechen, aber bei der wilden Heftigkeit ihres Verlangens, zu leben – zu leben, nur zu leben! –, waren Vernunft und Tröstung äußerste Torheit. Doch bis zu ihrem letzten Augenblick und unter den Qualen und Willenskrämpfen ihres wilden Geistes verleugnete sich nie die äußere Ruhe ihres Wesens. Ihre Stimme wurde sanfter, tiefer; ich wollte den bizarren Sinn der Worte, die sie mit so viel Ruhe aussprach, nicht verstehen. Mein Herz drohte zu zerspringen, wenn ich einmal, hingerissen, dieser übermenschlichen Melodie lauschte – ihrem Lebensverlangen und ihrer Daseinssehnsucht, die die Menschheit ähnlich bis dahin noch nicht gekannt hat.

Dass sie mich liebte, bezweifelte ich nicht; auch wusste ich genau, dass in einem solchen Herzen die Liebe nicht wie eine gewöhnliche Leidenschaft thronen könne. Aber erst bei ihrem Tode empfand ich die ganze Macht ihrer Neigung. Manche Stunde lang, während ihre Hand in der meinen ruhte, goss sie die Überfülle ihres Herzens vor mir aus, des Herzens, dessen mehr als leidenschaftliche Liebe an göttliche Verehrung grenzte. Womit hatte ich die Seligkeit, solche Geständnisse zu hören, verdient? Womit die Verdammnis, die Geliebte in der Stunde, da ich sie vernahm, verlieren zu müssen? Doch hierüber zu reden, kann ich nicht ertragen. Ich will nur noch sagen, dass ich in der mehr als weiblichen Hingebung Ligeias an eine Liebe, die nicht verdient war und die sie ganz als Geschenk gewährte, endlich den Antrieb ihres ungezügelten Willens zu dem Dasein, das jetzt so schnell entfloh, entdeckte. Dies uferlose Verlangen, diesen wilden Wunsch nach Leben – nur nach Leben! – zu beschreiben, habe ich nicht die Macht und hat die Sprache keine Worte!

Mitten in der Nacht, in der sie starb, rief sie mich an ihr Lager und ließ mich einige Verse sprechen, die sie wenige Tage vorher verfasst hatte. Hier sind sie:

[Sieger Wurm]

Seht! Diese Festesnacht
In langer Jahre trübem Lauf!
Ein Engelchor, beschwingt, verhüllt,
Und tränenüberströmt
Sitzt in dem Schauspielhaus und lauscht
Dem Spiel voll Hoffnung und voll Furcht
Und das Orchester seufzt dazu
Die Melodie der Sphären.

Schauspieler nach des Höchsten Bild
Murmeln und flüstern leis
Und gehen nach rechts und gehen nach links;
Nur Puppen sind's. Sie stehn und wandeln
Nach körperloser Wesen Wunsch,
Die stets des Schauspiels Ort verändern.
Aus ihren Condorflügeln sinkt
Unsichtbar Weh.

Buntscheck'ges Drama! – Nimmermehr
Wird es vergessen werden!
Nie sein Phantom, dem eine wilde Menge
Seit Ewigkeit schon in den Kreis,
Der selbst sich wieder in sich schließt,
Nachjagt und es doch nie erreicht!
Nie all die Torheit, all die Sünde,
Der Schrecken nie, des Stückes Seele.

Doch sieh! ein kriechend Wesen schleicht
Jetzt langsam auf die Menge zu –
Von Blut gerötet wand es sich
Aus einer Höhle Einsamkeit.
Es naht! – Es naht! Zum Fraße raubt's
Die angstzerquälten Spieler sich,
Die Seraph' seufzen, da des Wurmes Zahn
Des Menschen Leib benagt.

Die Lichter löschen alle – alle,
Und über jede schaudernde Gestalt
Sinkt mit des Sturmes Macht
Der Vorhang hin – ein endlos Leichentuch –
Die Engel, bleich und blass,
Erheben und entschleiern sich,
Und nennen dieses Drama ›Mensch‹,
Und seinen Held den ›Sieger Wurm‹.

Als ich diese Verse beendet hatte, schrie Ligeia auf, sprang auf ihre Füße und reckte die Arme wie im Krampfe zum Himmel empor.

»O Gott!«, rief sie aus, »o himmlischer Vater! Werden sich diese Dinge unabänderlich immer wieder erfüllen? – Wird dieser Sieger niemals besiegt werden? Sind wir nicht ein Teil, ein Hauch von Dir? Wer kennt die Geheimnisse des Willens und seine Macht? Lediglich aus Willensschwäche überliefert sich der Mensch dem Tode.«

Dann ließ sie, wie erschöpft von der Erregung, ihre weißen Arme sinken und begab sich feierlich auf ihr Todesbett. Und mit ihren letzten Zügen entrang sich ihren Lippen ein undeutliches Murmeln. Ich horchte hin und vernahm noch einmal den Schluss der Worte Glanvills:

›Nur aus Willensschwäche – überliefert sich der Mensch – dem Tode.‹

Sie starb; und ich, vernichtet, schmerzzermalmt, konnte die qualvolle Einsamkeit meiner Wohnung in der verlassenen Stadt am Rhein nicht länger ertragen. Ich hatte keinen Mangel an dem, was die Welt Glücksgüter nennt. Ligeia hatte mir viel hinterlassen, mehr, als das Schicksal im Allgemeinen den Sterblichen zuteilt. Nach einigen Monaten müden, ziellosen Umherirrens in der Welt erwarb ich mir in einem – ganz unkultivierten, wenig besuchten Teil des schönen England eine Abtei, deren Namen ich nicht nennen will. Die finstere, traurige Großartigkeit des Gebäudes, der Anblick der fast wilden Landschaft, die melancholischen und ehrwürdigen Erinnerungen, die sich an den Ort knüpften, passten gut zu dem Gefühl gänzlicher Verlassenheit, das mich in diese einsame, entlegene Gegend getrieben hatte. Während ich an dem fast unversehrten Äußeren der Abtei keinerlei Änderung vornahm, entfaltete ich im Inneren mit fast kindischer Krankhaftigkeit und vielleicht auch mit der schwachen Hoffnung, meine Gedanken etwas zu zerstreuen, eine mehr als königliche Pracht. Seit früher Kindheit hatte ich viel Geschmack an dergleichen Torheiten, jetzt tobte sich mein Schmerz in ihnen aus. Ach, ich weiß, man hätte einen Anfang von Wahnsinn in der Vorliebe für jene kostbaren fantastischen Draperien entdecken können – in dem Geschmack an feierlichen ägyptischen Skulpturen, an bizarren Gesimsen und Möbeln, an den extravaganten Arabesken meiner golddurchwirkten Teppiche! Ich stand jetzt ganz unter der Herrschaft des Opiums, und alle meine Arbeiten und Pläne atmeten den Geist meiner Träume. Aber ich will nicht bei den Einzelheiten solcher Fantastereien verweilen. Nur von jenem auf ewig verfluchten Zimmer will ich noch sprechen, in das ich in einem Anfall von Wahnsinn die blonde, blauäugige Lady Rowena Trevanion von Tremaine als meine Gattin – als die Nachfolgerin der unvergesslichen Ligeia – einführte.

Jede geringste Einzelheit in der Architektur oder der Ausschmückung des hochzeitlichen Gemaches steht mir noch klar vor Augen. Was dachte sich nur eigentlich die hochmütige Familie meiner Braut, als sie, von Goldgier gestachelt, ihrer geliebten Tochter gestattete, die Schwelle eines Zimmers zu überschreiten, das auf so seltsame Weise geschmückt war?

Ich sagte schon, die Einrichtung des Gemaches ist mir bis ins Kleinste vollständig gegenwärtig, obgleich mein trauriges Gedächtnis sehr oft Dinge von größerer Wichtigkeit nicht aufbewahrt hat. Und doch war in seiner fantastischen Pracht weder Harmonie noch ein System, das sich mir besonders hätte einprägen können. Das Zimmer lag in einem hohen Turm, welcher zu der wie eine Burg befestigten Abtei gehörte. Es war fünfeckig und äußerst geräumig. Die ganze südliche Seite des Fünfecks nahm ein großes Fenster ein, das aus einer einzigen riesigen venezianischen Scheibe von dunkler Farbe bestand, sodass die Sonnen- und Mondstrahlen, die hindurchfielen, nur ein trübes, geisterhaftes Licht auf die Gegenstände im Inneren warfen. Die Decke aus fast schwarzem Eichenholz war außerordentlich hoch, gewölbt und von fantastischen, grotesken Ornamenten in halb gotischem, halb druidenhaftem Stil durchzogen. Aus der Mitte der melancholischen Wölbung hing an einer goldenen Ringkette eine große Lampe aus demselben Metall herab; sie erinnerte an ein Weihrauchfass, war nach sarazenischem Geschmack gearbeitet und vielfach durchbrochen, sodass das Licht in Schlangenlinien durch das kapriziöse Goldgeflecht hindurchkroch.

An verschiedenen Stellen waren kostbare Ottomanen und orientalische Kandelaber aufgestellt, und das Bett – das hochzeitliche Bett – war ebenfalls in indischem Stil gehalten, niedrig, aus massivem Ebenholz geschnitzt und von einem dunklen Baldachin, der den Eindruck eines Leichentuches machte, überschattet. In den Winkeln des Zimmers erhoben sich mächtige Sarkophage; man hatte sie in uralten Königsgräbern gefunden, und in ihre Deckel waren unvergängliche Zeichen eingegraben. Doch den fantastischsten Anblick bot die Bekleidung der Wände. Sie waren ganz unverhältnismäßig hoch und von oben bis unten mit schweren Tapisserien behangen, die aus demselben Stoffe bestanden, aus dem auch die Bezüge der Ottomanen und des Ebenholzbettes, der Betthimmel, der Teppich und die schweren Vorhänge, die einen Teil des Fensters verhüllten, hergestellt waren – einem reichen Goldstoff, in den in unregelmäßigen Zwischenräumen arabeskenhafte Figuren von ungefähr einem Fuß Durchmesser hineingewebt waren, die sich tiefschwarz von dem goldenen Grunde abzeichneten. Aber die Figuren hatten nur dann arabeskenhaften Charakter, wenn man sie von einem einzigen Punkt aus betrachtete. Durch ein heute allgemein bekanntes Verfahren, dessen Spuren man jedoch bis ins fernste Altertum verfolgen kann, waren sie so geartet, dass sich ihr Äußeres veränderte. Trat jemand in das Zimmer ein, so erschienen sie ihm einfach als monströse Hässlichkeiten; ging er weiter vor, so verschwand die Starrheit nach und nach, und Schritt vor Schritt sah er sich von einer endlosen Prozession grässlicher Wesen umgeben, wie sie der Aberglaube des Nordens erdacht oder wie sie in den sträflichen Träumen der Mönche erstehen mögen. Dieser spukhafte Eindruck wurde noch erhöht durch einen starken künstlichen Luftzug, den ich hinter die Wandbekleidung hatte einfahren lassen und der dem Ganzen eine schauderhafte, unruhige Lebendigkeit verlieh.

Dies also war die Wohnung, dies war das hochzeitliche Gemach, in dem ich mit der Lady Rowena die gottlosen Stunden des ersten Monats unserer Verheiratung verlebte – ohne zu viel Unruhe verlebte. Ich konnte mir nicht verhehlen, dass meine Frau sich vor meiner wilden Gemütsart fürchtete, dass sie mir auswich, dass sie mich nur sehr mäßig liebte – aber das freute mich fast. Ich hasste sie mit einem Hasse, der eher einem Dämon als einem Menschen zuzutrauen war. All meine Gedanken wandten sich – mit welch bohrendem Schmerz! – zu Ligeia. Zurück, zu der Geliebten, der Hohen, der Schönen, der Toten! Ich schwelgte in Erinnerungen an ihre Reinheit, ihre Weisheit, an ihr erhabenes himmlisches Wesen, an ihre leidenschaftliche, anbetende Liebe. In meiner Seele brannten jetzt glühendere, verzehrendere Flammen als je in der ihren. In der Erregung meiner Opiumträume – ich war jetzt ganz und gar zum Sklaven des Giftes geworden – rief ich mit lauter Stimme ihren Namen durch das Schweigen der Nacht oder tags durch die einsamen Schattenwege des Tales, als hätte ich sie durch die wilde Kraft, die feierliche Leidenschaft und die verzehrende Sehnsucht meiner Liebe wieder auf die Pfade des Lebens zurückrufen können, die sie verlassen – für immer? War es möglich, für immer?

Zu Anfang des zweiten Monats unserer Verheiratung wurde Lady Rowena von einer plötzlichen Krankheit angefallen, von der sie sich nur langsam erholte. Ein verzehrendes Fieber bereitete ihr schlaflose Nächte, und in der

Unruhe des Halbschlummers sprach sie von Tönen und Bewegungen, die sie in dem Turmzimmer wahrnähme und die ich nur ihrer kranken Fantasie oder vielleicht dem spukhaften Äußern des Gemaches zuschreiben konnte. Nach längerer Zeit trat eine Besserung ein, und endlich schien sie ganz wiederhergestellt. Doch schon nach kurzen Wochen warf sie ein zweiter heftiger Anfall, von dem sich ihre schwache Konstitution nie mehr erholte, von neuem auf ihr Schmerzenslager. Seit dieser Zeit zeigte ihre Krankheit einen höchst beunruhigenden Charakter, und noch beunruhigendere Rückfälle machten die ganze Wissenschaft und alle Anstrengungen der Ärzte zunichte. In demselben Grade, in dem ihr Übel fortschritt, wuchs ihre nervöse Reizbarkeit. Die allergewöhnlichsten Gegenstände flößten ihr oft eine wilde Furcht ein, sie sprach immer häufiger und beharrlicher von leisen Geräuschen, von seltsamen Bewegungen der Vorhänge, die sie erschreckten, ängstigten. Eines Nachts, gegen Ende September, machte sie mich mit außergewöhnlicher Erregung auf solch unheimliche Vorgänge aufmerksam. Sie war eben aus einem unruhigen Schlummer aufgefahren. Ich saß am Kopfende des Ebenholzbettes auf einem indischen Diwan und hatte das Mienenspiel ihres abgemagerten Gesichtes mit Besorgnis und vagem Schreck beobachtet. Sie richtete sich halb auf und sprach in angstvollem Flüstern von allerlei Tönen, die sie vernähme – ich hörte sie nicht –, von Bewegungen, die sie bemerkte und die ich nicht sah. Der Luftzug strich lebhaft hinter den Wandbekleidungen dahin, und ich bemühte mich, ihr begreiflich zu machen – ich muss gestehen, ich glaubte es selbst nicht ganz –, dass diese kaum hörbaren Seufzer, diese kaum wahrnehmbaren Veränderungen der Gestalten an der Wand nur die natürliche Wirkung des gewohnten Luftzuges seien. Aber eine tödliche Blässe, die über ihr Gesicht lief, sagte mir, dass alle meine Anstrengungen, sie zu beruhigen, fruchtlos sein würden. Sie schien in Ohnmacht zu sinken. Was war zu tun? Einen Dienstboten hatte ich nicht in der Nähe. Da entsann ich mich plötzlich, dass ich eine Flasche leichten Weines, den ihr die Ärzte einmal verschrieben hatten, aufbewahrt hatte, und durchschritt das Zimmer, um ihn zu holen. Aber gerade als ich unter dem Licht der Lampe stand, erregten zwei sonderbare Umstände meine Aufmerksamkeit. Ich fühlte, dass irgendetwas Greifbares wiewohl Unsichtbares meine Gestalt leicht streifte, und sah auf dem goldfarbenen Teppich, gerade inmitten der reichen Strahlen, die das Weihrauchfass entsandte, einen Schatten liegen – einen schwachen unbestimmten Schatten von engelhafter Schönheit –, so zart, wie man sich vielleicht den Schatten eines Schattens vorstellen kann. Aber da ich gerade an den Folgen einer übertrieben starken Dosis Opium litt, legte ich diesen Erscheinungen nur wenig Wichtigkeit bei und erwähnte sie Rowena gegenüber nicht.

Ich fand den Wein und durchschritt von neuem das Zimmer, füllte ein Trinkgefäß und näherte es den Lippen meiner halb ohnmächtigen Gattin. Sie schien sich jedoch ein wenig erholt zu haben und ergriff das Glas selbst, während ich mich, die Blicke besorgt auf sie gerichtet, wieder auf die Ottomane niederließ.

Da vernahm ich ganz deutlich leise Schritte in der Nähe des Bettes, und eine Sekunde später, als Rowena den Becher an ihre Lippen erhob, sah ich – ich mag es auch geträumt haben –, wie drei oder vier Tropfen einer glänzenden, rubinfarbenen Flüssigkeit, gleichsam aus einer unsichtbaren Quelle, die in der Luft des Zimmers zu entspringen schien, in den Wein fielen. Rowena bemerkte es jedenfalls nicht, denn sie trank ohne Zögern, und ich hütete mich wohl, ihr meine Beobachtung zu erzählen, die ja nur eine Vorspiegelung meiner Einbildungskraft sein konnte, deren krankhafte Tätigkeit durch das Opium, die späte Nachtstunde und die schreckhaften Worte meiner Frau aufs Höchste gesteigert worden war.

Doch konnte ich nicht verleugnen, dass sich in Rowenas Krankheit unmittelbar nach dem Fall der Rubintropfen eine Wendung zum Schlimmen vollzog. In der übernächsten Nacht bereiteten die Hände meiner Bedienten für sie das Grab, und in der dann folgenden saß ich allein in dem fantastischen Zimmer, das sie als Braut empfangen, neben ihrem in Totenschleier gehüllten Leichnam. Seltsame Visionen, die das Opium erzeugte, umschwebten mich wie Schatten. Mein unruhiger Blick schweifte über die Sarkophage, in die Ecken des Zimmers, über die bewegten Fratzen der Draperien und die schlangenförmigen Lichtstreifen der hängenden Lampe. Ich dachte an die Ereignisse jener kurz vergangenen Nacht, und meine Augen wandten sich dem glänzenden Lichtkreis zu, in dem ich den leichten Schatten bemerkt hatte. Jetzt war er nicht mehr zu erkennen; ich atmete tief auf und blickte auf die bleiche, starre Gestalt, die auf dem Bett ausgestreckt lag. Da fühlte ich, wie tausend Erinnerungen an Ligeia in mir hochwogten; tobend wie eine Meeresflut stürzte der ganze unermessliche Schmerz, den ich empfunden, als ich *sie* im Leichentuch gesehen, über mein Herz. – Es wurde tiefe Nacht, und immer noch saß ich regungslos, die Blicke auf Rowena gerichtet, in Gedanken an Ligeia, die einzige, übermenschlich Geliebte.

Es mochte wohl Mitternacht sein, vielleicht etwas früher oder etwas später, ich hatte nicht auf die Zeit geachtet, als ein sehr leiser, sehr leichter, aber ganz deutlicher

Seufzer mich aus meinen Träumereien auffahren ließ. Ich fühlte, er kam von dem Ebenholzbett, von dem Totenbett. Ich lauschte, in abergläubischer Angst, aber das Geräusch wiederholte sich nicht. Ich strengte meine Augen an, um irgendeine Bewegung in dem Leichnam zu entdecken, aber ich bemerkte nicht das Geringste. Und doch konnte ich mich unmöglich getäuscht haben – ich hatte das Geräusch deutlich gehört und war vollständig wach. Angestrengt und mit äußerster Spannung beobachtete ich den Körper, aber es verflossen mehrere Minuten ohne irgendein Ereignis, das Licht in dies Geheimnis hätte bringen können. Nach einiger Zeit jedoch bemerkte ich, dass eine leichte, kaum sichtbare Färbung in die Wangen gestiegen war und sich die kleinen Adern der Augendeckel entlangzog. Grauen und Entsetzen packten mich, ich fühlte, wie mein Herz zu schlagen aufhörte und meine Glieder vor Schreck erstarrten.

Doch gab mir endlich mein Pflichtgefühl die Kaltblütigkeit zurück. Ich konnte nicht länger zweifeln, dass unsere Anstalten zum Leichenbegängnis verfrüht gewesen waren, dass Rowena noch lebte. Wiederbelebungsversuche waren dringend geboten, doch war, wie gesagt, kein Dienstbote in der Nähe, da mein Turm von dem Teil der Abtei, den die Dienerschaft bewohnte, vollständig getrennt lag. Wollte ich jemanden herbeiholen, so musste ich das Zimmer auf mehrere Minuten verlassen; und das durfte ich nicht wagen. Ich bemühte mich also allein, die entschwebende Seele zurückzurufen und zu halten. Aber nach einigen Sekunden trat ein offenbarer Rückfall ein, die Farbe verschwand aus den Wangen und Lidern, sie wurden bleicher als Marmor, und die Lippen pressten sich mit verdoppelter Kraft aufeinander und nahmen wieder den gespenstisch zusammengeschrumpften Ausdruck des Todes an; eine grauenhafte Kälte und Feuchtigkeit verbreitete sich bald über die ganze Oberfläche des Körpers, vollständige Leichenstarre trat ein. Ich sank schaudernd auf mein Ruhebett, von dem ich so angstvoll aufgeschreckt war, zurück und überließ mich aufs Neue meinem leidenschaftlichen Gedenken an Ligeia.

So verfloss eine Stunde, als ich – großer Gott, wie war es nur möglich – von neuem ein verwehendes Geräusch vom Bett her vernahm. In maßlosem Entsetzen horchte ich wieder hin und hörte den Ton zum zweiten Mal – es war ein Seufzer. Ich eilte auf den Leichnam zu und sah – sah deutlich –, dass seine Lippen zitterten. Eine Minute später teilten sie sich und entblößten eine glänzende Reihe perlmutterner Zähne. Ein grenzenloses Erstaunen kämpfte in meinem Geiste mit einem maßlosen Schreck. Ich fühlte meinen Blick sich verdunkeln und mein Bewusstsein schwinden, und nur durch eine gewaltige Willensanstrengung gelang es mir, mich zum Handeln aufzuraffen. Stirn, Wangen und Hals Rowenas zeigten eine schwache Lebensfarbe, eine fühlbare Wärme durchdrang den ganzen Körper, und in der Herzgegend machte sich ein leiser Pulsschlag bemerkbar. Sie lebte! Und mit verdoppeltem Eifer versuchte ich durch jedes Mittel, das mich die Erfahrung und meine ausgedehnte Lektüre medizinischer Schriften gelehrt hatte, sie zum Bewusstsein zu bringen. Plötzlich jedoch verschwand die Farbe wieder, der Puls stand still, die Lippen pressten sich wie im Todeskrampf aufeinander, und ein paar Sekunden später war der Körper eiskalt, feucht, leichenfarben und starr und zeigte all die grauenhaften Merkmale eines Leichnams, der schon seit Tagen das Grab bewohnt.

Und wieder versank ich in Träume, träumte von Ligeia, und von neuem – ist es verwunderlich, dass ich zittere, da ich dies schreibe? – von neuem tönte ein erstickter Seufzer vom Bett her an mein Ohr. Doch wozu soll ich die unbeschreiblichen Grässlichkeiten dieser Nacht aufzählen? Wozu soll ich erzählen, wie oft sich bis zur Dämmerung dies grauenhafte Schauspiel des Wiederauferstehens erneuerte; wie jeder der erschreckenden Rückfälle einen starreren, tieferen Tod zur Folge hatte; dass jedem neuen Todeskampf ein neuer, grausigerer Verfall des Körpers folgte? Ich beeile mich, zum Ende zu kommen.

Der größte Teil der Schreckensnacht war vergangen, und die, die tot war, bewegte sich wieder einmal, und zwar jäher, heftiger denn zuvor. Ich hatte schon seit langem jeden Versuch, ihr zu helfen, aufgegeben und blieb wie gebannt auf meiner Ottomane sitzen, von einem Wirbelsturm qualvollen Entsetzens gefasst. Der Körper bewegte sich wieder – mit seltsamer Schnelle schoss Farbe in das Antlitz, die Starre der Glieder löste sich, und wären die Totenbinden und Leichentücher nicht gewesen, ich hätte geglaubt, dass Rowena zum Leben erwacht sei. Und nun musste auch mein letzter Zweifel schwinden, als das leichentuchumhüllte Wesen sich vom Bett erhob und schwankend, mit schwachen Schritten, mit geschlossenen Augen, wie jemand, der im Schlafe wandelt – aber gerade und entschlossen –, in die Mitte des Zimmers schritt.

Ich zitterte nicht, ich rührte mich nicht, denn eine Flut unausdenkbarer Gedanken, die das Aussehen, die Gestalt und der Gang des Phantoms in mir erweckten, stürzte über mich. Eine wahnsinnige Verwirrung, ein nicht zu bändigender Tumult rang in meinem Hirn. War das *die lebendige* Rowena, die ich da sah? War es Rowena *überhaupt* – die blondhaarige, blauäugige Lady Rowena Trevanion von Tremaine? Weshalb, ja, *weshalb* zweifelte ich daran? Eine schwere Binde verhüllte ihren Mund – weshalb sollte das nicht der Mund der Lady von Tremaine sein? Und die Wangen? Ja, sicher waren es die Rosenwangen Rowenas. Und das Kinn, mit den Grübchen voll Gesundheit, sollte es nicht das ihre sein? – Aber: *War sie denn während ihrer Krankheit gewachsen?* Wie Wahnsinn durchschoss es mich bei diesem Gedanken. Mit einem Sprung lag ich zu ihren Füßen. Sie wich meiner Berührung aus und befreite ihr Haupt aus dem entsetzlichen Leichentuch, und in die schaudernde Atmosphäre des Zimmers strömte eine üppige Fülle langer, ungeordneter Haare – *sie waren schwärzer als die Rabenflügel der Mitternacht.* Und dann sah ich, wie sich langsam die Augen in dem Antlitz öffneten. »Endlich! Da sind sie!«, rief ich laut. »Wie sollte ich sie nicht erkennen, die großen, schwarzen, seltsamen Augen meiner verlorenen Liebe – die Augen der Lady – der Lady Ligeia?«

[September 1838]

Morella

Ein Gefühl tiefer, doch ganz eigentümlicher Zuneigung verband mich mit meiner Freundin Morella. Als ich sie vor vielen Jahren zufällig kennen lernte, lohte meine Seele auf in einer Glut, die ich bis dahin noch nicht empfunden hatte; doch war es nicht Liebe, und bitter wurde mein Geist von der wachsenden Überzeugung gequält, dass es mir nie möglich sein werde, die sonderbare Bedeutsamkeit meiner Empfindungen zu erkennen oder ihre unbestimmte Heftigkeit in natürliche Bahnen zu lenken. Doch fanden wir einander, und das Schicksal vereinigte uns vor dem Altar. Nie sprach ich von Leidenschaft, noch dachte ich an ihre heißen Wünsche. Morella aber floh jede Gesellschaft, schloss sich an mich allein an und machte mich glücklich. Denn es ist wohl ein Glück, sich verwundern und träumen zu können.

Morellas Gelehrsamkeit schien allumfassend, ihre Talente waren ungewöhnlich, ihre Geisteskräfte fast überentwickelt. Ich empfand dies und wurde in manchem ihr Schüler. Bald bemerkte ich, dass sie mit Vorliebe jene mystischen Schriften vor mir ausbreitete, die man allgemein als den bloßen Schaum der frühen deutschen Literatur betrachtet. Sie waren, aus Gründen, die ich nicht kannte, ihr beständiges und liebstes Studium, und dass sie im Laufe der Zeit auch das meine wurden, muss ich dem einfachen, aber sehr wirksamen Einfluss der Gewohnheit und des Beispiels zuschreiben.

Mit alledem hatte, wenn ich mich nicht irre, mein Verstand wenig zu tun. Meine Überzeugungen waren in keiner Weise auf das Ideale gegründet, und weder in meinen Handlungen noch in meinen Gedanken war – ich müsste mich denn selbst nicht mehr kennen – ein Schatten von dem Mystizismus meiner Lektüre zu entdecken. Vollständig davon überzeugt, überließ ich mich blindlings der Führung meiner Frau und betrat mit ruhigem Herzen das Labyrinth ihrer Studien. Und dann – als ich mich in jene unheilvollen Blätter versenkte und fühlte, wie sich ein Verderben bringender Geist in mir entzündete, pflegte Morella ihre kalte Hand auf die meine zu legen und aus der Asche einer toten Philosophie ein paar düstere, sonderbare Worte aufzustöbern, deren seltsamer Sinn sich meinem Gedächtnis einbrannte. Und dann verträumte ich lange Stunden an ihrer Seite und lauschte auf die Musik ihrer Stimme, bis mir endlich Schrecken aus ihr widertönte – es fiel ein Schatten auf meine Seele, ich wurde bleich und schauderte im Innern bei diesen unirdischen Tönen. Und so erstarb die Freude bald im Entsetzen, das Schönste wandelte sich zum Grässlichen, wie einst das Tal Hinnom zur Gehenna wurde.

Es ist unnötig, den genauen Charakter der Probleme zu enthüllen, die aus den Büchern, von denen ich sprach, hervorwuchsen und lange Zeit den einzigen Gesprächsstoff zwischen mir und Morella bildeten. Die Erfahrenen in jener Wissenschaft, die man theologische Moral nennen könnte, werden sie leicht begreifen, und die Ungelehrten würden im besten Falle nur sehr wenig davon verstehen. Der seltsame Pantheismus Fichtes, die gemäßigte Lehre der Pythagoräer von der Wiedergeburt, und vor allem Schellings Identitätsdoktrinen waren die Punkte im Gespräch, die den größten Reiz auf die fantasiereiche Morella ausübten. Diese so genannte persönliche Identität definiert Locke, glaube ich, als in der ununterbrochenen Dauer eines vernunftbegabten Wesens bestehend. Und da wir unter ›Person‹ ein denkendes, vernunftbegabtes Wesen verstehen, und da jedes Denken von einem Bewusstsein begleitet ist, so ist es dies – das Bewusstsein –, was uns von den übrigen denkenden Wesen unterscheidet und uns unsere persönliche Identität verleiht. Doch das principium individuationis, der Begriff dieser Identität, die mit dem Tode auf immer verloren geht oder nicht verloren geht, war für mich jederzeit ein Problem von tiefstem Interesse; und zwar ebenso sehr wegen der eventuellen aufregenden und verwirrenden Konsequenzen wie auch wegen der besonderen, erregten Art und Weise, mit der Morella es behandelte.

Doch war jetzt die Zeit gekommen, in der mich das Geheimnis der Natur meiner Frau wie ein unenträtselbarer Zauber quälte. Ich konnte den Druck ihrer bleichen Finger, den tiefen Klang ihrer musikalischen Stimme, den Glanz ihrer melancholischen Augen nicht mehr ertragen. Sie wusste das alles, doch machte sie mir nie einen Vorwurf; sie schien meine Schwäche oder meine Torheit zu bemerken und nannte es lächelnd – ›Schicksal‹. Sie schien auch um die mir unbekannte Ursache der langsamen Entfremdung meinerseits zu wissen, doch gab sie mir niemals eine Erklärung oder machte eine Anspielung auf die Natur dieser Ursache. Aber sie war nur ein Weib und welkte von Tag zu Tag dahin.

Nach einiger Zeit erschienen und blieben zwei purpurne Flecken auf ihren Wangen, und die blauen Adern traten auf der weißen Stirn hervor. Mein ganzes Wesen schmolz manchmal in Mitleid, aber einen Augenblick später traf mich ein Blick aus ihren bedeutsamen Augen, und meine Seele wurde krank und von Schwindel ergriffen, wie jemand, der in einen finsteren, unergründlichen Abgrund blickt.

Muss ich gestehen, dass ich oft mit heftigem, verzehrendem Verlangen den Augenblick von Morellas Tod herbeisehnte? Ich tat es; doch ihr Geist klammerte sich noch manchen Tag, manche Woche, manchen lästigen Monat an seine staubgeborene Hülle, bis meine gequälten Nerven den Sieg über meine Vernunft davontrugen. Ich wurde wütend über die Verzögerung und verfluchte die Tage, die Stunden und die Minuten, die sich im gleichen Maße zu verlängern schienen, in dem ihr edles Leben sich neigte, wie die Schatten in der Todesstunde des Tages.

Aber eines Herbstabends, als alle Winde am Firmamente schliefen, rief mich Morella an ihr Lager. Ein trüber Nebel lag über der ganzen Erde und ein warmes Glühen über den Wassern, und ein Regenbogen schien vom Himmel mitten in das reiche Oktoberlaub des Waldes gefallen zu sein.

»Dies ist der Tag der Tage«, sagte sie zu mir, als ich näher kam, »der schönste Tag zum Leben oder zum Sterben. Es ist ein schöner Tag für die Söhne der Erde und des Lebens – ach, ein schönerer Tag für die Töchter des Himmels und des Todes.«

Ich küsste sie auf die Stirn, und sie fuhr fort:

»Ich sterbe, doch werde ich leben.«

»Morella!«

»Nie sind die Tage gewesen, an denen du mich lieben konntest – doch die du im Leben verabscheutest, wirst du im Tode anbeten.«

»Morella!«

»Ich wiederhole es: Ich sterbe. Doch in mir ist ein Unterpfand der Neigung – ach, welch geringer –, die du mir entgegenbrachtest. Und wenn mein Geist mich verlässt, wird das Kind leben, dein Kind und meines! Aber deine Tage werden Tage des Kummers sein, des Kummers, der von immer währendem Eindruck ist, wie die Zypresse der langlebigste der Bäume. Die Stunden deines Glückes sind vorüber, und die Freude erblüht nicht zweimal im Leben, wie die Rosen von Paestum zweimal im Jahr. Myrte und Rebe wirst du nicht kennen, sondern dein Leichentuch mit dir über die Erde tragen, gleich den Muselmännern Mekkas.«

»Morella!«, schrie ich auf, »Morella, wie weißt du das?« Doch sie barg ihr Gesicht in die Kissen, ein leichtes Zittern lief über ihre Glieder, sie starb, und nie mehr hörte ich ihre Stimme.

Wie sie es vorher gesagt hatte, blieb ihr Kind, das sie sterbend geboren und das erst atmete, als die Mutter zu atmen aufgehört – blieb ihre Tochter am Leben. Sie nahm sonderbar an Gestalt und Wissen zu und wurde das vollkommene Ebenbild der Abgeschiedenen. Ich liebte sie mit heißerer Liebe, als ich sie je zu einem Menschen empfunden hatte.

Doch bald verdunkelte sich der Himmel dieser reinen Zuneigung, und Schreck und Kummer zogen wie Wolken über ihn hin. Ich sagte schon, das Kind nahm seltsam an Gestalt und Weisheit zu. Seltsam in der Tat war ihr schnelles körperliches Wachstum, und schrecklich, ja, schrecklich waren die Gedanken, die sich tobend auf mich stürzten, wenn ich die Entwicklung ihres geistigen Seins betrachtete. Hätte es auch anders sein können, da ich täglich in den Gedanken des Kindes die ausgereifte Kraft und die Anschauungen des Weibes entdeckte, da die Lehren der Erfahrung über die roten, kindlichen Lippen kamen, ja, da ich stündlich die Weisheit und die Leidenschaften der Reife aus diesen dunklen, nachdenklichen Augen schimmern sah? Als dies alles meinen erschrockenen Sinnen offenbar wurde, als ich es meiner Seele nicht länger verbergen konnte, ist es da zu verwundern, dass ein Argwohn schrecklicher, quälender Art in mein Hirn kroch, und dass meine Gedanken sich entsetzt der seltsamen Erzählungen und scharfsinnigen Theorien der verstorbenen Morella erinnerten? Ich entriss das Wesen, das mir das Schicksal zu lieben gebot, der Neugier der Welt und wachte in der strengen Abgeschlossenheit meines Heims mit tödlicher Angst über alles, was den Gegenstand meiner Liebe betraf.

Und wie die Jahre flohen und ich Tag für Tag ihr heiliges, mildes, beredtes Antlitz betrachtete und ihre reiferen Formen beobachtete, entdeckte ich immer neue Ähnlichkeiten zwischen dem Kind und der Mutter, dem Melancholischen und der Toten. Und stündlich verdichteten sich die Schatten dieser Ähnlichkeit, wurden tiefer, bestimmter, beängstigender. Dass ihr Lächeln an das Lächeln der Mutter gemahnte, konnte ich ertragen, doch schauderte ich vor einer so *vollkommenen* Ähnlichkeit; dass ihre Augen denen Morellas glichen, nahm ich hin, doch oft blickten sie in die Tiefen meiner Seele mit Morellas eigenem, durchdringendem, verwirrendem Ausdruck. Und im Umriss der hohen Stirn, in den seidenen Locken ihres Haares, in den bleichen Fingern, die sich in ihm vergruben, in dem ernsten, musikalischen Tonfall ihrer Stimme und vor allem, ja, vor allem in den Wortwendungen und Ausdrücken der Toten auf den Lippen der Geliebten und Lebenden fand ich Nahrung für meine verzehrenden Gedanken und mein Entsetzen für den Wurm, der nicht sterben wollte.

So vergingen die ersten zehn Jahre ihres Lebens, und

noch wandelte meine Tochter namenlos über die Erde. ›Mein Kind‹, ›mein Liebling‹ waren die Namen, die meine väterliche Zuneigung ihr verlieh, und das plötzliche Ende ihrer Tage machte jeden anderen unnötig. Morellas Name war mit ihr gestorben. Zur Tochter hatte ich nie von der Mutter gesprochen – es war mir unmöglich gewesen. Sie hatte auch während ihres kurzen Lebens keine Eindrücke von der äußeren Welt bekommen, ausgenommen die wenigen, die ihr unsere gänzliche Zurückgezogenheit verschaffen konnte. Doch nach und nach glaubte mein nervöser, erregter Geist, in der Taufe vielleicht eine Befreiung von den Schrecken meines Schicksals zu finden. Am Taufbecken zögerte ich, einen Namen anzugeben. Eine Menge Bezeichnungen voll Weisheit und Schönheit, Namen aus alter und neuer Zeit, aus meinem Heimatland und aus der Fremde drängten sich auf meine Lippen, Benennungen für Liebliches, Glückliches, Gutes.

Was stachelte mich denn an, das Andenken an die begrabene Tote wieder wachzurufen? Welcher Dämon zwang mich, jenen Namen zu flüstern, bei dessen bloßer Erinnerung mein Blut in Strömen aus den Schläfen in das Herz schoss? Welcher böse Geist sprach aus den Abgründen meiner Seele, als ich in dem dunklen Gewölbe und im Schweigen der Nacht in das Ohr des heiligen Mannes die Silben flüsterte: »Morella«? Welches dämonische Wesen krampfte die Züge meines Kindes zusammen, übergoss sie mit Todesfarbe, als sie bei dem kaum vernehmbaren Namen erzitternd ihre verglasenden Augen vom Boden zum Himmel erhob und auf den schwarzen Steinplatten unseres Familiengrabes auf die Knie sank und mir antwortete: »Hier bin ich!«?

Klar, kalt, mit ruhiger Deutlichkeit fielen diese einfachen Worte in mein Ohr und drangen von da, wie geschmolzenes Blei, zischend in mein Gehirn. Jahre, Jahre können vergehen, die Erinnerung an diesen Augenblick niemals! Ach! Blumen und Weinrebe waren mir nicht unbekannt, doch Schierling und Zypresse überschatteten mich Tag und Nacht. Ich verlor jedes Bewusstsein für Zeit und Ort, und die Sterne meines Schicksals verblichen am Himmel, und die Erde wurde finster, und ihre Gestalten wanderten wie Schatten an mir vorüber, und unter allen sah ich nur – Morella! Die Winde des Himmels flüsterten nur einen Ton in mein Ohr, und die Wellen des Meeres murmelten unaufhörlich: Morella. Doch sie starb; und mit meinen eigenen Händen trug ich sie zum Grabe und lachte ein langes, bitteres Lachen, als ich in der Gruft, in die ich die zweite bettete, keine Spuren entdeckte von der ersten – Morella.

[April 1835]

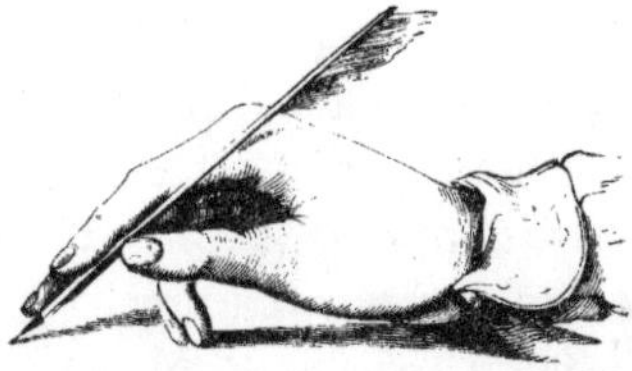

Berenice

Dicebant mihi sodales, si sepulcrum amicae visitarem,
curas meas aliquantulum fore levatas.
– Ebn Zaiat

Mein Taufname ist Egaeus; meinen Familiennamen will ich nicht nennen. Doch gibt es im ganzen Land keine Zinnen, die mehr Jahre und Ruhm gesehen als die des düsteren Schlosses meiner Väter. Man hat unsere Familie ein Geschlecht von Geistersehern genannt; und viele Einzelheiten, die an dem Äußeren unseres Stammschlosses auffielen, gaben diesem Glauben eine gewisse Berechtigung; ich denke an die Fresken des Salons, die Wandbekleidungen der Schlafzimmer, die ziselierten Strebepfeiler der Waffenkammer, dann ganz besonders an die Galerie alter Gemälde, an den Eindruck, den das Bibliothekzimmer machte, und endlich an den Inhalt der Bibliothek selbst.

Alle Erinnerungen aus meiner frühen Jugend sind mit diesem Zimmer und seinen Büchern, von denen ich jedoch nichts weiter sagen will, aufs Engste verbunden. In diesem Gemach starb meine Mutter. Hier wurde ich geboren. Aber es ist wohl müßig, zu behaupten, dass ich nicht schon vorher gelebt – dass unsere Seele keine Vorexistenz habe. Sie leugnen es? Wir wollen nicht weiter darüber streiten! Ich bin überzeugt und habe kein Verlangen, andere zu überzeugen. Ich bin überzeugt, denn mich begleitet eine Erinnerung an ätherische Formen, an geisterhafte viel sagende Augen, an melodische, traurige Töne – eine Erinnerung, die mich nie verlassen wird, ein Andenken, wie ein Schatten unbestimmt, unbeständig, veränderlich und auch einem Schatten ähnlich in der Unmöglichkeit, mich davon zu befreien, solange die Sonne meiner Vernunft leuchtet.

In diesem Zimmer wurde ich also geboren. Ich kam aus der langen Nacht, die nur scheinbar das Nicht-Dasein ist, in ein Geisterland, in ein Zauberschloss, in die seltsamen Gefilde des Gedankens und klösterlicher Gelehrsamkeit.

Ist es da verwunderlich, dass ich mit erschrockenen, heißen Augen um mich blickte, dass ich mein Knabenalter unter Büchern begrub und meine Jugend an Träumereien verlor?

Seltsam und verwunderlich ist nur, dass, als die Jahre flohen und der volle Mittag meiner Männlichkeit mich noch im Hause meiner Väter fand, die Quellen meines Lebens plötzlich zu versiegen schienen und sich eine vollständige Veränderung in dem Wesen selbst meiner gewöhnlichsten Gedanken vollzog. Die Wirklichkeiten der Welt berührten mich wie Visionen und nur wie Visionen, während die seltsamen Vorstellungen des Traumlandes nicht etwa die Nahrung meines Daseins wurden, sondern einzig und allein dies Dasein selbst!

Berenice und ich waren Geschwisterkinder und wuchsen zusammen in meinem väterlichen Hause auf. Doch entwickelten wir uns verschieden: Ich war kränklich und stets in tiefen Melancholien versunken – sie dagegen lebhaft, graziös und von überströmender Lebenskraft. Ich vergrub mich in mein Studierzimmer – sie sprang munter auf den Hügeln und Feldern umher. Ich lebte nur in meinem Herzen und weihte Körper und Geist den tiefsten, schmerzvollsten Betrachtungen – sie eilte sorglos durch das Leben, ohne an die Schatten auf ihrem Pfade zu denken oder jemals über die schweigsame Flucht der schwarz beschwingten Stunden zu erschrecken.

Berenice! Berenice! Laut rufe ich ihren Namen, und in wildem Aufruhr flattern auf finsteren Eulenflügeln tausend Gedanken aus den grauen Ruinen der Erinnerung hervor! Und wieder steht sie deutlich vor mir wie in den ersten Tagen ihrer leichtherzigen Fröhlichkeit. Berenice, die strahlende, fantastische Schönheit, die Sylphide in den Gebüschen der heimatlichen Flur, die Najade ihrer Quellen!

Und dann wurde alles in ihr Geheimnis und Grauen – dann begann eine Geschichte, die man nicht erzählen sollte.

Ein Übel, ein verhängnisvolles Übel überfiel sie wie ein Samum. Vor meinen Augen wurden ihr Körper, ihr Gemüt, die ganze Einheit ihres Wesens eine Beute des grässlichen Zerstörers, der wie ein Vernichter kam und ging! Doch wo blieb sein Opfer? Die Kranke kannte ich nicht – kannte sie nicht als Berenice!

Unter dem zahlreichen Gefolge von Leiden, welche dieser erste furchtbare Aufruhr in dem körperlichen und geistigen Verhalten der Cousine nach sich zog, muss ich eine Art von Epilepsie als eines der traurigsten und hartnäckigsten bezeichnen. Diese ging häufig in vollständigen Starrkrampf über, der alle Merkmale der wirklichen Auflösung an sich trug, obwohl sich die Kranke stets wieder, und zwar ganz plötzlich, von ihm erholte.

Zu gleicher Zeit wuchs mein eigenes Übel erschreckend schnell und bildete sich zu einer Monomanie aus, die sich auf ganz neue, außerordentliche Weise äußerte. Von Stunde zu Stunde, von Minute zu Minute wurde sie stärker und errang zuletzt eine unbeschränkte Herrschaft über mich. Diese Monomanie bestand in einer krankhaften Reizbarkeit jener geistigen Fähigkeit, welche die psychologische Wissenschaft unter dem Ausdruck ›die Fähigkeit zur Aufmerksamkeit‹ begreift. Man wird mich höchstwahrscheinlich nicht verstehen, denn ich fürchte, es wird auf keine Art und Weise möglich sein, einen genauen Begriff von der Innerlichkeit des nervösen Interesses zu geben, mit welchem ich mich auf die Betrachtung der außergewöhnlichsten Gegenstände des Weltalls warf und in diese vergrub.

Ich konnte stundenlang und unermüdlich über irgendeine kindische, oberflächliche Bemerkung am Rand oder im Text eines Buches nachsinnen. Zuweilen wurde ich den größten Teil eines Sommertages ganz von der Betrachtung irgendeines Schattens in Anspruch genommen, der schräg auf die Tapete oder den Fußboden fiel. Es war möglich, dass ich mich eine ganze Nacht hindurch in den Anblick der ruhigen Flamme einer Lampe oder der Glut eines Kohlenfeuers verlor oder ganz monoton ein alltägliches Wort so lange wiederholte, bis sein Klang jeden Sinn für mich verloren hatte. Manchmal erstickte ich auch in mir jedes Gefühl körperlichen Daseins durch eine hartnäckig fortgesetzte, vollkommene Ruhe.

Das sind einige der häufigsten und harmlosesten Abirrungen meines kranken Geistes. Vielleicht erscheinen sie nicht ganz ohne Beispiel – jedenfalls spotten sie jeder Erklärung.

Doch möchte ich nicht missverstanden werden. Diese

ungebührlich tiefe, krankhafte Aufmerksamkeit, welche von an sich ganz unbedeutenden Dingen erregt wurde, darf nicht mit dem natürlichen Hang zum Grübeln verglichen werden, den alle Menschen mehr oder weniger verspüren und dem sich ganz besonders Personen mit lebhafter Fantasie oft überlassen. Meine Krankheit war nicht, wie es vielleicht scheinen könnte, der äußerste Ausdruck dieser Neigung, sondern etwas von ihr ursprünglich und wesentlich Verschiedenes. Im ersten Fall wird der Träumer, der Schwärmer, gewöhnlich durch einen nicht alltäglichen, nicht banalen Gegenstand angeregt, und in einer Wildnis von Deduktionen und Suggestionen, die ihm derselbe aufzwingt, verliert er unbemerkt diesen Gegenstand selbst aus den Augen, sodass er schließlich, am Ende seiner Träume, die für ihn selbst übrigens meist angenehm, wollüstig angenehm sind, die erste Ursache seines Nachdenkens verloren und vergessen hat. In meinem Fall jedoch war der Ausgangspunkt stets unbedeutend, obwohl er durch das Medium meiner krankhaften Anschauung eine scheinbare Wichtigkeit erhielt. Nur äußerst selten gab ich mich irgendwelchen Folgerungen hin; und wenn es einmal der Fall war, kehrten sie stets wieder mit Hartnäckigkeit auf ihren Ausgangspunkt zurück.

Die Betrachtungen waren niemals angenehm; und zum Schluss war mir die erste Ursache der Grübelei nicht entschwunden, sondern hatte in mir eben jenes unheimliche, unnatürlich gesteigerte Interesse erregt, das als das eigentliche Merkmal meines Übels anzusehen ist.

Kurz also: Die Fähigkeit des Geistes, die bei mir krankhaft reizbar war, bestand, wie ich schon sagte, in einer *Fähigkeit zur Aufmerksamkeit,* während bei dem gewöhnlichen Träumer die *Gabe der Betrachtung* in Tätigkeit tritt.

Wenn die Bücher, die ich in jener Epoche las, das Übel auch nicht gerade erregten, so steigerte ihr mystischer und zuweilen wenig logischer Inhalt, der mich zu immer neuem Grübeln trieb, meine Krankheit doch in beängstigender Weise. Ich erinnere mich unter anderem noch sehr genau der Abhandlung des edlen Italieners Coelius Secundus Curio ›De Amplitudine Beati Regni Dei‹, des großen Werkes des heiligen Augustinus ›Der Gottesstaat‹ und Tertullians ›De Carne Christi‹, in welchem sich der paradoxe Ausspruch findet, der mich mehrere Wochen lang in schwerem, fruchtlosem Nachdenken gebannt hielt: ›Mortuus est Dei filius; credibile est quia ineptum est; et sepultus resurrexit; certum et quia impossibile est.‹

Mein Geist, den so unbedeutende Dinge aus dem Gleichgewicht bringen konnten, mochte wohl Ähnlichkeit mit jenem Meeresfelsen haben, von dem Ptolemäus Hephestion erzählt, dass er aller menschlichen Gewalt, ja dem wilden Ansturm der Elemente widerstand, doch in seinen Grundfesten erbebte, wenn man ihn mit der Blume Asphodill berührte. So wird nur ein oberflächlicher Denker glauben können, dass ich über die Verwüstungen, die das unglückselige Leiden in dem seelischen Zustand Berenicens angerichtet hatte, in meiner krankhaften Art nachgegrübelt hätte. Tatsächlich war dies durchaus nicht der Fall.

In meinen klaren Augenblicken empfand ich wohl sehr viel Kummer über ihr Unglück; der Gedanke an den vollständigen Schiffbruch, den ihr schönes, heiteres Leben erlitten, schnitt mir tief ins Herz, und ich dachte oft und mit Bitterkeit über die bösen Zauberkräfte nach, die eine so grauenhafte Umwandlung bewirken konnten. Doch hatten diese Reflexionen nichts von der Idiosynkrasie meines Übels an sich und mochten in dieser Gestalt unter ähnlichen Umständen wohl an allen Menschen angestellt werden. Mein krankes Grübeln beschäftigte sich vielmehr mit den weniger wichtigen, aber vielleicht auffallenderen Veränderungen, die sich in der körperlichen Erscheinung Berenicens vollzogen hatten – mit der sonderbaren und erschreckenden Verzerrung ihres äußeren Wesens.

Ich wusste bestimmt, dass ich sie in den strahlenden Tagen ihrer unvergleichlichen Schönheit nicht geliebt hatte. Die seltsame Anomalie in meinem Dasein ließ meine Gefühle *niemals* dem Herzen, ließ meine Leidenschaften *stets* dem Gedanken entspringen. In früher, grauer Morgendämmerung, zu Mittag unter den zitternden Schatten des Waldes, des Nachts in der Stille meines Bibliothekzimmers war sie vor meinen Augen erschienen: nicht als die lebende, atmende Berenice, sondern als die Berenice eines Traumes; nicht als ein irdisches Wesen von Fleisch und Blut, sondern als die Abstraktion eines solchen Geschöpfes, nicht als ein Gegenstand der Bewunderung, sondern als ein Objekt der Analyse, nicht als ein Wesen, geschaffen zur Liebe, sondern als Thema sinn- und planlosen Nachdenkens. Und nun – nun erbebte ich in ihrer Gegenwart, nun erblasste ich, wenn sie sich mir näherte, und plötzlich ward mir bewusst, dass sie mich seit langem liebte, und ich sprach ihr in einer bösen Stunde trotz ihres zerfallenen, trostlosen Zustandes von Heirat.

Der Tag, den wir für die Hochzeit festgesetzt hatten, nahte heran. Ich saß an einem Winternachmittag – es war ein sonderbar ruhiges, nebeliges, warmes Wetter – in meinem Bibliothekzimmer und glaubte mich allein. Doch als ich meine Augen erhob, sah ich Berenice vor mir stehen.

Lag es an meiner übererregten Fantasie – oder an dem Einfluss der Nebelluft, an der unbestimmten Dämmerung im Zimmer, an der dunklen Kleidung, die sie in langen Falten umhüllte, dass mir ihre Umrisse so schwankend und undeutlich erschienen? Ich vermag es nicht zu entscheiden. Vielleicht war sie während ihrer Krankheit gewachsen!? Sie sagte kein Wort, und ich – hätte nicht für die Welt eine Silbe sprechen können. Ein Schauder durchfuhr meinen Körper; ein Gefühl unerträglicher Angst bedrückte mich; eine verzehrende Neugierde rang sich in meiner Seele hoch; ich sank in meinen Stuhl zurück und verharrte eine Zeit lang regungslos, atemlos, die Blicke fest auf Berenice gerichtet. Ach, wie erschreckend sie abgemagert war! Ich konnte keine Spur des früheren Wesens auch nur im flüchtigsten Umriss wiedererkennen.

Meine wilden Blicke fielen endlich auf ihr Gesicht: Die Stirn war hoch, sehr bleich und sonderbar ruhig. Ihr früher pechschwarzes Haar fiel zum Teil über die Stirn und beschattete die hohlen Schläfen mit zahllosen Locken von schreiend gelber Farbe, deren fantastischer Anblick grausam gegen die müde Trauer ihrer Züge abstach. Die Augen waren ohne Leben und Glanz und scheinbar ohne Pupillen, und unwillkürlich schraken meine Blicke vor ihrem gläsernen Starren zurück und betrachteten ihre dünnen, zusammengeschrumpften Lippen. Sie teilten sich, und mit einem besonderen, bedeutsamen Lächeln enthüllten sich die Zähne der also veränderten Berenice. Wollte Gott, dass ich sie nie gesehen hätte oder dass ich nach ihrem Anblick gestorben wäre!

Das Geräusch einer sich schließenden Tür schreckte mich empor: Ich gewahrte, dass meine Cousine das Zimmer wieder verließ. Doch das weiße Gespenst ihrer Zähne war aus meinem Gehirn nicht zu bannen, nicht fortzutreiben. Jedes Fleckchen auf deren Oberfläche, jede Tönung auf deren Email, jede Ausbuchtung an der Schneide hatte ihr flüchtiges Lächeln meinem Gedächtnis unauslöschlich eingebrannt! Ich sah sie *jetzt* sogar deutlicher, als ich sie *soeben* gesehen, diese Zähne! – Diese Zähne! – Sie waren hier – und waren dort – und überall, sichtbar, greifbar vor mir: lang, schmal und außerordentlich weiß. Bleiche Lippen zogen sich um sie herum, genau wie in dem schrecklichen Augenblick, da ich sie zuerst gesehen! Dann überfiel mich meine krankhafte Einbildungssucht mit wilder Wut, und vergebens kämpfte ich gegen ihre unerklärliche, unwiderstehliche Gewalt! Unter den zahllosen Gegenständen der äußeren Welt hatte ich nur noch Gedanken für diese Zähne. Nach ihnen trug ich ein wahnsinniges Verlangen. Alle Erscheinungen der Welt, alle Interessen des Lebens wurden davon aufgesogen. Sie – sie allein waren meinem inneren Auge gegenwärtig, ihr Wesen wurde zum alleinigen Inhalt meines Gedankenlebens. Ich betrachtete sie von jedem Gesichtspunkt, von jeder Seite aus. Ich studierte ihre besonderen Merkmale, ich sann über ihre Eigentümlichkeiten nach, ich grübelte über ihre Ähnlichkeit untereinander. Ich forschte nach den Veränderungen, denen sie unterworfen waren. Und als ich ihnen in meiner Vorstellung Gefühlskraft und Ausdrucksfähigkeit auch ohne den Beistand der Lippen zuschreiben musste, da schauderte ich! Von Mademoiselle Salle hat man sehr bezeichnend gesagt: ›Que tous ses pas étaient des sentiments‹, und von Berenice glaube ich viel fester, *dass alle ihre Zähne Ideen* seien. Ideen! War das der idiotische Gedanke, der mich zu Grunde richten sollte? Ideen! Begehrte ich sie wohl deshalb so wahnsinnig? Ich fühlte, dass nur ihr

Besitz allein mir jemals Frieden, jemals den Verstand zurückgeben konnte.

So senkte sich der Abend auf mich herab, und die Dunkelheit der Nacht kam, blieb und verschwand wieder – ein neuer Tag erschien, und die Nebel einer zweiten Nacht schlugen um mich zusammen – und noch immer saß ich regungslos in meinem einsamen Zimmer – noch immer saß ich in Betrachtungen versunken – noch immer übte das Gespenst der Zähne seine schreckliche Macht und schwebte mit lebendiger, grässlicher Deutlichkeit da und dort durch die wechselnden Lichter und Schatten des Zimmers. Endlich brach in meine Träume ein Schrei des Entsetzens und der Furcht, dem nach einer Pause trostlose Stimmen und banges, schmerzerfülltes Seufzen folgten. Ich erhob mich von meinem Sitz, öffnete die Tür des Bibliothekzimmers und fand im Vorraum eine Dienerin, die mir tränenüberströmt verkündete, dass Berenice nicht mehr sei! Am frühen Morgen hatte ein Epilepsie-Anfall sie heimgesucht. Nun, bei Anbruch der Nacht, waren die Vorbereitungen zur Bestattung beendet, und das Grab erwartete seinen Bewohner.

Ich fand mich in der Bibliothek wieder. Allein. Es schien mir, als sei ich eben aus einem verwirrten, aufgeregten Traume erwacht. Ich wusste, dass es Mitternacht war und dass man nach Sonnenuntergang Berenice begraben hatte. Doch besaß ich keine Vorstellung von dem, was sich in der Zwischenzeit zugetragen hatte. Meine Erinnerung daran war ein Gefühl wie Schrecken, den seine Unbestimmtheit nur grausiger, wie Entsetzen, das seine Gegenstandslosigkeit nur noch grässlicher machte. Es war eine fürchterliche Stunde meines Lebens, angefüllt mit nebelhaften, unaussprechlichen, scheußlichen Erinnerungen. Ich bemühte mich, die Wirklichkeit zu erkennen, die ihnen zu Grunde lag; vergebens! Von Zeit zu Zeit drang der schrille, durchdringende Schrei einer Frauenstimme wie das Gespenst eines verwehten Tones an mein Ohr. Ich hatte eine Tat vollbracht – doch welche? Laut stellte ich mir diese Frage, und das flüsternde Echo des Zimmers antwortete mir: – ›doch welche?‹ Neben mir auf dem Tisch brannte eine Lampe, und ihr zur Seite stand eine kleine Kiste aus Ebenholz. Es war nichts Besonderes an ihr, und ich hatte sie schon oft gesehen, denn sie gehörte unserem Hausarzt. Aber wie kam sie da auf meinen Tisch, und weshalb schauderte ich, als ich sie erblickte? Doch – es war wohl nicht der Mühe wert, darüber nachzudenken! Meine Blicke wandten sich ab und fielen auf ein offenes Buch und eine Sentenz in demselben, die jemand unterstrichen hatte. Es waren die sonderbaren, aber einfachen Worte des Dichters Ebn Zaiat: ›*Dicebant mihi sodales, si sepulcrum amicae visitarem, curas meas aliquantulum fore levatas.*‹ Wie kam es, dass sich beim Lesen dieses Satzes mein Haar emporsträubte, dass mein Blut in den Adern erstarrte?

Man klopfte leise an die Tür des Bibliothekzimmers, und bleich wie ein dem Grabe Entstiegener kam ein Diener auf den Zehenspitzen herein. Seine Blicke waren schreckverwirrt, und er sprach mit leiser, zitternder, erstickter Stimme. Was sagte er mir? – Ich vernahm nur Bruchstücke. Er sprach von einem grässlichen Schrei, der das Schweigen der Nacht unterbrochen hatte – sagte, dass die Dienerschaft zusammengelaufen sei und in der Richtung des Tones gesucht habe. Dann wurde seine Stimme gellend deutlich – er redete von der Schändung des Grabes, von dem entstellten, aus den Leichentüchern gerissenen Körper, der noch stöhnte, noch pulsierte, *noch lebte!*

Er deutete auf meine Kleider – sie waren mit Kot und Blut beschmutzt. Er sprach nicht, sondern ergriff sanft meine Hand, sie trug die Male menschlicher Nägel. Er richtete meine Aufmerksamkeit auf einen Gegenstand, der an der Wand lehnte – es war ein Spaten. Mit einem Schrei stürzte ich zum Tisch und ergriff die Ebenholzkiste. Ich hatte nicht die Kraft, sie zu öffnen, sie glitt aus meiner zitternden Hand, fiel schwer zu Boden und sprang entzwei; mit Gerassel rollten einige zahnärztliche Instrumente heraus und zweiunddreißig kleine, weiße, wie Elfenbein schimmernde Gegenstände, die sich auf dem Fußboden verstreuten.

[März 1835]

Liebe auf den ersten Blick

Vor noch nicht allzu langer Zeit gehörte es zum guten Ton, den Glauben an die ›Liebe auf den ersten Blick‹ für eine Lächerlichkeit zu halten, doch alle Leute, die denken und tief empfinden können, sind stets von seiner Wahrheit überzeugt gewesen. Neue Entdeckungen auf dem Gebiet des – sagen wir – ethischen und ästhetischen Magnetismus machen es sehr wahrscheinlich, dass die natürlichsten und folglich die wahrsten und stärksten Empfindungen der Menschen plötzlich, wie durch eine elektrische Wirkung, im Herzen entstehen – mit einem Wort, dass die schönsten und dauerndsten Seelenbande durch *einen* Blick geknüpft werden. Das Bekenntnis, das ich hier ablegen will, wird die unzähligen Beweise für die Wahrheit dieser Behauptung um einen neuen vermehren.

Im Interesse meiner Geschichte muss ich ziemlich weit ausholen. Ich bin noch ein ganz junger Mensch und zähle noch nicht volle zweiundzwanzig Jahre. Mein jetziger Name kommt ziemlich häufig vor und ist ziemlich plebejisch: Ich heiße Simpson. Ich sagte mein ›jetziger‹ Name, denn ich führe ihn noch nicht lange. Erst im Laufe des vergangenen Jahres nahm ich ihn beim Antritt einer großen Erbschaft, die mir von einem entfernten Verwandten namens Adolf Simpson hinterlassen wurde, gesetzlich an. Das Vermächtnis war nämlich mit der Bedingung verbunden, dass mit dem Besitz auch der Name des Testators auf mich übergehen müsse, das heißt der Familienname, nicht der Taufname. Mein Taufname ist Napoleon Bonaparte.

Den Namen Simpson nahm ich nur mit Widerstreben an, da ich auf meinen wirklichen Familiennamen Froissart verzeihlicherweise sehr stolz war, weil ich glaubte, meine Abstammung von dem Verfasser der ›Chronicles‹ ableiten zu können. Da wir einmal von Namen sprechen, möchte ich nicht unterlassen, die seltsame Übereinstimmung des Klanges zu erwähnen, welche die Namen einiger meiner direkten Vorfahren aufweisen. Mein Vater war ein Monsieur Froissart aus Paris. Seine Gattin, meine Mutter, die er im fünfzehnten Lebensjahr geheiratet hatte, war eine Mademoiselle Croissart, die älteste Tochter des Bankiers Croissart, dessen Gattin, die bei ihrer Verheiratung auch erst sechzehn Jahre zählte, die älteste Tochter eines gewissen Victor Noissart war. Monsieur Noissart hatte sonderbarerweise eine Dame von ähnlich klingendem Namen geheiratet, eine Mademoiselle Moissart. Sie war ebenfalls noch fast ein Kind, als sie heiratete, und ihre Mutter, Madame Moissart, zählte, als sie zum Altar geführt wurde, eben erst vierzehn Jahre. In Frankreich sind solch frühzeitige Verheiratungen nichts Ungewöhnliches.

Die Namen Moissart, Noissart, Croissart und Froissart folgen also in meiner Familie in direkter Linie aufeinander. Mein eigener Name wurde jedoch, wie ich schon sagte, durch einen gesetzlichen Akt in Simpson umgewandelt. Ich entschloss mich zu diesem Schritt allerdings nur mit großem Widerstreben und zögerte eine Zeit lang wirklich, das Vermächtnis unter einer so lästigen und zwecklosen Bedingung anzunehmen.

Über Mangel an persönlichen Vorzügen kann ich nicht klagen. Im Gegenteil glaube ich mit einem ziemlich einnehmenden Äußeren ausgestattet zu sein und besitze, was neun Zehntel der Menschen ›ein hübsches Gesicht‹ nennen würden. Ich bin fünf Fuß elf Zoll hoch, mein Haar ist schwarz und gelockt, meine Nase genügend wohlgebildet. Meine Augen sind groß und von grauer Farbe, und obgleich ich so schlecht sehe, dass mir oft Unannehmlichkeiten daraus erwachsen, lässt ihr Aussehen durchaus nicht auf diese Schwäche schließen. Ich habe schon zu allen möglichen Mitteln gegriffen, um dieselbe zu beseitigen, doch konnte ich mich nie entschließen, eine Brille zu tragen. Ich kenne wirklich nichts, was das Gesicht eines jungen hübschen Menschen mehr entstellen könnte als die Augengläser, die jedem einzelnen seiner Züge einen Ausdruck steifer Ehrbarkeit verleihen, sein Gesicht älter machen und ihm einen Schein falscher Würde geben. Eine Lorgnette hat jedoch immer etwas Geckenhaftes und Geziertes. Ich habe mich bisher, so gut es eben gehen wollte, ohne jedes äußere Hilfsmittel beholfen. Doch fürchte ich, schon zu viel von rein persönlichen Dingen erzählt zu haben, die zum Schluss doch nur von ganz geringer Bedeutung sind. Ich will mich damit begnügen, noch kurz zu bemerken, dass ich sanguinischen Temperaments bin, also oft hastig und unbesonnen vorgehe, sehr leicht in Feuer und Begeisterung gerate – und dass ich mein Leben lang ein ergebener Bewunderer schöner Frauen gewesen bin.

Im verflossenen Winter besuchte ich eines Abends mit meinem Freunde, einem Herrn Talbot, das Apollotheater. Es wurde eine Oper gegeben, und der Theaterzettel versprach so ungewöhnliche Genüsse, dass das Haus überfüllt war. Wir hatten uns beizeiten eingefunden, um die für uns reservierten Vorderplätze einer Loge einzunehmen. Doch mussten wir uns den Weg zu ihr mit vielen

Schwierigkeiten durch die überall umherstehende Menge bahnen.

Während der ersten beiden Stunden widmete mein Freund, der ein leidenschaftlicher Musikliebhaber war, seine ganze Aufmerksamkeit der Bühne. Ich unterhielt mich inzwischen damit, das Publikum, welches größtenteils aus der besten Gesellschaft der Stadt bestand, zu beobachten. Nachdem ich meine Neugierde befriedigt hatte, wollte ich gerade meine Augen der Primadonna zuwenden, als sie durch eine Erscheinung in einer Loge, die bis jetzt meinen Blicken entgangen war, festgehalten wurden.

Wenn ich tausend Jahre alt würde, ich könnte die heftige Erregung, mit welcher ich den Kopf der Dame betrachtete, nicht vergessen. Seine Form war das Auserlesenste, was meine Augen je gesehen haben. Das Gesicht war der Bühne zugewandt, und es dauerte ein paar Minuten lang, ehe ich es ganz erblicken konnte, aber wie ich schon sagte, die Formbildung des Kopfes war göttlich schön – keine andere Bezeichnung könnte die herrlichen Verhältnisse der Linien genügend ausdrücken, und selbst das Wort *göttlich* scheint mir, da ich es niederschreibe, lächerlich schwach zu sein.

Es war mir von jeher unmöglich, dem Zauber lieblicher Formen, der überwältigenden Macht weiblicher Reize zu widerstehen. Hier jedoch erblickte ich die verkörperte Anmut, das Ideal der Schönheit, das mir in meinen überschwänglichsten, begeistertsten Träumen vorgeschwebt hatte. Die Beschaffenheit der Loge gestattete mir, fast die ganze Gestalt der Dame zu erfassen: Sie war von etwas mehr als mittlerer Größe und fast majestätisch zu nennen. Wuchs und Haltung waren tadellos. Die Linien des Kopfes wetteiferten an Schönheit mit denen der griechischen Psyche und wurden durch einen eleganten Kopfputz aus duftiger Gaze eher hervorgehoben als verborgen. Der rechte Arm ruhte auf der Logenbrüstung, und der Anblick seiner seltsam schönen Symmetrie und Rundung ließ jede Fiber in mir vor Entzücken erbeben. Der obere Teil wurde von einem weiten, offenen Ärmel verhüllt, wie sie damals gerade Mode waren. Er reichte bis zum Ellbogen, und unter demselben befand sich ein anderer, dicht anschließender Ärmel von zartem, durchsichtigem Gewebe, der in einer Krause von kostbarer Spitze endete, die leicht und zierlich über die Hand fiel und nur die schlanken Finger freiließ. An einem von ihnen funkelte ein Brillantring, der, wie ich sofort bemerkte, von außerordentlichem Wert war. Die wundervolle Rundung des Handgelenkes wurde sehr geschickt durch ein Armband hervorgehoben, das durch eine Agraffe von Juwelen geschlossen war und in unverkennbarer Weise von dem Reichtum und dem erlesenen Geschmack der Dame zeugte.

Wohl eine halbe Stunde lang starrte ich wie gebannt, wie zu Stein geworden diese königliche Erscheinung an und empfand die Wahrheit dessen, was je in Versen oder Prosa über die ›Liebe auf den ersten Blick‹ gesagt worden ist, mit sehnsüchtiger Freude. Meine Gefühle waren von allen, die ich je, selbst in Gegenwart der gepriesensten Schönheiten empfunden hatte, vollständig verschieden. Eine unerklärliche, ich möchte sagen magnetische Anziehungskraft von Seele zu Seele schien nicht nur meine Blicke, sondern auch die ganze Kraft meiner Gedanken und Gefühle auf das bewunderungswürdige Wesen vor mir zu lenken. Ich sah, ich fühlte, ich erkannte, dass ich rettungslos, wahnsinnig verliebt war – schon jetzt, obwohl ich das Angesicht der Geliebten noch nicht erblickt hatte.

Meine Leidenschaft war so heftig, so brennend, dass ich glaube, sie würde nur sehr wenig, ja vielleicht gar nicht an Gewalt eingebüßt haben, wenn die Gesichtszüge, die ich noch nicht gesehen hatte, ganz durchschnittliche, banale gewesen wären; so wenig logisch ist nun einmal das Wesen der wahren Liebe, der Liebe auf den ersten Blick, so wenig hängt sie von den äußeren Umständen ab, durch welche sie anscheinend entsteht und bedingt wird.

Während ich nun ganz in Bewunderung des reizenden Geschöpfes versunken war, wandte sie plötzlich, durch irgendeinen Vorgang im Publikum veranlasst, ihren Kopf ein wenig herum, sodass ich das ganze Profil erblicken konnte. Seine Schönheit übertraf meine Erwartungen noch bei weitem, und dennoch lag etwas in ihm, was mich enttäuschte, ohne dass es mir möglich gewesen wäre, genau zu sagen, *was* es war. Auch ist ›enttäuscht‹ nicht ganz das richtige Wort für meine Gefühle, die durch diesen Anblick zugleich beruhigt und erhoben worden waren. Das berauschte Entzücken hatte einer mehr stillen Schwärmerei, einer verklärten, ruhigen Hingabe Platz gemacht. Dieser Wechsel der Empfindung rührte vielleicht von dem madonnenhaften, mütterlichen Ausdruck des Gesichts her, und doch empfand ich sofort, dass er nicht die einzige Ursache sein konnte. Es war noch etwas anderes da, etwas Geheimnisvolles, das ich mir nicht zu enträtseln vermochte, ein besonderer Ausdruck, der mir nicht ganz angenehm auffiel und dennoch mein Interesse für die Person bedeutend erhöhte. Ich befand mich in einer Gemütsverfassung, die einen jungen, lebhaften Mann leicht zu einer Torheit hätte hinreißen können – wäre die Dame allein gewesen, ich hätte nicht einen Augenblick gezögert, sie in ihrer Loge aufzusuchen und auf jede Gefahr hin anzureden. Glücklicherweise aber befand sie sich in der Gesellschaft zweier anderer Personen, eines Herrn und einer auffallend schönen Dame, die allem Anschein nach ein paar Jahre jünger war als sie selbst.

Ich spann tausend Pläne, wie es zu ermöglichen sei, später die Bekanntschaft der älteren Dame zu machen und für einen Augenblick wenigstens ihre Schönheit genauer betrachten zu können. Ich dachte daran, meinen Platz mit einem, der mehr in ihrer Nähe war, zu vertauschen; da jedoch das Haus überfüllt war, ging dies nicht an. Die Gesetze des Anstandes und der Mode untersagten auf das Strengste, sich zu solchen Zwecken eines Operngucker zu bedienen. Selbst wenn ich im Besitz eines solchen gewesen wäre, ich hätte ihn nicht gebrauchen dürfen. Doch ich hatte nicht einmal einen bei mir und geriet in Verzweiflung.

Endlich fiel es mir ein, mich an meinen Begleiter zu wenden.

»Talbot«, sagte ich, »Sie haben ein Opernglas; leihen Sie es mir.«

»Ein Opernglas? Nein – was sollte ich mit einem Opernglas tun?« Mit diesen Worten wandte er sich ungeduldig der Bühne wieder zu.

»Hören Sie doch, Talbot«, fuhr ich fort und rüttelte ihn ein wenig an der Schulter, »hören Sie mir bitte einen Augenblick zu. Sehen Sie die Loge da in der Nähe der Bühne? Nein, die folgende. Haben Sie je eine so entzückende Frau gesehen?«

»Sie ist wirklich sehr schön«, bestätigte er.

»Ich möchte nur wissen, wer sie sein mag!«

»Wie? Du lieber Himmel, Sie wissen *wirklich* nicht, wer sie ist? Das hätte ich von Ihnen am allerwenigsten erwartet. Es ist die berühmte Madame Lalande, die Schönheit des Tages, von der die ganze Stadt spricht. Sie ist unermesslich reich. Witwe – eine brillante Partie und eben erst aus Paris herübergekommen.«

»Sind Sie mit ihr bekannt?«

»Ja – ich habe die Ehre.«

»Wollen Sie mich bei ihr einführen?«

»Gewiss, mit dem größten Vergnügen. Wann wollen Sie ihr einen Besuch abstatten?«

»Morgen! Gegen eins. Ich werde Sie abholen.«

»Gut! Aber jetzt seien Sie bitte still, wenn es Ihnen möglich ist!«

Ich musste wohl oder übel Talbots Aufforderung Folge leisten, denn er blieb für jede weitere Frage oder Bemerkung hartnäckig taub und beschäftigte sich während des Restes des Abends ausschließlich mit den Vorgängen auf der Bühne.

Ich selbst wandte jedoch kein Auge von Madame Lalande, und endlich gewährte mir das Glück einen vollen Blick in ihr Gesicht. Es war von außerordentlichem Liebreiz, wie mein Herz es mir, schon ehe Talbot meine Ahnung bestätigte, verkündet hatte, und dennoch störte mich wieder jenes nicht zu erklärende Etwas, von dem ich schon einmal gesprochen habe. Ich schloss, dass es wohl ein gewisser Ausdruck von Ernsthaftigkeit, Traurigkeit oder vielmehr Abspannung sein musste, der dem Gesicht etwas von seiner Frische und Jugendlichkeit nahm, ihm dafür jedoch eine wahrhaft seraphische Milde und Majestät verlieh, die es meinem leicht begeisterten, romantischen Temperament noch zehnmal interessanter erscheinen ließ.

Während ich so ganz in Anschauung versunken war, entnahm ich plötzlich zu meiner großen Bestürzung aus einem fast unmerklichen Aufzucken der Dame, dass ihr mein eifriges Anstarren aufgefallen sein musste. Doch war ich so von ihrem Anblick hingerissen, dass ich meine Blicke auch jetzt noch nicht losreißen konnte. Sie wandte ihr Gesicht zur Seite, sodass ich nun wieder die wie gemeißelt schönen Umrisse ihres Kopfes bewundern durfte. Nach einigen Minuten drehte sie mir, als sei sie neugierig, zu erfahren, ob ich noch immer zu ihr hinstarre, ihr Gesicht wieder zu und begegnete aufs Neue meinen glühenden Blicken. Ihre großen, dunklen Augen senkten sich sofort, und ein tiefes Erröten übergoss ihre Wangen. Doch wie groß war mein Erstaunen, als ich bemerkte, dass sie es nicht nur unterließ, ihren Kopf zum zweiten Male abzuwenden, sondern dass sie sogar aus ihrem Gürtel ein Lorgnon hervorzog, in die Höhe hob und mich mehrere Minuten lang eifrig und genau betrachtete.

Wäre der Blitz vor mir niedergefahren, ich hätte nicht bestürzter sein können – denn ich war *nur* bestürzt und nicht im Geringsten beleidigt oder auch nur unangenehm berührt, obwohl mich ein so kühnes Vorgehen bei jeder anderen Dame peinlich, ja widerwärtig berührt haben würde. Sie jedoch tat alles mit einer solchen Gelassenheit, mit so viel Ruhe und Natürlichkeit und ganz in der vornehmen Art der guten Gesellschaft, dass von Dreistigkeit nicht die Rede sein konnte und ich nur Verwunderung und Staunen empfand.

Als sie das Glas zum ersten Mal vor die Augen erhob, bemerkte ich, dass sie mit der flüchtigen Prüfung meiner Person zufrieden zu sein schien und das Lorgnon beiseite legen wollte. Dann jedoch erhob sie es plötzlich wieder, als sei ihr ein zweiter Gedanke gekommen, und betrachtete mich mehrere – wenigstens fünf Minuten lang mit größter Aufmerksamkeit. Ein solches Tun musste in einem amerikanischen Theater natürlich Aufsehen erregen, es veranlasste sogar eine unbestimmte Bewegung, fast ein

Summen im Publikum, das mich einen Augenblick lang in Verwirrung setzte, während die Züge der Madame Lalande ihren ruhigen Ausdruck beibehielten.

Nachdem sie ihre Neugierde – wenn es Neugierde war, was sie antrieb – befriedigt hatte, ließ sie das Glas sinken und wandte ihre Aufmerksamkeit wieder der Bühne zu. Ich konnte nun wieder, wie vorhin, ihr Profil betrachten und ließ sie, obwohl ich mir meiner Unschicklichkeit vollkommen bewusst war, nicht eine Sekunde aus den Augen. Bald sah ich, wie sie langsam, kaum merkbar, ihren Kopf mehr zur Seite wandte, und gewann nach und nach die Überzeugung, dass sie, während sie anscheinend den Vorgängen auf der Szene zusah, in der Tat jedoch nur mich beobachtete.

Es ist wohl überflüssig, zu sagen, wie glücklich es mich machte, die Aufmerksamkeit einer so bezaubernden Dame erregt zu haben.

Als sie mich wohl eine Viertelstunde lang der genauesten Betrachtung unterzogen hatte, wandte sie sich an den Herrn ihrer Begleitung. Ich entnahm aus beider Blicken ganz deutlich, dass sie von mir redeten.

Dann kehrte Madame Lalande mir wieder den Rücken zu und schien nur noch Interesse für die Sänger und Sängerinnen zu haben. Kurze Zeit darauf geriet ich jedoch wieder in die größte Aufregung, als ich bemerkte, dass sie zum zweiten Mal ihr Lorgnon ergriff und, unbekümmert um das erneute Gemurmel des Publikums, mich wieder vom Kopf bis zu den Füßen mit derselben unvergleichlichen Ruhe betrachtete, die schon einmal meine Seele verwirrt und entzückt hatte.

Dies ungewöhnliche Benehmen versetzte mich in ein Fieber von Aufregung, in ein wahres Delirium von Liebe und trug nur dazu bei, mich noch kühner zu machen.

Die tolle Heftigkeit meiner Empfindung ließ mich alles um mich her vergessen. Ich sah und fühlte nur noch die königliche, liebreizende Erscheinung, an der meine Blicke wie gefesselt hingen.

Ich wartete auf den Augenblick, in dem ich die Aufmerksamkeit des Publikums durch die Aufführung vollständig von mir abgelenkt wusste, begegnete dann den Blicken der Madame Lalande und machte ihr eine leichte, doch nicht zu verkennende Verbeugung.

Sie errötete tief, wandte ihre Augen ab, blickte langsam und vorsichtig in der Runde umher, augenscheinlich um sich zu überzeugen, ob meine unbesonnene Haltung bemerkt worden sei, und neigte sich zu dem an ihrer Seite sitzenden Herrn.

Mit brennender Beschämung wurde ich mir nun plötzlich der Unschicklichkeit meines Benehmens bewusst und erwartete jeden Augenblick eine scharfe Zurechtweisung, während mir allerlei unbehagliche Vorstellungen von Pistolenläufen durch den Sinn schwirrten. Doch fühlte ich mich bald wieder erleichtert, als ich sah, dass die Dame dem Herrn, ohne ein Wort zu sagen, nur den Theaterzettel überreichte. Der Leser wird sich aber nur eine schwache Vorstellung von dem Erstaunen machen können, von der grenzenlosen Verwunderung, von dem verwirrenden Entzücken, das mein ganzes Wesen erfüllte, als sie gleich darauf, nachdem sie einmal flüchtig umhergespäht hatte, ob man sie beobachte, ihre strahlenden Augen mit einem festen, vollen Blick auf mir ruhen ließ und dann mit kaum merklichem Lächeln, das die glänzende Perlenschnur ihrer Zähne enthüllte, zwei deutlich markierte, unverkennbar bejahende Bewegungen mit dem Kopf machte. Es wäre nutzlos, meine Freude, mein Entzücken und meine hingerissene Seligkeit schildern zu wollen.

Wenn je ein Mensch vom Übermaß des Glückes toll wurde, so war ich es. Ich liebte! Ich liebte zum *ersten* Male – meine Liebe war grenzenlos, spottete jeder Beschreibung. Es war eine ›Liebe auf den ersten Blick‹, und auf den ersten Blick war sie auch verstanden und erwidert worden.

Ja: erwidert! Wie und warum sollte ich auch nur einen Augenblick daran zweifeln? Welch andere Auslegung ließ dies Benehmen der schönen, reichen, offenbar so gebildeten, so fein erzogenen Dame zu, wie Madame Lalande es war? Ja, sie liebte mich! – Sie erwiderte meine begeisterten Gefühle mit einer ebenso rücksichtslos blinden Leidenschaft, mit einer ebenso unbegrenzten Hingabe, wie ich sie selbst empfand!

Diese entzückend schönen Fantasien und Gedanken wurden jetzt durch das Fallen des Vorhangs unterbrochen; das Publikum erhob sich und drängte den Ausgängen zu. Ich verabschiedete mich rasch von Talbot und suchte mir einen Weg in die Nähe meiner Angebeteten zu bahnen. Bei dem großen Gedränge gelang es mir jedoch nicht; ich musste meinen Plan aufgeben und meine Schritte heimwärts lenken. Doch tröstete ich mich darüber, dass es mir nicht einmal vergönnt gewesen war, den Saum ihres Kleides zu berühren, mit der Hoffnung hinweg, morgen in aller Form durch Talbot bei ihr eingeführt zu werden.

Endlich, endlich kam denn auch dies ›Morgen‹, das heißt: Nach einer in qualvoller Ungeduld durchwachten Nacht begann der Tag zu dämmern, und dann schlichen die Stunden so langsam wie auf Schneckenfüßen dahin; es wollte nicht ein Uhr werden. Doch wie man sagt, hat ja ›alles ein Ende‹ – so schlug denn auch die Uhr die ersehnte Stunde, und ich sprang sofort auf, um Talbot aufzusuchen.

»Ist nicht zu Hause«, sagte Talbots Diener.

»Nicht zu Hause?«, wiederholte ich und taumelte ein halbes Dutzend Schritte zurück. »Lassen Sie es sich gesagt sein, mein Bester, dass Sie da eine ganz faule Ausrede vorbringen. Herr Talbot ist *wohl* zu Hause. Weshalb eigentlich wollen Sie ihn verleugnen?«

»Herr Talbot ist nicht zu Hause, mein Herr. Er ritt gleich nach dem Frühstück zum Gut hinaus und hinterließ nur, dass er vor acht Tagen nicht wieder in der Stadt sein werde.«

Von Schreck und Wut gepackt stand ich wie versteinert da. Ich wollte mich zu irgendeiner Antwort zwingen, doch die Zunge versagte mir den Dienst. Dann wandte ich mich, bleich vor Ingrimm, zum Gehen und verfluchte das ganze Geschlecht der Talbots in die tiefsten Tiefen der Hölle. Offenbar hatte mein rücksichtsvoller Freund, der Musikenthusiast, die Verabredung mit mir vergessen, ebenso schnell vergessen, wie sie geschlossen war. Er hatte es ja nie mit seinen Versprechungen genau genommen. Da war also nichts mehr zu machen. Ich schluckte meinen Ärger, so gut es gehen wollte, hinunter, schlenderte verstimmt die Straße hinab und suchte durch tausend unbedeutende Fragen von jedem Bekannten, der mir in den Weg kam, etwas über Madame Lalande zu erfahren. Dem Namen nach war sie allen bekannt, vielen auch vom Ansehen, doch befand sie sich erst seit ein paar Wochen in der Stadt, hatte nur sehr wenig persönliche Bekannte, und diese wenigen waren nicht so vertraut mit ihr, dass sie sich die Freiheit nehmen konnten oder wollten, mich bei ihr einzuführen. Während ich nun voller Verzweiflung dastand und mich mit drei Freunden über den Gegenstand, der mein ganzes Herz ausfüllte, unterhielt, geschah es, dass dieser selbst plötzlich erschien.

»Wahrhaftiger Gott! Da ist sie ja!«, rief einer von ihnen.

»Wie hinreißend schön sie aussieht!«, flüsterte ein anderer.

»Ein Engel auf Erden!«, meinte der Dritte.

Ich sah auf und erblickte in einem offenen Wagen, der sich uns langsam näherte, die bezaubernde Erscheinung aus der Oper, in Begleitung der jüngeren Dame, die in der Loge neben ihr gesessen hatte.

»Ihre Begleiterin sieht auch noch immer gut aus«, bemerkte einer der Freunde.

»Erstaunlich gut«, meinte der Zweite, »ihr Äußeres ist immer noch ganz brillant; aber die Kunst kann Wunder tun. Auf mein Wort, sie sieht heute besser aus als vor fünf Jahren in Paris. Sie ist noch immer eine schöne Frau – finden Sie nicht, Froissart, ich wollte sagen Simpson?«

»Allerdings!«, wiederholte ich, »und weshalb sollte sie es auch nicht. Aber im Vergleich mit ihrer Freundin ist sie wie ein Kerzenlicht neben dem Abendstern – wie ein Glühwurm neben dem Antares.«

»Hahaha! Simpson, Sie haben wahrhaftig das Talent, Vergleiche zu machen und noch dazu originelle.«

Hierauf trennten wir uns, und mein Freund trällerte ein heiteres Liedchen vor sich hin, von dem ich nur die Worte verstand:

Ninon, Ninon, Ninon à bas –
A bas Ninon de l'Enclos.

Während dieser kleinen Szene hatte sich etwas zugetragen, was mich außerordentlich tröstete, obwohl es die verzehrende Leidenschaft meines Herzens nur nährte. Als der Wagen der Madame Lalande an unserer Gruppe vorüberfuhr, hatte ich bemerkt, dass sie mich wiedererkannte. Ja, noch mehr als das! Sie hatte mich mit dem liebreizendsten Lächeln beglückt, ein nicht misszuverstehendes Zeichen des Erkennens.

Auf die Hoffnung, ihr vorgestellt zu werden, musste ich wohl verzichten, bis es Talbot einfallen würde, von seinem Landaufenthalt zurückzukehren. Unterdessen besuchte ich mit unermüdlicher Ausdauer alle Vergnügungsorte der vornehmen Welt; und endlich traf ich sie wieder einmal im Theater, doch waren nach dem ersten Erlebnis schon vierzehn Tage verflossen, ehe ich wieder das Glück hatte, ein paar Blicke mit ihr wechseln zu können.

In der Zwischenzeit hatte ich täglich nach Talbot gefragt, und jeden Tag versetzte mich das gleichgültige »Noch nicht zurückgekehrt!« des Dieners in einen Anfall von Raserei.

An dem erwähnten Abend hatte sich mein Zustand so verschlimmert, dass ich dem Wahnsinn nahe war. Ich hatte gehört, dass Madame Lalande eine Pariserin und erst kürzlich aus ihrer Vaterstadt herübergekommen sei; konnte sie nicht plötzlich wieder heimreisen – abreisen, ehe Talbot zurückgekehrt war – und mir so für immer verloren sein? Ich wagte nicht, das Schreckliche auszudenken. Und da meine ganze Zukunft, mein Lebensglück auf dem Spiele stand, entschloss ich mich kurz zu einer männlichen Tat. Mit einem Wort: Nach Schluss der Vorstellung folgte ich der Dame bis zu ihrer Wohnung, merkte mir ihre Adresse und schrieb ihr am nächsten Morgen einen langen, feurigen Brief, in welchem ich ihr mein ganzes Herz ausschüttete. Ich sprach kühn und frei, ich redete die Sprache der Leidenschaft. Ich verhehlte ihr nichts – selbst nicht meine Schwäche.

Ich spielte auf die romantischen Umstände unserer

ersten Begegnung an – selbst auf die Blicke, die wir gewechselt hatten. Ja, ich ging so weit, zu behaupten, dass ich auch ihrer Liebe gewiss sei, und bat sie, diese Gewissheit und meine eigene tiefe Verehrung als Entschuldigung für mein sonst unverzeihliches Betragen annehmen zu wollen. Dann sprach ich auch von meiner Befürchtung, dass sie die Stadt verlassen möchte, noch ehe mir zu einer offiziellen Vorstellung Gelegenheit geboten worden sei. Ich schloss diesen begeistertsten aller Liebesbriefe mit einer offenen Darlegung meiner Verhältnisse, meiner Vermögenslage und mit der Bitte um ihre Hand.

In qualvoller Unsicherheit erwartete ich dann die Antwort. Eine Ewigkeit schien mir vergangen zu sein, als ich sie endlich erhielt.

Ja, ich erhielt wirklich eine Antwort. So romantisch es sich wohl anhören mag: Ich bekam einen Brief von Madame Lalande – der schönen, reichen, vergötterten Madame Lalande. Ihre Augen – ihre herrlichen Augen hatten mich nicht betrogen, sie besaß ein edles Herz. Als echte Französin war sie dem freien Antrieb ihres Wesens gefolgt und, nur ihrer vorurteilsfreien Vernunft gehorchend, hatte sie sich über alle konventionelle Prüderie der Welt hinweggesetzt. Sie war nicht erzürnt über meinen Antrag. Sie hatte sich nicht in Schweigen gehüllt, nicht meinen Brief uneröffnet zurückgesendet. Sie hatte mir mit ihren eigenen zarten Fingern eine Antwort geschrieben, die folgendermaßen lautete:

›Herr Simpson wird mich verzeihen, nicht seine prächtige Landessprache zu sprechen. Es ist nur kurze Zeit, dass ich hier bin, und ich habe noch nicht der Gelegenheit gefunden, es zu lernen. Mit diese Entschuldigung für meine ma-

nière kann ich es nicht verleugnen das hélas! Herr Simpson Recht haben. Muss ich noch mehr sagen?
Hélas!, habe ich nicht schon zu Viel gesagen?
Eugénie Lalande.‹

Diesen unvergleichlichen Brief küsste ich wohl Millionen Mal und beging seinetwegen noch unzählige andere Extravaganzen, deren ich mich nicht mehr genau entsinne. Aber Talbot wollte noch immer nicht zurückkehren. Ach, wenn er nur eine blasse Ahnung davon gehabt hätte, welch unbeschreibliche Leiden mir seine Abwesenheit bereitete, hätte sein mitfühlendes Herz ihn sicher gleich zu seinem bedauernswerten Freunde zurückgetrieben. Und doch kam er nicht. Ich schrieb. Er antwortete, er sei durch dringende Geschäfte noch zurückgehalten, er würde aber in kürzester Zeit wiederkehren. Er bat mich, nicht ungeduldig zu sein, meine Gefühle zu mäßigen, besänftigende Bücher zu lesen, nichts Stärkeres als Bier zu trinken und mich mit Philosophie zu trösten. Der Narr! Wenn er selbst nicht kommen konnte, weshalb in Teufels Namen legte er mir nicht einfach einen Empfehlungsbrief bei? Ich schrieb noch einmal und bat ihn, mich doch mit einem solchen Schreiben zu versehen. Mein Brief wurde von dem Diener mit folgender Bemerkung in Bleistift zurückgesandt (der Lump war seinem Herrn aufs Land gefolgt):

›Verließ das Gut gestern; jetziger Aufenthaltsort unbekannt, ebenso wann er zurück sein wird. Halte es für das Beste, Ihren Brief zurückzuschicken, da ich Ihre Handschrift kenne. In Eile!
Ihr aufrichtiger Stubbs.‹

Ich wünschte sowohl Herrn wie Diener in die Hölle; aber meine Wut war nutzlos, und meine Klagen brachten mir keinen Trost.

Doch mein erfinderischer Geist wies mir noch einen, allerdings sehr gewagten Ausweg. Meine Kühnheit hatte mir bisher noch immer genützt; sie sollte mir auch im letzten, entscheidenden Moment zur Seite stehen. Außerdem: Welchen Verstoß gegen die gesellschaftliche Form hätte sie mir noch übel nehmen können, nachdem dieser Briefwechsel zwischen uns stattgefunden hatte? Ich hatte in der letzten Zeit Madame Lalandes Haus fortwährend belagert und bemerkt, dass sie in der Dämmerung gewöhnlich in dem nahe liegenden Park einen Spaziergang unternahm, bei dem sie nur ein schwarzer Diener begleitete. Hier, inmitten der üppigen, schattigen Büsche, in dem dunklen Leuchten eines Sommerabends, nahm ich die Gelegenheit wahr und sprach sie an.

Um den Diener zu täuschen, ging ich mit der Miene eines guten alten Bekannten auf sie zu, und sie besaß die echt pariserische Geistesgegenwart, mich ganz unbefangen zu begrüßen, indem sie mir ihre entzückende kleine Hand reichte. Der Diener zog sich sofort zurück; und nun sprachen wir lange, ließen unseren überströmenden Herzen freien Lauf und versicherten uns gegenseitig unserer Liebe.

Da Madame Lalande noch weniger englisch sprach als schrieb, wurde unsere Unterhaltung natürlich in Französisch geführt. In dieser wunderbaren Sprache, die für die Leidenschaft besonders geeignet ist, gab ich meinem ungestümen Enthusiasmus beredten Ausdruck, und mit aller Überredungskunst suchte ich sie zu einer sofortigen Heirat zu bewegen.

Sie lächelte über meine Ungeduld. Sie kam mit den bekannten Redensarten von den Forderungen des Anstandes – diesem Popanz, der schon so manchen hinderte, das Glück zu ergreifen, bis es zu spät war. Sie machte die Einwendung, dass ich unklugerweise schon zu mehreren meiner Freunde den Wunsch geäußert hätte, ihre Bekanntschaft zu machen, sodass man es nicht verheimlichen könne, auf welche Art und Weise wir uns nun kennen gelernt hätten. Und dann bemerkte sie unter Erröten, dass unsere Beziehungen doch noch zu neu wären; dass eine sofortige Trauung unpassend und extravagant erscheinen möchte. Dies alles sagte sie mit einer ganz entzückenden Naivität, welche mich schmerzte und doch überzeugte. Ja, sie klagte mich sogar unter Lachen der Übereilung und der Unklugheit an. Sie erinnerte mich daran, dass ich doch eigentlich kaum wüsste, wer sie sei, welche Verbindungen, welche gesellschaftliche Stellung sie habe. Sie bat mich mit einem Seufzer, meinen Antrag wohl zu überlegen, und nannte meine Liebe eine Laune, eine Fantasie, eine Verblendung, eine grundlose und unbeständige Empfindung, die mehr meiner Einbildung als meinem Herzen entstamme. All diese Vernunftgründe brachte sie vor, während die weichen Schatten der Dämmerung sich immer mehr vertieften und uns in Dunkelheit hüllten – und dann stieß sie mit einem einzigen leisen Ruck ihrer süßen Finger dies ganze künstliche Kartenhaus von Argumenten wieder um.

Ich antwortete, so gut ich konnte – wie es nur ein treuer, feuriger Liebhaber tun kann. Ich sprach lange und ausführlich von meiner innigen Zuneigung, von meiner Leidenschaft – von ihrer berückenden Schönheit und meiner überschwänglichen Bewunderung. Kurz, ich betonte mit überzeugendem Nachdruck die vielen Gefahren, welche jeder Liebe drohen, und bewies ihr logisch, es *sei* eine Gefahr, die Verlobungszeit unnötig zu verlängern.

Dieses letzte Argument schien denn auch ihren festen Entschluss ins Wanken zu bringen. Sie gab nach, doch mit dem Bemerken, es existiere noch ein Hindernis, das ich nicht in Betracht gezogen hätte. Es sei dies ein delikater Punkt; besonders eine Frau könne ihn nicht gut erörtern; wenn sie dennoch darüber spreche, so koste sie das eine große Überwindung, aber mir zuliebe sei sie zu jedem Opfer bereit. Ob ich auch an den Altersunterschied zwischen uns dächte? Dass der Mann ein paar Jahre, ja selbst fünfzehn bis zwanzig Jahre älter sei als die Frau, sei ja noch nie als unpassend angesehen worden, aber sie selbst sei immer der Ansicht gewesen, dass die Frau nicht älter als der Mann sein dürfe. Das sei unnatürlich und nur allzu leicht der Grund zu späterem Unglück. Sie habe erst heute gesehen, dass ich nicht älter als zweiundzwanzig Jahre sei, und ich habe vielleicht noch nicht bemerkt, dass ihr Alter das meinige bei weitem übersteige.

Sie sagte dies mit einem so wunderbaren Zartgefühl und solch zurückhaltender Würde, dass ich in ein Entzücken geriet, welches mich erst recht in meinem Vorhaben bestärkte.

»Aber süßeste Eugénie«, rief ich, »welch Bedenken wäre das für uns! Und wenn du auch älter bist als ich, was tut das? Die Sitten der Welt sind doch nur Torheiten. Für zwei Menschen, die sich so sehr lieben wie wir, ist der Unterschied eines Jahres gleich dem einer Stunde. Du sagtest ganz richtig, ich sei zweiundzwanzig Jahre alt, du hättest ebenso gut dreiundzwanzig sagen können. Nun bist du, teuerste Eugénie, doch nicht älter als – nicht älter als – als –«

Hier stockte ich einen Augenblick in der Erwartung, dass Frau Lalande mich mit der Angabe ihres wirklichen Alters unterbrechen würde. Aber eine Französin ist selten ganz offen, sie weiß immer noch eine kleine ausweichende Antwort, eine unbestimmte Erwiderung. In diesem Augenblick ließ Eugénie, die etwas in ihrem Busen gesucht hatte, ein kleines Miniaturbild fallen, das ich gleich aufhob und ihr hinreichte.

»Behalte es«, sagte sie mit ihrem bezauberndsten Lächeln. »Behalte es um Eugénies willen, die es allerdings ein wenig geschmeichelt darstellt. Außerdem kannst du auf der Rückseite die Antwort finden, die du zu wünschen scheinst. Aber jetzt wird es zu dunkel, du kannst es morgen Früh betrachten. Inzwischen begleite mich nach Hause. Meine Bekannten sind zu einer kleinen musikalischen Unterhaltung versammelt. Du wirst auch guten Gesang zu hören bekommen. Wir Franzosen sind nicht so kleinlich wie ihr Amerikaner; es wird mir nicht schwer fallen, dich als einen alten Bekannten einzuschmuggeln.«

Mit diesen Worten ergriff sie meinen Arm, und ich begleitete sie nach Hause. Ihre Wohnung war sehr vornehm und mit exquisitem Geschmack eingerichtet. Die zwei nebeneinander liegenden Räume, in welchen sich die Gesellschaft hauptsächlich aufhielt, waren nur schwach erleuchtet, sodass das ganze Interieur in ein angenehmes Dämmerlicht gehüllt war. Dies ist eine schöne Sitte, die den Gästen erlaubt, je nach Belieben im Licht oder im Halbdunkel sich aufzuhalten, und welche auch von unsern überseeischen Freunden schnell nachgeahmt wurde.

Der Abend, den ich so verbrachte, war unzweifelhaft der herrlichste meines Lebens. Madame Lalande hatte die musikalischen Leistungen ihrer Freunde nicht überschätzt; ich habe nie wieder so ausgezeichnete Stimmen in einem Privatkreis gehört. Die Instrumentalmusik wurde von außerordentlich begabten Künstlern ausgeführt. Verschiedene Damen erfreuten uns mit durchweg sehr schönen Gesangsvorträgen. Dann bat man allgemein Madame Lalande, und sie erhob sich auch gleich, ohne sich lange bitten zu lassen, von der Chaiselongue, auf der sie mit mir Platz genommen hatte, und ging mit ein paar Herren und ihrer Freundin aus dem Opernhaus an das Klavier im Nebenzimmer. Ich hätte sie gern selbst dorthin begleitet, aber ich sah ein, dass es unter den Umständen, unter denen ich in diese Gesellschaft eingeführt worden war, besser für mich sei, mich möglichst unbemerkt zu halten. So wurde ich zwar des Vergnügens beraubt, sie singen zu sehen, jedoch nicht, sie singen zu hören.

Der Eindruck, den sie auf die Gesellschaft machte, war erstaunlich. Ich wüsste nicht, wie ich ihn auch nur annähernd beschreiben könnte. Ich selbst war ganz hingerissen. Das rührte vielleicht zum guten Teil von der großen Liebe her, in der ich im Augenblick nur noch lebte. Doch bin ich überzeugt, die größte Künstlerin hätte diese Arie oder dies Rezitativ nicht mit leidenschaftlicherem Ausdruck singen können. Die Art, wie sie die Arie aus Othello vortrug, der Ton, mit dem sie die Worte Capuletts: *Sul mi sasso* wiedergab, klingen mir noch heute in der Seele. Ihre tiefen Töne waren einfach wunderbar. Die Stimme umfasste drei ganze Oktaven, reichte vom tiefen D des Alt bis zum hohen D des Sopran und war so volltönend, dass sie für den großen Saal des San Carlos ausgereicht hätte, dabei von vollendeter Reinheit und Biegsamkeit und von einem Schmelz, der selbst bei den schwierigsten

Kadenzen und Koloraturen den Hörer zur höchsten Begeisterung hinriss.

In dem Finale aus der ›Somnambule‹ wusste sie bei der Stelle

Ah! non guinge uman pensiero
Al contento ond' io son piena

einen ganz besonderen Effekt zu erzielen.

Hier änderte sie den Originaltonsatz Bellinis und ließ, die Malibran nachahmend, ihre Stimme erst zum mittleren G hinabsteigen, um dann zwei ganze Oktaven zu überspringen und das dreigestrichene hohe G anzuschlagen.

Nach diesen Wundern von Gesangskunst stand sie vom Klavier auf und kehrte zu ihrem Platz an meiner Seite zurück. Ich sprach natürlich in den Tönen tiefster Bewunderung mein Entzücken aus. Ich war eigentlich außerordentlich überrascht, denn ihre schwache, fast zitternde Stimme beim Sprechen hatte mich solche ungewöhnliche Kunstleistungen nicht erwarten lassen. Ich verhehlte ihr nichts, denn ich fühlte, ich hatte das Recht, ihrer entgegenkommenden Zutraulichkeit nichts zu verbergen. Ermutigt durch ihre eigene Aufrichtigkeit in Bezug auf ihr Alter, sprach ich dann mit vollkommener Offenheit von meinen verschiedenen kleinen Schwächen und Fehlern, nicht allein von den moralischen, auch von den physischen, von welchen zu reden viel mehr Selbstüberwindung kostet und was somit ein umso sicherer Beweis der Liebe ist. Ich erzählte von den jugendlichen Torheiten der Studentenzeit, von meinen Ausschweifungen, Schulden und Liebeleien. Ja, ich erwähnte sogar einen gewissen hektischen Husten, der mich zuweilen befällt, einen chronischen Rheumatismus, der mich zuweilen als Mahnung an ein erbliches Gichtleiden zwickt, und die unangenehme, lästige, obwohl bisher sorgfältig verhehlte Schwäche meiner Augen.

»Was den letzten Punkt anbetrifft, so war es sicher eine Unklugheit Ihrerseits, ihn zu erwähnen; denn ohne Ihr Geständnis würde ich es nie geglaubt haben, wenn jemand Sie dieser Schwäche beschuldigt hätte. Übrigens«, setzte sie hinzu, »entsinnen Sie sich vielleicht noch dieses kleinen Augenglases, das ich da um den Hals hängen habe, mein teurer Freund?«

Trotz des Halbdunkels bemerkte ich, wie sie bei dieser Frage tief errötete, während ihre Finger nervös mit dem zierlichen Gegenstand spielten, der mich schon damals im Opernhaus in solche Verwirrung versetzt hatte.

»Ach ja, natürlich kenne ich es noch«, rief ich lebhaft und presste feurig die zarte Hand, die mir das Augenglas zur Besichtigung reichte. Es war ein entzückendes, kunstvoll zusammengesetztes Spielzeug in Goldfiligran, reich verziert mit kostbaren Juwelen, die selbst in der schwachen Beleuchtung wunderbar blitzten.

»Nun wohl, mein Freund«, sagte sie mit einer gewissen Eindringlichkeit, die mich etwas befremdete, »Sie haben von mir eine Gunst verlangt, die Sie selbst als unschätzbar bezeichneten. Sie baten mich um die Einwilligung, morgen schon die Ihre zu werden. Wenn ich nun Ihrem Verlangen nachgebe – und ich muss gestehen, auch gleichzeitig dem innersten Drang meines Herzens –, dürfte ich nicht ein kleines Gegengeschenk von Ihnen erbitten?«

»Nennen Sie es!«, rief ich, so voll feurigem Eifer, dass ich beinahe die Aufmerksamkeit der versammelten Gäste auf mich gezogen hätte, die allein mich davon zurückhielten, dem geliebten Wesen zu Füßen zu sinken. »Sprich es aus! Du, meine geliebte Eugénie! Meine Einzige! Sprich es aus! Ach, es ist ja schon gewährt, ehe du es ausgesprochen hast.«

»Nun, mein Freund, so bezwingen Sie um Ihrer Eugénie willen jene kleine Schwäche, welche Sie soeben eingestanden haben und welche, ich versichere Sie, so wenig eines wirklich vornehmen Charakters, Ihrer sonst so offenherzigen Natur würdig ist, und die Sie auch sicher, falls Sie diese nicht überwinden, in unangenehme Situationen bringen wird. Sie müssen die kleine Eitelkeit, die Sie dazu bewegt, Ihr Gebrechen zu verheimlichen, ablegen. Denn Sie verleugnen wirklich diesen Fehler, indem Sie die Mittel zur Abhilfe verschmähen. Mein Wunsch ist also der, dass Sie Augengläser tragen. Doch Sie haben mir meine Bitte ja schon im Voraus gewährt! Nun, so nehmen Sie diese kleine Spielerei von mir als Geschenk an. Sie sehen, dass man durch eine kleine Verschiebung eine Brille daraus machen oder anders sie als Lorgnette in der Tasche mitführen kann. Doch wünsche ich, dass Sie sie in der ersteren Form um meinetwillen und für immer tragen sollen.«

Dies Verlangen verwirrte mich nicht wenig, muss ich gestehen. Aber die Bedingung, die daran geknüpft war, machte jedes Zögern und alle Bedenken zunichte.

»Es sei!«, rief ich mit der ganzen Begeisterung, derer ich im Augenblick fähig war. »Es wird von Herzen gern geschehen. Um deinetwillen werde ich jede Eitelkeit unterdrücken. Heute Abend werde ich dies köstliche Gut als Lorgnon noch auf meinem Herzen tragen. Aber morgen mit dem ersten Frührot des Tages, der dich mir gibt, werde ich es auf meine Nase setzen und in der wenig schönen, aber zweckmäßigen Form einer Brille zu Ehren meiner Angebeteten tragen.«

Unsere Unterhaltung ging nun auf die Einzelheiten der Anordnungen für den folgenden Tag über. Wie ich von meiner Verlobten erfuhr, war Talbot am selben Morgen von seiner Reise zurückgekehrt. Ich wollte sofort gehen, ihn zu holen und einen Wagen zu beschaffen. Die Gesellschaft konnte vor zwei Uhr kaum aufbrechen, und um diese Zeit sollte das Gefährt an der Tür warten. Beim allgemeinen Aufbruch konnte Madame Lalande leicht unbemerkt hineinschlüpfen. Wir wollten dann nach dem Hause eines Priesters fahren, der inzwischen benachrichtigt worden war. Nach der Trauung sollte Talbot wieder heimkehren, während wir uns direkt nach dem Osten begeben wollten, es der Welt überlassend, sich in allen möglichen Vermutungen über die Ursache unseres Verschwindens zu ergehen.

Nachdem wir alles überlegt hatten, verabschiedete ich mich gleich, Talbot aufzusuchen, doch unterwegs konnte ich nicht umhin, in ein erleuchtetes Hotel einzutreten, um das Miniaturbild mit Hilfe des Augenglases zu betrachten. Das Gesicht war von unübertrefflicher Schönheit! Diese großen strahlenden Augen! Diese stolze griechische Nase! Diese üppigen dunklen Locken! ›Ach!‹, sagte ich ganz außer mir vor Freude, ›es ist in der Tat das sprechendste Ebenbild meiner Geliebten!‹ Ich wendete es um und fand die Worte: ›Eugénie Lalande, im Alter von siebenundzwanzig Jahren und sieben Monaten.‹

Ich traf Talbot zu Hause an und erzählte ihm mein ganzes Glück. Er war natürlich furchtbar erstaunt, gratulierte mir herzlichst und bot mir bereitwilligst seine Mithilfe an. Kurz, wir führten unser Vorhaben buchstäblich aus, und um zwei Uhr morgens, gerade zehn Minuten nach der Trauungszeremonie, befand ich mich mit Madame Lalande, jetzt Frau Simpson, in einem geschlossenen Wagen; wir verließen die Stadt und fuhren nach Nordosten.

Talbot hatte uns geraten, die Nacht durchzufahren und erst in C., einem kleinen Dorf, zwanzig Meilen von der Stadt entfernt, Halt zu machen, dort ein kleines Frühstück zu nehmen, um nach kurzer Rast unsere Reise fortzusetzen. Um vier Uhr erreichten wir den Ort, und der Wagen hielt an der Tür des besten Gasthauses. Ich hob mein angebetetes Weib hinaus und bestellte das Frühstück; inzwischen setzten wir uns in ein kleines Wohnzimmer.

Es war mittlerweile heller Tag geworden, und als ich voll Entzücken den Engel an meiner Seite ansah, fiel mir ein, dass ich zum ersten Mal seit meiner Bekanntschaft mit der schönen Madame Lalande Gelegenheit hatte, diese Schönheit bei Tageslicht zu bewundern.

»Und nun, mein Freund«, sagte sie, meinen Gedankengang plötzlich unterbrechend, »nun, da wir unauflöslich miteinander verbunden sind, da ich deinem leidenschaftlichen Drängen nachgegeben und so meinen Teil unseres Übereinkommens erfüllt habe, nun hoffe ich, dass auch du die kleine Bitte nicht vergessen hast, die ich an dich gestellt habe und die du mir zu erfüllen versprochen hast. Lass mich nachdenken! Ja: Ich entsinne mich genau der Worte des teuren Versprechens, welches du vergangene Nacht deiner Eugénie gegeben hast. Du sagtest so: ›Es soll geschehen! – Es ist von Herzen gern bewilligt. Für dich opfere ich jede Eitelkeit. Heute Nacht werde ich dies Augenglas noch als Lorgnon auf meinem Herzen tragen, aber mit dem ersten Morgenrot des Tages, an welchem ich dich mein Weib nennen darf, werde ich es auf meine Nase setzen – um es in der wenig schönen, aber zweckmäßigen Form einer Brille zu Ehren meiner Angebeteten zu tragen.‹ Waren dies nicht deine Worte, mein teurer Gatte?«

»Ja«, erwiderte ich. »Du hast ein ausgezeichnetes Gedächtnis; und ich denke auch nicht daran, mein Wort zu brechen, schönste Eugénie. Sieh zu! Sieh nur! Sie steht mir gut, nicht wahr?«, und nachdem ich das Ding richtig gestellt hatte, brachte ich es in die geeignete Lage; unterdessen zog Madame Simpson ihre Haube zurecht, legte die Arme übereinander und saß in einer steifen, gezwungenen Haltung ein wenig würdevoll auf ihrem Stuhl.

»Allmächtiger Himmel!«, rief ich im selben Augenblick, da ich die Brille aufgesetzt hatte, aus. »Um Gottes willen, was ist denn mit diesen Gläsern los?«, und rasch nahm ich sie ab, putzte sie sorgfältig mit meinem seidenen Tuch und setzte sie dann wieder auf.

Doch wenn ich beim ersten Mal überrascht war, verwandelte sich nun meine Überraschung in höchstes Erstaunen – ja in Erstaunen und Entsetzen. Was in aller Welt konnte das bedeuten? Ich traute meinen Augen nicht. War das nicht – war das nicht – Schminke? Und waren dies wirkliche Runzeln auf dem Gesicht Eugénie Lalandes? Und – Jupiter und alle Götter des Olymps steht mir bei! – was, Götter, was war aus ihren Zähnen geworden? Ich schleuderte die Brille wutentbrannt zu Boden und stellte mich dann bebend vor Zorn gerade vor Frau Simpson hin, in meiner übermenschlichen Wut unfähig, ein Wort zu äußern.

Wie ich schon einmal sagte, sprach Madame Eugénie Lalande, das heißt Simpson, noch weniger gut Englisch als sie schrieb, und deshalb redete sie auch für gewöhnlich nicht in dieser Sprache. Aber der Zorn treibt eine

Frau zu allem, und in diesem Fall trieb er Mrs. Simpson sogar so weit, in einer Sprache sich auszudrücken, die sie kaum verstand.

»Nun wohl, mein Herr«, sagte sie, nachdem sie mir einen Blick voll tiefsten Erstaunens zugeworfen hatte, »nun wohl, mein Herr! Was ist es mit Sie? Haben Sie den Tanz von Saint Veit? Wenn ich Ihn nicht gefalle, weshalb haben Sie gekauft der Katz im Sack?«

»Du Hexe!«, schrie ich mit zornerstickter Stimme, »du niederträchtige alte Vettel!«

»Vettel? Alt? Ich bin nicht so sehr alt, ich habe kein einzig Tag mehr als zweiundachtzig Jahren.«

»Zweiundachtzig!«, stotterte ich, an die Wand taumelnd. »Da sollen doch zweiundachtzighunderttausend Bomben dreinschlagen! Auf dem Medaillon stand doch siebenundzwanzig Jahre und sieben Monate!«

»Das ist sicher – ganz richtig! – Aber das Porträt ist gemacht worden vor fünfundfünfzig Jahre. Als ich ging mein zweiten Gatten zu heiraten, ließ ich das Porträt machen für die Tochter von mein erster Gatte, Herr Moissart.«

»Moissart?«, sagte ich.

»Ja, Moissart!«, wiederholte sie, meine Aussprache nachahmend, welche offen gestanden nicht gerade die beste war. »Und was macht das? Kennen Sie Herrn Moissart?«

»Nein, du altes Scheusal! Ich kenne ihn nicht, ich hatte nur einen alten Vorfahren dieses Namens.«

»Dieses Namens? Was haben Sie über diesen Namen zu sagen? Der Name ist von sehr gutem Klang, gerade so wie Voissart. Meine Tochter, Mademoiselle Moissart, heiratete Monsieur Voissart, welches sind beide sehr ehrenwerte Namen.«

»Moissart?«, fragte ich. »Und Voissart? Was meinen Sie damit?«

»Was ich meine? Ich meine Moissart und Voissart; und was das anbetrifft, meine ich Croissart und Froissart auch, wenn ich Lust habe. Meiner Tochter ihre Tochter, Mademoiselle Voissart, heiratete Monsieur Croissart, und dann heiratete die Enkelin von meiner Tochter, Mademoiselle Croissart, Monsieur Froissart; wollen Sie vielleicht behaupten, dass dies kein sehr guter Name sei?«

»Froissart sagten Sie?«, und ich fühlte, wie ich ohnmächtig wurde. »Moissart, Voissart, Croissart und Froissart?«

»Ja«, antwortete sie, indem sie sich in ihren Stuhl zurücklehnte und die unteren Extremitäten weit von sich streckte, »ja, Moissart, Voissart, Croissart und Froissart. Aber Froissart war ein sehr großer Narr, ein sehr großer Esel, wie Sie selbst – denn er ging aus das schöne Frankreich nach dies dumme Amerika, und als er dort war, hatte er ein sehr dummen, einen sehr, sehr dummen Sohn, wie ich habe gehört, und den ich noch nicht zu kennen lernen das Vergnügen hatte. Sein Name ist Napoleon Bonaparte Froissart, und Sie werden auch wohl von ihm sagen, er sei kein ehrenwerter Name?«

Entweder die Länge oder der Gegenstand ihrer Rede hatte Mrs Simpson in ungewöhnlicher Weise aufgeregt, denn als sie zu Ende gekommen war, sprang sie wie verhext auf, wobei verschiedene Wattierungen aus ihrem Kleide fielen. Vor mir stehend, fuchtelte sie wie wahnsinnig mit den Armen, rollte ihre Ärmel auf und drohte mir mit beiden Fäusten; zum Schluss riss sie die Haube vom Kopf und mit ihr eine mächtige Perücke wundervollen schwarzen Haares, warf das Ganze auf die Erde, trampelte mit den Füßen darauf herum und tanzte unter gellendem Geschrei einen wahren Fandango sinnlosester Wut. Unterdessen sank ich schreckensbleich auf den Stuhl, den sie verlassen hatte.

»Moissart und Voissart«, wiederholte ich gedankenvoll, während sie weiter raste, »und Croissart und Froissart!«, während sie dazwischenrief:

»Moissart, Voissart, Croissart und Napoleon Bonaparte Froissart!«

»Was? Du alte Schlange, das bin ich – das bin ich – hörst du? Das bin ich!«, schrie ich mit Fistelstimme. »Ich bin Napoleon Bonaparte Froissart! Und wenn ich nicht meine Urgroßmutter geheiratet habe, will ich in Ewigkeit verdammt sein!«

Madame Eugénie Lalande, quasi Simpson, frühere Moissart, war in der Tat meine Urgroßmutter. In ihrer Jugend war sie sehr schön gewesen und hatte selbst bis in ihr jetziges Alter ihre majestätische Gestalt, die klassischschöne Kopfform, die schönen Augen und die griechische Nase bewahrt. Mithilfe sowohl von Puder, Schminke, falschem Haar, falschen Zähnen und falschen ›Formen‹ wie durch die Künste der geschicktesten Pariser Schneiderin wusste sie noch immer einen Platz unter den schon etwas verjährten Schönheiten der französischen Hauptstadt einzunehmen. In dieser Hinsicht hatte sie allerdings viel mit der berühmten Ninon de l'Enclos gemein.

Sie war ungeheuer reich, und da sie zum zweiten Mal Witwe wurde und kinderlos war, erinnerte sie sich meiner und kam nach Amerika, in der Absicht, mich zu ihrem Erben einzusetzen. Zur Begleitung auf ihrer Reise hatte sie eine entfernte Verwandte ihres zweiten Gatten, eine gewisse früh verwitwete Madame Stephanie Lalande, eine Dame von ganz ungewöhnlichem Liebreiz, mitgenommen.

In dem Opernhaus hatte ich die Aufmerksamkeit meiner Urahne auf mich gezogen, weil sie durch ihre Lorgnette eine auffallende Familienähnlichkeit mit sich entdeckt hatte. Da sie wusste, dass ich in der Stadt wohnte, hatte sie Erkundigungen über mich eingezogen. Der Herr, der bei ihr war, kannte mich und gab ihr über meine Persönlichkeit Auskunft. Daraufhin hatte sie mich von neuem so auffällig angesehen, und diese Blicke hatten mich ermutigt, dass ich in der bereits erzählten Weise antwortete. Sie erwiderte meine Verbeugung nur unter dem Eindruck, dass ich durch irgendeinen seltsamen Zufall ihre Person erkannt hätte. Als ich, durch meine schwachen Augen und ihre Toilettenkünste über das Alter und die Reize der Dame getäuscht, Talbot so eindringlich nach ihrem Namen fragte, glaubte er, ich meine die jüngere Dame, und antwortete der Wahrheit gemäß, es sei die »berühmte Witwe Madame Lalande«.

Am nächsten Morgen hatte meine Urahne dann Talbot, der ein alter Pariser Bekannter von ihr war, auf der Straße getroffen; natürlicherweise kam die Rede auf mich. Er erzählte ihr unter anderem, dass ich mein Gebrechen so eifrig zu verheimlichen suche, denn obwohl ich keine Ahnung davon hatte, war meine Eitelkeit allgemein bekannt, und meine gute alte Verwandte entdeckte so zu ihrem Leidwesen, dass sie sich getäuscht hatte, als sie annahm, ich habe sie erkannt, und dass ich mich lächerlich genug gemacht hatte, mich in eine alte Frau zu verlieben. Um mich für meine Dummheit zu bestrafen, hatte sie mit Talbot ein Komplott geschlossen. Er ging mir sorgfältig aus dem Wege und vermied es hartnäckig, mir die geringste Auskunft zu geben. Meine Erkundigungen, die ich auf der Straße über die reizende Witwe Madame Lalande machte, wurden natürlich so aufgefasst, als ob sie sich auf die jüngere Dame bezögen; weshalb auch die Unterhaltung, welche ich mit den drei Herren nach Talbots Abreise hatte, leicht begreiflich schien, ebenso ihre Anspielung auf Ninon de l'Enclos. Ich hatte nie Gelegenheit gehabt, Madame Lalande bei Tage zu sehen, und auf ihrer musikalischen Abendgesellschaft verhinderte mich meine alberne Eitelkeit, keine Augengläser zu tragen, wirklich daran, ihr Alter zu bemerken. Als man ›Madame Lalande‹ zum Singen aufforderte, meinte man die jüngere der beiden Damen, die dem Verlangen auch gleich nachkam; meine Urgroßmutter war, um mich vollständig zu täuschen, mit ihr ins Musikzimmer gegangen. Wenn ich darauf bestanden hätte, sie zu begleiten, würde sie mich schon unter irgendeinem Vorwand daran zu hindern gewusst haben. Die Arien, die mich so entzückt und mich nur noch in dem Glauben an die Jugend meiner Geliebten bestärkt hatten, waren von Madame Stephanie Lalande gesungen worden. Das Augenglas wurde mir geschenkt, um dem schlimmen Streich noch einen Verweis hinzuzufügen, um dem hohnvollen Verrat noch einen besonders schmerzlichen Stachel zu geben. Denn als sie es mir schenkte, konnte sie mir ja, wie erwähnt, eine kleine Rede über Ziererei halten. Natürlich waren die Gläser, welche die Damen getragen hatten, durch neue, für meine Augen berechnete, ersetzt worden. Und sie passten mir in der Tat ausgezeichnet.

Der Priester, der angeblich dies verhängnisvolle Band geknüpft hatte, war ein Freund Talbots gewesen und durchaus kein Diener der Kirche. Er war aber ein ausgezeichneter Rosselenker, der – nachdem er seinen Talar abgelegt hatte – in einen langen Mantel gehüllt das ›glückliche Paar‹ aus der Stadt fuhr. Talbot saß an seiner Seite. So hatten diese beiden Halunken gemeinsame Sache gemacht und schauten jetzt unter höllischem Gelächter der Auflösung des Dramas durch ein geöffnetes Fenster des Zimmers zu. Ich glaube, ich werde mich mit beiden duellieren müssen.

Aber ich bin wenigstens nicht der Gatte meiner Urgroßmutter, und diese Gewissheit gewährt mir eine ungeheure Erleichterung; denn ich bin jetzt wohl der Gatte der Madame Lalande – aber der Madame Stephanie Lalande, mit welcher mich meine gute alte Verwandte, nachdem sie mich zum einzigen Erben nach ihrem Tode (wenn sie überhaupt je stirbt!) eingesetzt hat, doch noch nach vieler Mühe verbunden hat. Aber ich versichere Ihnen: In meinem Leben schreibe ich keine Liebesbriefe mehr, und nie mehr gehe ich ohne meine Brille aus.

[27. März 1844]

Halloween, das Fest der Geister und Dämonen, wird auch in Deutschland immer populärer. In dieser Anthologie sind sowohl klassische als auch moderne Erzählungen versammelt, die sich mit allen wesentlichen Aspekten des Unheimlichen befassen.
Autoren von Weltruf – Charles Dickens, Bram Stoker, Arthur Conan Doyle, Robert Louis Stevenson, Jules Verne – sind ebenso vertreten wie Schriftsteller der jungen Generation. Die einzelnen Beiträge beweisen, daß die Lust am Schrecklichen und Makabren zu allen Zeiten gegenwärtig war. Gleichzeitig bietet die Anthologie einen Querschnitt durch 100 Jahre phantastischer Literatur.

ISBN 3-404-14438-4

BASTEI LÜBBE

18 makabere Geschichten um einen klassischen Mythos für alle Freunde von Stephen King und Wolfgang Hohlbein

H. P. Lovecraft zählt neben Edgar Allan Poe zu den großen Klassikern der düsteren fantastischen Literatur und zu den wenigen literarisch anerkannten Autoren des Genres. Berühmt wurde er mit seinem Mythos um die Großen Alten, die vor vielen Jahrhunderten vertrieben wurden und immer wieder versuchen, ihre Schreckensherrschaft zurückzuerlangen. Das Werk, das Lovecraft schuf, hat Literaturgeschichte geschrieben. Nach seinem Tod verfügte er testamentarisch, dass andere Autoren dieses Werk fortführen

In dieser Anthologie lehren zahlreiche bekannte Autoren den Leser das Gruseln: neben LOVECRAFT selbst u.a. STEPHEN KING, ROBERT BLOCH, ROBERT E. HOWARD, KARL EDWARD WAGNER, BRIAN LUMLEY und RAMSEY CAMPBELL.

ISBN 3-404-14877-0

BASTEI LÜBBE

Neue teils gruselige, teils humorvolle Geschichten zum Halloween-Fest

Die dritte Anthologie zu Halloween (Band 1 wurde für den deutschen Phantastik-Award als beste Anthologie des Jahres nominiert) bietet wieder die bewährte Mischung zum makabren Mummenschanz: Alte und neue Autoren lehren uns das Gruseln oder das Schmunzeln. Klassiker wie Sheridan LeFanu, Arthur Conan Doyle, Bram Stoker, Robert Louis Stevenson, Bestsellerautoren wie Ann Granger und Peter Millar und junge Talente wie Uwe Anton (Kurd-Lasswitz-Preisträger), Alexander Huiskes, Bernd Frenz (Maddrax-Autor) geben sich hier ein Stelldichein.

ISBN 3-404-15048-1

Ein Kernforscher wird in seinem Schweizer Labor ermordet aufgefunden. Auf seiner Brust finden sich merkwürdige Symbole eingraviert, Symbole, die nur der Harvardprofessor Robert Langdon zu entziffern vermag. Was er dabei entdeckt, erschreckt ihn zutiefst: Die Symbole gehören zu der legendären Geheimgesellschaft der »Illuminati«. Diese Gemeinschaft scheint wieder zum Leben erweckt zu sein, und sie verfolgt einen finsteren Plan, denn aus dem Labor des ermordeten Kernforschers wurde Antimaterie entwendet ...

ISBN 3-404-14866-5

BASTEI LÜBBE

Der neue Roman vom Autor des JESUS VIDEOS

John Salvatore Fontanelli ist ein armer Schlucker, bis er eine unglaubliche Erbschaft macht: ein Vermögen, das ein entfernter Vorfahr im 16. Jahrhundert hinterlassen hat und das durch Zins und Zinseszins in fast 500 Jahren auf über eine Billion Dollar angewachsen ist. Der Erbe dieses Vermögens, so heißt es im Testament, werde einst der Menschheit die verlorene Zukunft wiedergeben.
John tritt das Erbe an. Er legt sich Leibwächter zu, verhandelt mit Ministern und Kardinälen. Die schönsten Frauen liegen ihm zu Füßen. Aber kann er noch jemandem trauen? Und dann erhält er einen Anruf von einem geheimnisvollen Fremden, der zu wissen behauptet, was es mit dem Erbe auf sich hat ...

ISBN 3-404-15040-6

BASTEI
LÜBBE